ANTHOLOGIE NÈGRE

Né en 1887 à La Chaux-de-Fonds (Suisse), Blaise Cendrars quitte très tôt sa famille (1903) pour tenter sa chance. Ses pérégrinations en Russie et ailleurs l'amènent dès 1908 à Paris où, dira-t-il, « il naît à la poésie ». Avec Apollinaire, il est de ceux qui lui ouvriront des voies nouvelles. Engagé dans la Légion étrangère quand éclate la guerre, il est amputé du bras droit en 1915.

Editeur, il introduit en France l'art nègre, fait du cinéma à Hollywood, voyage. Il sera correspondant de l'armée anglaise en 1939 et ne recommence à écrire qu'en 1943.

Globe-trotter impénitent, cinéaste, romancier et poète au langage fracassant, Blaise Cendrars est mort à Paris en 1961.

Sauf dans sa partie septentrionale, l'Afrique est restée longtemps une de ces régions ignorées où les cartographes anciens faisaient figurer monstres et gouffres à défaut de détails précis. Il a fallu attendre le XIXᵉ siècle pour qu'elle cesse d'être *terra incognita* grâce aux explorateurs anglais, français et allemands ou belges qui se sont enfoncés au cœur de ce continent trois fois plus étendu que l'Europe. Le monde blanc découvre alors avec émerveillement le monde noir.

L'art nègre remporte un succès qui atteint son apogée dans « les années folles » (les fameuses années de 20 à 30) avec l'Exposition des Arts décoratifs de 1925 et l'Exposition coloniale de 1931. C'est là seulement l'expression plastique de la culture primitive noire, animiste et fétichiste. Tout aussi riche est la littérature orale où se découvre une parenté avec les traditions des civilisations primitives blanches.

Dans l'*Anthologie nègre*, Blaise Cendrars a rassemblé les meilleurs de ces récits : légendes concernant la création de la terre, des animaux et des hommes, contes merveilleux, fables et fabliaux humoristiques ou poétiques empruntés au folklore des nombreux empires et tribus du vaste territoire africain.

ŒUVRES DE BLAISE CENDRARS

La Main coupée.
Le Vieux Port, ill. de Rouveret.
Rhapsodies gitanes, ill. d'Yves Brayer.
Dan Yack.
L'Homme foudroyé.
Poésies complètes.
Petits Contes nègres pour les enfants des Blancs.
L'Or, ill. de M. Sauvayre.
D'Oultremer a Indigo.
La Vie dangereuse.
Histoires vraies.
Aujourd'hui, essais.
Hollywood, reportage illustré.
Rhum, reportage romancé.
Moravagine, roman.
L'Or, récit.
La Femme et le Soldat.
L'Avocat du Diable, roman.
La Carissima, roman.
Les Paradis enfantins, roman.
Colline des pauvres, chroniques.
Le Lotissement du Ciel.
Bourlinguer.

Traductions :

Du portugais : De Castro : Forêt vierge, 1938.
De l'américain : Al Jennings : Hors la loi, 1936.
De l'anglais : Al Capone, 1931, (épuisé).
De l'allemand : Bringolf, 1930 (épuisé).

Epuisé :

Panorama de la Pègre, 1935.   La Fin du Monde, 1919.
Vol a voile, 1932.   Séquences, 1912.
Une nuit dans la forêt, 1929.   La Légende de Novgorode, 1909.
                  L'Eubage, 1926.

Hors commerce :

Comment les Blancs sont d'anciens Noirs, Paris, 1942.

Edition saisie et détruite par les Allemands :

Chez l'Armée anglaise, reportage de guerre, avec des photographies;
Corréa, éditeur, Paris, 1940.

Dans Le Livre de Poche :
Moravagine.
Rhum.

BLAISE CENDRARS

Anthologie nègre

ÉDITION DÉFINITIVE, REVUE ET CORRIGÉE

BUCHET/CHASTEL

NOTICE

Après les *travaux linguistiques de* Heli Chatelain *sur l'amboutou ; de* Buettner, Taylor *et* Steere *sur le suaheli, de* Schoen *sur le haoussa, de* Schlenker *sur le temné, de* Christaller *sur le tshwi, de* Callaway *sur le zoulou, de* Mc. All Theal *sur le cafre, de* Kœlle *sur le bornou et de* Bleck *sur l'hottentot, nul n'est plus en droit d'ignorer en Europe que l'Afrique des Noirs est un des pays linguistiques les plus riches qui soient.*

Voici, d'après Cust, *le tableau des 601 langues et dialectes d'Afrique :*

1er groupe : Sémite .... 10 langues, 9 dialectes
2e groupe : Chamite .... 29 langues, 27 dialectes
3e groupe : Nubiane-Foulah .. 17 langues, 17 dialectes
4e groupe : Nègre .... 195 langues, 49 dialectes
5e groupe : Bantou .... 168 langues, 55 dialectes
6e groupe : Hottentot
                 et Bushmen .... 19 langues, 6 dialectes

Ces 601 langues et dialectes sont des plus variés et pour ne parler que des 168 langues de la famille Bantou, employées par des millions d'Africains de la Cafrerie au golfe de Guinée « elles sont, dit Cust, *excessivement riches. Chaque monticule, colline, montagne ou pic a un nom, ainsi que chaque cours d'eau,* chaque vallon, chaque plaine ; discuter le sens de ces noms prendrait une vie d'homme. Ce n'est pas la disette, mais la surabondance de noms qui induit les voyageurs en erreur. La plénitude du langage est telle qu'il y a des vingtaines de mots pour marquer les variétés de la démarche, de la flânerie, de la fanfaronnade ; chaque mode de marche est exprimé par un mot spécial. »

APPLEYARD, KRAPF et STEERE sont unanimes à louer la beauté et la puissance plastique de ces langues et WILSON remarque en particulier « qu'elles sont douces, souples, flexibles à un degré presque illimité ; que leurs principes grammaticaux sont fondés sur une base très systématique et philosophique, et que le nombre de leurs mots peut être augmenté à l'infini ; elles peuvent exprimer les nuances les plus délicates de la pensée et du sentiment, et il n'y a peut-être pas d'autres langues au monde qui aient un caractère plus déterminé et plus de précision dans l'expression ».

Le présent volume est un ouvrage de compilation. C'est pourquoi je me suis fait un devoir d'indiquer exactement dans la BIBLIOGRAPHIE la date et le lieu de publication des ouvrages compulsés. J'ai reproduit ces contes tels que les missionnaires et les explorateurs nous les ont rapportés en Europe et tels qu'ils les ont publiés. Ce ne sont pas toujours les versions les plus originales, ni les traductions les plus fidèles. Il est bien à regretter que l'exactitude littéraire ne soit pas le seul souci légitime de ces voyageurs lointains. En effet, l'étude des langues et de la littérature des races primitives est une des connaissances les plus indispensables à l'histoire de l'esprit humain et l'illustration la plus sûre à la loi de constance intellectuelle entrevue par Remy de Gourmont.

BLAISE CENDRARS.

Les Grands-Mulets, 1920.

CHAPITRE PREMIER

LÉGENDES COSMOGONIQUES

Nzamé, Mébère *et* Nkwa. — Fam, *le premier Homme*.
— Nzalân, *Déluge de feu, le Tonnerre, Fils du ciel et
de la nuit*. — DEUXIÈME CRÉATION : Sékoumé, *le
deuxième Homme*. — Mbongwé, *la première Femme*.
— Gnoul, *le Corps*. — Nsissim, *l'Ame*. — L'Œil. —
Nkoure, Békalé, Méfère, *les trois Frères*. — Ngôfiô,
l'Oiseau de la Mort. — L'Ototolane. — *L'Étoile du
Soir*. — Ndun, *le chef de la race*. — Mbola, *le chef
des hommes*. — *La Vie et la Mort*. — Chant de la
Mort. — *Le Sacrifice*. — *Le Mystère*. — *Le Rêve*.
— *L'Animal*. — *L'Arbre*. — *Le Feu*. — Le Chant du
Feu. — *Expiation*. — *Alliance*. — *La Pierre*. — *Le
Signe*. — *La Séparation*. — *Le Sang*. — *La Vertu*.
— Bingo, *Fils de Dieu*. — L'Eléli. — Otoyôm, *le pre-
mier Sorcier*. — *Le Crâne des Ancêtres*.

1. *La Légende de la Création*, conte fân.
2. *La Légende des Origines*, conte fân.
3. *La Légende de la Séparation*, conte fân.
4. *La Légende de Bingo*, conte fân.

LÉGENDES COSMOGONIQUES

1. LA LÉGENDE DE LA CRÉATION

Quand les choses n'étaient pas encore, Mébère, le Créateur, il a fait l'homme avec les terres d'argile. Il a pris l'argile et il a façonné cela en homme. Cet homme a eu ainsi son commencement, et il a commencé comme lézard. Ce lézard, Mébère l'a placé dans un bassin d'eau de mer. Cinq jours, et voici : il a passé cinq jours avec lui dans ce bassin des eaux ; et il l'avait mis dedans. Sept jours ; il fut dedans sept jours. Le huitième jour, Mébère a été le regarder. Et voici, le lézard sort ; et voici qu'il est dehors. Mais c'est un homme. Et il dit au Créateur : « Merci ».

2. LA LÉGENDE DES ORIGINES

Voici ce que m'a appris mon père, lequel le tenait de son père, et cela depuis longtemps, longtemps, depuis le commencement !

A l'origine des choses, tout à l'origine, quand rien

n'existait, ni homme, ni bêtes, ni plantes, ni ciel, ni terre, rien, rien, rien, Dieu était et il s'appelait *Nzamé*. Et les trois qui sont Nzamé, nous les appelons *Nzamé*, *Mébère* et *Nkwa*. Et au commencement, Nzamé fit le ciel et la terre et il se réserva le ciel pour lui. La terre, il souffla dessus, et sous l'action de son souffle naquirent la terre et l'eau, chacune de son côté.

Nzamé a fait toutes choses : le ciel, le soleil, la lune, les étoiles, les animaux, les plantes, tout. Et quand il eut terminé tout ce que nous voyons maintenant, il appela Mébère et Nkwa et leur montra son œuvre :

« Ce que j'ai fait est-il bien fait ? leur demanda-t-il.

— Oui, tu as bien fait, telle fut leur réponse.

— Reste-t-il encore quelque autre chose à faire ? »

Et Mébère et Nkwa lui répondirent :

« Nous voyons beaucoup d'animaux, mais nous ne voyons pas leur chef ; nous voyons beaucoup de plantes, mais nous ne voyons pas leur maître. »

Et pour donner un maître à toutes ces choses, parmi les créatures, ils désignèrent l'éléphant, car il avait la sagesse ; le léopard, car il avait la force et la ruse ; le singe, car il avait la malice et la souplesse.

Mais Nzamé voulut faire mieux encore, et à eux trois, ils firent une créature presque semblable à eux : l'un lui donna la force, l'autre la puissance, le troisième la beauté. Puis, eux trois :

« Prends la terre, lui dirent-ils, tu es désormais le maître de tout ce qui existe. Comme nous, tu as la vie, toutes choses te sont soumises, tu es le maître. »

Nzamé, Mébère et Nkwa remontèrent en haut dans leur demeure, la nouvelle créature resta seule ici-bas et tout lui obéissait.

Mais entre tous les animaux, l'éléphant resta le premier, le léopard eut le second rang et le singe le troisième, car c'étaient eux que Mébère et Nkwa avaient d'abord choisis.

Nzamé, Mébère et Nkwa avaient nommé le premier homme Fam, ce qui veut dire la force.

Fier de sa puissance, de sa force et de sa beauté, car il dépassait en ces trois qualités l'éléphant, le léopard et le singe, fier de vaincre tous les animaux, cette première créature tourna mal; elle devint orgueil, ne voulut plus adorer Nzamé et elle le méprisait :

> *Yéyé, oh ! la, yéyé.*
> *Dieu en haut, l'homme sur terre !*
> *Yéyé, oh ! la, yéyé.*
> *Dieu c'est Dieu,*
> *L'homme c'est l'homme,*
> *Chacun à la maison, chacun chez soi !*

Dieu avait entendu ce chant. Il prêta l'oreille : « Qui chante ? — Cherche, cherche, répond Fam. — Qui chante ? — Yéyé, oh ! la, yéyé. — Qui chante donc ? — Eh ! c'est moi », crie Fam.

Dieu, tout colère, appelle Nzalân, le tonnerre : « Nzalân, viens ! »

Et Nzalân accourut à grand bruit : Booû, booû, booû ! Et le feu du ciel embrasa la forêt. Les plantations qui brûlent, auprès de ce feu-là, c'est une torche d'amone. Füi, füi, füi, tout flambait. La terre était comme aujourd'hui couverte de forêts : les arbres brûlaient, les plantes, les bananiers, le manioc, même les pistaches de terre, tout séchait; bêtes, oiseaux, poissons, tout fut détruit, tout était mort; mais par malheur, en créant le premier homme, Dieu lui avait dit : « Tu ne mourras point ». Ce que Dieu donne il ne le retire pas. Le premier homme fut brûlé ; ce qu'il est devenu, je n'en sais rien ; il est vivant, mais où ? mes ancêtres ne me l'ont point dit ; ce qu'il est devenu ? je n'en sais rien, attendez un peu.

Mais Dieu regarda la terre, toute noire, sans rien du tout, paresseuse ; il eut honte et voulut faire mieux. Nzamé, Mébère et Nkwa tinrent conseil dans leur abègne, et ils firent ainsi : sur la terre noire et couverte de charbons, ils mirent une nouvelle couche de terre ; un arbre poussa, grandit, grandit encore, et quand une de ses graines tombait par terre, un nouvel arbre naissait, quand une feuille se détachait, elle grandissait, grandissait, commençait à marcher, et c'était un animal, un éléphant, un léopard, une antilope, une tortue, tous, tous. Quand une feuille tombait à l'eau, elle nageait, et c'était un poisson, une sardine, un mulet, un crabe, une huître, une moule, tous, tous. La terre redevint ce qu'elle avait été, ce qu'elle est aujourd'hui encore. Et la preuve, mes enfants, que mes paroles sont la vérité, c'est que si, en certains endroits, vous creusez la terre, dessus même parfois, vous trouverez une pierre dure, noire, mais qui casse ; jetez-la au feu, elle brûle. Cela vous le savez parfaitement :

> *Le sifflet retentit,*
> *L'éléphant vient.*
> *Merci à l'éléphant.*

Ces pierres, ce sont les restes des anciennes forêts, des forêts brûlées.

Cependant Nzamé, Mébère et Nkwa tenaient conseil : « Il faut un chef pour commander les animaux, dit Mébère. — Assurément, il en faut un, dit Nkwa. — Vraiment, reprit Nzamé, nous referons un homme, un homme comme Fam, mêmes jambes, mêmes bras, mais nous lui tournerons la tête et il verra la mort. » Et ainsi fut fait. Cet homme-là, mes amis, c'est comme vous, c'est comme moi.

Cet homme qui fut ici-bas le premier des hommes, notre père à tous, Nzamé le nomma *Sékoumé*, mais Dieu ne voulut pas le laisser seul. Il lui dit : « Fais-toi une femme avec un arbre. » Sékoumé se fit une femme, et elle marcha et il l'appela Mbongwé.

En fabriquant Sékoumé et Mbongwé, Nzamé les avait composés de deux parties : l'une extérieure, celle-là, vous l'appelez *Gnoul*, corps, et l'autre qui vit dans le Gnoul et que nous appelons tous *Nsissim*.

Nsissim, c'est ce qui produit l'ombre, l'ombre et Nsissim, c'est la même chose, c'est Nsissim qui fait vivre Gnoul, c'est Nsissim qui s'en va quand l'homme est mort, mais Nsissim ne meurt pas. Tant qu'elle est dans son Gnoul, savez-vous où elle demeure ? Dans l'œil. Oui, elle demeure dans l'œil, et ce petit point brillant que vous voyez au milieu, c'est Nsissim.

> *L'étoile en haut,*
> *Le feu en bas,*
> *Le charbon dans l'âtre,*
> *L'âme dans l'œil.*
> *Nuage, fumée et mort.*

Sékoumé et Mbongwé vivaient heureux ici-bas, et ils eurent trois fils, qu'ils nommèrent, le premier Nkoure (le sot, le mauvais), Békalé, le second (celui qui ne pense à rien), et celui-ci porta sur son dos Méfère, le troisième (celui qui est bon, habile). Ils eurent aussi des filles, combien ? je ne sais pas, et ces trois eurent aussi des enfants, et ceux-là des enfants. Méfère, c'est le père de notre tribu, les autres, les pères des autres tribus.

Mais cependant Fam, le premier homme, Dieu l'enferma sous terre, puis avec un énorme rocher il boucha le trou. Ah ! le malin Fam, longtemps, longtemps il creusa : un beau jour, il était dehors. Qui avait pris sa place ? Les autres hommes. Qui fut en colère contre eux ? Fam. Qui cherche toujours à leur faire du mal ? Fam. Qui se cache dans la forêt pour les tuer, sous l'eau, pour faire chavirer leur pirogue ? Fam, le fameux Fam. Silence ! Ne parlons pas si haut, peut-être est-il là qui nous écoute :

> *Demeurez en silence*
> *Fam est aux écoutes,*
> *Pour chercher misère aux hommes ;*
> *Demeurez silencieux.*

Puis aux hommes qu'il avait créés, Dieu donna une loi. Appelant Sékoumé, Mbongwé et leurs fils, les appelant tous, petits et grands, grands et petits :

« A l'avenir, leur dit-il, voici les lois que je vous donne, et vous obéirez :

« Vous ne volerez point dans votre tribu.

« Vous ne tuerez point ceux qui ne vous font pas de mal.

« Vous n'irez pas manger les autres la nuit. »

« C'est tout ce que je vous demande ; vivez en paix dans vos villages. Ceux qui auront écouté mes commandements seront récompensés, je leur donnerai leur salaire, les autres, je les punirai. — Ainsi. »

Comment Dieu punit ceux qui ne l'écoutent pas, voici :

Après leur mort, ils vont errant dans la nuit, souffrant et criant, et pendant que les ténèbres couvrent la terre, à l'heure où l'on a peur, ils entrent dans les villages, tuant ou blessant ceux qu'ils rencontrent, leur faisant tout le mal qu'ils peuvent.

On fait en leur honneur la danse funèbre kédzam-kédzam, ça n'y fait rien du tout. Sur l'aire, devant la hutte, on leur apporte les meilleurs plats ; ils mangent et rient, ça n'y fait rien du tout. Et quand tous

ceux qu'ils ont connus sont morts, alors seulement
ils entendent Ngôfiô, Ngôfiô, l'oiseau de la mort ; ils
deviennent aussitôt tout maigres, tout maigres, et
les voilà morts ! Où vont-ils, mes enfants ? Vous le
savez comme moi, avant de passer le grand fleuve,
longtemps, longtemps ils restent sur une grosse
pierre plate : ils ont froid, grand froid, brou...

> *Le froid et la mort, la mort et le froid,*
> *Je veux fermer l'oreille.*
> *Le froid et la mort, la mort et le froid,*
> *Misères, ô ma mère.*

Et quand tous ils ont passé, les maudits, pour
longtemps, longtemps, Nzamé les enferme dans
l'Ototolane, le séjour mauvais où l'on voit des
misères, des misères...

Quant aux bons, on sait qu'après leur mort ils
reviennent dans les villages ; mais ils sont contents
des hommes, la fête des funérailles, la danse du deuil
réjouit leur cœur. Pendant la nuit, ils reviennent près
de ceux qu'ils ont connus et aimés, leur mettent
devant les yeux des songes agréables, leur disent
comment il faut faire pour vivre longtemps, acquérir
de grandes richesses, avoir des femmes fidèles (vous
entendez, vous autres, là-bas, près de la porte !), avoir
des femmes fidèles, avoir beaucoup d'enfants et tuer
de nombreux animaux à la chasse. Le dernier éléphant que j'ai abattu, c'est comme cela, mes amis,
que j'avais appris sa venue.

Et quand tous ceux qu'ils ont connus sont morts,
alors seulement ils entendent Ngôfiô, Ngôfiô, l'oiseau
de la mort ; ils deviennent aussitôt tout gros, tout
gros, trop même, et les voilà morts ! Où vont-ils, mes
enfants ? Vous le savez comme moi. Dieu les fait
monter en haut, et les place avec lui dans l'étoile
du soir. De là, ils nous regardent, ils nous voient, ils

sont contents lorsque nous fêtons leur souvenir, et ce qui rend l'étoile si brillante, ce sont les yeux de tous ceux qui sont morts.

Ce que les ancêtres m'ont appris, le voilà : et moi, Ndoumemba, c'est mon père Mba qui me l'a enseigné, lequel le tenait de son père, et le premier de nos ancêtres le tenait d'où, je n'en sais rien, je n'y étais pas. — Ainsi.

3. LA LÉGENDE DE LA SÉPARATION

En ce temps-là, il y a bien longtemps, les hommes n'étaient pas encore bien nombreux sur la terre. Non, ils n'étaient pas nombreux, et toutes les familles de la tribu habitaient le même grand village. Le Créateur avait fait les hommes, puis après eux le gorille, et puis le singe, et puis les nains de la forêt, et puis les autres animaux, et tous vivaient ensemble dans le même grand village : la paix régnait parmi eux, et c'était Ndun qui les commandait tous. Quand il y avait une palabre, soit entre les hommes, soit entre les animaux, on comparaissait devant lui et il jugeait avec sagesse, car il était vieux et prudent, et ses frères l'aidaient. Souvent le Créateur descendait au village et on lui rendait les honneurs qui lui étaient dus, et il s'entretenait avec Ndun. La paix régnait au village et le Créateur était content.

Bonnes sont les paroles des anciens !

Mais la dispute vint bientôt. Elle vint lorsque parmi les femmes il y eut beaucoup de vieilles et qu'il y eut aussi beaucoup de jeunes. En allant aux champs, les vieilles marchaient vite, vite, et les jeunes devaient suivre. Arrivé aux plantations, il fallait travailler, travailler beaucoup. Les vieilles chargeaient les jeunes, et celles-ci s'en plaignaient ;

mais leurs maris leur donnaient tort et Ndun également.

Le travail est pour les femmes, pour toutes les
femmes !

Mais le matin ce n'était pas la même chose. Quand
le vieux chef était sorti de sa case, quand le coq
avait lissé ses plumes et lancé son appel du sommet
d'un toit, toutes les femmes, selon l'ordre qu'elles
avaient reçu, prenaient de grandes jarres et allaient
à la fontaine chercher de l'eau. Cette fontaine était
au fond de la vallée, car Ndun avait établi son village sur le haut de la colline pour être plus près
du soleil qui réchauffait son vieux corps. Le soleil
est une très bonne chose.

Le soleil brille, l'éléphant vient au monde !

Toutes les femmes allaient chercher de l'eau, les
jeunes et les vieilles. Les jeunes allaient vite, vite et
les plus vieilles doucement, doucement, car elles
avaient peur de tomber (elles étaient bien dix et dix
et dix au village, et même beaucoup plus, je n'étais
pas là et je ne les ai pas comptées, mon père tient
cette histoire de son grand-père, et ce n'est pas lui
qui l'a imaginée, elle vient de bien avant). Dès qu'elles
arrivaient à la fontaine, les jeunes femmes et les
filles se hâtaient de puiser l'eau plein leurs jarres,
puis elles entraient dans l'eau et se baignaient et
dansaient dans l'eau. Quand les vieilles arrivaient à
leur tour, l'eau de la fontaine était trouble ; comme
elles étaient pressées de remonter, il leur fallait
puiser l'eau et la boue. Quand le mari voulait boire,
il ne trouvait qu'une eau vaseuse et il criait très fort.
Les vieilles avaient beau dire, il criait très fort, et
après quelques reproches faits aux jeunes femmes,
tout continuait comme par le passé. Les vieilles
femmes étaient méchantes le soir, et les jeunes
encore plus méchantes le matin.

Or, un matin, les jeunes femmes s'étaient encore

plus hâtées que les autres jours ; les vieilles, elles,
allaient doucement, doucement, car il avait beaucoup
plu cette nuit-là et le sol était glissant. Quand les
vieilles arrivèrent à la fontaine, les jeunes femmes
avaient déjà puisé l'eau et elles avaient fini de se
baigner ; quand les vieilles survinrent, les jeunes s
mirent à chanter pour se moquer d'elles, et elles
chantaient :

> *Allez, allez, celle qui est la première,*
> *Qu'elle regarde celle qui est en queue,*
>   *Courez vite ! hâtez-vous !*
> *Les jointures des os crient :* Kwark, Kwark.
> *Ah ! ohé ! ohé ! les fruits sont mûrs !*

Elles se moquaient des autres et elles chantaient :
Bowâ, bowâ ! Les vieilles femmes étaient furieuses !
Elles avaient eu beau se hâter, elles étaient encore
les dernières, et quand enfin elles purent descendre
puiser l'eau, les jeunes femmes étaient déjà parties,
l'eau était boueuse. Ah non ! les vieilles femmes
n'étaient pas contentes du tout ! Et alors, elles remontèrent au village :

> *Oh ! Ya ! Oh ! Ya ! Oh ! Ya ! Phii ! Phii ! Soulevez la*
>   *[charge !*
>   *La colline est dure, phii !*
>   *Le soleil est chaud, phii !*
>   *Ah ! Je suis vieille, phii !*

Et quand les pauvres vieilles arrivèrent en haut
tout essoufflées, toutes haletantes, les jeunes femmes,
assises sur le seuil des cases, se gaussaient d'elles
et chantaient l'ironique refrain :

> *Ah ! ohé, hé ! les fruits ont fini de mûrir, ah ! ohé, oh !*

Endurer pareil affront, subir journellement pareils outrages, les matrones s'en sentaient incapables, et bientôt les coups de pleuvoir : *Yî, yî, yî, kwas ! kwas ! Yî, yî !* Et les cruches volaient, le sang coulait. Les unes pleuraient, et les autres boitaient... La situation ne pouvait durer ainsi. Chaque jour, nouvelles disputes, chaque jour, nouveaux coups. Et bientôt, naturellement, les hommes se mirent de la partie. Les jeunes prenaient parti pour les jeunes, les vieux prenaient parti, qui pour les vieilles, qui pour les jeunes.

Le chef du village dit : « Cela ne peut pas durer ainsi ! »

Tous les guerriers furent du même avis. Cela ne pouvait durer ainsi ! D'autant plus que les femmes, jeunes et vieilles, perdaient maintenant tout leur temps à fabriquer de nouvelles jarres, tant on en cassait. Pour aller chercher de la terre à poterie, il y avait loin, loin. Les hommes n'étaient pas contents. Et les femmes étaient encore plus fâchées.

Le vieux chef du village appelle donc le sonneur de trompe : « Prends ta trompe, lui dit-il, et parcours le village, en appelant les hommes. » Le sonneur prend sa trompe d'ivoire et parcourt le village, en appelant les hommes. Ils viennent tous dans la case du grand chef et prennent place sur les nattes. Les femmes viennent aussi, mais on les fait rester dehors, comme c'est la loi, elles regardent par les fentes des bambous et elles écoutent aussi.

La délibération est longue, chacun prenant parti pour les siens. Finalement il fut décidé ceci : à tour de rôle, chaque groupe descendrait chercher de l'eau le premier. Le premier jour, les vieilles femmes devaient descendre d'abord, les jeunes ensuite ; le second jour, les jeunes d'abord, les vieilles après. Et là-dessus, on se sépare.

Le lendemain matin, les jeunes femmes, jarre sur

le dos, attendaient impatiemment... Au tour des
vieilles d'abord... Et voilà bien une autre affaire !...
Les jeunes attendaient, attendaient, et personne ne
voulait plus être vieille !...

Et les disputes de recommencer...

Si bien, que ne pouvant arranger la chose, le vieux
chef résolut d'aller au village du Chef de la Race,
du Créateur universel, pour lui exposer la palabre.
Il ordonne donc à sa femme de lui faire cuire des
bananes, les enveloppe dans des feuilles d'amone, y
joint un morceau de sanglier, relève son pagne... et
le voilà parti.

Bvé, bvé, il marche, *bvé, bvé*, il marche longtemps.
Il est content dans son cœur car les présages ont
été favorables. En partant, l'oiseau *mbva* a chanté
à sa droite, et les cigales *fifé* l'ont salué au passage.
Le soleil a dépassé le milieu du ciel. Le vieux chef
monte la grande colline, il monte avec peine car le
chemin est dur. Il arrive, enfin, à la grande caverne
du Tonnerre. Dans sa main il tient le fétiche protecteur et, en même temps, il chante le chant consacré,
le chant qui met à l'abri des fureurs de l'esprit
Nzalân :

O Nzalân, ô Nzalân, Tonnerre, père et seigneur, ô
                                        [seigneur !
Père, écoute favorablement les prières et accueille les
    J'ai mangé le mélan, *je suis initié,*   *[dons.*
    Et je suis consacré aux prêtres de la nuit.
Ecoute, ô Tonnerre, ô Père, ô Seigneur, Nzalân !

Le vieux chef a dépassé la caverne : il arrive au
village du Dieu Créateur, et le voici en sa présence.
« Voici Mbola », lui dit-il.

Et *Nzamé* lui répond : « Mbola, chef des hommes.
Tu es venu ?

— Oui, je suis venu, et voici ma requête. Dans mon

village, la paix s'est enfuie, les femmes ne veulent plus obéir, les hommes n'écoutent plus ma voix. Que faire ? »

Et *Nzamé* lui demande :

« Pourquoi les femmes ne veulent-elles pas obéir ? pourquoi les hommes n'écoutent-ils plus ta voix ? »

Et le vieux chef, appuyé sur son bâton, déroule sa barbe tressée et commence son discours : « O Dieu, créateur, maître de tout, tu m'as fait chef du village des hommes, cela, c'est bien ! Tu as créé les hommes, c'est encore bien ! mais tu as créé les femmes, cela, ce n'est pas bien ! Les hommes gardent la paix entre eux, mais avec les femmes, il n'y a pas moyen. C'est toi qui nous as créés, à toi de nous rendre la paix.

« Femme et porc-épic, c'est une seule et même chose ! »

Et *Nzamé* lui répond :

« Je te rendrai la paix.

— Bien, reprend le chef, tu le peux, car tu es le Tout-Puissant, mais sans cela... »

Et ce jour-là, *Nzamé* et le vieux chef des hommes demeurèrent ensemble. Ce qu'ils se dirent, il serait trop long de vous le raconter ce soir... et puis, je n'y étais pas.

Le lendemain, le vieux chef des hommes vient dire à *Nzamé* :

« Je m'en vais. » Et celui-ci : « Je vais avec toi. » Et ils partent ensemble. Longtemps, longtemps, ils descendent, et le soir enfin ils arrivent au village des hommes où tout le monde dormait. Et *Nzamé*, dit au chef : « Ne réveille personne, n'annonce ma présence à personne, demain matin, je veux juger par moi-même de la querelle de ces femmes. » Et ainsi que *Nzamé* l'avait ordonné, ainsi fit le vieux chef. Et ils dormirent.

Au matin, les femmes descendent à la rivière chercher de l'eau. Les jeunes, ce jour-là, descendent les premières, et les disputes recommencent bien vite. Du haut de la colline, *Nzamé* considère le spectacle. Et le vieux chef lui dit : « Que feras-tu ? » Mais *Nzamé* répond : « C'est moi qui suis l'ordonnateur de toutes choses. »

L'œuf de la poule n'en remontre pas à sa mère !

Et quand les femmes sont remontées au village, *Nzamé* fait appeler le sonneur de trompe. « Parcours le village, lui dit-il, et fais comparaître tous les hommes devant moi. Appelle aussi toutes les femmes, et fais-les comparaître devant moi. »

Et tous les hommes viennent, et toutes les femmes viennent aussi. Et *Nzamé*, apparaissant tout à coup au milieu de l'assemblée, le vent tombe, et chacun sent le froid de la mort dans son cœur. Tous ont très peur...

Nzamé prend la parole : « C'est moi l'ordonnateur de toutes choses. »

Et l'assemblée tout entière reprend : « C'est toi l'ordonnateur de toutes choses, oui ! »

Tu es l'ordonnateur de toutes choses, oui !
Tu es l'ordonnateur de toutes choses, oui, oui !

« C'est bien, dit *Nzamé*, et je suis venu mettre la paix au milieu de mes enfants.

— Tu es venu mettre la paix au milieu de tes enfants, oui !

— Voici donc ce que vous allez faire.

— Voici donc ce que nous allons faire, oui, oui !

— Vous êtes devenus trop nombreux pour vivre sur la même colline, et vous m'avez désobéi. Je vous avais dit : « Vous vivrez en paix et sans faire de « disputes. » Vous n'avez pas obéi. »

Les hommes l'interrompent en criant : « Ce sont les femmes qui ont désobéi ! »

Mais *Nzamé* leur impose silence : « Restez silencieux, c'est vous qui êtes les maîtres. L'homme est l'homme, la femme est la femme. Vous allez donc vous séparer. Les uns iront à droite, les autres iront à gauche. Les uns iront en avant, les autres iront en arrière, et vous resterez en paix. »

Mais le vieillard Ndun, le chef de la race, a beaucoup de peine dans son cœur en entendant ces paroles, et il tombe en arrière, et il est comme mort. Ses femmes crient et commencent les lamentations funèbres ; mais *Nzamé* dit : « J'ai pris Ndun avec moi ; parce qu'il est votre père, il doit rester avec nous ! C'est moi le maître de la vie et de la mort. »

Et tous reprennent : « C'est toi le Maître de la vie. C'est toi le Maître de la mort. Oui ! Oui ! Oui ! »

Mais le Créateur : « Ndun est encore vivant ; mais il ne peut rester ainsi avec vous. »

Les hommes ne comprennent pas. Le Créateur répète : « Les uns iront à droite, les autres iront à gauche et ce sera la séparation. Les uns iront droit devant eux et les autres s'en iront en arrière, et vous resterez en paix. »

Et les hommes lui répondent : « C'est bien. Mais les animaux, que feront-ils ? Resteront-ils au village ? »

Et le Créateur : « Prenez avec vous ceux que vous voudrez. »

Et ils choisissent le chien et la poule. Et le chien et la poule restent avec eux. Pour les autres, le Créateur dit : « Je vais les renvoyer dans leurs forêts. » Les hommes réclament : « Ils nous feront du mal ! » Mais le Créateur répond : « Allez dormir dans vos cases, car voici que la nuit est venue. Demain vous verrez « les choses ». »

Et le lendemain, ils virent « les choses ». Et elles étaient deux.

La première, c'est celle-ci :

En rentrant dans sa case, Ndun, le père de la race, eut froid dans son cœur, car son peuple allait le quitter, et il dit à sa femme préférée : « Je suis mort. » Il se couche sur son lit. Le lendemain, il était froid partout et les femmes dirent : « Il est mort. » *Nzamé* dit : « Je le sais, c'est moi, le Maître de la vie, c'est moi, le Maître de la mort. J'ai pris Ndun. Faites les funérailles. »

On fit les funérailles. Les femmes commencent les lamentations et le chant de la mort. Ce chant de la mort, vous le connaissez, nous l'avons gardé.

CHANT DE LA MORT

Père, hélas ! hélas ! pourquoi, ô père, abandonnes-tu
[*ton foyer ?*
Un homme t'a tué, ô père !
Vous chercherez la vengeance de sa mort...
Ton ombre va passer sur la rive opposée.
O père, pourquoi abandonnes-tu ton foyer, ô père ?
Le ciel s'est éclairé, les yeux se sont obscurcis,
L'eau est tombée de l'arbre goutte à goutte, le rat
[*est sorti de son trou.*
Voyez c'est la maison du père.
Cueillez les herbes funéraires.
Aspergez du côté droit, aspergez du côté gauche...
Un homme voit maintenant les choses invisibles.

Après le chant de la mort, le Créateur ordonne : « Prenez deux femmes, une vieille et une jeune. » Et on les prend. Et le Créateur dit : « Faites couler leur sang, car c'est moi, le Maître. »

On fait couler leur sang et elles meurent. Et quand elles sont mortes, le Créateur dit : « Creusez une grande fosse. »

On creuse une grande fosse. Puis le Créateur ordonne : « Mettez Ndun au fond. »

Et quand il y est étendu : « Maintenant, brûlez les deux femmes. » Et on les brûle.

Et quand elles sont brûlées, le Créateur dit : « Ceci, c'est le sacrifice. Et ainsi vous ferez encore quand je l'ordonnerai : je suis le Maître. »

Ils répondent tous : « Tu es le Maître. Oui ! »

Nzamé dit encore : « C'est bien : prenez les cendres et gardez-les avec vous. C'est le signe du mystère. Je vous protégerai. Prenez ce qui reste des femmes et jetez-le sur le corps de Ndun. » Et on le jette. « Exécutez maintenant les danses funèbres. » Quand elles sont dansées, le Créateur dit encore : « La nuit où Ndun est mort, quel animal avez-vous vu en songe ? » Et chacun avait vu un animal. *Nzamé* l'avait ainsi voulu.

Et chaque homme nomme donc un animal, et *Nzamé* dit : « C'est bien. » Il lève le doigt et dit seulement : « Je veux ! » Et les animaux accourent, un de chaque espèce, comme chaque homme l'avait rêvé, et il y en avait une grande quantité. Chaque animal vient se ranger auprès de chaque homme, comme chacun l'avait rêvé.

Le Créateur dit : « Que le sang coule. » Chaque homme prend son couteau de sacrifice et tranche le cou de l'animal : le sang coule, coule et couvre la colline.

Mais les enfants de Ndun réclament : « Pourquoi, nous autres, n'avons-nous pas d'animal ? » Le Créateur leur répond : « Votre tête est vide. N'êtes-vous pas les fils de Ndun et mes enfants ? Votre père était le lézard que j'ai fait au commencement des choses, quand il n'y avait encore rien ! Que réclamez-vous ? Je suis fatigué ! »

Et les fils de Ndun se taisent, car le Créateur est en colère, et parce qu'ils ont les cendres de leur père Ndun. Ils ne soufflent plus un mot. Le sang des animaux coule, coule et couvre toute la colline.

Mais des hommes se tenaient là, qui n'avaient pas eu leur animal. Le Créateur leur dit : « C'est bien. Allez couper les arbres que vous avez vus en songe. » Ils vont les couper et reviennent avec le bois. Le Créateur dit : « C'est bien. »

Et ces hommes, en effet, n'avaient pas vu d'animal dans leurs songes, mais ils avaient vu des arbres, chacun un arbre, chacun un arbre. Et l'on met tout ce bois l'un sur l'autre, arbre sur arbre, arbre sur arbre, arbre sur arbre. Et les autres animaux étaient là, venus de tous les villages. Puis le Maître de la vie dit encore : « Mettez les animaux sur le bois. »

On fait comme il l'a ordonné, et tout d'un coup la chose que nous appelons maintenant « feu » s'élève, et voici comment. Lorsque tous les animaux sont placés sur le bois, et il y en avait beaucoup, beaucoup, le Créateur fait un signe, et le tonnerre vient : il éclate, et l'éclair vient aussi, l'éclair brille, et aussitôt on voit une grande flamme s'élever, et le bois brûle. Et le Maître dit : « C'est le feu. » Les hommes disent : « Oui, c'est bien. Le feu est bon. » Et le fils aîné de Ndun chante le chant du feu, le chant que vous connaissez tous. C'est le fils de Ndun qui a chanté le feu le premier.

CHANT DU FEU

Feu, feu, feu du foyer d'en bas, feu du foyer d'en
                                                    [*haut,*
Lumière qui brille dans la lune, lumière qui brille
                                                [*dans le soleil,*
Etoile qui étincelle la nuit, étoile qui fend la lumière,
                                                    [*étoile filante.*
Esprit du tonnerre, œil brillant de la tempête,
Feu du soleil qui nous donne la lumière,
Je t'appelle pour l'expiation, feu, feu !

Feu qui passe, et tout meurt derrière tes traces,
Feu qui passe, et tout vit derrière toi,
Les arbres sont brûlés, cendres et cendres,
Les herbes ont grandi, les herbes ont fructifié.
Feu ami des hommes, je t'appelle, feu, pour l'expia-
                                            [tion !

Feu, je t'appelle, feu protecteur du foyer,
Tu passes, ils sont vaincus, nul ne te surpasse.
Feu du foyer, je t'appelle pour l'expiation !

Lorsque tous les animaux sont consumés, les hommes, selon l'ordre qu'ils ont reçu, recueillirent les os calcinés, et après les avoir broyés en poudre les gardèrent avec les cendres de Ndun, chacun sa part, chacun sa part. Et le Créateur leur dit : « Cela, c'est l'alliance de l'union. » Tous les hommes disent : « Nous l'aimons ainsi. Nous sommes frères de race. »

Après cela, on jette les cendres sur le corps de Ndun, et quand la fosse est comblée, le Créateur ajoute : « Allez chercher des pierres. »

On va chercher des pierres, et on les met sur la fosse, et les pierres s'élèvent très haut, très haut. Le Créateur dit : « Voilà le Signe. Quand, en voyage, vous verrez l'endroit où repose un homme, vous jetterez une pierre ou une branche ou une feuille, et vous ferez ainsi. »

Les hommes répondent : « Nous ferons ainsi. Oui ! »

Et quand les pierres sont en tas, très haut, très haut, le Créateur dit aux hommes : « C'est ici la séparation et il faut se séparer. » Les hommes partent donc, les uns à droite, les autres à gauche, les uns partent en avant, les autres en arrière, et nul ne reste.

Et ceci est la première chose.

La deuxième, la voici. Elle arriva au moment où

les hommes allaient se séparer. La deuxième chose, la voici donc :

Le Créateur dit aux hommes : « C'est fini. Je ne m'occuperai plus de vous. »

Ils répondent : « Pardon, oh ! pardon. Tu es notre Père et notre Gardien. » Mais le Créateur leur réplique : « L'Esprit de la Race demeurera avec vous, fort et puissant. Il vous protégera. » Tous disent : « Mais la nuit est venue. — Vous irez donc dans vos cases et vous dormirez. »

Tous les hommes vont dans leurs cases et dorment. Le lendemain au matin, ils reviennent dans la case commune, et le Créateur demande : « Vous avez eu les songes ? »

Ils répondent : « Nous avons eu les songes. »

Et le Créateur demande : « Quel animal avez-vous vu dans votre songe ? »

Et chaque homme avait vu le même animal qu'il avait immolé à Ndun. Le Créateur l'avait voulu ainsi, car il dit : « C'est bien, je suis le Maître de la vie et le Maître de la mort. Sortez dans la cour du village. »

Ils sortent donc, et voici que les animaux viennent aussi, chacun auprès de chaque homme, comme chacun l'avait rêvé. Les autres animaux restent dans leurs villages.

Le Créateur dit : « Prenez vos couteaux de sacrifice et faites couler votre propre sang. »

Chacun prend son couteau de sacrifice et fait couler son propre sang. Et il dit encore : « Prenez vos couteaux de sacrifice et faites couler le sang de l'animal. »

Et ils font ainsi. « Prenez le sang de l'animal et mêlez-le au vôtre. »

Et ils font ainsi.

Mais beaucoup ne sont pas satisfaits. Tous voudraient le léopard comme frère de sang. Alors le Créateur ajoute : « Ne regardez pas l'enveloppe :

chaque être a sa vertu particulière. Je suis votre
Père. »

Et ainsi fut fait.

Et le lendemain, tous se séparent, chacun avec
son animal particulier. Les autres animaux partent
dans la forêt, abandonnant le village où ils vivaient
tous ensemble, et chacun fonde sa propre famille.
Chaque homme part, emmenant avec lui sa famille,
et personne ne reste au village, et chaque famille a
son animal ; c'est en lui qu'entre, après la mort, la
vertu de la race.

Et voilà pourquoi, nous autres Ndun, nous avons
le Crocodile.

C'est fini.

4. LA LÉGENDE DE BINGO

Un jour, il arriva que *Nzamé* descendit sur la terre.
Il se promenait au bord du fleuve, assis dans un
canot qui marchait tout seul, tout seul. *Nzamé* ne
pagayait pas. Il accoste près d'un grand village, voulant monter à l'abègne pour interroger les hommes.
Mais voici qu'une jeune fille vient puiser de l'eau
à la fontaine. *Nzamé* la voit et l'aime, car elle était
bonne et travailleuse et ardente à l'ouvrage non
moins que jolie. Il lui donne un fils et l'emmène avec
lui, bien loin, bien loin, dans le pays d'où l'on ne
revient pas. Mboya, c'était le nom de la jeune fille,
Mboya ne revint jamais de ce pays.

Quand son temps fut arrivé, Mboya eut un fils et
l'appela Bingo ; pourquoi, je n'en sais rien, personne
ne me l'a dit, ce doit être un nom de là-bas. Bingo
grandissait, grandissait chaque jour, et Mboya l'aimait plus que tout au monde. Dans ses cheveux, elle
mettait l'Eléli, la fleur aimée des oiseaux ; dans son
petit nez, elle passait une torsade de perles ; son

cou et ses bras étaient ornés de bracelets de cuivre soigneusement fourbis chaque matin.

Bingo grandissait, grandissait toujours, et Mboya l'aimait plus que tout au monde.

Nzamé en conçut une grande colère, et, un jour, irrité de ce que l'enfant Bingo avait volé un poisson dans sa propre réserve, il attache Mboya dans la case, empoigne Bingo et le précipite d'en haut.

Bingo tombe, tombe longtemps : déjà il est presque mort, quand les flots de la grande eau par-delà les montagnes s'entrouvrent sous son corps, heureusement pour lui. Bien mieux encore, il se trouve qu'il n'est pas trop loin du rivage : un pêcheur était dans sa barque, avec ses filets pour attraper du poisson. Il recueille Bingo et l'emmène dans sa case. Le nom du vieillard, c'était Otoyôm.

A peine *Nzamé* avait-il jeté Bingo que Mboya se précipitait à son secours. Parfois la nuit, avez-vous vu dans la forêt une flamme errante qui va çà et là, s'agitant ? Avez-vous entendu une voix de femme qui s'en va bien loin, appelant, appelant sous les ramures ? Ne craignez rien ! C'est Mboya qui cherche son enfant, Mboya qui jamais ne l'a retrouvé. Une mère ne se lasse pas.

Bingo tombé, Mboya partie, *Nzamé* se précipite à son tour, il veut à tout prix retrouver Bingo.

Sur mer, il le cherche : « Mer, mer, as-tu Bingo ? »

Sur terre, il le cherche : « Terre, terre, as-tu Bingo ? »

Et la terre et la mer répondent : « Non, non. »

Impossible de le trouver. Otoyôm, le grand sorcier, avait reconnu la haute naissance de Bingo, et ne voulant point le livrer, il l'avait caché avec soin.

Bingo et l'Araignée

Au fond d'une caverne, Bingo s'est réfugié ; la

caverne est profonde et noire, Bingo dit en son
cœur : « Ici, je suis en sûreté. » Et il y demeure
longtemps.

Nzamé cependant continuait sa poursuite acharnée,
et chaque jour il disait : « Je retrouverai Bingo et
je mangerai son cœur. » Mais Bingo était dans la
profonde caverne, au milieu de la forêt. *Nzamé* arrive
dans la forêt : il rencontre le caméléon.

« Caméléon, as-tu vu Bingo ? »

Mais celui-ci, qui ne veut pas se compromettre,
répond :

« J'ai bien vu passer un homme, mais qui m'eût
dit son nom ?

— Et où allait-il, où est son village ?

— Il allait tantôt ici, tantôt là ; son village est de
l'autre côté de la forêt.

— Et de cela, y a-t-il longtemps ?

— Les jours sont longs, chaque jour est un long
temps, oui, il y a longtemps. »

Nzamé s'en va, dépité, et tandis qu'il cherche çà
et là les traces de Bingo, le caméléon court à la
caverne :

« Bingo, ton père te cherche, prends garde. »

Et il s'en va un peu plus loin, sur le haut du
rocher.

Bingo, averti, efface soigneusement les traces de
ses pas sur le sol, puis va dans un sentier fréquenté,
sur un sol dur, et de là retourne à sa caverne. Mais
il a soin de marcher à reculons, le dos le premier.
Il arrive à la caverne et se cache au fond : tout
aussitôt, Ndanabo, l'araignée, tend sa toile à l'entrée,
une toile épaisse et forte et, dans les fils de la toile,
Caméléon, en hâte, jette les mouches et les insectes.

Nzamé a continué sa poursuite ; il rencontre Vière,
le serpent.

« Vière, as-tu vu Bingo? »

Vière répond : « Oui, oui.

— Est-il dans la caverne de la forêt ?

— Oui, oui. »

Nzamé hâte sa marche ; il arrive près de la grotte.
« Qu'est ceci, dit-il, des pas qui s'en vont ? » Il voit
la toile d'araignée, les mouches qui sont prises. « Un
homme ne saurait être là ! » dit-il.

Et le caméléon en haut du rocher :

« Ah ! tu es venu ici, bonjour !

— Bonjour, Caméléon. C'est dans cette caverne que
tu as vu Bingo ?

— Oui, mais il y a de cela longtemps, longtemps ;
il est parti ; je crois, du reste, que l'on voit encore à
terre les empreintes de ses pas.

— De fait, elles sont là, dit *Nzamé*, je vais les
suivre. Caméléon, tu as bien agi. »

Et *Nzamé* continue sa poursuite.

Il est loin, loin, bien loin déjà. Bingo sort de la
caverne : « Caméléon, dit-il, tu as bien agi. Voici ton
paiement : tu auras, désormais, le pouvoir de changer
de couleur à volonté ; ainsi, tu pourras échapper à
tes ennemis. » Et le caméléon dit : « C'est bien. »

Et Bingo dit à l'araignée : « Ndanabo, tu as bien
agi, que ferais-je pour toi ? — Rien, répond Ndanabo, mon cœur est content. — C'est bien, dit Bingo,
ta présence donnera le bonheur. » Et il part. Sur son
chemin, il trouve Vière, et d'un coup de talon, il lui
écrase la tête.

Il arriva enfin que *Nzamé*, fatigué de sa vaine
poursuite, remonta en haut et laissa Bingo tranquille.
Celui-ci avait hérité de la science de son père adoptif.
Quand Otoyôm mourut, il lava son corps, l'ensevelit
avec soin, mais lui enleva d'abord le crâne pour
l'honorer, le garder dans sa maison et le frotter de
rouge et d'huile le jour des fêtes solennelles. Et c'est
pour cela que l'esprit d'Otoyôm demeure avec Bingo ;
c'est Bingo qui nous a enseigné à garder avec nous,
dans l'Evara, les crânes des ancêtres pour honorer

et garder leur esprit avec nous. Honte à ceux qui ne respectent point les têtes des anciens !

Devenu grand, Bingo parcourut le monde, tous les hommes, toutes les tribus ; il était bon et il enseignait aux hommes à être bons, à faire ce qui est bien. Il opérait toutes sortes de prodiges avec une pierre verte qu'il portait au cou. Cette pierre, Nzamé y avait marqué son nom et l'avait donnée à sa mère Mboya, le premier jour où il l'avait vue. Et Mboya à son tour avait donné la pierre verte à son fils Bingo. Et quand il le voulait, Bingo quittait son corps ; les flèches ne l'atteignaient point, les haches ne le blessaient pas, les bambous empoisonnés ne perçaient pas son pied nu, et les trésors de la terre lui appartenaient tous. Il aimait les hommes noirs et les hommes noirs l'aimaient. Ils faisaient ce qu'il voulait, ce qu'il leur ordonnait, et cela était bien, car Bingo était bon.

Et alors Bingo voulut s'en aller bien loin, bien loin ; il partit vers le pays qui est de l'autre côté des montagnes (je pense bien que ce devait être chez les blancs), et les hommes de par là, ayant vu Bingo ouvrir la terre et en connaître les trésors, l'épièrent de jour et de nuit. A la fin, car Bingo les savait méchants et se cachait d'eux, à la fin, ils le surprirent un jour, la pierre verte à la main. Et pour ravir ses trésors et posséder son secret, ils le tuèrent et prirent la pierre verte, la pierre verte qu'il nous aurait laissée. Depuis ce temps, les hommes de par-delà les monts (tout le monde sait que ce sont les blancs) possèdent les richesses de la terre ; mais, nous autres, nous avons gardé les lois de Bingo. Mes enfants, gardez les coutumes de vos ancêtres, ce sont les bonnes. J'ai dit.

CHAPITRE II

FÉTICHISME :
PERSONNIFICATIONS
PANTHÉISTIQUES

Dieu, Allah, Souala, Nouala, Ouendé, Abasi et Altaï, Outénôu. — Les Malakas, messagers des Dieux. — Diables, Démons, Blissi ou Yblis. — Mani-pouta, Urezhwa.

5. *Pourquoi le monde fut peuplé*, conte ifik.
6. *L'Origine de la Mort*, conte hottentot.
7. *Le Mort et la Lune*, conte sandé.
8. *Le Genre humain*, conte môssi.
9. *Le Ciel, l'Araignée et la Mort*, conte agni.

FÉTICHISME :
PERSONNIFICATIONS
PANTHÉISTIQUES

5. POURQUOI LE MONDE FUT PEUPLÉ

Abasi se leva, s'assit là, fit toutes les choses supé-
rieures, toutes les choses inférieures, l'eau, la forêt,
la rivière, les sources, les bêtes de la forêt ; il fit
toutes les espèces de choses dans le monde entier. Il
ne fit pas l'homme.

Tous les hommes habitaient en haut, avec Abasi.
A ce moment, aucun homme n'existait dans ce bas
monde ; il n'y avait que les bêtes de la forêt, les
poissons qui sont dans l'eau, les oiseaux que nous
voyons dans les airs et beaucoup d'autres êtres qu'il
n'est pas nécessaire d'énumérer. Mais l'homme n'existait pas dans le bas monde. Tous les hommes étaient
en exil, ils habitaient avec Abasi dans son village.
Quand Abasi s'asseyait et mangeait, ils se joignaient
à lui et à Altaï.

A la fin, Altaï appela, Abasi répondit et elle lui
dit : « La situation telle qu'elle est n'est pas bonne.
Tu possèdes la terre qui existe là, tu possèdes le ciel

qu'ils habitent ici, tu as fait un endroit entier pour y
rester et si tu n'y places pas les hommes, ce n'est
pas bien. Cherche un moyen de placer les hommes
sur la terre pour qu'ils y demeurent et y allument
du feu, de façon que le ciel soit chauffé, car le froid
y est considérable parce qu'il n'y a pas de feu sur
la terre. »

6. L'ORIGINE DE LA MORT

La lune meurt et revient à la vie. Elle dit au
lièvre : « Va trouver les hommes et dis-leur : « De
« même que je meurs et reviens à la vie, de même
« vous devez mourir et ressusciter. »
Le lièvre s'en va trouver les hommes et leur dit :
« De même que je meurs et ne reviens pas à la vie,
de même vous devez mourir et ne pas ressusciter. »
Quand il revient, la lune lui demande : « Quel
message as-tu porté aux hommes ?
— Je leur ai dit : « De même que je meurs et ne
« reviens pas à la vie, de même vous devez mourir
« et ne pas ressusciter. »
— Quoi ! crie la lune, tu as dit cela ? » Elle prend
un bâton et le frappe sur la bouche, qui se fend.
Le lièvre fuit et court.

7. LE MORT ET LA LUNE

Un vieillard voit un mort sur lequel tombait la
clarté de la lune. Il réunit un grand nombre d'animaux et leur dit : « Lequel de vous, mes braves,
veut se charger de passer le mort ou la lune sur
l'autre bord de la rivière ? »
Deux tortues se présentent : la première, qui a de
longues pattes, prend la lune et arrive saine et sauve

avec elle sur la rive opposée ; l'autre qui a de petites pattes, emporte le mort et se noie.

C'est pourquoi la lune morte reparaît tous les jours et que l'homme mort ne revient jamais.

8. LE GENRE HUMAIN

Trois hommes s'étaient suivis pour aller chez Ouendé lui exposer leurs besoins. L'un d'eux dit : « Je veux un cheval. » L'autre dit : « Je veux des chiens pour chasser dans la brousse. » Le troisième dit : « Je veux une femme pour me désaltérer. »

Et Ouendé leur donna tout : au premier, un cheval ; au second, des chiens ; au dernier, une femme.

Les trois hommes s'en vont. Mais arrive la pluie qui les enferme trois jours dans la brousse. La femme leur fait alors à manger, à tous les trois. Les hommes disent : « Retournons chez Ouendé. » Et ils y vont.

Tous lui demandent alors des femmes. Et Ouendé veut bien changer le cheval en femme, et les chiens aussi en femmes.

Les hommes s'en vont. Or la femme issue du cheval est gourmande ; les femmes issues des chiens sont méchantes ; mais la première femme, celle que Ouendé a donnée à l'un d'eux, est bonne : c'est la mère du genre humain.

9. LE CIEL, L'ARAIGNÉE ET LA MORT

Le Ciel avait une forêt remplie d'orties. Il dit qu'il donnerait sa fille en mariage à quiconque défricherait sa forêt. Alors l'éléphant arrive, prend un coupe-coupe et commence à défricher la forêt. Mais le Ciel déclare que celui qui se gratterait en défrichant la forêt n'obtiendrait pas la main de sa fille ;

au contraire, celui qui défricherait la forêt sans se gratter aurait la jeune fille.

L'éléphant se met donc à défricher la forêt ; mais tout de suite, il se gratte, gratte. Alors les enfants du Ciel vont lui dire :

« L'éléphant s'est gratté !

— Il ne sait pas défricher la forêt », dit le Ciel. Et il enlève sa fille des mains de l'éléphant.

Il appelle toutes les bêtes sauvages ; elles viennent en grand nombre, mais ne peuvent réussir à défricher la forêt sans se gratter.

Alors l'araignée dit qu'elle voulait essayer, elle aussi ; elle se met à défricher la forêt et elle dit à Ouré, la fille du Ciel :

« Tu connais le bœuf qu'on va prendre pour que tu me le fasses manger ? Ici il a du noir, et là il a du rouge, et ici il a du blanc. »

Et en disant cela, l'araignée se grattait, mais les enfants du Ciel n'allèrent pas dire à leur père qu'elle se grattait. Et ainsi l'araignée put arriver à bout de défricher la forêt. Et le Ciel lui donna sa fille en mariage et lui fit cadeau du bœuf.

L'araignée dit :

« C'est à moi, ce bœuf ; je ne veux pas que les mouches viennent se poser dessus pour en manger. »

Et elle s'en va dans un endroit où il n'y a pas de mouches, afin d'y tuer son bœuf pour le manger. Elle s'en va ainsi très loin. Quand elle arrive, son feu était éteint. Elle dit alors à son petit garçon, qui s'appelait Aba-Kan :

« Aba, tu vois ce feu là-bas : va en chercher pour que nous mangions notre bœuf. »

Aba y va : c'était la Mort qui dormait. Aba-Kan voit un anus qui était rouge, il croit que c'est du feu et, prenant un petit morceau de bois, il s'approche de l'anus de la Mort pour l'allumer. A ce contact, la Mort s'éveille et demande :

« Qu'y a-t-il ? »

Aba-Kan répond :

« C'est papa qui te fait dire de venir pour que nous mangions le bœuf. »

Et la Mort vint.

Dès que l'araignée aperçoit la Mort, elle lui dit :

« Oui, j'avais dit à Aba-Kan d'aller t'appeler.

— Eh bien, me voici, dit la Mort ; tuons le bœuf et mangeons. »

Et ils tuèrent le bœuf.

« Donne-moi une épaule », dit la Mort.

L'araignée prend une épaule et la donne à la Mort qui n'en fait qu'une bouchée, et qui dit à l'araignée :

« Donne-moi le bœuf tout entier. »

L'araignée le lui donne et la Mort, sans bouger de place, l'avale tout entier.

L'araignée avait bien dit :

« Je ne veux pas que les mouches touchent à mon bœuf. »

Mais déjà la Mort le lui avait mangé tout entier et il ne restait rien pour l'araignée.

C'est fini.

CHAPITRE III

FÉTICHISME :
LES GUINNÉS
DIVINITÉS PRIMITIVES

Génies, djinn. — *Guinné, la Chose, l'Etre, la Créature de la brousse, l'Homme de l'eau, l'Ombre.* — *a)* Guinnés géants : *guinna, dyini, odyigou, guinnârou, dzinna, bêlou, siga, bâri ; yébem, faro.* — *b)* Guinnés nains : *ouokolo, nyama, tigirka, pori, gottéré, outakounua, dégué-dégué.* — Guinnés de la Terre et des profondeurs souterraines : *Guiné, Sanou (l'or).* — Guinnés de l'Air : *Onokolo, Hafritt, Corambé,* génie-oisèau. — Guinnés du Feu : *Tologuina.* — Guinnés de l'Eau : *Guiloguina, Boulané, Faro, Arondo-Jénu, Mounou, Moutâné-Rouha, Arikounua, Diandiane.* — *Effets produits par la vue d'un guinné.* — *Mœurs et habitudes des guinnés.*

10. *Boulané et Senképeng,* conte bassouto.
11. *Arondo-Jénu,* conte achira.
12. *La Saison humide et la Saison sèche,* conte kama.
13. *Les Esprits dans le trou de rat,* conte gan.

FÉTICHISME :
LES GUINNÉS
DIVINITÉS PRIMITIVES

10. BOULANÉ ET SENKÉPENG

Il y avait une fois une fille de chef nommée Senképeng ; son père avait un serviteur nommé Mapapo.
Boulané envoya une grande sécheresse sur tout le
pays ; il n'y pleuvait plus jamais, et toutes les sources
étaient taries ; partout on ne trouvait plus une goutte
d'eau. Les gens essayaient de tuer les bœufs et de
presser l'herbe contenue dans leur estomac pour en
tirer un peu d'eau ; mais même là, ils n'en pouvaient
trouver. Un jour, le père de Senképeng, Rasenképeng, dit à Mapapo : « Va chercher de l'eau ; peut-
être en trouveras-tu quelque part. » On prépara une
grande expédition ; on chargea sur les bœufs de
somme de la farine, toutes sortes de vivres et une
grande quantité de calebasses pour puiser de l'eau.
Mapapo et ses compagnons voyagèrent fort longtemps sans en rencontrer ; enfin Mapapo monta sur
une haute montagne, et loin, bien loin, au fond d'une
gorge, il vit briller de l'eau. Alors il redescendit

de la montagne et marcha dans la direction de cette eau jusqu'à ce qu'il l'eût trouvée.

Il se penche pour boire, mais le maître des eaux le frappe sur la bouche et l'empêche de boire ; il essaie d'en puiser dans ses mains, cette fois encore le maître des eaux l'empêche d'en boire. Mapapo se relève tout étonné et dit au maître des eaux qui restait toujours invisible : « Seigneur, pourquoi m'empêches-tu de boire ? » Le maître des eaux dit : « Je te permettrai d'en boire, Mapapo, si tu me promets de persuader Rasenképeng de me donner Senképeng en mariage. S'il refuse de me l'accorder, toute sa tribu mourra de soif avec tout le bétail. » Mapapo lui répond : « Je le lui dirai ; mais permets-moi maintenant de puiser dans cette eau. » Le maître des eaux le lui permet. Alors Mapapo se met à en boire ; il boit, il boit jusqu'à ce que sa soif soit assouvie. Il remplit ensuite d'eau toutes les calebasses qu'il avait apportées, puis il vide le tabac qu'il avait dans sa tabatière et y verse encore de l'eau. Puis il charge les calebasses sur son dos et marche toute la nuit pour retourner chez son maître.

Il y arrive avant le jour. Dès qu'il est arrivé il se présente chez Rasenképeng et lui dit : « Voici de l'eau, chef. » Il ajoute : « Le maître des eaux te fait dire qu'il veut épouser Senképeng. Si tu refuses de la lui accorder, ton peuple tout entier périra avec tout ton bétail : il ne restera pas une âme vivante. » Alors on fit appeler Senképeng ; son père lui dit : « C'est à cause de toi que nous manquons d'eau ; c'est à cause de toi que tout mon peuple périt. Mapapo me dit que le maître des eaux veut t'épouser ; si on refuse de t'envoyer chez lui, mon peuple tout entier périra par ta faute. » Senképeng répond : « Non, le peuple ne périra pas par ma faute ; vous pouvez me conduire chez le maître des eaux. »

Le lendemain, dès qu'il commence à faire jour, Rasenképeng fait appeler son peuple tout entier et lui raconte tout ce que Mapapo lui a rapporté. Le peuple consent à tout ; puis on rassemble les bœufs de somme, on moud des masses de farine, on tue du bétail en quantité ; on charge la viande et la farine sur les bœufs de somme et l'on choisit des jeunes gens et des jeunes filles pour accompagner Senképeng. Tout ce monde se met en route conduit par Mapapo ; c'était· lui qu'on avait chargé de mener Senképeng à son mari. Quand ils sont arrivés à l'endroit fixé, ils déchargent leurs bœufs et déposent à terre les vivres qu'ils ont apportés. Il n'y avait rien en cet endroit, pas même une seule petite hutte. Les compagnons de Senképeng restèrent longtemps avec elle sans voir personne. Vers le soir ils lui disent enfin : « Il nous faut maintenant partir et retourner chez nous. » Senképeng leur répond : « C'est bien, vous pouvez aller. »

Ils partent ; elle reste seule. Alors elle demande à haute voix : « Où coucherai-je ? » Une voix répond : « Ici même. » Senképeng demande : « Ici même ? où ? » La voix reprend : « Ici même. » Senképeng se tait ; elle reste longtemps silencieuse, puis elle demande de nouveau : « Où coucherai-je ? — Ici même. — Ici même ? Où ? — Ici même. » Elle reçoit toujours la même réponse, jusqu'au moment où le sommeil la saisit, et où elle s'endort. Elle dort profondément. Elle se réveille et voit qu'il va pleuvoir. Elle demande : « Il pleut ; où coucherai-je ? » La voix répond : « Ici même. — Ici même ? Où ? — Ici même. » Elle s'endort de nouveau et dort jusqu'au matin. A son réveil elle voit qu'elle est couchée dans une hutte. Elle avait des couvertures, de la nourriture, il ne lui manquait rien. Mais le maître de la hutte, Boulané (*qui-ouvre-une-hutte-pleine-de-poussière*), restait invisible, elle ne voyait personne, la seule chose qu'elle pouvait voir, c'était la hutte où elle était et les effets qui s'y trouvaient.

Elle vécut longtemps dans cette hutte, sans voir personne, y demeurant tout à fait seule. Enfin elle devient enceinte, sans avoir cependant jamais vu un homme auprès d'elle. Le mois qu'elle doit accoucher, sa belle-mère Maboulané vient chez elle pour l'assister. Alors Senképeng met au monde un petit garçon. Lorsque l'enfant a un peu grandi, Maboulané retourne chez elle, laissant sa belle-fille seule comme auparavant. Un jour Senképeng dit : « Peut-être puis-je aller chez moi faire visite à mes parents ; j'ai un vif désir de les revoir. » La voix répond : « Tu peux y aller. » Le lendemain elle part et va chez ses parents. Dès qu'elle arrive, on crie de tous côtés : « Voici Senképeng ; c'est bien elle qui arrive, et même elle a maintenant un petit garçon. » Elle reste quelques jours à la maison ; quand elle part, sa petite sœur Senképényana lui dit : « Je veux aller avec toi. » Senképeng lui répond : « C'est bien, partons ensemble ; en effet, je suis bien seule. » Elles arrivent à la hutte de Senképeng et y passent la nuit. Le lendemain la sœur aînée dit à la cadette de garder son enfant pendant qu'elle s'en ira aux champs.

L'enfant pleure ; Senképényana le bat et lui dit : « Enfant dont personne n'a vu le père ! Personne ne peut même dire où il est ! » Le père de l'enfant entendait tout ce que disait Senképényana. Un autre jour, Senképeng dit encore à sa sœur : « Reste avec l'enfant, pendant que je vais à la fontaine. » L'enfant pleure ; Senképényana le bat et lui dit : « Enfant dont personne n'a vu le père ! Personne ne peut même dire où il est ! » Elle gronda l'enfant à plusieurs reprises et de la même manière.

Quand elle veut entrer dans la hutte et en ouvrir la porte, elle voit un homme qui se tenait assis tout

au fond de la hutte. Cet homme lui dit : « Apporte-
moi mon enfant ; pourquoi le grondes-tu toujours,
disant que personne ne sait qui est son père ? C'est
moi qui suis son père. » Senképényana voit que
Boulané était vêtu d'une couverture de fer qui brillait
tant que cela l'aveuglait ; elle veut sortir et se
heurte contre la paroi de la hutte, puis quand elle
est un peu remise, elle sort et s'enfuit au plus vite.

Senképeng arrive, dépose son pot d'eau, prend un
balai et se met à balayer le *lapa*. Boulané l'appelle :
« Senképeng, Senképeng. » Quand elle entre dans la
hutte, elle est effrayée et s'écrie : « D'où vient cet
homme tout brillant, vêtu d'une couverture de fer,
qui tient mon enfant dans ses bras. » Elle s'assoit à
terre. Boulané lui demande : « Senképeng, qui est
ton mari ? » Elle répond : « Seigneur, je ne le connais
pas. » Boulané lui demande une seconde fois :
« Senképeng, qui est ton mari ? » Elle répond :
« Seigneur, je ne le connais pas. » Alors il lui dit :
« C'est moi qui suis ton mari ; c'est moi qui suis
Boulané (*celui qui refuse de se marier, qui ouvre
une hutte pleine de poussière*) ; c'est moi qui suis
ton mari. Ta sœur, que tu as amenée ici, gronde
toujours mon enfant et lui dit que personne n'a
jamais vu son père ; c'est moi qui suis son père. »
Ce jour-là Senképeng voit pour la première fois
son mari. Boulané prend une couverture de fer
et en revêt son enfant.

A partir de ce jour, Boulané reste auprès de sa
femme et ne disparaît plus. Le même jour apparaît en cet endroit un grand village avec une grande
quantité de bœufs, de vaches, de moutons, de
grandes corbeilles pleines de sorgho ; tout cela
sort de dessous terre. Maintenant Senképeng
comprend qu'elle est réellement la femme d'un grand
chef et qu'elle règne sur un grand peuple.

11. ARONDO-JÉNU

Atungulu-Shimba était roi. Il était au pouvoir par
droit d'hérédité et il avait fait bâtir huit maisons
neuves. Mais Atungulu avait juré de manger tous
ceux qui se querelleraient avec lui. Il fit comme il
avait dit. Il mangea tous ses ennemis les uns après
les autres, jusqu'à ce qu'il restât seul dans ses
domaines. Alors il épousa la belle Arondo-Jénu, fille
d'un roi voisin.

Une fois marié, Atungulu prend l'habitude de
passer toute la journée dans la forêt pour tendre
des pièges aux animaux sauvages et de laisser sa
femme dans son village. Un jour Njalé, le frère aîné
d'Arondo-Jénu (car Corambé, le roi des airs, leur
père, avait trois fils) vint pour arracher sa sœur
des griffes d'Atungulu-Shimba ; mais le roi survient
tout à coup et le mange. Le second frère se présente
ensuite et est mangé à son tour. Enfin arrive
Reninga, le troisième frère. Il s'engage entre lui et
Atungulu une grande bataille qui dure depuis le
lever du soleil jusqu'à midi. A la fin Reninga est
vaincu et son adversaire le mange comme ses deux
frères.

Reninga, cependant, qui avait sur lui un puissant
fétiche, sort vivant du corps d'Atungulu. Le roi,
en le revoyant, s'écrie :

« Comment avez-vous fait pour vous tirer de
là ? »

Puis il se barbouille de craie magique et dit :
« Reninga, emmène ta sœur. »

Après quoi, il va se jeter à l'eau.

Avant de se noyer, il avait déclaré que si Arondo-
Jénu se remariait, elle mourrait ; et sa prédilection
se vérifia, car la veuve épousa un autre homme et
mourut bientôt après. Alors Reninga, à son tour

désolé d'avoir perdu sa sœur, se jette à l'eau, à la
même place où Atungulu avait péri, et se noie
aussi.

A l'endroit où Atungulu s'est précipité, le voyageur peut voir, en regardant au fond de l'eau,
les corps d'Atungulu et de sa femme gisant là,
côte à côte. Les ongles de cette belle créature sont
polis et luisants comme un miroir. C'est depuis ce
temps-là que l'eau a acquis la propriété de réfléchir
les objets et qu'elle a pris le nom d'Arondo-Jénu.
Chacun peut voir aussi sa propre image dans les
ondes, par suite de la transparence que leur ont
communiquée les ongles d'Arondo-Jénu.

12. LA SAISON HUMIDE ET LA SAISON SÈCHE

Un jour, il y eut une grande dispute entre Nchanga,
la saison humide, et Enomo, la saison sèche, pour
savoir qui des deux était l'aînée, elles allèrent jusqu'à engager un pari sur ce point, dont la décision
fut remise à une assemblée des esprits de l'air et
des cieux.

Nchanga commença par dire : « Quand je vais
quelque part, la sécheresse vient après moi ; donc
je suis la plus ancienne. »

Enomo lui répondit : « Partout où je parais, la
pluie me succède, donc elle est ma cadette. »

Les esprits de l'air écoutèrent leurs raisons et
quand les deux rivales eurent cessé de parler, ils
s'écrièrent : « En vérité ! en vérité ! nous ne pou-
vons dire laquelle de vous est l'aînée, il faut que
vous soyez toutes deux du même âge. »

13. LES ESPRITS DANS LE TROU DE RAT

Une fois, il y eut une grande famine dans tout
le pays. Alors l'araignée sortit de la brousse, avec son
petit, pour chercher des noix sous une vieille
muraille. Elles passent plusieurs semaines sans rien
trouver ; à la fin, la jeune araignée trouve une noix.
Pleine de joie, elle la casse, mais voici qu'elle
tombe de sa main et roule dans un trou de rat. La
jeune araignée ne veut pas perdre son butin, elle
descend dans le trou de rat à la recherche de sa
noix perdue.

Alors trois esprits se présentent à elle : un blanc,
un rouge et un noir, trois esprits qui depuis la
création du monde ne se sont jamais lavés, ni ne se
sont jamais rasé la barbe. Ils lui disent : « Où vas-
tu ? Que cherches-tu ? » Alors la jeune araignée
leur raconte son infortune et dit qu'elle est venue
dans le trou de rat chercher sa noix perdue.

Les trois esprits lui disent : « Tu t'exposes ainsi
pour une noix ! » Alors ils déterrent des *yams* et
lui en donnent en quantité, et disent : « Ecorce ces
yams, fais-en cuire les écailles, mais ne jette pas le
bon... » La jeune araignée obéit, elle prépare les écailles, et voici qu'elles se changent en *yams* énormes.

La jeune araignée reste là pendant trois jours et
devient très grasse. Le quatrième jour, elle demande
aux esprits la permission de porter quelques-uns
de ces précieux *yams* à ses compagnons d'infortune.
Les esprits le lui permettent et la congédient avec
une grande corbeille pleine de *yams*.

Ils l'accompagnent un bout de chemin et, avant
qu'elle ne prenne congé d'eux, ils lui disent : « Tu es
maintenant notre amie, c'est pourquoi nous voulons
te confier quelque chose. Nous voulons t'apprendre
une maxime, mais ne la révèle à personne. »

Alors ils commencent :

> *Esprit blanc, hoho !*
> *Esprit rouge, hoho !*
> *Esprit noir, hoho !*
> *Si ma tête était foulée aux pieds,*
> *Que m'arriverait-il ?*
> *La tête, il la jette ;*
> *Le pied, il le jette ;*
> *La tête, il la jette.*
> *Toi, tu as offensé le grand fétiche !*

Ainsi chantent les esprits, puis ils quittent l'araignée. Lorsqu'elle arrive chez elle et qu'elle montre les *yams,* son père convoque tous ses amis et chacun d'eux manifeste sa joie. Ils mangent tous avec le plus grand plaisir des *yams* apportés et ils deviennent tous très gras. Alors la jeune araignée retourne souvent au trou de rat habité par les esprits qui ne se sont jamais lavés et renouvelle sans cesse la provision des *yams.*

Un jour, le père de la jeune araignée veut l'accompagner. La jeune araignée ne veut rien entendre. Son père n'est pas sérieux, il ne renonce pas à son projet. La nuit, tandis que la jeune araignée dort, il fait un trou à sa corbeille et la remplit de cendres. Quand, le lendemain matin, elle se met en route avec la corbeille percée, son père suit secrètement son chemin tracé par les cendres. Il la rejoint devant la ville.

« Bien, dit la jeune araignée, je vois que tu veux y aller à ma place. Fort bien ! vas-y, je m'en retourne. Mais, père, fais bien attention à ne pas trop parler et ne pose pas à l'homme sage. »

Alors la jeune araignée s'en va. Mais son père lui crie : « Soigne-toi bien ! » Et il entre tout droit dans le trou de rat.

Alors les esprits se portent à sa rencontre et lui demandent ce qu'il veut. Quand le père les voit, il éclate de rire et s'écrie : « Oh ! ces fous qui ne se sont jamais lavés ! Venez, dois-je raccourcir vos barbes en broussaille ? — Veux-tu peut-être nous apprendre la sagesse ? s'écrient les esprits. Et d'abord, que cherches-tu ici ? »

Alors le père de l'araignée leur apprend qu'il est venu chercher des *yams* pour lui et ses compagnons. Là-dessus, les esprits lui en apportent et lui disent : « Ecorce-les et fais-en cuire les écailles. »

Le père de l'araignée se met à rire et pense : « Ça serait vraiment sot ! » Il place les *yams* sur le feu, mais ils ne veulent rien donner. A la fin, il suit le conseil des esprits, place sur le feu, non pas les *yams*, mais les écailles qui se changent aussitôt en fruits magnifiques.

Après quelque temps, le père de l'araignée dit : « Je veux m'en aller. » Alors les esprits lui donnent un grand panier plein de *yams*, l'accompagnent un bout de chemin et, avant de le quitter, lui enseignent la maxime qu'ils avaient enseignée à la jeune araignée, mais ils lui recommandent de ne jamais la chanter. Aussitôt le père de l'araignée se met à la chanter à tue-tête ; comme les esprits se taisent, il pense qu'ils ont seulement murmuré un ancien chant de leur patrie.

A peine sorti du trou de rat, le père de l'araignée se remet à chanter à haute voix :

> *Esprit blanc, hoho !*
> *Esprit rouge, hoho !*
> *Esprit noir, hoho !*
> *Si ma tête était foulée aux pieds,*
> *Que m'arriverait-il ?*
> *La tête, il la jette ;*
> *Le pied, il le jette ;*

La tête, il la jette.
Toi, tu as offensé le grand fétiche !

Aussitôt une violente douleur le saisit. Le père de l'araignée s'affaisse, comme si sa tête, ses jambes, ses mains étaient coupées. Mais son chant continue encore. Pleins de compassion, les esprits l'éveillent de ce mauvais songe. Mais il chante de nouveau. Alors il tombe avec ce rêve effrayant devant les yeux. De nouveau, les esprits l'éveillent. Mais lorsqu'il recommence pour la troisième fois le chant défendu, les esprits lui enlèvent les *yams* et le battent, le battent.

Les habitants de la ville se réjouirent au commencement, quand le père de l'araignée revint, mais quand ils apprirent son aventure, ils chassèrent ce fou, irrités.

CHAPITRE IV

FÉTICHISME :
ANIMAUX GUINNÉS

Niabardi Dallo, le Caïman. — Ninguinanga, le Boa. — Ouârasa, le mangeur d'hommes. — Minimini, By boumbouni, le Serpent. — Kammapa, le mangeur du monde. — L'Oiseau de la Pluie, etc.

14. *Kammapa et Litaolané*, conte sessouto.
15. *Murkwé-Léza*, conte soubirja.
16. *Séédimwé*, conte soubirja.
17. *Mosélantja*, conte bassouto.
18. *Histoire de l'oiseau qui fait du lait*, conte ba-kalong.

FÉTICHISME :
ANIMAUX GUINNÉS

14. KAMMAPA ET LITAOLANÉ

On dit qu'autrefois tous les hommes périrent. Un animal prodigieux, qu'on nomme Kammapa, les dévora, grands et petits. Cette bête était horrible, il y avait une distance si grande, si grande d'une extrémité de son corps à l'autre, que les yeux les plus perçants pouvaient à peine aller jusqu'au bout. Il ne resta sur la terre qu'une femme qui échappa à la férocité de Kammapa. Elle se tenait soigneusement cachée. Cette femme conçut et elle enfanta un fils dans une vieille étable à veaux. Elle fut très surprise, en le considérant de près, de lui trouver au cou des amulettes divinatoires.

« Puisqu'il en est ainsi, dit-elle, son nom sera Litaolané, le Divin. Pauvre enfant ! Dans quel temps est-il né ! Comment échappera-t-il à Kammapa ? Que lui serviront ses amulettes ? »

Elle parlait ainsi en ramassant dehors quelques brins de fumier qui devaient servir de couche à son nourrisson. En rentrant dans l'étable, elle faillit mourir de surprise et d'effroi. L'enfant était déjà

parvenu à la stature d'un homme fait et il profé-
rait des discours pleins de sagesse. Il sort aussitôt
et s'étonne de la solitude du monde.

« Ma mère, dit-il, où sont les hommes ? N'y a-t-il
que toi et moi, sur la terre ? — Mon enfant, répond
la femme en tremblant, les hommes couvraient, il
n'y a pas longtemps, les vallées et les montagnes,
mais la bête, dont la voix fait trembler les rochers,
les a tous dévorés. — Où est cette bête ? — La
voilà tout près de nous. »

Litaolané prend un couteau et, sourd aux prières
de sa mère, il va attaquer le mangeur du monde.
Kammapa ouvre son épouvantable gueule et l'en-
gloutit, mais l'enfant de la femme n'est pas mort ; il
est entré, armé de son couteau, dans l'estomac du
monstre et lui déchire les entrailles. Kammapa
pousse un horrible mugissement et tombe. Litaolané commence aussitôt à s'ouvrir un passage ; mais
la pointe de son couteau fait pousser des cris à
des milliers et des milliers de créatures humaines,
enfermées vivantes avec lui. Des voix sans nombre
s'élèvent de toutes parts et lui crient :

« Prends garde, tu nous déchires. »

Il parvient cependant à pratiquer une ouverture
par laquelle les nations de la terre sortent avec lui
du ventre de Kammapa. Les hommes, délivrés de la
mort, se disent les uns aux autres : « Qui est
celui-ci qui est né de la femme solitaire et qui n'a
jamais connu les jeux de l'enfance ? D'où vient-il ?
C'est un prodige et non un homme. Il n'a rien de
commun avec nous : faisons-le disparaître de la
terre. »

Ceci dit, ils creusent une fosse profonde, la recouvrent de gazon, et placent un siège dessus ; puis un
envoyé court chez Litaolané et lui dit : « Les
anciens de ton peuple se sont assemblés et désirent
que tu viennes t'asseoir au milieu d'eux. »

L'enfant de la femme y va ; mais en passant près du piège, il y pousse adroitement un de ses adversaires, qui disparaît pour toujours.

Les hommes disent encore : « Litaolané a l'habitude de se reposer au soleil près d'un tas de roseaux ; cachons un guerrier armé dans les roseaux. »

Cette embûche ne réussit pas mieux que la première. Litaolané n'ignorait rien et sa sagesse confondait toujours la malice de ses persécuteurs. Plusieurs d'entre eux, en tâchant de le jeter dans un grand feu, y tombèrent eux-mêmes. Un jour qu'il était vivement poursuivi, il arrive au bord d'une rivière profonde et se métamorphose en pierre. Son ennemi, surpris de ne pas le trouver, saisit cette pierre et la lance sur la rive opposée. Il dit :

« Voilà comme je lui casserais la tête si je l'apercevais sur l'autre bord. »

La pierre redevient homme, et Litaolané sourit sans crainte à son adversaire qui ne peut plus l'atteindre, et exhale sa fureur par des cris et des gestes menaçants.

15. MURKWÉ-LÉZA

On dit que l'oiseau de la pluie avait une femme. Il dit à un homme :

« J'épouse ta fille.

— Epouse-la. »

Alors l'oiseau de la pluie épouse cette femme-là. Alors ses beaux-parents, parce qu'ils mouraient de soif, disent à leur gendre : « Va nous puiser de l'eau. »

Il y va, arrive près de l'eau et boit ; quand il a fini de boire, il se dit : « Quel tour pourrais-je bien leur jouer ? » Alors il se dit : « Je mettrai du sable dans les calebasses. »

Alors il remplit de sable toutes les calebasses, prend un tout petit peu d'eau et la verse sur le sable. Puis il porte l'eau au village. Arrivé là, il la donne à ses beaux-parents. Ceux-ci sont tout joyeux en voyant ces grandes calebasses toutes pleines. Ils disent : « Aujourd'hui nous aurons beaucoup d'eau à boire. »

Puis ils portent les calebasses dans la hutte. Ils disent : « Nous te remercions. » L'oiseau de la pluie dit : « C'est bien. »

Alors l'oiseau de la pluie se dit : « Je leur ai joué un bon tour. »

Sa femme lui demande : « Où est l'eau ? » Son mari répond : « Je l'ai portée à mes beaux-parents. »

Alors la femme de l'oiseau de la pluie lui dit : « Verse-moi de l'eau dans ma tasse. »

La belle-mère incline la calebasse ; elle voit que le peu d'eau qui s'y trouve tombe dans la tasse et qu'il n'y en a que fort peu. Alors elle dit à son mari : « Il n'y a pas d'eau, ce n'est que du sable ; il n'y a pas d'eau. »

Le beau-père appelle son gendre et lui dit : « Pourquoi nous as-tu puisé du sable au lieu d'eau ? » L'oiseau de la pluie dit : « J'ai essayé de puiser l'eau, mais il y avait là beaucoup de sable ; c'est ainsi qu'il en est entré dans mes calebasses. »

Le beau-père lui dit : « En vérité, tu nous as joué un mauvais tour. »

Son beau-père le chasse et dit : « Pars d'auprès de mon enfant. »

Il ajoute : « Dorénavant, tu ne boiras plus de l'eau du fleuve ; mais seulement l'eau de la rosée et de la pluie. »

Ici finit l'histoire de l'oiseau de la pluie.

16. SÉÉDIMWÉ

Séédimwé était un grand animal qui faisait du mal aux hommes. Un jour que les hommes avaient été tendre des pièges aux animaux et qu'ils en avaient pris dans leurs pièges, ils les apportèrent au village et les firent cuire dans les pots. Alors ils disent à Séédimwé : « Mangeons maintenant. » Mais Séédimwé leur répond : « Je suis rassasié. »

C'était un mensonge, car il voulait tout manger, tout seul, pendant la nuit. Les hommes s'endorment. Au lever du soleil, il se trouve que Séédimwé a avalé tous les pots pendant la nuit. Les hommes demandent :

« Qui a mangé notre viande ? »

Ensuite ils retournent à leurs pièges et y trouvent des animaux. Ils les apportent au village et les font cuire. Le lendemain, ils voient que Séédimwé a de nouveau avalé tous les pots.

Le jour suivant, ils apportent encore la viande des animaux et la font cuire. Cette fois, le lièvre se cache et dit : « Je verrai bien aujourd'hui si c'est notre chef qui mange toute notre viande. »

La nuit, pendant qu'ils dorment, le lièvre s'est couché près du foyer et dit : « Je le verrai bien. »

Aussi lorsque Séédimwé se lève pour manger la viande, le lièvre se met à dire : « Je te vois, oncle maternel. »

Séédimwé a peur et se recouche. Ensuite il se lève de nouveau pendant que tous dorment. Mais le lièvre, lui, ne dort pas. Et comme Séédimwé éternue, le lièvre crie : « Je te vois, oncle maternel. »

Cela continue ainsi jusqu'au matin. Lorsque le soleil se lève, Séédimwé est couché, malade. On lui crie : « Lève-toi et mangeons de la viande. » Il répond : « Je n'en veux pas ; je suis malade. »

Les gens mangent la viande ; ils la mangent

toute. Alors Séédimwé se lève et trouve qu'il n'y a
plus rien. Alors il avale les pots vides et les hommes
avec. Le lièvre, lui, s'était caché dans l'herbe.

Quand Séédimwé a fini de manger les gens, il
avale leurs maisons et il s'en va. Alors le lièvre
rassemble tous les animaux pour lui donner la
chasse et le tuer. Les premiers qui y vont sont
l'élan et le zèbre. Ils y vont, mais ils ne voient
que de la poussière. Ils reviennent et disent : « Nous
ne l'avons pas vu. »

Ensuite partent le lion et le léopard : eux aussi
ne peuvent l'atteindre. Ensuite y vont le gaon et le
gaon blanc. Puis l'antilope et la gazelle. Eux tous
reviennent sans avoir rien vu. Ensuite partent le
chien sauvage et l'hyène. Ceux-ci savent trouver Séédimwé. Le chien sauvage se met à crier : « C'est
vous qui l'avez poursuivi au loin sans succès, vous,
élan, buffle, antilope, hyène et léopard ! »

Alors le chien sauvage perce Séédimwé d'une
flèche ; l'hyène aussi le perce d'une flèche. Séédimwé
est mort. Alors le chien sauvage et l'hyène vont chercher les autres animaux et les amènent là ; ils
rassemblent aussi tous les oiseaux.

L'aigle vient le premier et dit :

> Tjolo, ntjo, ntjo, ntjo, ntjo,
> Mon bec est cassé,
> Celui que m'a donné Samokounga,
> Samokounga de Léza.

Et comme il dit cela, son bec se casse.
Le martin-pêcheur vient ensuite et dit :

> Tjolo, ntjo, ntjo, ntjo, ntjo,
> Mon bec est cassé,
> Celui que m'a donné Samokounga,
> Samokounga de Léza.

Et son bec aussi se casse.
Vient ensuite le héron, et lui aussi chante :

> *Tjolo, ntjo, ntjo, ntjo, ntjo,*
> *Mon bec est cassé,*
> *Celui que m'a donné Samokounga,*
> *Samokounga de Léza.*

Et son bec se casse.
Vient ensuite le vautour qui s'entend à dépecer les animaux. Il chante :

> *Tjolo, ntjo, ntjo, ntjo, ntjo,*
> *Mon bec est cassé,*
> *Celui que m'a donné Samokounga,*
> *Samokounga de Léza.*

Et son bec aussi se casse.
Alors vient un tout petit oiseau le *katuituî*. Les animaux disent : « Son bec est trop petit. »
Le petit oiseau se met à chanter :

> *Tueré ! tuentué ! ntuentué !*
> *Mon petit bec est brisé.*
> *Qui m'a été donné par Samokounga,*
> *Samokounga de Léza.*

Alors il fait un tout petit trou. Quand ils voient le petit trou, les animaux disent au *katuituî* : « Va-t'en ! qu'un plus grand oiseau vienne ! »
La grue vient alors et se met à chanter :

> *Tjolo, ntjo, ntjo, ntjo,*

Son bec se casse. En même temps, le petit trou fait par le *katuituî* se referme.
Alors les animaux rappellent ce tout petit oiseau, le *katuituî*. Il revient et se met à chanter :

Tueré ! tuentué ! ntuentué !

Il fait alors une plus grande ouverture au cadavre de Séédimwé. Et le petit oiseau chante encore :

Tueré ! tuentué ! ntuentué !

Et il ouvre le ventre de Séédimwé. Tout ce qui était dedans en sort : les maisons, les pots, le bétail et les hommes. Alors ceux-ci reconstruisent leurs villages.

17. MOSÉLANTJA

Il y avait une fois un chef ; son village était très grand, mais il n'avait que trois enfants : un fils et deux filles. L'aînée des filles se marie ; il ne reste à la maison que la cadette Fényafényané et son petit frère. Une année, comme on travaillait aux champs, le petit garçon restait seul à la maison, et s'en allait jouer au bord de la rivière et criait : « Koyoko, dépêche-toi, viens me manger ! » Koyoko sortait de l'eau et venait le poursuivre, et vite, vite le petit garçon de se précipiter dans la hutte. C'était là son jeu de chaque jour. Une fois, tout le monde était parti pour aller bêcher le champ du chef. Le petit garçon va à la rivière selon son habitude et se met à crier : « Koyoko, dépêche-toi, viens me manger ! » Cette fois Koyoko sort de l'eau avec rapidité et s'empare du petit garçon ; il le dévore tout entier et ne laisse que la tête.

Cependant la mère du petit garçon dit à sa fille : « Va bien vite à la maison chercher de la semence. » La jeune fille, en arrivant au village, découvre la tête de son petit frère. Alors elle s'écrie en pleurant : « Hélas ! mon petit frère a été

dévoré par Koyoko. » Elle monte sur une petite
éminence et appelle sa mère à haute voix en chantant ainsi :

Mère, mère, toi qui travailles au loin (bis),
Mon frère Solo a été dévoré par Koyoko ; mère, mère,
            [toi qui travailles au loin (bis),
Solo, le fils de ma mère, a été dévoré par Koyoko ;
            [mère, mère, toi qui travailles au loin (bis),
Mon frère Solo a été dévoré par Koyoko ; mère, mère,
            [toi qui travailles au loin (bis).

Sa mère l'entend chanter et dit à ceux qui travaillent avec elle : « Taisez-vous, que je puisse
entendre. » Ils déposent leurs houes et s'arrêtent.
La jeune fille se remet à chanter :

Mère, mère, toi qui travailles au loin (bis), .
Mon frère Solo a été dévoré par Koyoko ; mère, mère,
            [toi qui travailles au loin (bis),
Solo, le fils de ma mère, a été dévoré par Koyoko ;
            [mère, mère, toi qui travailles au loin (bis),
Mon frère Solo a été dévoré par Koyoko ; mère, mère,
            [toi qui travailles au loin (bis).

Alors la femme prend sa houe, en frappe tous
ses compagnons et les étend raides morts. La jeune
fille continue à chanter :

Mère, mère, toi qui travailles au loin (bis),
Mon frère Solo a été dévoré par Koyoko ; mère, mère,
            [toi qui travailles au loin (bis),
Solo, le fils de ma mère, a été dévoré par Koyoko ;
            [mère, mère, toi qui travailles au loin (bis),
Mon frère Solo a été dévoré par Koyoko ; mère, mère,
            [toi qui travailles au loin (bis).

Alors sa mère recommence à frapper avec sa houe les corps de ses compagnons ; il n'en reste pas un de vivant. Puis elle part et retourne au village ; tout en marchant elle ramasse des scorpions, des mille-pattes, des perce-oreilles, des fourmis et des arai-gnées venimeuses et les met dans son sac. Quand elle arrive chez elle, elle y trouve Koyoko si repu qu'il ne peut plus bouger. Elle place devant sa hutte le sac qu'elle a rempli de scorpions et d'in-sectes venimeux ; puis elle entre et se met à cher-cher dans ses effets ; elle rassemble ses plus beaux colliers de perles et ses anneaux de métal et les place à côté. Puis elle sort de la hutte, rassemble de l'herbe desséchée, en fait de grandes bottes qu'elle lie avec des cordes d'herbes et les entasse contre les murs de la hutte.

Alors elle dit à Koyoko : « Viens ici, que je te rase la tête. » Quand Koyoko s'est approché, elle prend une lancette et se met à lui déchirer les chairs de la tête ; puis elle délie son sac. Les scor-pions et les insectes venimeux en sortent par paquets et entrent dans les oreilles, la bouche et les yeux de Koyoko, qu'ils mordent et piquent jus-qu'à ce qu'il en meurt.

Alors elle appelle sa fille et lui dit : « Viens ici. » Elle prend ses colliers de perles et ses anneaux de métal et l'en pare ; puis elle lui dit : « Main-tenant, mon enfant, pars et va chez ta sœur Hlakat-sabalé, femme de Masilo ; surtout garde-toi bien de regarder derrière toi ; quoi qu'il arrive, poursuis ta route et marche toujours devant toi. » La jeune fille part et marche longtemps, bien longtemps. Alors elle se dit : « Je voudrais bien savoir pourquoi ma mère m'a défendu de regarder derrière moi ; il faut que je voie ce que c'est. Peut-être qu'elle veut mettre le feu à la hutte et y périr. » Elle se retourne et voit une grande fumée qui monte au

ciel ; alors elle s'écrie : « Hélas ! ma mère a mis
le feu à sa hutte et se brûle toute vive. » Elle
entend tout près d'elle une voix répéter : « Hélas !
ma mère a mis le feu à sa hutte et se brûle toute
vive. » Elle regarde et voit un animal étrange ; elle
se demande tout étonnée : « D'où cet animal peut-il
bien sortir ? » La voix reprend : « Prête-moi un peu
tes colliers de perles et tes habits, que je voie
comme ils me vont. » Alors la jeune fille se
dépouille de ses vêtements et les donne à Mosélantja. Mosélantja les revêt et donne à la jeune
fille les haillons dont elle est recouverte.

Quand elles sont près du village, la jeune fille dit :
« Maintenant, rends-moi mes habits. — Pas encore !
je te les rendrai au pâturage des bestiaux. » Quand
elles arrivent là où le bétail paît, la jeune fille
reprend : « Donne-moi maintenant mes habits. —
Ouais ! veux-tu donc qu'on dise que les femmes de
Masilo se disputent pour rien au milieu de la route ! »
Elles arrivent ainsi chez Hlakatsabalé, la sœur aînée
de Fényafényané. Mosélantja se hâte de dire (Fényafényané, elle se tait, toute honteuse) : « Ma mère
m'a dit de venir chez toi ; notre frère a été dévoré
par Koyoko, et ma mère a mis le feu à sa hutte et
s'y est brûlée. » Hlakatsabalé se dit : « Qui est-ce
qui a pu changer ainsi ma sœur ? Je ne la reconnais
plus et cependant ses vêtements et ses ornements
sont bien ceux de chez nous. » Elle finit cependant
par se persuader que c'est bien là sa sœur. Mosélantja reprend en désignant Fényafényané : « Quant
à cet être-là, c'est Mosélantja ; je l'ai rencontrée sur
la route et elle voulait absolument que je me
dépouille de mes beaux habits pour les lui donner. »

C'est ainsi que Mosélantja se fit passer pour
Fényafényané.

Le soir, Hlakatsabalé dit à Fényafényané d'aller
coucher dans la hutte d'une vieille femme et garde

Mosélantja auprès d'elle. Mais, pendant la nuit, la
queue de Mosélantja s'allonge et va chercher, dans
tous les coins de la hutte, les vivres qui y sont ras-
semblés. Masilo s'écrie : « Qu'est-ce ? » Vite Mosélantja de s'écrier : « Masilo, aide-moi, j'ai de fortes
coliques, je souffre cruellement. » Le lendemain, dès
qu'il fait jour, Masilo s'écrie : « Oh ! oh ! qui a
pris toute notre nourriture ? Qui a pu faire cela ? »
Mosélantja répond : « C'est sans doute l'autre :
c'est une voleuse, elle vole partout. » Quand on
se met à manger, on donne à Fényafényané sa nourriture dans une écuelle ébréchée si sale qu'elle ne
peut y toucher ; quant à Mosélantja, elle mange
dans un beau vase tout neuf.

Le printemps s'écoule ; on sarcle les champs ; puis
arrive le moment de chasser les oiseaux. Hlakatsabalé ordonne alors à sa sœur, qu'elle croit toujours
être Mosélantja, d'aller à son champ pour chasser
les oiseaux. Ce champ était contigu au champ de la
vieille femme qui avait recueilli Fényafényané. Au
milieu du jour, Hlakatsabalé envoie Mosélantja porter de la nourriture à Fényafényané, mais Mosélantja
mange tout en route. Quand elle arrive au champ
où se tient Fényafényané, elle lui dit : « Qu'as-tu
donc à dormir ainsi, paresseuse que tu es ; ne
vois-tu pas que les oiseaux mangent le sorgho de
mon mari, le sorgho de Masilo ? » Quand Mosélantja est partie, Fényafényané remonte sur son tas
de mottes, qui est tout près de celui sur lequel se
tient la vieille femme qui l'a recueillie. Elle se
dresse de toute sa hauteur et se met à chanter :

Va-t'en, colombe ! va-t'en, colombe !
Aujourd'hui, on m'appelle Mosélantja ; va-t'en,
       [colombe ; va-t'en colombe !
Auparavant, j'étais Fényafényané, la sœur de Hlakat-
       [sabalé, va-t'en, colombe ; va-t'en, colombe !

Aujourd'hui, on me donne à manger dans des écuelles
              [sales, va-t'en, colombe ; va-t'en, colombe !
Roseau, envole-toi, que je m'en aille vers mon père
                                        [et ma mère !

Alors le roseau la prend et la soulève pour l'emporter dans les airs. Mais la vieille femme accourt et
se saisit d'elle. Fényafényané lui dit : « Laisse-moi
seulement m'en aller vers mon père et ma mère.
Ne vois-tu pas qu'aujourd'hui j'en suis réduite à
manger ma nourriture dans des écuelles sales et
ébréchées ? C'est comme si Hlakatsabalé n'était pas
ma sœur. » C'est alors qu'elle découvre à la vieille
femme qui elle est ; elle lui dit : « Chez nous, un
jour, tout le monde était aux champs ; mon petit
frère alla à la rivière taquiner Koyoko, qui en
sortit et le dévora. Alors ma mère me dit de venir
ici et me recommanda fortement de ne pas regarder derrière moi. Mais je me suis retournée pour
voir ce qui arrivait et à peine m'étais-je écriée :
« Hélas ! ma mère a mis le feu à sa hutte et s'y
« brûle toute vive », que j'entendis tout près de moi,
à mes pieds, Mosélantja s'écrier : « Hélas ! ma
« mère a mis le feu à sa hutte et s'y brûle toute
« vive. » Puis Mosélantja m'a demandé de lui prêter
mes vêtements, et j'y ai consenti, parce qu'elle me
disait qu'elle allait me les rendre. C'est ainsi que
nous sommes arrivées ici ; elle s'est fait passer
pour moi et c'est elle qui a raconté que ma mère
s'était brûlée dans sa hutte. »

La vieille lui demande : « Comment donc est-ce
que ta sœur ne voit pas à ta figure que tu es sa
sœur ? » Fényafényané répond : « Je ne sais pas. »
La vieille ne lui répond pas ; elle va chercher sa nourriture et la partage avec Fényafényané. Ce jour-là la
vieille ne dit rien ni à Masilo ni à Hlakatsabalé ; elle
ne parle à personne de ce qu'elle a vu et entendu.

Le soir, comme d'habitude, on donne à Fényafényané sa nourriture dans une vieille écuelle sale
et ébréchée ; mais elle n'y touche pas. Chez Masilo
on avait tué un bœuf et on en avait cuit les viandes.
Pendant la nuit, la queue de Mosélantja s'allonge
et se met à manger toutes les viandes. Masilo
l'entend et dit : « Qui est-ce qui fait ainsi ce bruit
dans les pots de viande ? » Il se lève pour aller voir,
mais vite Mosélantja de s'écrier : « Masilo, aide-moi,
j'ai de fortes coliques ; aide-moi, Masilo, je n'en
puis plus. »

Le lendemain, Fényafényané retourne au champ de
sa sœur ; cette fois-ci, c'est sa sœur Hlakatsabalé,
qui lui apporte sa nourriture ; elle la lui donne,
comme toujours, dans une vieille écuelle sale et
ébréchée. Fényafényané la met de côté sans y toucher ; la vieille femme ne disait toujours rien. Quand
Hlakatsabalé s'est éloignée, Fényafényané monte sur
son tas de mottes et, s'y dressant de toute sa hauteur, se met à chanter :

Va-t'en, colombe ! va-t'en, colombe !
Aujourd'hui, on m'appelle Mosélantja ; va-t'en,
       [colombe ; va-t'en, colombe !
Auparavant j'étais Fényafényané, la sœur de Hlakat-
    [sabalé, va-t'en, colombe ; va-t'en, colombe !
Aujourd'hui, on me donne à manger dans des écuelles
    [sales, va-t'en, colombe ; va-t'en, colombe !
Roseau, envole-toi, que je m'en aille vers mon père
          [et ma mère !

Alors le roseau s'agite, la prend et la soulève
pour l'emporter dans les airs. Mais la vieille femme
accourt et se saisit d'elle. Fényafényané lui dit :
« Laisse-moi seulement m'en aller vers mon père et
ma mère. »

Le soir de ce jour-là, la vieille femme se rend chez

Masilo et lui dit : « Demain, va aux champs, et tu
y verras ce que j'ai vu hier. » Masilo lui demande :
« Qu'est-ce que c'est ? » La vieille répond : « Tu
verras toi-même ce que c'est. » Le lendemain, Masilo
va aux champs en secret et se cache là où la vieille
lui avait dit de le faire. Hlakatsabalé envoie de nouveau Mosélantja porter de la nourriture à Fényafényané ; Mais Mosélantja s'assoit au bord de la
route et mange tout ce qu'on lui a donné. Quand
elle arrive vers Fényafényané, elle lui dit : « Paresseuse que tu es, qu'as-tu donc à dormir ? Ne vois-tu
pas que les oiseaux mangent tout le sorgho de mon
mari ? » Puis elle retourne au village.

Alors la vieille femme dit à Fényafényané :
« Ne vois-tu pas les colombes là-bas dans ton
champ! Va les chasser. » Fényafényané y va, monte
sur son tas de mottes et, s'y dressant de toute sa
hauteur, se met à chanter :

Va-t'en, colombe ! va-t'en, colombe !
Aujourd'hui, on m'appelle Mosélantja! va-t'en,
[*colombe ; va-t'en, colombe !*
Auparavant, j'étais Fényafényané, la sœur de Hlakat-
[*sabalé, va-t'en, colombe ; va-t'en, colombe !*
Aujourd'hui, on me donne à manger dans des écuelles
[*sales, va-t'en, colombe ; va-t'en, colombe !*
Roseau, envole-toi, que je m'en aille vers mon père et
[*ma mère.*

Le roseau s'agite avec bruit et la soulève pour
l'emporter dans les airs. Masilo accourt et se saisit
d'elle. Fényafényané lui dit : « Laisse-moi seulement m'en aller vers mon père et ma mère. Ta
femme m'a traitée fort mal, bien qu'elle soit ma
sœur, et que je me fusse réfugiée chez elle. » Alors
la vieille femme dit à Masilo : « Tu vois bien,
Masilo ; voilà ce que je te disais de venir voir

ici. » Masilo reste longtemps avec Fényafényané ; ils restent longtemps à pleurer ensemble. Puis il remonte au village et raconte tout à sa femme. Celle-ci s'écrie : « Hélas ! ma pauvre sœur ! hélas ! fille de mon père ! »

Le lendemain, Masilo fait dire à tous ses gens d'aller rassembler beaucoup de bois, pendant que d'autres creuseraient un trou profond. On abat du bétail, des moutons et des chèvres, on cuit du pain, de la bouillie de sorgho au lait, on fait frire des croûtes de pain dans la graisse ; on prépare une grande fête. On apporte aussi une grande quantité de pots de lait caillé ; on les dépose au fond du trou qui est creusé, puis on les recouvre de tiges de maïs et de branchages légers. Pendant ce temps, les jeunes femmes du village rassemblent du bois dans la forêt. Mosélantja, elle, ne fait rien ; elle se tient accroupie près du ruisseau, où sa queue fait la chasse aux crabes qu'elle dévore avidement. Quand les jeunes femmes ont fini, elles disent : « Retournons au village. » Une d'elles demande : « Où est la femme du chef ? Où est la femme de Masilo ? » Elles portaient chacune une botte de branches sèches ; celle de Fényafényané était plus grande que celles de ses compagnes. Quand Mosélantja les voit venir, elle se hâte de rassembler quelques pousses vertes et en fait une botte ; puis elle dit à Fényafényané : « Mosélantja, tu as pris ma botte de branchages ; rends-la-moi. » Mais les autres femmes s'écrient : « Que dis-tu là ? C'est la sienne, c'est elle qui l'a rassemblée ; quant à toi, où donc te cachais-tu pendant que nous travaillions ? Allons au village. »

Lorsqu'elles approchent du village, les gens se disent les uns aux autres : « Voyez-vous la femme du chef qui n'apporte que des branches vertes ? Que veut-elle faire ? »

Alors Masilo dit à toutes les femmes :
« Sautez toutes par-dessus ce trou. » Il leur
montre le trou profond au fond duquel on a caché
le lait caillé. Elles sautent toutes les unes après les
autres, et Fényafényané saute comme elles. Quand
c'est le tour de la femme du chef et qu'elle veut
sauter, sa queue s'allonge du côté du lait caillé
et se met à manger ; alors Mosélantja tombe au
fond du trou. Les gens du chef arrivent en courant : ils la cernent de tous côtés et la tuent sur
place.

Mais elle ne meurt pas tout entière ; à l'endroit
où elle a été tuée, il croît une citrouille sauvage.
Quant à Fényafényané elle devient la femme de
Masilo ; au bout d'un certain temps elle met au
monde un enfant. Un jour, comme tout le monde
est aux champs et que Fényafényané reste seule aù
logis, cette citrouille sauvage se détache de sa tige
et vient en roulant vers la hutte de Fényafényané.
Tout en roulant, elle disait : « *Pi-ti-ki, pi-ti-ki, nous
man-ge-rons la bouil-lie, de la gras-se ac-cou-chée, la
fem-me de Ma-si-lo !* » Quand elle est arrivée vers
Fényafényané, la citrouille lui dit : « Dépose à mon
côté l'enfant de mon mari. » Fényafényané pose l'enfant à terre ; alors la citrouille s'élance avec furie
sur Fényafényané et la bat, la bat longtemps. Quand
elle a fini de la battre, la citrouille retourne à l'endroit d'où elle est venue et se replace sur sa tige.

Fényafényané ne dit rien à personne de ce qui lui
est arrivé. Le lendemain, comme tout le monde est
aux champs, la citrouille se met de nouveau à rouler
du côté de la hutte de Fényafényané ; tout en roulant, elle disait : « *Pi-ti-ki, pi-ti-ki, nous man-ge-rons
la bouil-lie de la gras-se ac-cou-chée, la fem-me de
Ma-si-lo !* » Elle dit à Fényafényané : « Dépose à mon
côté l'enfant de mon mari. » Puis elle se jette sur
Fényafényané et la bat, la bat longtemps ; quand elle

a fini de la battre elle s'en va comme la veille. La citrouille persécute ainsi Fényafényané tous les jours, sans lui laisser de repos.

Enfin, un jour, Masilo demande à sa femme : « Qu'as-tu donc qui te fasse tant maigrir ? » Fényafényané lui répond : « Il y a là-bas une citrouille sauvage, qui, lorsque vous êtes aux champs, vient vers moi en me disant : « *Pi-ti-ki, pi-ti-ki, nous* « *man-ge-rons la bouil-lie de la gras-se ac-cou-chée, la* « *fem-me de Ma-si-lo !* » Puis elle me dit : « Dépose à mon côté l'enfant de mon mari. » Alors elle se jette sur moi et me bat avec furie. »

Le lendemain, Masilo ne va pas aux champs ; mais quand tout le monde est parti, il dit à sa femme de le cacher dans les nattes de son enfant. La citrouille vient comme d'habitude, en disant : « *Pi-ti-ki, pi-ti-ki, nous man-ge-rons la bouil-lie de la gras-se ac-cou-chée, la fem-me de Ma-si-lo !* » Puis, quand Fényafényané a déposé son enfant à terre, la citrouille se précipite sur elle et se met à la frapper avec rage. Alors Masilo s'élance de sa cachette, armé d'une hache et d'une assagaie. Il transperce cette citrouille d'un coup d'assagaie, un flot de sang en sort. Puis il la prend, la porte devant la hutte et la coupe en menus morceaux, qu'il brûle ensuite aussi soigneusement que possible.

Une plante de chardon croît à l'endroit où la citrouille a été brûlée. Le chardon grandit, sans que personne n'y prenne garde, et finit par monter en graine. Ces graines font mal à l'enfant ; chaque fois qu'il court dehors elles lui piquent les pieds. On a beau leur faire la chasse, il en reste toujours une qu'on ne peut attraper. Enfin, Masilo se met en embuscade et réussit à la prendre, il la pile et la jette au feu ; mais elle devient graine de citrouille. Quand l'enfant dort, elle se jette sur lui et le mord, puis retourne se cacher dans les roseaux de la hutte. Enfin Masilo réussit à s'emparer de cette graine de citrouille ; il l'écrase soigneusement sur une pierre de meule, la réduit en poudre menue et la jette au feu. C'est ainsi que finit Mosélantja.

18. HISTOIRE DE L'OISEAU QUI FAIT DU LAIT

On raconte qu'autrefois, dans un certain endroit, il y avait une grande ville où vivaient beaucoup de gens. Ils vivaient uniquement de grains. Une année, il y eut une grande famine. Il y avait dans cette ville un pauvre homme nommé Masilo et sa femme. Un jour, ils vont piocher dans leur champ et piochent, piochent toute la journée. Le soir, quand la troupe des gens qui travaillaient aux champs s'en retourne à la maison, ils s'en vont eux aussi. Alors vient un oiseau qui se pose sur la hutte, au bout du champ. Il commence à siffler en disant : « Champ labouré de Masilo, retourne-toi ! »

Le champ fait comme l'oiseau dit. Après cela l'oiseau s'en va.

Le lendemain, quand Masilo et sa femme vont au champ, ils sont dans le doute et disent : « Est-ce vraiment l'endroit où nous avons pioché hier ? »

Ils reconnaissent que c'était bien l'endroit aux gens qui travaillent à côté. Les gens commencent à rire et à se moquer d'eux en disant : « C'est que vous êtes paresseux. »

Ils piochent et piochent encore tout ce jour-là et, le soir, ils s'en vont chez eux avec les autres.

Alors l'oiseau vient et refait la même chose.

Quand ils reviennent, le matin suivant, ils trouvent que leur champ s'est encore retourné et ils se croient ensorcelés. Ils se remettent encore à piocher tout le jour, tout le jour. Mais, le soir, quand les gens s'en vont, Masilo dit à sa femme : « Va à la maison ; je resterai en arrière pour surveiller notre champ et trouver l'être qui détruit notre travail. »

Alors elle s'en va. Lui se couche au bout du champ sous cette même hutte où l'oiseau venait se poser d'habitude. Tandis qu'il réfléchissait, l'oiseau arrive. C'était un bel oiseau. L'homme le regarde avec admiration. Il commence à parler. Il dit : « Champ labouré de Masilo, retourne-toi ! » Alors Masilo le saisit et dit : « Ah ! c'est vous qui détruisez l'œuvre de nos mains ! » Il tire son couteau de sa gaine et se prépare à couper la tête à l'oiseau. Alors celui-ci dit : « S'il vous plaît, ne me tuez pas ; je vous ferai beaucoup de lait pour votre nourriture. » Masilo réplique : « Il faut d'abord que vous rétablissiez l'œuvre de mes mains. »

L'oiseau dit : « Champ labouré de Masilo, réapparais ! » Et la culture apparaît.

Alors Masilo dit : « Faites-moi du lait maintenant. »

Et voici qu'immédiatement il lui fait du lait épais que Masilo commence à avaler. Quand il est rassasié, il emporte l'oiseau à la maison. Lorsqu'il est tout près, il met l'oiseau dans son sac.

En entrant dans sa maison, il dit à sa femme : « Lavez les plus grands pots à bière qui sont à la maison, lavez-les tous ! » Mais sa femme était de mauvaise humeur à cause de la faim et elle demande : « Qu'est-ce que vous avez à mettre dans tant de grands pots ? » Masilo lui dit : « Ecoutez-moi seulement, et faites ce que je vous commande ; faites-le, vous verrez. »

Quand elle eut préparé les pots, Masilo sort l'oiseau de son sac et dit : « Faites du lait pour la nourriture de mes enfants. » Alors l'oiseau remplit de lait tous les pots à bière. Ils commencent à manger et, quand ils ont fini, Masilo donne cet avertissement à ses enfants : « Gardez-vous bien de dire quoi que ce soit de cela, pas même à un de vos compagnons. » Ils lui jurent qu'ils n'en diront rien.

Masilo et sa famille vécurent alors grâce à l'oiseau. Les gens étaient surpris quand ils les voyaient, ils disaient : « Comment se fait-il qu'on soit si gras dans la maison de Masilo. Il est si pauvre ! Mais maintenant, depuis que son champ est cultivé, lui et ses enfants sont si gras ! » Ils essayèrent de guetter et de voir ce qu'il mangeait ; mais ils ne purent rien découvrir du tout.

Un matin, Masilo et sa femme allèrent travailler dans leur jardin et, au milieu du même jour, les enfants de la ville se réunirent pour jouer. Ils se rassemblent justement devant la maison de Masilo et jouent avec ses enfants.

« Pourquoi êtes-vous si gras, tandis que nous restons si maigres ? » Ils répondent : « Sommes-nous gras ? Nous pensions que nous étions maigres comme vous l'êtes. »

Ils ne veulent pas dire la raison. Les autres continuent de les presser en disant : « Nous ne le dirons à personne. »

Alors les enfants de Masilo dirent : « Il y a dans la maison de notre père un oiseau qui fait du lait. »

Les autres reprirent : « S'il vous plaît, montrez-le-nous. »

Alors ils entrent dans la maison et tirent l'oiseau de sa cachette. Ils le placent comme leur père avait coutume de le faire et l'oiseau fait du lait gras qu'ils boivent, boivent avec leurs compagnons. Ils avaient très faim.

Après avoir bu, ils dirent à l'oiseau : « Danse pour nous », et ils le détachent. L'oiseau commence à danser dans la maison. Mais l'un d'eux dit : « Ici, c'est trop étroit. » Si bien qu'ils le portent hors de la maison. Tandis qu'ils se réjouissent et rient, l'oiseau s'envole, les laissant en grand effroi. Les enfants de Masilo disaient : « Notre père va nous tuer, aujourd'hui ; il nous faut courir après l'oiseau. »

Alors ils le suivirent et ils marchèrent toute la journée, car quand ils étaient à une certaine distance, l'oiseau se posait tranquillement pendant quelque temps, et lorsqu'ils s'approchaient, il s'envolait plus loin.

Quand les gens qui piochaient s'en revinrent de leur travail, les gens de la ville appelèrent leurs enfants, car ils ne savaient pas ce qu'ils étaient devenus.

Mais quand Masilo entre dans la maison et ne trouve pas l'oiseau, il devine alors où sont les enfants, mais il n'en dit rien aux parents. Il est tout triste à cause de l'oiseau, parce qu'il sait qu'il a perdu sa nourriture.

Le soir, les enfants se déterminent à rentrer à la maison, mais un orage de pluie et de tonnerre les surprend, et ils sont très effrayés. Parmi eux était un garçon brave nommé Masemanyamatoug qui les encourage en disant : « N'ayez pas peur ; je puis commander à une maison de se bâtir elle-même. — Commandez-le, s'il vous plaît », disent-ils.

Il reprend : « Maison, apparais ! »

Elle apparaît ; et, aussi, le bois pour le feu. Alors, les enfants entrent dans la maison, allument un grand feu, et se mettent à faire rôtir quelques racines sauvages qu'ils avaient déterrées.

Tandis qu'ils sont en train de les faire rôtir et qu'ils sont joyeux, arrive un énorme cannibale, et ils entendent sa voix qui disait : « Masemanyamatoug, donnez-moi un peu de ces racines sauvages que vous avez. » Ils eurent grand-peur et le garçon brave dit aux filles et aux garçons : « Passez-moi vos racines. » Ils les lui donnent et il les jette dehors.

Tandis que le cannibale les mange tranquillement, les enfants sortent et s'enfuient. Le cannibale qui a fini ses racines se lance à leur poursuite. Quand il

est tout près, ils éparpillent quelques racines sur
le sol, et tandis qu'il les ramasse et les mange, ils
s'enfuient plus loin.

A la fin, ils arrivent dans les montagnes où poussent les arbres. Les filles sont déjà très fatiguées,
alors ils grimpent tous sur un grand arbre. Le cannibale arrive là et essaie de couper l'arbre avec son
ongle du pouce long et tranchant.

Alors le garçon brave dit aux filles : « Tandis que
je chanterai, il vous faudra répéter sans cesse :
« Arbre, sois fort, arbre, sois fort ! »

Et il chante ce chant :

C'est folie,
C'est folie d'être un voyageur.
Et d'aller en voyage
Avec du sang de fille sur quelqu'un.
Tandis que nous faisions rôtir des racines sauvages,
Une grande obscurité tomba sur nous ;
Ce n'étaient pas les ténèbres,
C'était une effroyable obscurité.

Et comme il chante, arrive un grand oiseau qui
voltige au-dessus d'eux et dit : « Tenez-vous ferme
après moi. » Les enfants le tiennent solidement ; il
s'élève avec eux et les emporte dans leur ville. Il
était minuit quand ils y arrivèrent. L'oiseau descend
à la porte de la mère de Masemanyamatoug.

Au matin, quand la femme sort de sa hutte, elle
prend des cendres et les jette sur l'oiseau, en disant :
« Cet oiseau sait où sont nos enfants. »

Au milieu du jour, l'oiseau envoie un mot au chef
et dit :

« Commande à tout ton peuple d'étendre des nattes
dans tous les sentiers. »

Le chef ordonne de le faire. Alors l'oiseau ramène
tous les enfants, et le peuple est très content.

CHAPITRE V

FÉTICHISME :
HOMMES GUINNÉS

Voleurs, griots, forgerons, apiculteurs, éleveurs de poules. — Goules, stryges, vampires, loups-garous, cadavres ambulants, sorciers, contre-sorciers, mauvais œil, magnétisme.

19. *L'Ancêtre des Griots*, conte peuhl.
20. *Kaskapaléza*, conte chwabo.
21. *Marandénboné*, conte soninké.

FÉTICHISME :
HOMMES GUINNÉS

19. L'ANCÊTRE DES GRIOTS

Deux frères étaient en voyage. Un jour qu'ils traversaient un désert dépourvu d'eau, la soif prit le plus jeune des deux. Et il avait aussi grand-faim.

Il dit à son aîné : « J'ai faim et soif à tel point que je ne peux plus continuer à marcher. Poursuis ta route et me laisse mourir ici. »

L'aîné s'éloigne sans lui répondre. Il va se dissimuler derrière un palmier. Là, il tire son couteau, se taille dans la cuisse un morceau de chair. Puis il bat le briquet, allume le feu et fait rôtir ce morceau qu'il porte à son frère. Celui-ci dévore avidement ce que lui apporte son aîné, sans même songer à lui demander où il s'est procuré cette viande.

Quand il a terminé son repas, il aperçoit des taches de sang sur la jambe de son frère et il l'interroge à ce sujet. L'aîné ajourne l'explication demandée, promettant de le renseigner au premier village qu'ils atteindraient.

Sitôt qu'ils sont parvenus à ce village, le cadet dit à son frère : « A présent renseigne-moi, comme tu me l'as promis, sur ce qui a causé les taches de sang que j'ai vues sur ta jambe.

— Ce sang, répond l'aîné, a coulé de ma cuisse où j'ai coupé le morceau de chair que je t'ai donné à manger.

— Tu m'as nourri de ta chair, reprend le cadet, et si je n'avais pas vu le sang qui tachait ta jambe je n'aurais rien soupçonné de ton dévouement pour moi. Aussi, désormais, m'appellerai-je « Diéli ». Je serai sous ton pouvoir et mes descendants obéiront aux tiens ! »

Le cadet fut le père des griots, qui portent en effet ce nom de « diéli », adopté par leur ancêtre.

20. KASKAPALÉZA

Voici ce que firent autrefois un homme et une femme. L'homme éternue faisant « atche ! » La femme dit : « Viva ! » La femme dit : « Il me faut un jupon, des colliers et des mouchoirs. » L'homme dit : « Il me faut de l'eau d'un puits où ne coassent pas les crapauds. »

La femme s'en va chercher de cette eau. Elle va, elle va. Enfin elle rencontre un puits. Mais comme elle va y faire plonger son seau, voilà qu'elle entend : « Rwérwé, rwérwé. » Elle voit un autre puits. Elle veut y puiser ; aussitôt : « Rwérwé, rwérwé. » Enfin elle arrive au vrai puits où ne coasse aucun crapaud. Elle se met à puiser de l'eau.

Il y avait là un oiseau nandindi. Il voit qu'elle veut puiser de l'eau. Il se cache sur une fourmilière. Quand il voit l'animal à qui appartient le puits, le nandindi se met à chanter :

> *Ndindi sur la fourmilière,*
> *Caché sur la fourmilière,*
> *Ndindi sur la fourmilière,*
> *Caché sur la fourmilière.*

L'animal accourt sur les lieux, voit la femme qui puise de l'eau, et se saisit d'elle. Il l'épouse et en a un enfant, à qui il donne le nom de Kaskapaléza.

Cet enfant dit : « Maman, mets-moi à rôtir. » Sa mère le met dans le pot à rôtir. Il dit : « Quand tu m'entendras faire *pom*, tire-moi dehors. » Elle le tire dehors. Aussitôt l'enfant se met à marcher et à courir.

Quand il crie, il fait *nyé !* On dit : « Que demande l'enfant par ce cri ? » On répond : « Il demande une hache. » Il fait encore *nyé !* On dit : « Que veut l'enfant ? » On répond : « Il veut une erminette. » Il fait encore *nyé !* On dit : « Que veut l'enfant ? » On répond : « Il veut une houe. » Il fait encore *nyé !* On dit : « Que veut l'enfant ? » On répond : « Il veut un couteau. » Son père lui donne alors hache, erminette, houe et couteau.

Son père s'en va travailler aux champs. Kaskapaléza reste à la maison et fait une cage. Il y met du riz, des haricots, de l'eau, des pois, des petits haricots rouges de l'espèce appelée nyemba, des petits haricots verts de l'espèce appelée soloko. Quand il a fini, il y entre avec sa mère, et s'enfuit à travers les airs droit vers la demeure du premier mari de sa mère. L'animal les suit de loin. Il court, court, court, et arrive enfin à la maison de cet homme. La cage alors revient. Eux reviennent également et arrivent chez eux.

La femme s'en va alors en avant et dit : « Mon mari, nous autres, mon fils et moi, nous voulions mourir. » Son mari meurt immédiatement.

La mère de Kaskapaléza était sorcière. Elle dit : « Kaskapaléza, fais une trappe pour tuer des rats, nous en assaisonnerons le riz. » Kaskapaléza fait la trappe. Sa mère appelle alors son léopard et lui dit : « Va faire tomber la trappe, et lorsque Kaskapaléza sortira pour aller voir, saisis-le et tue-le. » Le léopard fait tomber la trappe. La mère dit : « Kaskapaléza, écoute, la trappe est tombée. » Il répond : « La trappe de l'enfant mâle ne tombe pas deux fois, elle tombe trois fois. »

Dès que l'horizon commence à s'éclaircir, la femme dit : « Kaskapaléza, va chercher du feu. » Elle voulait que le léopard le saisît. Kaskapaléza appelle ses amis. Et quand le léopard arrive, tous, tous de crier : « Kaskapaléza ! » comme si c'était leur nom à tous. Leur vrai nom était Tintiwene.

La mère dit : « Kaskapaléza, souffle sur cette paille, active le feu. » Et elle lui coupe les cheveux pour que cette fois le léopard puisse le distinguer des autres. Lui alors appelle ses amis et leur dit : « Coupez-vous tous les cheveux. » Quand tous se les sont coupés, le léopard vient. Tous aussitôt de crier : « Kaskapaléza, Kaskapaléza ! » Et ils le mettent en fuite.

Au retour, le léopard dit : « J'ai eu peur de tuer le fils de ma maîtresse. »

Celle-ci dit : « Laisse-le, aujourd'hui, je vais lui raser la tête, puis faisons-le dormir derrière moi. » Quand elle lui a rasé la tête, Kaskapaléza s'endort. Alors elle le met derrière elle. Lorsque Kaskapaléza s'éveille la nuit, il rase la tête à sa mère et lui met de la couleur sur le crâne. Quand le léopard vient, il saisit la mère. « Uwi ! » fait-elle. Kaskapaléza dit : « Ma mère est morte. » Il l'enterre en disant : « C'est moi qu'elle voulait faire mourir. »

Kaskapaléza s'en va trouver ses compagnons, tue le léopard, et lie sa maison. Il se marie et reste avec sa femme.

21. MARANDÉNBONÉ

Il était une sorcière qui avait sept filles d'une grande beauté ; on disait que celui qui passait une nuit avec l'une disparaissait, mangé par la sorcière : car c'est le trait caractéristique des sorcières de se nourrir de chair humaine.

Il y avait, dans le pays de la sorcière, huit frères, dont le plus jeune, à peine âgé de quelques mois, se nommait Marandénboné (l'enfant du mal).

Un jour, Marandénboné conseille à ses frères d'aller coucher avec les filles de la sorcière : « Mais, disent-ils, ignores-tu que l'on n'a jamais vu revenir un seul des éphémères amants de ces jeunes filles ?

— Suivez mon conseil, affirme Marandénboné, et soyez sans crainte. »

Les huit frères arrivent chez la sorcière, qui les accueille très bien et leur sert un copieux repas après lequel elle leur dit : « Allez vous reposer chacun dans l'une de ces sept cases, vous y trouverez d'agréables compagnes pour la nuit. »

Ils s'y rendent.

Marandénboné, à qui l'on a rien offert, s'écrie : « Et moi, grand-mère, je coucherai avec toi ?

— Oui », dit la vieille.

Quand les jeunes gens sont disparus dans les cases qui leur ont été désignées, la vieille et Marandénboné entrent dans une autre et se couchent côte à côte.

Vers minuit, la vieille toussote pour s'assurer que Marandénboné dort, l'enfant ne dit rien et ne bouge pas. La vieille se lève, alors Marandénboné : « Eh ! mama, où vas-tu ? — Comment, tu ne dors pas, petit ? — Oh ! moi, je ne dors pas avant que ma mère m'ait versé un panier d'eau sur la tête — Attends ! » dit la vieille. Elle prend un panier et va le remplir au puits, mais, dans le trajet du puits à la case, le panier se vide. La vieille recommence et finalement passe la nuit à vouloir résoudre l'insoluble problème de transporter de l'eau dans un panier.

La nouvelle journée se passe sans incident. Le soir venu, les jeunes gens retournent dormir avec les jeunes filles et Marandénboné avec la vieille.

Accablée de sommeil, à cause de l'insomnie de la nuit précédente, la sorcière s'endort pesamment. Vers onze heures, Marandénboné se lève doucement et va de case en case dire à chacun de ses frères : « Mettez la fille de la sorcière au bord, à votre place, et couvrez-la de votre couverture. » Ces précautions prises, Marandénboné revient se coucher. A minuit, la vieille s'éveille, elle toussote, se remue, se lève, mais Marandénboné ne bouge pas ; elle s'approche pour bien s'assurer qu'il dort et, quand elle en est convaincue, elle sort. Elle va, de case en case, couper la gorge à chaque personne qui est au bord de la couche, puis elle revient chez elle et prépare une sauce avec le sang de ses victimes. Quand elle est sur le point de manger, Marandénboné lui crie : « J'en veux aussi, mama ! — Comment, Marandénboné, tu mangerais du sang humain ? — Mais oui, mais oui, dit Marandénboné sans paraître ému, c'est si bon ! »

Le repas achevé, ils se recouchent. La vieille s'endort et Marandénboné en profite pour aller dire à ses frères : « Sauvez-vous vite, car lorsque la vieille va s'apercevoir de son malheur, elle ne vous épargnera pas. » Puis Marandénboné revient prendre sa place.

Le matin, la vieille dit à Marandénboné : « Va donc voir si tes frères sont éveillés ? » Marandénboné revient et dit : « Non, ils dorment toujours. »

Un peu plus tard, la vieille dit à Marandénboné : « Que font donc tes frères ? »

— Oh ! répond-il, il y a longtemps qu'ils sont partis, mais tes filles sont endormies pour toujours. » Et il se sauve.

La vieille, pressentant quelque malheur, va aux

cases de ses filles et reconnaît le stratagème dont
elle a été victime. Elle jure de se venger de ce
coquin de Marandénboné.

Elle avait le pouvoir, ainsi que tous les sorciers,
de prendre toutes les formes. Elle s'en va au village
de Marandénboné. Ce village ne possède pas un seul
baobab, ce qui oblige les habitants à aller fort loin
chercher des feuilles pour les sauces. La vieille sorcière se changea en superbe baobab, sur lequel tous
les gamins du village s'empressèrent de monter.

Mais Marandénboné, qui jouait avec eux, dit :
« Comment ! un baobab aussi gros peut ainsi sortir
de terre en une nuit, comme un champignon ?

— Bien sûr, dit le baobab, et si tu veux cueillir
mes feuilles, tu seras le bienvenu. » Et alors une
branche s'abaissa vers Maranbénboné pour l'engager
à monter.

« Oh ! oh ! dit l'enfant, un baobab qui parle et
qui tend ses branches, voilà qui n'est pas naturel.
Montez cueillir ses feuilles si vous voulez, quant à
moi, je reste là. »

Le baobab frémit de dépit, puis, voyant que Marandénboné se tenait à l'écart, il disparut en emportant
tous les petits imprudents qui cueillaient ses feuilles.

La sorcière pensait que les habitants du village
enverraient Marandénboné pour lui demander les
enfants et, d'avance, elle savourait sa vengeance, tout
en se délectant à manger un enfant chaque jour.
Mais Marandénboné ne vint point.

Un jour, derrière le village de Marandénboné, les
gamins aperçurent un âne en liberté et n'eurent rien
de plus pressé que de le saisir, puis tous, à qui
mieux mieux, grimpèrent dessus. Quand Marandénboné survint, il n'y avait plus de place sur le dos
de l'âne ; mais, complaisamment, celui-ci allongea
aussitôt son échine.

« Oh ! oh ! dit Marandénboné, voilà un âne qui doit

être de la même famille que le baobab ! » Et il s'éloigna.

L'âne disparut avec les enfants qui le montaient et les mères éplorées dirent à Marandénboné : « Toi, qui es assez perspicace pour ne pas tomber dans les pièges des sorciers, nous te supplions d'employer tous les moyens pour nous faire retrouver nos enfants. »

Marandénboné promit. Il partit en emportant une peau de bouc contenant un morceau de viande séchée et des *niébés*.

La sorcière avait une petite fille de l'âge de Marandénboné.

Elle possédait aussi une vache pleine et comme elle vivait toujours dans la crainte de Marandénboné, au moment où sa vache fut sur le point de mettre bas, elle dit :

« Si ma vache fait un petit veau roux, c'est que Marandénboné sera dans le ventre de ce petit veau ; si elle fait un petit veau blanc, c'est que Marandénboné n'y sera pas. »

Le petit veau fut blanc et, dès lors, la vieille fut sans défiance, mais Marandénboné, qui était plus rusé qu'elle, était pourtant dans le ventre du petit veau.

Comme tous les jeunes veaux, celui-ci faisait des sauts et des courses à toute vitesse ; or, en passant auprès des petits garçons, il leur dit :

« Quand la vieille m'aura laissé en liberté au milieu de vous, vous m'attraperez par la queue, par les oreilles, par où vous pourrez enfin, et je vous emporterai dans notre village. »

Ainsi fut fait, au grand désespoir de la vieille. Cependant, soit qu'elle agit plus habilement, soit plutôt parce que telle était l'intention de Marandénboné, elle s'empara de celui-ci.

Elle mit son prisonnier dans une peau de bouc,

qu'elle ficela soigneusement, et le plaça dans une nouvelle peau de bouc, qu'elle ferma de même. Le tout, enfin, fut enfermé dans une troisième peau de bouc bien solide et fortement attachée.

La sorcière plaça sa petite fille auprès du prisonnier, pour le garder, tandis qu'elle-même creusait, dans la cour de sa maison, un puits où elle jeta du bois et des herbes qu'elle enflamma.

Pendant ce temps, la fillette, entendant que Marandénboné grignotait quelque chose lui demanda : « Tu as donc des provisions, Marandénboné ?

— Oh ! j'ai mieux que des provisions, j'ai des friandises.

— Oh ! donne-m'en un peu, Marandénboné !

— Eh ! que veux-tu que je te donne, ficelé comme je le suis. Détache-moi un peu, et nous verrons. »

L'imprudente fillette ouvrit les peaux de bouc ; Marandénboné sortit, la déshabilla, la mit à sa place avec ses propres effets à lui, referma les peaux de bouc et disparut en se revêtant des pagnes de l'enfant.

Quand la vieille saisit la peau de bouc, une mignonne voix lui dit : « Mère ! prends garde ! Marandénboné m'a mise à sa place et c'est ta fillette que tu vas tuer.

— Oui, oui, dit la vieille, je te connais Marandénboné, tu peux prendre la voix de ma fillette, ça ne changera rien à ton sort. » Et, sans hésitation, elle lança le paquet dans le foyer. Peu après le corps de l'enfant éclatait et Marandénboné surgissant en face de la vieille lui cria :

« Eh bien, vieille sorcière, tu as encore tué ta dernière fille. » Et il se sauva.

La vieille s'assit, désolée, et se prit à réfléchir au moyen de se venger de Marandénboné. On dit qu'elle ne l'a pas encore trouvé.

CHAPITRE VI

FÉTICHISME :
VÉGÉTAUX ET MINÉRAUX
GUINNÉS

*Le Riz. — Le Caillou. — Le Baobab. — Le Fromager.
— Le Caïlcédrat. — Le Tâli. — Le Siengou. —
Habitacles des guinnés.*

22. *Koumongoé*, conte bassouto.
23. *La Courge qui parle*, conte chambala.
24. *L'Hyène et sa Femme*, conte kimadjamé.

FÉTICHISME :
VÉGÉTAUX ET MINÉRAUX
GUINNÉS

22. KOUMONGOÉ

Il y avait un jeune garçon nommé Hlabakoané ; sa
sœur se nommait Thakané. Pendant que le père et
la mère étaient aux champs, Thakané restait seule
à la maison ; quant à Hlabakoané, c'était lui qui
gardait les bestiaux. Un jour, il dit à sa sœur :
« Thakané, donne-moi Koumongoé. » Koumongoé
était le nom d'un arbre dont mangeaient son père et
sa mère ; quand on y faisait une entaille avec la
hache il en sortait du lait. Les enfants n'avaient pas
le droit d'y toucher.

Thakané répondit à son frère : « Ne sais-tu pas
que c'est un arbre dont il ne nous est pas permis
de manger ? Notre père et notre mère seuls peuvent
en manger. — S'il en est ainsi je ne mènerai pas le
bétail au pâturage aujourd'hui ; il restera dans le
kraal toute la journée. » Thakané ne répondit rien,
et son frère resta assis dans le *lapa*. Au bout d'un
moment elle lui dit : « Quand mèneras-tu paître le

bétail ? » Il répondit : « Il ne paîtra pas de tout le jour. »

Alors Thakané prit un petit vase de terre et une hache et en frappa Koumongoé. Il en sortit un peu de lait ; elle voulut le donner à son frère, mais celui-ci le refusa, disant qu'il n'y en avait pas assez pour satisfaire sa faim. Thakané recommença de frapper avec la hache ; cette fois il sortit du lait en abondance, c'était comme un ruisseau qui coulait dans la hutte. Alors elle appela à grands cris Hlabakoané, en lui disant : « Viens vite à mon secours ; l'arbre de nos parents se fond complètement, la hutte en est déjà toute pleine. » Ils essayèrent en vain d'arrêter le lait, qui coulait toujours plus abondamment et sortait de la hutte comme un ruisseau, d'où il s'écoulait dans la direction des champs de leurs parents.

Rahlabakoané l'aperçut de loin, il dit à sa femme : « Mahlabakoané, voilà Koumongoé qui s'écoule de ce côté ; les enfants ont sans doute fait quelque sottise. » Alors ils jetèrent leurs houes et s'élancèrent à la rencontre de Koumongoé ; le mari puisa le lait avec ses mains et se mit à le boire, la femme en puisa aussi et se mit également à en boire. Alors Koumongoé se replia sur lui-même jusqu'à ce qu'il fût rentré dans la hutte.

Quand ils furent arrivés, les parents demandèrent à leur fille : « Thakané, qu'as-tu fait ? Pourquoi l'arbre dont nous seuls avons le droit de manger s'écoulait-il ainsi du côté des champs ? » Elle répondit : « Ce n'est pas ma faute, c'est celle de Hlabakoané ; il refusait de faire sortir le bétail du *kraal* et de le mener au pâturage, disant qu'il voulait absolument du lait de Koumongoé ; alors je lui en ai donné. » Alors son père ordonna qu'on fît revenir les moutons ; il en choisit deux, les égorgea et les fit cuire ; la femme se mit à moudre du sorgho et en pétrit la farine.

Puis le mari prit les deux peaux de mouton et les
enduisit de graisse et d'ocre rouge ; ensuite il fit
venir un forgeron pour forger des anneaux de fer. Le
forgeron ferra ces anneaux aux bras de Thakané, à
ses jambes et à son cou. Alors le père prit les peaux
qu'il avait préparées et l'en revêtit ; il la revêtit
aussi d'une robe de peaux à franges.

Quand tout fut prêt, il appela ses gens et leur dit :
« Je veux me défaire de Thakané. — Comment peux-
tu parler ainsi et faire une chose pareille, quand
c'est là ta fille unique ? » Il leur répondit : « C'est
parce qu'elle a mangé de l'arbre dont elle ne devait
pas manger. » Alors il partit avec elle pour la conduire vers des cannibales afin qu'ils la dévorassent.
Quand il passa près des champs cultivés, il en sortit
un lapin qui lui demanda : « Rahlabakoané, où donc
mènes-tu cette enfant si belle, si belle ? » Il lui répondit : « Tu peux l'interroger elle-même ; elle est assez
grande pour te répondre. » Alors Thakané se mit
à chanter :

J'ai donné à Hlabakoané Koumongoé,
Au berger de notre bétail Koumongoé,
Pour que notre bétail ne restât pas tout le jour dans
                                        [le kraal, Koumongoé.
Qu'il ne pourrît dans le kraal, Koumongoé,
C'est alors que je lui ai donné Koumongoé de mon
                                        [père.

Alors le lapin s'écria :
« Que ce soit toi qui sois dévoré par les cannibales,
Rahlabakoané, et non pas cette enfant ! »
Un peu plus loin, ils rencontrèrent des élans, qui
demandèrent à Rahlabakoané : « Où donc mènes-tu
cette enfant si belle, si belle ? » Il leur répondit :
« Demandez-le-lui, elle est assez grande pour vous
répondre. » Alors la jeune fille se mit à chanter :

J'ai donné à Hlabakoané Koumongoé,
Au berger de notre bétail Koumongoé,
Pour que notre bétail ne restât pas tout le jour dans
                    [le kraal, Koumongoé.
Qu'il ne pourrît dans le kraal, Koumongoé,
C'est alors que je lui ai donné Koumongoé de mon
                                        [père.

Alors les élans s'écrièrent : « Que ce soit toi qui
périsses, et non pas elle, Rahlabakoané ! »
Le lendemain, Rahlabakoané et sa fille rencontrèrent des gazelles ; elles lui demandèrent : « Où
donc mènes-tu cette enfant si belle, si belle ? » Il
leur répondit : « Demandez-le-lui, elle est assez
grande pour vous répondre. » Alors sa fille se mit
à chanter :

J'ai donné à Hlabakoané Koumongoé,
Au berger de notre bétail Koumongoé,
Pour que notre bétail ne restât pas tout le jour dans
                    [le kraal, Koumongoé.
Qu'il ne pourrît dans le kraal, Koumongoé,
C'est alors que je lui ai donné Koumongoé de mon
                                        [père.

Alors les gazelles s'écrièrent : « Que ce soit toi, et
non pas elle, qui sois dévoré par les cannibales,
Rahlabakoané ! »
Enfin, ils arrivèrent au village des cannibales ; le
khotla de Masilo, le fils du chef, était plein de monde.
C'était son père seul qui était cannibale ; quant à
Masilo, il ne mangeait pas de chair humaine. On fit
entrer Rahlabakoané et sa fille dans le *khotla ;* on
apporta pour Thakané une peau de bœuf tannée sur
laquelle elle s'assit ; le père, lui, dut s'asseoir par
terre. Alors Masilo demanda à Rahlabakoané : « Où
donc mènes-tu cette enfant si belle, si belle ? » Rahla-

bakoané lui répondit : « Tu peux le lui demander,
elle est assez grande pour te répondre. » Alors sa
fille se mit à chanter :

J'ai donné à Hlabakoané Koumongoé,
Au berger de notre bétail Koumongoé,
Pour que notre bétail ne restât pas tout le jour dans
                              [le kraal, *Koumongoé.*
Qu'il ne pourrît dans le kraal, *Koumongoé,*
C'est alors que je lui ai donné Koumongoé de mon
                                       [père.

C'est ainsi qu'elle avoua publiquement sa faute.

Alors Masilo, le fils du chef de ces cannibales,
appela un de ses serviteurs et lui dit : « Conduis
cet homme et cette jeune fille chez ma mère ; dis-lui
de garder la jeune fille dans son *lapa* et d'envoyer
cet homme saluer mon père. » La mère de Masilo
ordonna au serviteur de conduire Rahlabakoané vers
son mari ; le serviteur y alla et dit au chef des
cannibales : « Masilo m'a dit de t'amener cet homme-
ci, pour qu'il te présente ses salutations. » Le chef
des cannibales se saisit de Rahlabakoané, et, ayant
placé sur le feu un vieux pot de terre, il l'y précipita
tout vivant ; quand Rahlabakoané fut cuit à point,
le cannibale se reput de sa chair. Quand tout fut
fini, le serviteur de Masilo s'en alla et retourna vers
son maître.

Quant à la jeune fille, Masilo la prit pour femme ;
jusqu'alors il n'avait jamais voulu se marier et avait
refusé toutes les jeunes filles qu'on lui proposait.
Thakané était la seule jeune fille qui lui eût jamais
plu. Au bout de quelque temps Thakané devint
enceinte et donna le jour à une petite fille. Sa belle-
mère s'écria : « Hélas ! ma fille, c'est en vain que tu
as subi les douleurs de l'enfantement. » En effet,
dans ce village, lorsqu'il naissait une petite fille, on

la menait au cannibale, qui la dévorait. On alla dire à Masilo : « Ta femme a mis au monde une petite fille. » Il répondit : « C'est bien, menez-la à mon père pour qu'il en prenne soin. » Mais Thakané s'écria : « Non, non ; chez nous on ne mange pas les enfants ; quand ils meurent on les enterre ; je ne veux pas qu'on me prenne mon enfant. » Sa belle-mère lui répondit : « Ici, il ne faut pas avoir des filles ; on ne doit mettre au monde que des garçons. » Masilo alla vers sa femme et lui dit : « Allons, Thakané, permets que mon père prenne soin de ton enfant. » Mais sa femme refusa de se laisser persuader ; elle répondit : « Je puis l'enterrer moi-même, je ne veux pas que ton cannibale de père, qui a dévoré mon père, mange aussi mon enfant. »

Alors elle prit son enfant dans ses bras et descendit vers la rivière ; elle arriva à un endroit où la rivière formait un étang profond tout entouré de hauts roseaux. Elle s'assit à terre et resta longtemps à pleurer, ne pouvant se décider à enterrer son enfant. Tout à coup une vieille femme sortit de l'eau et apparut au milieu des roseaux ; la vieille femme lui demanda : « Pourquoi pleures-tu, mon enfant ? » Thakané répondit : « Je pleure sur mon enfant que je dois noyer dans la rivière. » Alors la vieille lui dit : « C'est vrai ; dans ton village il ne doit pas naître de filles, on ne doit mettre au monde que des garçons ; donne-moi ton enfant, c'est moi qui en prendrai soin. Dis-moi seulement l'époque où tu désires venir la voir ici, dans cet étang. »

Thakané lui confia son enfant et s'en retourna chez elle. Au jour fixé, elle retourna à l'étang pour la revoir. Quand elle fut arrivée au bord de l'eau, elle se mit à chanter :

Apporte-moi Dilahloané, que je la voie,
Dilahloané qu'a rejetée son père Masilo.

Alors la vieille parut avec l'enfant qui était déjà bien grandie. La mère en fut toute réjouie, et elle resta longtemps assise au bord de l'eau avec son enfant. Vers le soir, la vieille la reprit et disparut avec elle au fond des eaux. Thakané revenait ainsi voir son enfant à époques fixes ; chaque fois qu'elle venait, la vieille lui apportait Dilahloané. L'enfant grandit si vite qu'en une seule année ce fut déjà une jeune fille ; la vieille femme la fit passer, au fond des eaux, par les rites de la nubilité.

Quand sa mère vint la visiter, elle vit qu'elle était maintenant nubile. Ce jour-là, un homme du village de Masilo était venu couper des branches au bord de la rivière ; il aperçut la jeune fille et s'étonna en voyant combien elle ressemblait à Masilo. Alors il retourna au village, prit à part Masilo et lui dit : « Je viens de découvrir au bord de la rivière ta femme en compagnie de ta fille, celle qu'elle avait déclaré vouloir enterrer. » Masilo lui demanda : « Elle n'est donc pas morte au fond des eaux ? » L'homme répondit : « Non, et même c'est déjà une jeune fille qui vient de passer par les rites de la nubilité. » Alors Masilo demanda : « Que faut-il faire ? » L'homme répondit : « Le jour où ta femme te dira qu'elle va se baigner à la rivière, vas-y en secret avant elle et cache-toi dans les buissons ; quand ta femme arrivera, elle ne saura pas que tu es là ? »

Au bout de quelques jours Thakané dit à Masilo : « Aujourd'hui, je vais me baigner à la rivière. » Son mari lui dit : « C'est bien, tu peux y aller. » Alors il courut à la rivière et se cacha dans les buissons. Thakané survint un instant après et, debout sur la rive, se mit à chanter :

Apporte-moi Dilahloané, que je la voie,
Dilahloané qu'a rejetée son père Masilo.

Alors la vieille femme sortit de l'eau avec Dilahloané ; lorsque Masilo la regarda, il vit que c'était bien son enfant, celle que sa femme avait déclaré vouloir enterrer. Il se prit à pleurer en voyant que sa fille était déjà grande. La vieille femme dit à Thakané : « J'ai peur, comme s'il y avait quelqu'un qui nous épie. » Alors elle reprit Dilahloané et rentra avec elle sous les eaux. Thakané retourna au village ; Masilo, lui aussi, s'y rendit par un autre chemin. Quand il fut arrivé, il s'assit dans le *lapa* de sa mère et y resta longtemps à pleurer. Mamasilo lui demanda : « Pourquoi pleures-tu, mon enfant ? » Il lui répondit : « C'est parce que j'ai mal à la tête, très mal. » Le soir, il dit à sa femme : « Je viens de voir mon enfant, à l'endroit où tu disais que tu l'enterrerais ; tu l'as jetée dans l'étang, et maintenant c'est déjà une jeune fille. » La femme lui répondit : « Je ne sais ce dont tu parles ; mon enfant est enterrée dans le sable. » Il supplia longuement sa femme pour qu'elle consentît à tout lui confier et à lui rendre son enfant. Elle lui dit : « Si je te la rends, je suis sûre que tu la mèneras à ton père, pour qu'il la dévore. » Mais il répondit : « Je te promets que je n'en ferai rien, maintenant qu'elle est déjà grande. »

Le lendemain, Thakané se rendit auprès de la vieille femme et lui dit : « Masilo nous a vues hier ; il m'envoie aujourd'hui te supplier de lui rendre son enfant. » La vieille lui répondit : « Qu'il me donne alors mille têtes de bétail. » Thakané retourna vers son mari et lui dit : « La vieille demande mille têtes de bétail. » Masilo répondit : « Si elle ne demande qu'un seul millier, c'est bien peu ; elle en demanderait deux que je les lui donnerais, puisque sans elle mon enfant serait morte. » Le lendemain il envoya des messagers dans tous les villages, ordonnant à son peuple de lui amener tout le bétail qu'il possédait. Quand tout le bétail fut là, il choisit un millier de bœufs et de vaches, qu'il fit conduire auprès de l'étang de la rivière. Quand le bétail fut arrivé sur la rive, Thakané se mit à chanter :

> *Apporte-moi Dilahloané, que je la voie,*
> *Dilahloané qu'a rejetée son père Masilo.*

Alors la vieille femme sortit des eaux avec Dilahloané ; au moment où elles parurent le soleil s'obscurcit et cessa de briller ; mais dès qu'elles furent debout sur la rive, il recommença à briller. Masilo vit son enfant, le peuple entier vit l'enfant de son chef, celle que son grand-père avait voulu dévorer et que Thakané avait sauvée de la mort. Alors on précipita dans les eaux le bétail de la vieille ; mais, en réalité, ce n'était de l'eau qu'en haut, au-dessous c'était un vaste pays où vivait un peuple nombreux, gouverné par la vieille femme qui avait sauvé Dilahloané.

Quand on fut de retour au village, la mère de Masilo dit à son fils : « Il faut maintenant conduire Thakané chez elle, pour qu'elle visite sa mère et son frère. » On envoya des messagers dans toute la tribu pour ordonner à tous d'apporter le bétail avec lequel le chef devait épouser Thakané. Masilo se mit en route avec tout ce bétail et une foule de jeunes gens. Quand ils arrivèrent à un col étroit, par où Thakané avait passé jadis avec son père, ils s'aperçurent qu'un grand rocher le fermait presque entièrement. Thakané demanda à son mari : « Qu'est-ce donc que ce rocher qui nous barre la route ? » Masilo lui dit : « Ne l'as-tu pas vu quand tu as passé ici avec ton père ? » Elle lui répondit : « Non, ce rocher ne s'y trouvait pas ; le défilé était ouvert. » Tout en parlant ils continuaient à marcher avec le bétail qu'ils condui-saient ; Thakané marchait en avant, car elle seule connaissait le chemin qui conduisait chez ses parents.

Quand ils furent arrivés dans le défilé, à quelques pas du rocher, le rocher se mit à chanter :

Rué lé, lé rué, je te dévorerai Thakané, mon enfant,
Toi qui marches devant, puis je dévorerai tous ceux
[qui te suivent !

Ce rocher n'était autre que Rahlabakoané; son cœur s'était changé en rocher après sa mort. Thakané lui répondit : « Et même les bœufs, tu peux les manger, si tu veux. » Puis elle dit à Masilo : « C'est mon père qui est venu nous attendre sur notre route. »

Alors ils prirent un certain nombre de bœufs et les poussèrent vers le rocher, qui ouvrit sa gueule toute large et les avala d'une seule bouchée. Puis Rahlabakoané recommença à chanter :

Rué lé, lé rué, je te dévorerai Thakané, mon enfant,
Toi qui marches devant, puis je dévorerai tous ceux
[qui te suivent !

Alors ils poussèrent vers lui tout le reste de leur bétail, qu'il eut avalé en un instant ; puis il se remit à chanter :

Rué lé, lé rué, je te dévorerai Thakané, mon enfant,
Toi qui marches devant, puis je dévorerai tous ceux
[qui te suivent !

Thakané lui dit : « Tu peux maintenant dévorer nos gens, si tu veux. »

Son père mangea quelques-uns de leurs compagnons et arrêta Thakané et son mari, qui voulaient poursuivre leur route, en chantant comme auparavant :

Rué lé, lé rué, je te dévorerai Thakané, mon enfant,
Toi qui marches devant, puis je dévorerai tous ceux
[*qui te suivent !*

Alors Thakané lui livra tout le reste de ses gens,
qu'il dévora jusqu'au dernier. Il ne restait plus
qu'elle et Masilo avec leurs deux enfants, Dilahloané
et son petit frère ; comme ils voulaient continuer
leur route le rocher les arrêta et se remit à chanter :

Rué lé, lé rué, je te dévorerai Thakané, mon enfant,
Toi qui marches devant, puis je dévorerai tous ceux
[*qui te suivent !*

Alors Thakané se laissa saisir et dévorer par son
père, elle, son mari et ses deux enfants ; le rocher
les avala tout vivants d'une seule bouchée et ils arrivèrent ainsi dans son ventre.
À l'intérieur de Rahlabakoané c'était comme une
vaste caverne. Un jeune garçon était occupé à couper
le ventre de Rahlabakoané avec un couteau pour y
faire une ouverture ; il finit enfin par y ouvrir une
large brèche. C'est alors que Rahlabakoané mourut ;
le rocher tomba à terre avec fracas. Il en sortit une
foule de gens ; il ne resta que ceux qui avaient été
dévorés depuis longtemps et dont les corps étaient
déjà pourris ; quant à ceux qui venaient d'être dévorés ils en sortirent tous avec leurs bœufs, qui marchaient aussi bien qu'auparavant.
Masilo et sa femme poursuivirent leur chemin et
arrivèrent au village de Rahlabakoané ; ce fut comme
un miracle pour la mère et le frère de Thakané, car
ils la croyaient morte depuis longtemps. On se
réjouit et l'on pleura tout à la fois ; puis on abattit
nombre de têtes de bétail pour recevoir dignement
Thakané et son mari.

23. LA COURGE QUI PARLE

Il y avait une fois un grand village et les petits enfants allaient jouer dans les champs. Ils virent une fois une courge et dirent : « La courge devient grosse. »

Alors la courge dit tout à coup : « Cueille-moi, je te cueillerai. »

Les enfants revinrent chez eux et dirent : « Mère, dans le champ, il y a une courge qui parle. »

La mère leur dit : « Enfants, vous mentez. »

Les jeunes filles qui n'avaient pas été avec eux leur dirent : « Conduisez-nous à l'endroit où est la courge. »

Quand elles furent arrivées, elles dirent : « La courge devient grosse. »

La courge ne répond rien, mais elle reste tranquille et ne fait entendre aucun son. Les jeunes filles revinrent à la maison et dirent : « Pourquoi nous avez-vous trompées et dupées ? »

Les enfants rirent et répondirent : « Laissez-nous y aller et voir nous-mêmes. »

Ils y allèrent et quand ils dirent : « La courge est grosse », elle leur répond : « Cueille-moi, je te cueillerai. »

Alors ils revinrent à la maison et dirent : « Mère, elle a parlé de nouveau. »

Les jeunes filles y retournèrent, mais la courge ne prononça aucune parole.

La courge grandit, elle devient grosse comme une maison et saisit tous les hommes. Il ne reste qu'une vieille femme. La courge a avalé tous les autres habitants du village. Alors elle entre dans la mer. La vieille femme qui était restée met au monde un fils qui, devenu grand, demande à sa mère : « Où est mon père ? » Elle répond : « Ton père a été avalé par une courge qui s'en est allée dans la mer.

— Allons chercher mon père », dit-il.

Il sort, et quand il arrive à un lac, il crie :
« Courge, sors ! courge, sors ! courge, sors ! »

Mais il ne voit rien. Alors il va à un autre lac et
crie : « Courge, sors ! »

Alors il voit sortir l'oreille de la courge ; il a peur
et grimpe sur un arbre. De là, il crie toujours :
« Courge, sors ! courge, sors ! »

A la fin, la courge sort pour poursuivre celui qui
criait. Mais lui grimpe sur un autre arbre, va chez
sa mère et dit :
« Donne-moi le carquois que je la tue. »

Alors il prend des flèches dans le carquois, tire et
blesse la courge. Il tire six flèches. La courge rugit
tellement qu'on l'entend jusqu'à Vouga. Enfin elle est
morte. Le jeune homme dit à sa mère : « Apporte
mon couteau. »

Avec cela il tranche la courge ; les gens en sortent
et disent :
« Qui nous a délivrés ?
— Moi !
— Alors tu seras notre chef et nous te vénérerons. »
Il devint chef et reçut son domaine de chef.

24. L'HYÈNE ET SA FEMME

Trois petites filles qui ramassaient du bois à brûler
vont et mangent des tubercules sauvages. Elles trouvent là une pierre et disent :
« Cette pierre est aussi belle que celle sur laquelle
notre père broie son tabac. »

Elles coupent un tubercule en morceaux et placent
les tranches sur la pierre. Mais l'une d'elles qui arrive
en dernier ne veut pas le faire. Elles vont ensuite
dans la forêt et ramassent du bois. Deux des fillettes
reviennent chargées de bois et passent devant la
pierre ; mais lorsque arrive la dernière, celle qui

n'avait pas voulu lui donner des tubercules, la pierre devient si grosse qu'elle ne pouvait plus passer.

Alors arrive une hyène mâle qui dit : « Si tu promets de devenir ma femme je t'aiderai ; tiens-toi seulement solidement après ma queue, mais tiens-toi bien. »

Alors la fillette saisit la queue de l'hyène et celle-ci la fait passer par-dessus la pierre. Ils arrivent ensuite à un fleuve ; l'hyène dit : « Tiens-toi après ma queue, mais fais attention qu'elle ne se rompe pas. »

Alors elle saute par-dessus le fleuve, et la queue se casse.

« La queue d'un homme brave, d'un homme courageux, dit l'hyène, ne se casse pas. »

Elle cueille une médecine et la queue est guérie. Elles arrivent dans la brousse. Il y avait beaucoup de pierres. L'hyène ouvre sa maison. La jeune femme demande : « Où sommes-nous ici ?

— Chez un homme brave, chez un homme courageux », lui répond l'hyène.

Puis elle sort, prend une chèvre et la donne à la jeune femme. Elle va chercher un cadavre et le place devant les bœufs. La jeune femme mange la chèvre et l'hyène le cadavre.

Un jour, comme la jeune femme était devenue grande, l'hyène l'amène sur un terrain nu et la pique avec une aiguille pour voir si elle est bien grasse. Quand elle retire l'aiguille, il y avait un peu de graisse après. Alors l'hyène ramène la femme dans sa maison. Elle lui apporte une chèvre et va chercher pour elle-même un cadavre. Là-dessus, elle dit à la femme : « Cherche une hache près des chevreaux et fends du bois. »

La jeune femme y va, ne trouve rien et dit : « Je ne vois pas de hache. »

L'hyène reprend : « La hache d'un homme brave, d'un homme courageux est invisible ! »

L'hyène fait semblant de chercher sur le sol et elle sort. Elle va sur le bord du fleuve et fend du bois avec ses dents. Elle voit venir un garçon et crie à la jeune femme :

« Ton jeune frère Machegou arrive en dansant et porte des clochettes aux pieds. »

L'hyène ajoute : « Poils, changez-vous en chair. » Elle crache dessus ; les poils sont tous changés et l'hyène devient un homme. Elle dit à Machegou :

« Apporte du bois. »

Le garçon ramasse du bois et l'apporte à la maison. L'hyène dit : « A ton retour, danse encore quand tu viendras. »

Le lendemain, le garçon revient, mais sans danser ; il avait bouché les clochettes pour les empêcher de sonner. Il voit tout à coup les poils de l'hyène et crie : « Il y a là une hyène.

— Tais-toi, dit celle-ci ; tais-toi ; tais-toi donc ! » Mais le garçon crie : « Il y a là une hyène ! il y a là une hyène ! »

Alors elle se jette sur lui, arrache ses vêtements et ses clochettes, met ses habits sur un bâton et dévore le garçon.

Quand l'hyène revient à la maison, elle appelle la jeune femme :

« Masawé ! » Celle-ci lui demande : « Où est allé Machegou ? — Il ramasse du bois », répond l'hyène.

Et elle ajoute au bout d'un instant : « Je ne peux pas encore le voir. »

L'enfant d'une hyène voisine vient et dit : « Donne-moi un peu de feu, femme du roi ! »

La jeune femme ne lui en donne pas. L'enfant reprend : « Jeune femme, jeune femme, donne-moi de la viande.

— Je n'en ai pas, dit-elle.

— Jeune femme, jeune femme, donne-moi un peu de viande. »

Elle lui en donne. Alors l'enfant continue :
« Je ne suis pas encore rassasié ; donne-moi de la
viande, femme du roi, je te dirai ensuite quelque
chose. »

Elle lui en donne et l'enfant lui dit : « Aujourd'hui,
tu dois être dévorée. »

Il lui fait présent d'une médecine qui la purge
entièrement ; elle se barbouille d'ordure, puis elle
prend des fruits de solanée, en met un avec les chiens,
un avec les bœufs et un autre sur un terrain découvert. Elle crache dessus et dit :

« Quand tu seras appelée, réponds. »

Les autres hyènes se mettent en route, et l'une
dit : « Masangya, à quoi ressemble ta femme ? »

Elle répond : « La femme d'un homme brave, d'un
homme courageux ne ressemble pas à cela. »

La femme s'enfuit.

Les hyènes sont joyeuses, elles dansent et les petites
hyènes ramassent du bois dans la broussaille et
chantent : « Du bois, du bois ! Je vais rôtir de la
viande ; du bois ! »

Masangya entre dans la maison et dit : « Jeune
femme ! jeune femme ! tes beaux-frères vont arriver
ici ; il faudra bien répondre. »

Elle appelle la femme : « Jeune femme ! jeune
femme ! Masawé ! où es-tu ?

— Je suis ici parmi les chèvres. »

L'hyène cherche, ne la trouve pas et crie de nouveau : « Jeune femme ! jeune femme ! Masawé ! où
es-tu ?

— Je suis parmi les bœufs. »

L'hyène cherche parmi les bœufs, ne voit rien et
appelle : « Jeune femme ! jeune femme ! Masawé !
où es-tu ?

— Je suis ici sur l'endroit découvert. »

Les autres hyènes appellent : « Masangya, que
fais-tu donc ? »

Elle répond : « Ce n'est pas une chose facile à remuer. »

Arrivent les autres hyènes : « Amène ta femme, que nous l'égorgions et que nous la mangions ; amène-la ! amène-la ! »

Masangya cherche et ne voit rien ; elle a peur des autres hyènes ; elle se cache dans la cendre et se couvre de terre.

Les autres hyènes arrivent, entrent dans la maison, cherchent et disent :

« Masangya est invisible. »

Puis elles s'en vont.

Les petites hyènes, qui étaient restées à la maison, voient une petite queue sortir du foyer. Elles appellent les grandes hyènes. Celles-ci arrivent, fouillent partout, mangent la queue. Elles laissent un peu de viande et disent aux petites hyènes : « Gardez un morceau de la peau. »

Mais la petite hyène qui en avait la garde en arrache un lambeau. Les autres disent : « Tu en arraches ? elle sera dévorée. »

Et les hyènes la dévorent.

La femme fuyait toujours, elle arrive à un grand fleuve ; les hyènes la poursuivent. Elle veut s'élancer, les hyènes lui crient : « Attends, femme du roi ! »

La femme crache sur le fleuve, le frappe avec un bâton, les eaux se séparent : une partie en haut, l'autre en bas. Les hyènes veulent passer à leur tour, mais quand elles sont arrivées au milieu les eaux se referment en abondance et les submergent.

CHAPITRE VII

FÉTICHISME : GRIGRIS

*Objets divers. — Talismans. — Armes magiques. —
Remèdes merveilleux.*

25. *Takisé*, conte haoussa.
26. *Ntotoatsana*, conte bassouto.
27. *Œuf*, conte bassouto.
28. *Le Miroir merveilleux*, conte chwabo.
29. *La Queue d'Yboumbouni*, conte gourmantié.
30. *Un Plein Cabas d'enfants*, conte chwabo.

FÉTICHISME :
GRIGRIS

25. TAKISÉ

Une des vaches du troupeau d'un Peuhl s'échappa au moment de vêler et alla mettre bas dans un vieux lougan. Elle regagna ensuite le parc à bestiaux de son maître. Les taureaux, la voyant débarrassée, se mirent à la recherche de son petit, mais ils eurent beau fouiller les broussailles, ils ne trouvèrent rien et rentrèrent tristement au parc en se disant que le veau avait sans doute été dévoré par les fauves.

Une vieille, qui cherchait des feuilles d'oseille pour la sauce de son couscous, dans ce lougan abandonné, aperçut le veau couché sous un arbuste. Elle l'emporta chez elle et le nourrit de son, de mil salé et d'herbe.

Le veau grandit et devint un taureau gros et gras.

Un jour, un boucher vint demander à la vieille de lui vendre son taureau, mais elle s'y refusa formellement. « Takisé, dit-elle (elle avait donné ce nom à son nourrisson), Takisé n'est pas à vendre. » Le boucher, mécontent du refus, s'en alla trouver le roi et lui dit : « Il y a chez la vieille Zeynêbou un gros taureau qui ne doit être mangé que par toi, tant il est beau. »

Le sartyi envoya le boucher et six autres avec lui, sous le commandement d'un de ses messagers, chercher le taureau de la vieille. Quand la petite troupe arriva chez Zeynêbou, le messager du chef dit à celle-ci : « Le sartyi nous envoie prendre ton taureau pour l'abattre dès demain. — Je ne puis m'opposer aux volontés du roi, répondit-elle. Tout ce que je vous demande c'est de ne m'enlever Takisé que demain matin. »

Le lendemain, au point du jour, le dansama et les sept bouchers se présentèrent chez la vieille et se dirigèrent vers le piquet auquel était attaché Takisé. Celui-ci marcha à leur rencontre en soufflant bruyamment et cornes basses. Les huit hommes, peu rassurés, reculèrent et le dansama, appelant la vieille, lui dit : « La vieille ! dis donc à ton taureau de se laisser passer la corde au cou. »

La vieille s'approcha du taureau : « Takisé, mon Takisé, lui demanda-t-elle, laisse-les te passer la corde au cou. » Le taureau alors se laissa faire. On lui mit le licol et on lui attacha une patte de derrière avec une corde pour l'emmener chez le sartyi. Arrivés devant le roi, les bouchers couchèrent le taureau sur le flanc et lui lièrent les quatre membres, puis l'un d'eux s'approcha avec son coutelas pour l'égorger ; mais le couteau ne coupa même pas un poil de l'animal, car Takisé avait le pouvoir d'empêcher le fer d'entamer sa chair.

Le chef des bouchers pria le sartyi de faire venir la vieille. Il déclara que, sans elle, il serait impossible d'égorger Takisé qui devait avoir un grigri contre le fer. Le sartyi manda la vieille et lui dit : « Si on n'arrive pas à égorger ton taureau sans plus tarder, je vais te faire couper le cou. »

La vieille s'approcha de Takisé qui était toujours

lié et couché sur le côté et lui dit : « Takisé, mon Takisé, laisse-toi égorger. Tout est pour le sartyi maintenant. »

Alors le doyen des bouchers égorga Takisé sans nulle peine. Les bouchers dépouillèrent le cadavre, le dépecèrent et en portèrent toute la viande devant le roi. Celui-ci leur commanda de remettre à la vieille pour sa part la graisse et les boyaux.

La vieille mit le tout dans un vieux panier et l'emporta chez elle. Arrivée là, elle déposa graisse et boyaux dans un grand canari, car elle ne se sentait pas le courage de manger l'animal qu'elle avait élevé et à qui elle avait tant tenu.

La vieille n'avait ni enfant ni captive et devait faire son ménage elle-même ; mais il advint que, depuis qu'elle avait déposé dans le canari les restes de Takisé, elle trouvait chaque jour sa case balayée et ses canaris remplis d'eau jusqu'au bord. Et il en était ainsi chaque fois qu'elle s'absentait un moment. C'est que la graisse et les boyaux se changeaient tous les matins en deux jeunes filles qui lui faisaient son ménage.

Un matin, la bonne femme se dit : « Il faut que je sache aujourd'hui même qui me balaie ainsi mon aire et me remplit mes canaris... » Elle sortit de sa case et en ferma l'entrée avec un séko, puis se tenant derrière le séko, elle s'assit et guetta à travers les interstices du nattage ce qui allait se passer à l'intérieur.

A peine était-elle assise qu'elle entendit du bruit dans la case. Elle écouta sans bouger. C'étaient des frottements de balais sur le sol qui produisaient ce bruit. Alors elle renversa brusquement le séko et aperçut les deux jeunes filles qui couraient vers son grand canari pour y entrer au plus vite : « Ne rentrez pas ! leur cria-t-elle. Je n'ai pas d'enfant, vous le savez : nous vivrons ici toutes trois en famille. »

Les jeunes filles s'arrêtèrent dans leur fuite et vinrent auprès de la vieille. Celle-ci donna à la plus jolie le nom de Takisé et appela l'autre Aïssa.

Elles restèrent longtemps avec la vieille sans que personne s'aperçût de leur présence, car jamais elles ne sortaient. Un jour, un gambari se présenta chez elle et demanda à boire. Ce fut Takisé qui apporta l'eau, mais l'étranger était tellement ravi de sa beauté qu'il ne put boire.

Quand il rendit visite au roi, le gambari lui raconta qu'il avait vu chez une vieille femme du village une jeune fille d'une beauté sans pareille : « Cette fille, conclut-il, ne peut avoir qu'un sartyi pour époux. »

Le sartyi ordonna incontinent à son griot d'aller, en compagnie du dioula, chercher la jeune fille. Elle se présenta, suivie de la vieille. « Ta fillle est merveilleusement jolie, dit le roi à cette dernière, je vais la prendre pour femme. — Sartyi, répondit la vieille, je veux bien te la donner comme épouse, mais que jamais elle ne sorte au soleil ou ne s'approche du feu, car elle fondrait aussitôt comme de la graisse. »

Le sartyi promit à la vieille que jamais Takisé ne sortirait aux heures de soleil et que jamais non plus elle ne s'occuperait de cuisine. De cette façon il n'y avait donc pas à craindre qu'elle fût exposée à la chaleur qui lui était funeste.

Takisé épousa le roi qui lui donna la place de sa femme préférée. Celle-ci, déchue de son rang, n'eut plus que la situation des femmes ordinaires, de celles qui ne doivent jamais se tenir, sans ordre exprès, auprès de leur mari.

Au bout de sept mois, le sartyi s'en fut en voyage. Le lendemain de son départ, ses femmes se réunirent et dirent à Takisé : « Tu es la favorite du chef et tu ne travailles jamais. Si tu ne nous fais de suite griller ces graines de sésame, nous allons te tuer et nous jetterons ton corps dans la fosse des cabinets. »

Takisé, effrayée par cette menace, s'approche du feu pour faire griller les graines de sésame dans un canari, et, à mesure qu'elle en surveille la torréfaction, son corps se met à fondre comme beurre au soleil et à se transformer en une graisse fluide qui donne naissance à un grand fleuve.

Les autres femmes du roi assistaient, sans en être émues, à cette métamorphose. Quand tout fut terminé, l'ancienne favorite leur dit ceci : « Maintenant, soyez-en certaines, nous voilà perdues sans retour, car le sartyi, une fois revenu de voyage, nous fera couper la tête. Sûrement il ne pourra nous pardonner d'avoir contraint sa préférée à travailler près du feu jusqu'à ce qu'elle soit entièrement fondue. Et la première décapitée, ce sera moi. »

Jusqu'au retour de leur mari, les femmes du roi vécurent dans l'appréhension d'une mort inévitable.

Le sartyi revint de voyage quelques jours après. Avant même de boire l'eau qu'on lui offrait, il appela sa préférée : « Takisé ! Takisé ! »

L'ancienne favorite alors s'approcha de lui et lui dit : « Sartyi et mari, je ne peux rien te cacher. En ton absence, les petites (c'étaient les coépouses qu'elle désignait ainsi) ont fait travailler ta favorite Takisé, près du feu. Elle a fondu comme beurre au soleil et ce fleuve nouveau que tu aperçois dans le lointain, c'est elle qui lui a donné naissance en fondant de la sorte.

— Il me faut ma Takisé ! » Telle était l'idée fixe du sartyi. Il courut aussitôt vers le cours d'eau, suivi de son ancienne favorite.

Quand ils furent au bord du fleuve, le roi se changea en hippopotame et plongea à la recherche de Takisé. L'ex-favorite, qui avait un sincère amour pour son mari, prit la forme d'un caïman et entra dans l'eau, elle aussi, pour ne pas quitter le sartyi.

Depuis lors, hippopotames et caïmans n'ont pas cessé de vivre dans les marigots.

26. NTOTOATSANA

Il y avait une fois une fille de chef nommée Ntotoatsana ; son père n'avait en fait d'enfants qu'elle et son petit frère. C'était elle qui gardait les bestiaux, elle les menait même à leurs pâturages d'été. Un jour, comme elle gardait le bétail bien loin du village, un tourbillon survint, l'enleva et l'emporta bien loin à travers l'espace. Elle fut emmenée chez une tribu de Ma-Tébélés, qui n'avaient qu'une jambe, qu'un bras, qu'un œil et qu'une oreille. Elle demeura avec eux et devint l'épouse du fils du chef de la tribu.

Son mari prit des cornes d'animaux et les enterra sous le sol de sa hutte : un jour que Ntotoatsana esayait de s'enfuir, les cornes se mirent à crier :

Ou-ou-é-é ! Voici Ntotoatsana, qu'un tourbillon a
[saisie et emportée
Pendant qu'elle gardait les bestiaux de son père, les
[bestiaux de Sékoaé.

Alors les Ma-Tébélés arrivèrent en courant et la ramenèrent chez son mari.

Elle y demeura longtemps et mit au monde deux petites filles jumelles qui lui ressemblaient beaucoup. Les deux enfants grandirent, se développèrent et devinrent de grandes jeunes filles. Un jour qu'elles étaient allées à la fontaine puiser de l'eau, elles découvrirent des hommes cachés dans un fourré de roseaux ; c'était leur oncle maternel et ses servi-

teurs. Il leur demanda : « De qui êtes-vous filles ?
— De Sélo-sé-ma-qoma¹. — Et votre mère, quel est
son nom ? — Ntotoatsana. — De qui est-elle fille ?
— Elle nous a raconté qu'elle avait été emportée par
un tourbillon, pendant qu'elle paissait les bestiaux de
son père. »

Alors cet homme s'écria : « Ce sont bien là les
enfants de ma sœur. »

Alors lui et ses compagnons coupèrent un certain
nombre de roseaux et en firent une botte qu'ils
remirent aux jeunes filles en leur disant : « Dès
que vous serez arrivées chez vous, cachez bien vite
ces roseaux sous la peau de bœuf où votre mère a
coutume de s'asseoir, mettez-vous à pleurer et dites-
lui d'aller vous chercher à manger. »

Les jeunes filles firent tout comme leur oncle
leur avait ordonné ; pendant que leur mère était
allée leur chercher à manger, vite elles cachèrent
leurs roseaux sous la peau de bœuf. Quand leur mère
revint et s'assit sur cette peau, les roseaux furent
tout écrasés ; les deux fillettes fondirent en larmes.
Leur mère essaya de les consoler, leur promettant
d'envoyer un jeune homme leur chercher d'autres
roseaux, mais elles continuèrent à pleurer, disant
qu'il fallait absolument que ce fût leur mère elle-
même qui allât leur en chercher.

Ntotoatsana se rendit donc à la fontaine pour y
chercher des roseaux ; elle y rencontra son frère
et le reconnut. Elle pleura de joie. Son frère lui
demanda : « Quand reviendras-tu à la maison ?
Pourquoi rester chez ces Ma-Tébélés, chez Sélo-sé-
ma-qoma ? »

Elle répondit : « Je ne puis pas m'en aller d'ici ; dès
que j'essaie de m'enfuir, les cornes donnent l'alarme. »

---

1. Littéralement : « une chose rugueuse, couverte
d'écailles ». Le *q* se prononce avec un claquement.

Il lui demanda : « De quelles cornes parles-tu ? comment peuvent-elles parler ? »

Ntotoatsana répondit : « Ce sont des cornes magiques que mon mari a enterrées sous le sol de ma hutte. »

Alors son frère lui dit : « Voici ce qu'il te faut faire ; fais chauffer de l'eau, verse-la dans ces cornes, puis bouche-les bien avec du *moroko*[1] ; ensuite, prends des grosses pierres et place-les sur les cornes. Quand tout le monde sera endormi, enfuis-toi avec tes deux enfants et viens nous rejoindre ici. »

Ntotoatsana s'en retourna chez elle et dit à ses deux filles de lui faire chauffer de l'eau ; le soir elle prit cette eau bouillante et la versa dans les cornes ; puis elle prit du *moroko* et en boucha l'ouverture des cornes ; ensuite elle prit des grosses pierres et les plaça sur les cornes. Puis, quand tout le village fut plongé dans le sommeil, elle réveilla ses deux enfants et alla à la fontaine rejoindre son frère et ses deux compagnons. Ils s'enfuirent tous ensemble. Les cornes essayèrent de donner l'alarme, mais elles ne pouvaient que crier : « Ou-ou-ou ! » Les gens du village se dirent : « Ce sont des chiens qui aboient. » Pendant ce temps, Ntotoatsana et sa troupe s'éloignaient rapidement ; ils marchèrent sans s'arrêter jusqu'au matin.

Comme ils étaient déjà bien loin, les cornes donnèrent l'alarme en criant :

Ou-ou-é-é ! Voici Ntotoatsana, qu'un tourbillon a
[saisie et emportée
Pendant qu'elle gardait les bestiaux de son père, les
[bestiaux de Sékoaé.

---

1. Le *moroko* est ce qui reste de la farine de sorgho fermenté, quand on a préparé la bière indigène. Il a à peu près la consistance de la sciure de bois.

Les Ma-Tébélés se mirent à sa poursuite, à grands sauts de leur unique jambe. Comme ils s'approchaient de Ntotoatsana et de ses compagnons et allaient les atteindre, ils s'aperçurent que ceux-ci tenaient en laisse un mouton noir. Alors le mouton se mit à chanter :

Hasé fouhlaélé fou, ha o na téma fou[1].

Les Ma-Tébélés s'arrêtèrent émerveillés, pendant que Ntotoatsana et ses compagnons continuaient leur marche. Puis le mouton dressa sa queue et se mit à danser en creusant la terre de ses sabots. Quand il s'aperçut que Ntotoatsana et ses compagnons étaient déjà bien loin, le mouton disparut soudain et alla les rejoindre.

Les Ma-Tébélés se précipitèrent de nouveau à leur poursuite ; chacun cherchait à dépasser les autres ; la plaine était couverte de Ma-Tébélés qui couraient. Bien vite, ils furent de nouveau en vue de Ntotoatsana. Alors le mouton recommença à chanter et à danser et les Ma-Tébélés de s'arrêter émerveillés à le regarder. Quand Ntotoatsana et ses compagnons eurent pris une grande avance, le mouton disparut soudain et alla les rejoindre. Les Ma-Tébélés reprirent leur poursuite, en disant : « Par Ma-qoma, cette fois nous irons droit jusqu'à Ntotoatsana, sans nous laisser arrêter par ce sot petit mouton, quand bien même il se mettrait à danser et à chanter d'une façon merveilleuse. » Quand ils furent près d'atteindre Ntotoatsana, le mouton se remit à chanter et à danser bien mieux encore qu'auparavant, les Ma-Tébélés s'arrêtèrent émerveillés à le regarder. Puis il disparut à leurs yeux. Alors les Ma-Tébélés perdirent courage, ils retournèrent chez eux tout

---

1. Ce qui ne veut rien dire.

honteux, en disant : « Cette fois, elle nous a échappé pour de bon, la femme de notre chef. »

Ntotoatsana et son frère arrivèrent chez eux ; ils furent reçus avec une grande joie. Pendant son deuil, la mère de Ntotoatsana avait laissé tant croître ses cheveux qu'ils étaient aussi longs que la queue d'un oiseau. Maintenant elle les coupa. Puis elle invita tous ses amis et ses parents et fit une grande fête pour célébrer le retour de Ntotoatsana.

27. ŒUF

Il y avait une fois un chef dont les femmes ne mettaient au monde que des filles ; un jour, une d'elles accoucha d'un œuf, gros comme celui d'une autruche. Le père prit l'œuf et le serra. Un jour, longtemps après, il alla à une fête de chant chez un autre chef. Il y vit une fille de ce chef qui lui plut extrêmement ; alors il dit au père de la jeune fille : « Ta fille me plaît beaucoup ; il faut que je la prenne en mariage pour mon fils. » Il alla chez lui chercher le bétail avec lequel il devait épouser cette jeune fille ; puis il l'emmena chez lui. Il lui fit bâtir une hutte et l'y établit en compagnie de ses filles à lui.

Des années s'écoulèrent sans que la jeune fille vît jamais son mari ; elle continuait à vivre seule avec les filles de sa belle-mère. Une année, comme on bêchait les champs et comme on les ensemençait, la semence vint à manquer ; le chef envoya une de ses filles en chercher chez lui. Comme elle entrait dans le *lapa* elle vit que l'œuf était sorti de la hutte et roulait tout autour du *lapa* en disant : « Ha ! ha ! mon père m'a donné une femme. » Sa sœur le releva et le replaça dans sa cachette, au fond de la hutte ; puis elle retourna aux champs avec la semence.

Le lendemain, la semence vint de nouveau à manquer ; le père envoya de nouveau sa fille pour en chercher chez lui. Elle trouva cette fois encore l'œuf, qui était sorti de la hutte et qui se roulait tout autour du *lapa*, en disant : « Ha ! ha ! mon père m'a donné une femme. » Sa sœur le releva et le serra dans la hutte, puis elle retourna aux champs avec la semence. Le lendemain, la semence vint de nouveau à manquer pendant qu'on était aux champs. Le père dit encore à sa fille : « Va chercher de la semence. » Mais sa belle-fille s'écria : « Non, aujourd'hui, c'est moi qui irai. » Elle y alla, et quand elle entra dans le *lapa*, elle trouva l'œuf qui s'y roulait comme toujours, en disant : « Ha ! ha ! mon père m'a donné une femme ! » Elle fut fort étonnée et se dit : « Comment ! cette chose ronde, là, ce serait mon mari ! » Elle prit l'œuf et, au lieu de le reporter dans la hutte de son beau-père, elle le déposa dans sa hutte à elle ; puis elle s'en retourna aux champs avec la semence.

Elle ne dit rien à personne de ce qu'elle avait fait ; son père et sa mère ne s'aperçurent pas que l'œuf n'était plus dans leur hutte. Le soir, elle dit : « Cette nuit, je veux dormir seule dans ma hutte ; que personne n'y entre. » Sa belle-mère lui demanda : « Pourquoi veux-tu faire ainsi ? » Elle répondit : « Je suis malade, ma tête me fait mal ; j'ai peur que mes compagnes ne fassent trop de bruit. » Elle se coucha ainsi seule dans sa hutte ; mais, au milieu de la nuit, elle se leva sans bruit et s'enfuit chez ses parents. Elle y arriva avant qu'il fît jour ; alors elle dit à son père : « Mon père, tu m'as rejetée. » Son père lui répondit : « Non, mon enfant, je ne t'ai pas rejetée ; mais je t'ai donnée en mariage. » Elle répliqua : « Mon mari n'est pas un homme ; c'est un œuf d'autruche qui est mon mari. » Puis elle ajouta : « Mon père, il te faut maintenant rendre

le bétail avec lequel j'ai été épousée, car je ne retournerai pas chez mon mari. » Le père dit : « Tu dois
y retourner. » Elle répondit : « Jamais ! » Alors
son père lui dit : « Je te donnerai une médecine, avec
laquelle tu métamorphoseras cet œuf en homme. »
    Alors son père lui donna un charme et lui dit :
« Prends cette médecine, mon enfant, et retourne
chez ton mari. Quand tu seras arrivée chez toi,
prends un vieux pot de terre, remplis-le d'eau,
allume du feu et fais bouillir ton eau. » La jeune
femme s'en retourna chez elle, avant que le jour
eût paru. Elle fit tout ce que son père lui avait
ordonné ; puis elle prit l'œuf et le déposa sur une
natte de roseaux ; elle prit de l'eau bouillante qu'elle
versa sur cet œuf, puis elle l'enduisit de graisse
et le recouvrit de couvertures chaudes. Alors elle
s'étendit à terre et au bout d'un moment entendit
une voix qui disait : « Il me pousse une jambe...
il m'en pousse une autre ; il me pousse un bras...
il m'en pousse un autre ; voici ma tête qui paraît...
voici mon nez... un œil... un autre œil... voici une
oreille... une autre oreille... ! » Puis enfin, la voix dit :
« Maintenant j'ai tous mes membres. » En même
temps elle entendit la coquille de l'œuf se casser et
les fragments tomber à terre avec bruit.
    Alors la jeune femme se leva et enleva les couver-
tures ; elle découvrit que l'œuf était devenu un
homme fort beau, parfaitement conformé, sans rien
qui lui manquât. Elle chauffa de l'eau, et y jeta
la médecine que lui avait donnée son père, puis elle
en frotta son mari de la tête aux pieds et l'enduisit
de graisse. Ensuite, elle ramassa soigneusement tous
les fragments de la coquille de l'œuf et les rassembla
dans un petit vase en terre. Quand il fit jour, elle
sortit de la hutte après y avoir enfermé son mari,
et s'assit devant la porte. Sa belle-mère vint à lui
demander : « Comment va ta tête ? » Elle répon-

dit : « Elle me fait toujours très mal. » Sa belle-
mère lui demanda : « Ne veux-tu pas manger un
peu de bouillie. » La jeune femme répondit : « Oui,
apportez-m'en. » Sa belle-mère lui en apporta, puis
ajouta : « Maintenant, nous allons aux champs,
reste tranquillement ici, ma fille. »

Quand tout le monde fut aux champs, la jeune
femme se leva et se rendit chez ses parents. Elle dit
à son père : « J'ai fait tout ce que tu m'avais
ordonné, l'œuf est maintenant un homme. » Son
père lui dit : « Tu vois bien, ma fille, tu vois
bien ! Maintenant je veux te donner des vêtements
d'homme pour ton mari. » Il lui donna un petit
manteau de peau de bœuf et une ceinture de peau ;
il lui donna aussi un bouclier avec son panache,
une assagaie et un chapeau de joncs tressés. La
femme retourna vite chez elle avec ces objets-là, elle
les donna à son mari, en lui disant : « Œuf, voilà tes
vêtements. » Œuf prit la ceinture et s'en ceignit, le
manteau et s'en revêtit, le chapeau et s'en couvrit.

Le soir, quand on revint des champs, la jeune
femme laissa son mari seul dans la hutte et en ferma
la porte en disant : « Œuf, reste ici ; garde-toi bien
de te montrer dehors. » Puis elle sortit et s'assit
devant sa hutte. Sa belle-mère vint et lui demanda :
« Comment vas-tu maintenant, mon enfant. » Elle
répondit : « Ma tête me fait toujours mal. » La
belle-mère lui dit : « Faut-il encore t'apporter de la
bouillie ? » Elle répondit : « Oui ! apportez-m'en. »
Elle prit la bouillie et ajouta : « Donnez-moi aussi de
la fiente pour que je me fasse du feu. » Elle entra
dans sa hutte, alluma son feu et mangea avec son
mari la bouillie qu'on lui avait apportée.

Le lendemain, au point du jour, elle réveilla son
mari : « Œuf, hâte-toi de te lever, sors de la hutte
et va t'asseoir au *khotla* sur le siège de ton père. »
Œuf s'habilla, se coiffa de son chapeau, prit son bou-

clier orné de son panache et son assagaie, puis il
sortit de la hutte et alla s'asseoir au *khotla* sur
le siège de son père ; personne n'était encore levé
dans tout le village. Quand les bergers sortirent de
leurs huttes pour traire leurs vaches, ils se demandèrent les uns aux autres : « Qui est cet homme-
là assis sur le siège du chef ? Nous ne savons pas
qui il peut être ; peut-être est-ce un étranger. C'est
un étranger bien osé de s'asseoir ainsi sur le siège
du chef. »

Œuf appela l'un d'eux et lui dit : « Apporte-moi
ton lait que je le voie. » Le garçon lui en apporta ;
Œuf lui dit : « C'est bien, porte-le dans le *lapa*. »
Alors le garçon se rendit auprès du chef et lui dit :
« Maître, il y a un étranger qui est assis au *khotla*
sur ton siège, il nous a dit de lui apporter le lait
pour qu'il le voie. » Le chef demanda : « D'où
vient-il ? » Le garçon répondit : « Je ne sais pas,
maître. » Alors le chef sortit et se rendit vers
l'étranger ; il lui dit : « Salut ! » L'autre répondit :
« Salut à toi aussi. — D'où viens-tu ? — Je suis ton
hôte ; je viens te faire visite. » Puis Œuf ajouta :
« Ne me connais-tu donc pas ? » Le chef répondit :
« Je ne te connais pas, dis-moi ton nom. » Alors
Œuf lui dit : « C'est moi qui suis Œuf, ton fils. »
Alors le chef appela tous ses gens et, leur montrant cet homme, il leur dit : « Voici Œuf, le mari
de ma fille, aujourd'hui, il est métamorphosé en
homme. »

Le chef était au comble de la joie ; le village tout
entier était dans la joie ; on abattit des bœufs, on
fit une grande fête en l'honneur du fils du chef.
Puis le chef demanda à la femme d'Œuf : « Comment
t'y es-tu prise pour le métamorphoser ? » Elle répondit : « Mon père m'a donné une médecine avec
laquelle je l'ai fait sortir de son œuf. » Le chef
lui dit : « Je te récompenserai, mon enfant. »

Alors il lui donna beaucoup de bétail en signe de reconnaissance. Quant à Œuf, ce fut lui qui devint le chef, et il régna à la place de son père.

Au bout de quelque temps, Œuf prit une seconde femme et s'éloigna de sa première épouse ; il n'entra plus jamais chez elle, ne fût-ce qu'une seule fois ; il lui enleva même ses vêtements et la priva de tout secours. Enfin, un jour, la femme perdit courage et pleura longtemps, longtemps, puis elle alla vers son beau-père et lui dit : « Mon père, pourquoi Œuf m'a-t-il abandonnée de la sorte ? » Son beau-père lui répondit : « J'ai fait tout ce que j'ai pu, mais inutilement, Œuf dit que c'est lui qui est maintenant le chef. » Quand le soleil fut couché, Œuf entra, pour y passer la nuit, dans la hutte de la femme qu'il aimait. Alors sa première femme se souvint des fragments de coquille d'œuf qu'elle avait conservés ; elle alla les chercher et les prit dans sa couverture, puis elle s'approcha de la hutte où Œuf était entré. Elle s'accroupit à la porte et lui dit : « Salut, chef. » Ils lui rendirent son salut ; elle ajouta : « Donnez-moi une prise de tabac. » Œuf lui répondit : « Je n'ai plus de tabac. » Elle ajouta : « Donnez-moi à boire, j'ai soif. » La seconde femme d'Œuf lui répondit : « Je n'ai plus d'eau. » Mais Œuf la gronda et lui dit : « Voyons, donne un peu d'eau à cette pauvre femme. » Alors la première femme d'Œuf répandit les coquilles d'œuf près de l'endroit où son mari devait poser sa tête. Puis elle retourna dans sa hutte.

L'autre femme entendit Œuf lui dire : « Tiens-moi, je sens une de mes jambes qui se retire... je sens l'autre qui se retire ; tiens-moi, voici un de mes bras qui se retire... voici l'autre qui se retire aussi ; tiens-moi, je sens ma tête qui se retire, puis mon dos... » Au bout d'un instant il était redevenu un œuf d'autruche ; la femme, en le tâtant avec ses

mains, vit que ce n'était plus qu'un œuf. Alors elle
sortit de la hutte et s'enfuit épouvantée. Le lendemain, les gens du village attendirent longtemps que
leur chef Œuf sortît de sa hutte, mais ils ne le virent
pas. Ils demandèrent à son père : « Où donc est
Œuf ? » Il leur répondit : « Je ne sais pas ; il dort
encore peut-être. » On avait depuis longtemps fini
de traire qu'Œuf ne se montrait toujours pas. Sa
mère alla à sa hutte et cria : « Œuf ! Œuf ! » Pas de
réponse. Alors elle entra et souleva les couvertures :
elle vit que son fils était redevenu œuf comme auparavant. Elle appela son mari, qui lui aussi s'assura
qu'il en était bien ainsi. Ils pleurèrent amèrement
et ils disaient : « Hélas ! notre enfant, quand le
reverrons-nous ? Comment faut-il faire ? »

Alors le chef se rendit chez les parents de sa
belle-fille, où celle-ci s'était réfugiée. Il la supplia
longtemps d'avoir pitié de lui ; mais elle refusait
obstinément, en répétant : « Non, je n'irai pas, ton
fils m'a fait trop de mal. » Le père d'Œuf essayait
en vain de l'attendrir ; elle continuait toujours à
refuser de rien faire. Enfin, son père lui dit : « Allons,
mon enfant, prends cette médecine et retourne chez
ton mari. S'il recommence à te faire du mal, c'est
alors que tu pourras le quitter pour tout de bon. »

La jeune femme prit la médecine, retourna chez
elle et fit comme la première fois. Œuf sortit de
nouveau de sa coquille et redevint un homme. Alors
il dit à sa femme : « Aujourd'hui, je me repens de
ce que je t'ai fait, ma femme ; je ne recommencerai
jamais plus. » Il repoussa sa seconde femme et
resta uniquement attaché à celle qui l'avait métamorphosé ; il lui disait : « Quand je serai mort, seulement alors quelqu'un d'autre pourra t'épouser ; si
c'est toi qui meurs la première, c'est alors seulement
que j'épouserai une autre femme. »

28. LE MIROIR MERVEILLEUX

Un homme et sa femme n'avaient qu'un seul enfant. Ils disent : « Dis, pourquoi est-ce que nous autres nous n'avons pas d'autre enfant ? » Ils ajoutent : « Allons consulter le devin. » Ils y vont et disent : « Dis, nous autres, pourquoi est-ce que nous n'enfantons pas ? » Le devin dit : « Allez prendre deux poissons, de ceux qu'on appelle pendé, un mâle et une femelle. » Il ajoute : « Mangez-les. » Ils en prirent deux, les mangèrent et eurent leur enfant. On lui donna le nom de Tembo.

Tembo grandit. Sa mère lui dit : « Va couper du bois. » Elle ajoute : « Va n'importe où couper ton bois, mais ne va pas dans cette forêt là-bas. » Tembo va couper du bois dans une autre forêt, l'apporte et dit : « Après tout, si je meurs, cela n'est rien, je ne suis qu'un homme. »

Il s'en va dans cette forêt et rencontre un boa qui avait avalé une grande gazelle. Mais la tête lui restait dans la bouche. Sortir, elle ne le pouvait ; descendre, elle ne le pouvait pas davantage. Le boa dit : « Viens ici, Tembo, et coupe-moi cette tête. » Tembo dit : « Tu me tueras. » Le boa dit : « Viens ici, je ne te tuerai pas. » Tembo s'approche et coupe la tête. Le boa dit : « Allons-nous-en que tu reçoives ta récompense. » Il ajoute : « Tiens bien ma queue ; si tu la lâches, tu perds tout. » Il ajoute : « Quand je passerai par les épines, ne me lâche pas. » Tembo saisit la queue, et ils s'en vont, vont, vont. Quand on passe à travers les épines, ça pique, ça pique. Ils arrivent à la demeure du boa.

Là, Tembo dort, deux, trois jours ; il se fait ami avec le fils du boa. Le boa dit : « Tembo, quand je tirerai mes miroirs dehors demain, choisis-en un, celui que tu voudras. » Le fils du boa lui dit :

« Quand tu verras une mouche se poser sur un
miroir, toi, prends celui-là : c'est un miroir à
merveilles. » Le lendemain les miroirs sont tirés
dehors et exposés dans un espace grand comme
d'ici à là. Une mouche se met à voler et va et vient
sans s'arrêter. Tembo court après elle, court, court.
La mouche se pose et Tembo prend le miroir. Le
boa dit : « C'est celui-ci que tu veux ? » Tembo
dit : « C'est celui-ci que je veux. » Tembo s'en va
chez lui, chez sa mère et il emporte le miroir.

Il dit : « Miroir, miroir, ce qu'a dit ton maître,
est-ce la vérité ? » Il ajoute : « Je veux le savoir
à l'instant même. Je veux une maison couverte de
tuiles. » La maison se dresse aussitôt. Il dit : « Ma
mère, je veux la fille du gouverneur. » Il prend
sa casaque faite d'un sac, ses pantalons également
faits d'un sac, son vieux chapeau tout déchiré,
ses souliers tout déchirés, une cravate en feuille
de bananier, un parapluie également en feuilles de
bananier, et dans la main une canne toute brisée.
Et il s'en va à pas lourds faisant *gwfé gwfé*.

Il monte à la terrasse. Le gouverneur vient dehors
et lui demande : « Que veux-tu ? » Lui, dit : « Je
veux me marier avec votre fille. » Le gouverneur
dit : « Tu aurais le front de te marier avec ma
fille ? » Le gouverneur appelle sa femme, et lui dit :
« Ce vilain veut se marier avec ton enfant. » Elle
dit : « Si tu veux te marier avec ma fille, fais une
maison au milieu du fleuve, et que ce soit une maison
à un étage ! » Tembo dit : « Miroir, miroir, je veux
une grande et belle maison au milieu du fleuve. »
La maison se dresse à l'instant. Il dit : « Il me faut
des serviteurs. » Il ajoute : « Il me faut une table,
un lit, des comestibles, une chaise. » Le lendemain
le gouverneur regarde et dit : « Hélas ! notre enfant,
nous la perdons. » Le gouverneur s'était levé de grand
matin pour voir. Tembo reçoit sa femme. Il s'en va

habiter sa belle maison. Il dit : « Il me faut un
coq, des chèvres, des vaches, des poules, des canards
de différentes espèces. »

Il s'en va promener, sort sur le rivage et va
rendre visite à sa mère. Il s'en va et s'en retourne
promener. Une guerre survient. Le coq aussitôt de
chanter : « Tout s'écroule ! » Tembo rentre en toute
hâte et dit : « Miroir, miroir, je ne veux pas voir
cette guerre qui vient là-bas. » Alors tous les guerriers meurent. Tembo s'en va de nouveau promener.
De nouveau survient la guerre. Le coq aussitôt de
chanter : « Tout s'écroule ! » Tembo rentre en toute
hâte et dit : « Miroir, miroir, je ne veux pas voir
cette guerre qui vient là-bas. » Tous les guerriers
meurent les uns après les autres.

Une vieille femme survient, parle à la femme de
Tembo, et lui dit : « Laissez-moi voir ce miroir à
merveilles. » La femme le tire. La vieille le regarde,
regarde, regarde, elle l'échange contre un autre. Elle
dit alors : « Prenez là votre miroir ; quant à moi
je m'en vais mon chemin. » Elle s'en va avec ce
miroir chez le gouverneur. Le gouverneur le met sous
une caisse renversée. La guerre survient ; c'était
une foule de guerriers venus par le fleuve. Le coq
alors de chanter : « Tout s'écroule ! » Tembo rentre
en toute hâte et dit : « Miroir, miroir, je ne veux
pas voir cette guerre-là. » Mais la guerre est déjà
arrivée. Il dit : « Miroir, miroir, je ne veux pas
voir cette guerre. » On arrive, on saisit Tembo. On
l'enferme dans une remise, et on détruit sa maison.

Tembo était enfermé avec son chat. La femme de
Tembo était retournée chez son père. Dans la remise
il y avait des rats qui avaient un fer aux lèvres.
Ils voulaient venir mordre Tembo. Mais le chat en
saisit un des plus grands. Ses compagnons viennent, le chat les mord. Un rat dit : « Lâche-moi
pour que j'aille chercher ton miroir. » Il le lâche, et

le rat s'en va droit chez le gouverneur et revient
avec un miroir. Tembo dit : « Ce n'est pas ça. »
Le rat s'en va chercher celui qui était sous la caisse
renversée et le remet à Tembo. Il dit : « C'est
celui-là même. »

Il dit alors : « Miroir, miroir, je veux sortir
d'ici. » Il sort. Il dit : « Miroir, miroir, je veux
une maison comme celle d'autrefois. » La maison
s'élève. Il dit : « Je veux un lit, une table, je veux
des servantes, je veux des serviteurs. » Il ajoute :
« Je veux que ma femme revienne. » Aussitôt sa
femme revient. C'est la fin.

29. LA QUEUE D'YBOUMBOUNI

Trois jours après sa naissance, le petit Diandia dit
à son père Tangari : « Donne-moi un arc à corde
très résistante. »

Son père lui en donne un dont la corde était de
peau de biche tressée. L'enfant l'essaie. Il le bande et
la corde cassa net. Successivement son père lui
apporte un arc à corde en peau de koba, puis un
autre à corde en peau de bœuf sauvage et enfin un
à corde en peau d'éléphant. Cette corde casse
comme les précédentes.

Diandia dit à son père : « Il faut que tu arraches
le nerf de ton jarret pour en faire une corde à
mon arc, aucune autre corde n'étant assez résistante. »

Tangari donne satisfaction à son fils.

Quand l'arc est garni de la corde demandée, Diandia part à la chasse. Au moment où il se mettait en
route, son père lui dit : « Quand tu voudras me
faire hommage de la queue d'un animal tué par toi,
ne m'en offre pas d'autre que celle d'un yboumbouni. »

L'yboumbouni est un animal plus beau qu'aucun autre et d'une taille très élevée. Il est assez fort pour porter cent éléphants. La queue est longue et touffue comme celle d'un cheval et ornée de cauris très blancs et de perles d'or. Il se sert de cette queue pour paralyser les mouvements des animaux qu'il chasse. Quand il est près d'atteindre la bête poursuivie, il fait brusquement volte-face et les crins de sa queue viennent s'entortiller autour des membres de sa proie et l'immobilisent.

Le petit Diandia marche sept cents ans du côté du Levant, car c'est de ce côté que viennent les choses extraordinaires et, par suite, qu'il pouvait rencontrer les yboumbouni. Il arrive enfin dans la forêt que ceux-ci habitent.

Il trouve la mère des yboumbouni toute seule. Les jeunes étaient partis à la chasse quand il arriva.

Il expose le but de sa visite à la mère yboumbouni. « Tu auras ce que tu désires ! lui promet celle-ci. Je vais te cacher dans le canari à viande séchée. Ne fais pas le moindre bruit, sinon mes petits te découvriraient et tu serais vite dévoré. »

A minuit, quand tous les yboumbouni sont endormis, leur mère va couper la queue au plus jeune et vient la remettre à Diandia. Le petit sort alors du canari et la mère yboumbouni le met sur le bon chemin. Il part en courant.

Tous les matins, les jeunes yboumbouni, en se réveillant chantaient à tour de rôle leur chanson. Au réveil le plus grand commence à chanter :

Je vais voir si ma queue chasse-bœuf est toujours là
Si ma queue chasse-éléphants est là tout entière.
Figuilan dianyeu¹. La mienne y est !

1. Figuilan dianyeu : onomatopée du bruit de la queue fouettant l'air.

Chacun répète cette chanson jusqu'au dernier qui, ne trouvant pas sa queue, termine ainsi son couplet :

Figuilan dianyeu! La mienne n'y est pas!

Tous alors suivent la piste de Diandia en flairant le sol. Comme ils allaient atteindre le petit, celui-ci se retourne et les voit. Alors il chante :

O père! O père! l'yboumbouni va me manger!
Puisqu'au lieu de sa queue tu ne m'as pas demandé
Celle du bœuf sauvage, non! non! non!
Celle du koba, non! non! non!
Celle de l'éléphant, non! non! non!

Cette chanson plut beaucoup aux yboumbouni. « Nous allons chercher notre mère, disent-ils, pour qu'elle entende chanter un être humain. »

Pendant qu'ils revenaient sur leurs pas, Diandia fuyait de toute la vitesse de ses jambes.

Arrivés chez leur mère, les yboumbouni lui racontent ce qu'ils ont vu : « Allez chercher cette créature, leur dit la mère, et ramenez-la ici. » Les yboumbouni recommencent leur poursuite. Ils étaient tout près de Diandia qui, lui-même, atteignait presque son village, les voyant alors venir, il reprend sa chanson :

O père! O père! l'yboumbouni va me manger!
Puisqu'au lieu de sa queue tu ne m'as pas demandé
Celle du bœuf sauvage, non! non! non!
Celle du koba, non! non! non!
Celle de l'éléphant, non! non! non!

Les yboumbouni s'en retournent encore prévenir leur mère de ce qu'ils ont entendu, mais quand celle-ci les renvoie de nouveau à la poursuite de

Diandia, le petit était en sûreté chez son père à qui il fait hommage de la queue d'yboumbouni.

Tangari alors en touche la plaie de son jarret que le temps n'avait encore pu cicatriser et il est guéri. Il garde la queue comme un précieux talisman.

C'est depuis lors que les vieillards ont pris l'habitude de conserver des queues d'animaux dont ils se servent comme de chasse-mouches.

30. UN PLEIN CABAS D'ENFANTS

Un homme et sa femme. Celle-ci met au monde des enfants, un cabas tout plein.

L'homme dit : « Ma femme, je ne veux pas de toi. »

Sa femme, alors, se met en route, va, va, va, et va jusqu'à ce qu'elle rencontre un grand oiseau qui l'attendait, caché. La femme arrive là, l'oiseau dit :

> — *Pleure, pleure, ndeyandeyâ.*
> *Pleure, ndeyandeyâ,*
> *Donne-moi un enfant à manger,*
> *A manger, ndeyandeyâ,*
> *Pleure, ndeyandeyâ.*

Elle lui donne un enfant ; il le mange et va de nouveau se cacher en avant pour l'attendre. Il dit :

> — *Pleure, pleure, ndeyandeyâ.*
> *Pleure, ndeyandeyâ,*
> *Donne-moi un enfant à manger,*
> *A manger, ndeyandeyâ,*
> *Pleure, ndeyandeyâ.*

Elle lui donne un autre enfant ; il le mange et va encore se cacher en avant sur la route. Il dit :

> — *Pleure, pleure, ndeyandeyâ.*
> *Pleure, ndeyandeyâ,*
> *Donne-moi un enfant à manger,*
> *A manger, ndeyandeyâ,*
> *Pleure, ndeyandeyâ.*

Elle dit : « Prends-le toi-même et mange-le. »
Il le prend et le mange. Tous les enfants y passent jusqu'au dernier. L'oiseau va se cacher en avant et l'attend. Il dit :

> — *Toi, femme, où vas-tu ?*
> *Où vas-tu, ndeyandeyâ ?*
> *Pleure, ndeyandeyâ,*
> *Pleure, ndeyandeyâ,*
> *Viens ici que je te mange, ndeyandeyâ.*

Il la saisit et la mange. Quand la femme est morte, le cabas va son chemin tout seul. L'oiseau se cache en avant pour l'attendre. Il dit :

> — *Toi, cabas, où vas-tu ?*
> *Où vas-tu, ndeyandeyâ ?*
> *Pleure, ndeyandeyâ,*
> *Viens ici que je te mange, ndeyandeyâ,*
> *Pleure, ndeyandeyâ.*

Il le saisit et le mange. Le cabas lui déchire les entrailles. Il sort, se met à courir et arrive au village. Il dit : « La femme est morte, ainsi que les enfants. »
C'est fini.

CHAPITRE VIII

FÉTICHISME : ABSTRACTIONS

La Faim. — Le Mensonge. — La Vérité, etc.

31. *Le Mensonge et la Mort*, conte chwabo.
32. *Le Mensonge et la Vérité*, conte malinké.

FÉTICHISME :
ABSTRACTIONS

31. LE MENSONGE ET LA MORT

Il y avait une fois deux hommes, le Mensonge et la Vérité. La Vérité invita le Mensonge à l'accompagner pour chercher quelque nourriture. Ils partirent et cheminaient l'un derrière l'autre, quand ils rencontrèrent des gens qui piochaient et, au bord de la route, une fillette qui ramassait du sablon dont elle se frottait la poitrine. La Vérité s'étant approchée de l'enfant lui donna un coup et aussitôt le père ordonna qu'on offrît de l'eau à la Vérité. Mais la mère déclara que celui qui donnerait de l'eau à la Vérité périrait avec elle d'un commun trépas. « Je n'ai pas dit, intervint le Mensonge, que la Vérité ait besoin du moindre aliment. » Et on laissa passer le Mensonge.

Il arriva à une case, où il apprit que le chef du village était mort. Le Mensonge affirma qu'il pouvait rappeler le naba à la vie, qu'on n'avait pour cela qu'à enfermer dans une boîte un pigeon ramier et une mouche maçonne ; puis il invita le fils aîné du chef décédé à se procurer un âne et trente mille

cauris pour les lui donner. Au crépuscule, le Mensonge fit ouvrir le tombeau et, y ayant pénétré,
délivra le pigeon ramier et la mouche maçonne.
Aussitôt l'oiseau se mit à roucouler et l'insecte à
bourdonner. « Attention, ton père et ton grand-père
vont sortir ! dit le Mensonge ; saisis-les ! Tu recon-
naîtras ton père à sa voix faible et ton grand-père
à sa grosse voix. Ecoute bien ! » Et on laissa passer
le Mensonge, qui partit avec son âne et ses trente
mille cauris.

De nouveau en route, le Mensonge rencontra la
Mort, qui venait de décéder. Le Mensonge demande
à l'acheter, mais on lui répondit qu'on ne voulait
pas la vendre. Quelques-uns pourtant déclarèrent
qu'ils feraient ce marché avec lui s'il leur faisait
savoir dans quel but il désirait faire cette emplette.
La vente eut lieu et le Mensonge compta trente mille
cauris qu'il leur remis ; puis, traînant derrière lui
la Mort, il lui fit faire le tour du village en la
frappant. Les gens du village revendiquèrent alors
la Mort pour l'ensevelir, mais le Mensonge leur
déclara qu'il l'avait achetée, et qu'il exigeait cent
mille cauris pour qu'ils l'obtinssent et l'enseve-
lissent. Il toucha ses cent mille cauris et se rendit
chez un homme riche.

Il dit à la femme de ce dernier : « Je vais t'appeler, et tu me répondras des sottises. » Et l'ayant
renversée il la battit, puis lui appliqua autour du
cou un boyau de bœuf rempli de sang. Il trancha
alors le boyau et annonça que la femme était morte.
Le chef sortit de sa case : « Qu'as-tu donc fait ?
dit-il au Mensonge. Ce que tu as fait là est bien mal. »
Mais le Mensonge repartit que cela le regardait, et
qu'on le laissât faire. Et il plongea dans une calebasse pleine d'eau une queue de bœuf, dont il se
servit pour donner de l'air à la tête de la femme et
lui faire du vent au derrière. Et la femme se leva.

Aussitôt le chef de case donna des bœufs au Mensonge pour posséder son grigri. Puis il rentra chez lui, prit des noix de béarité et dit à sa femme d'en faire de l'huile pour la donner aux gens qui piochaient ses champs. La femme écrasa les noix, fit l'huile et prépara la nourriture. Elle revint avec le crépuscule. « Quoi ! lui dit son mari, je te dis de préparer le manger que je dois donner à mes travailleurs du lougan, et tu n'arrives qu'à la nuit. » Et il jette sa femme à terre, lui donne des coups, enfin l'étrangle. Mais vite il prend la queue et la calebasse pleine d'eau, et se met à faire de l'air à sa femme. Celle-ci ne se releva pas. Alors les enfants s'emparèrent de leur père, le battirent et le tuèrent. Cependant le Mensonge se sauvait, emportant, pour la manger, toute sa fortune.

32. LE MENSONGE ET LA VÉRITÉ

Un jour, le Mensonge et la Vérité entreprirent ensemble un voyage.

Le Mensonge dit gentiment à sa compagne : « Partout où nous nous présenterons, c'est toi qui porteras la parole, car si l'on me reconnaissait, nul ne voudrait nous recevoir. »

Dans la première maison où ils entrèrent, ce fut la femme du maître qui les accueillit ; le maître arriva à la tombée de la nuit et demanda tout de suite à manger : « Je n'ai encore rien préparé », dit sa femme. Or, à midi, elle avait préparé le déjeuner pour deux et en avait caché la moitié. Bien que son mari n'en sût rien, il entra cependant dans une grande colère, parce qu'il arrivait, très affamé, des champs. Se tournant vers les étrangers, le mari leur demanda : « Pensez-vous que ce soit là le fait d'une bonne ménagère ? » Le Mensonge garda prudemment le silence ; mais la Vérité, obligée de répondre, dit avec sincérité qu'une bonne ménagère aurait dû tout préparer pour le retour de son mari. Alors, la femme de l'hôte, violemment irritée contre ces étrangers qui se permettaient de se mêler des affaires de son ménage, les jeta finalement à la porte.

Au deuxième village où ils arrivèrent, le Mensonge et la Vérité trouvèrent les enfants occupés à partager une vache stérile, fort grasse, qui venait d'être abattue.

Quand les voyageurs entrèrent chez le chef du village, ils rencontrèrent des enfants qui venaient de remettre au chef la tête et les membres de la vache, en lui disant : « Voici ta part. » Or, chacun sait que c'est toujours le chef qui fait les parts dans une distribution de cette nature.

Le chef, s'adressant à nos étrangers, qui venaient d'assister à tous ces détails, leur demanda : « Qui pensez-vous donc qui commande ici ? — Apparemment, dit la Vérité, ce sont les enfants. » A ces mots, le chef se mit dans une terrible fureur et fit immédiatement chasser ces étrangers, si impertinents.

Le Mensonge dit alors à la Vérité : « Vraiment, je ne puis te laisser plus longtemps le soin de nos affaires, car tu nous ferais mourir de faim. Ainsi, dès maintenant, c'est moi qui y pourvoirai. » Au village qu'ils atteignirent peu après, ils s'établirent sous un arbre, près d'un puits. De grands cris partaient du village, et ils surent bientôt que la favorite du roi était morte.

Tout éplorée, une servante vint puiser de l'eau. Le Mensonge, s'approchant d'elle, lui dit : « Quel malheur est-il donc arrivé que tu pleures ainsi et que tout le village se lamente ? — C'est que, dit-elle, notre bonne maîtresse, la femme préférée du roi, est morte.

— Comment ? tant de bruit pour si peu ? dit le Mensonge. Va donc dire au roi de cesser de s'affliger, car je suis capable de rappeler à la vie les personnes mortes depuis plusieurs années même. »

Le roi envoya un beau mouton aux voyageurs, pour leur souhaiter la bienvenue, et fit dire au Mensonge de patienter, qu'il ferait appel à ses talents quand il le jugerait opportun.

Le lendemain et le surlendemain, le roi envoya encore un beau mouton et fit dire les mêmes paroles au Mensonge. Celui-ci feignit de perdre patience et fit prévenir le roi qu'il était décidé à partir si, le lendemain, il ne le faisait pas appeler. Le roi manda le Mensonge pour le lendemain.

A l'heure dite, le Mensonge se trouva chez le roi. Celui-ci s'enquit d'abord du prix de ses services et lui offrit, enfin, un cent de chacune des choses qu'il possédait. Le Mensonge refusa disant : « Je veux la moitié de ce que tu possèdes. » Devant témoins, le roi accepta.

Alors, le Mensonge ordonna de construire une case, juste au-dessus de l'endroit où avait été inhumée la favorite. Quand la case fut construite et couverte, le Mensonge y entra seul, avec des outils de terrassier, et s'assura que toutes les issues étaient bien fermées.

Au bout d'un long temps de travail, que l'on devinait acharné, on entendit le Mensonge parler à haute voix, comme s'il se querellait avec plusieurs personnes ; puis il sortit et dit au roi : « Voilà que l'affaire devient bien difficile ! car, dès que ta femme a été ressuscitée, ton père l'a saisie par les pieds et m'a dit : « Laisse là cette femme. A quoi servira-t-elle « sur terre ? Que fera-t-elle pour toi ? Si, au contraire, « tu me fais revoir le jour, ce n'est pas la moitié, « mais bien les trois quarts des biens de mon fils « que je te donnerai, car j'étais bien plus riche

« que lui. » A peine achevait-il que son père apparut,
le repoussa et à son tour m'offrit de même tout ce
que tu possèdes ; puis à son tour, il fut chassé par
son père qui m'offrit davantage encore. Tant et si
bien que tous tes aïeux sont là et que je ne sais
plus à qui entendre ? Mais, pour ne pas exagérer
ton embarras, dis-moi seulement qui, de ton père ou
de ta femme, je dois ressusciter ? »

Le roi n'eut pas un instant d'hésitation. « Ma
femme », dit-il. Car il tremblait à la seule pensée
de voir reparaître le terrible vieillard, qui l'avait
si longtemps gardé en tutelle.

« Sans doute, dit le Mensonge, mais ton père
m'offre beaucoup plus que tu ne m'as promis, et je
ne saurais laisser échapper une si belle occasion
de m'enrichir... à moins, fit-il en voyant le roi terrifié, à moins que tu me donnes pour le faire
disparaître ce que tu t'étais engagé à me remettre
pour ressusciter ta femme.

— C'est certainement ce qui vaut mieux, dirent en
chœur les marabouts, qui avaient contribué à l'assas-
sinat du défunt roi.

— Eh bien, dit le roi en poussant un grand sou-
pir, que mon père reste où il est et ma femme
aussi. »

Ainsi fut fait et le Mensonge reçut, pour n'avoir
ressuscité personne, la moitié des richesses du roi,
qui d'ailleurs se remaria pour oublier la morte.

CHAPITRE IX

LE TOTÉMISME

Le Téné : *Animal tabou, celui qui ne doit pas être tué ni mangé. Armoiries de la famille, du clan, de la tribu, de la race.*

33. *La Légende de l'Eléphant*, conte fân.
34. *Khoédi-Séboufeng*, conte bassouto.
35. *Le Gambadeur-de-la-plaine*, conte ronga.
36. *Histoire de Tangalimilingo*, conte nyassa.

LE TOTÉMISME

33. LA LÉGENDE DE L'ÉLÉPHANT

En ce temps-là, et ce temps-là est très loin, on ne saurait penser plus loin, les hommes habitaient tous ensemble dans un grand village, et les animaux faisaient de même, chacun dans son village, chacun suivant sa race ; les antilopes étaient avec les antilopes, les sangliers avec les sangliers, les léopards avec les léopards, les singes avec les singes.

Mais dans chaque village, pour les commander, il y avait un éléphant, et les éléphants étaient ainsi dispersés, chaque famille d'éléphants commandant un village différent ; le chef pour eux tous, le père éléphant, habitait seul dans la forêt, mais quand il y avait palabre, tous comparaissaient devant lui, et il jugeait bien. Quand le père éléphant pensait que son temps était venu, il remettait son esprit à son successeur et disparaissait. Jamais, jamais plus on ne le revoyait, mais son esprit demeurait vivant.

Les hommes habitaient à part, loin dans la forêt, et pas un animal ne demeurait avec eux, pas un, pas même le chien. Pour les poules, je n'en sais rien, mais je pense que les poules étaient aussi avec les autres oiseaux.

Les hommes étaient à part ; ils mangeaient les fruits de la forêt, mais souvent aussi ils tuaient des animaux pour en manger la chair, et c'étaient alors des palabres qui n'en finissaient jamais. Les animaux venaient se plaindre à l'éléphant ; celui-ci ordonnait aux hommes de venir, mais ils ne venaient point et continuaient à tuer les animaux.

Il y eut tant de plaintes contre les hommes que l'éléphant dit à la fin : « Puisqu'ils ne peuvent pas venir, j'irai à leur village. » Il fit ses provisions de voyage, et partit pour aller au village des hommes. Mais il fallait d'abord trouver ce village, car les hommes l'avaient bien caché, et c'était difficile. L'éléphant était en marche : sur son chemin, il rencontre d'abord le village des léopards.

« Où vas-tu, père éléphant ? — Je vais au village des hommes, pour juger de leurs palabres avec vous autres. — C'est une très bonne idée. Nous irons avec toi. — Non, ils seraient trop effrayés. J'aime mieux y aller seul. »

Et l'éléphant disait cela parce qu'il savait bien que *Nzamé* a créé les hommes et que le chef des hommes était fils de *Nzamé* comme lui.

« Eh bien, tu iras seul, père éléphant, mais repose-toi un peu à notre village. »

Et l'éléphant accepta, parce qu'il était bien reçu, et il demeura deux jours entiers au village des léopards. Il serait même resté trois jours et plus, mais il n'y avait plus rien à manger. Il continue donc son chemin, et arrive au village des antilopes. Là encore, on lui fait une grande fête.

« Et où allez-vous ainsi, père éléphant ? — Je vais au village des hommes pour juger leurs palabres, car je suis fatigué « avec » eux. — C'est une très bonne idée : nous irons avec vous. — Non, je préfère y aller seul, car peut-être, pendant la nuit, ils vous tueraient. » Et les antilopes répondirent : « C'est bien, mais au moins reposez-vous deux jours chez nous. »

Et le père éléphant accepta volontiers, car les antilopes étaient très bonnes pour lui, et il resta deux jours entiers au village des antilopes. Il serait même resté trois jours et plus, mais il ne restait plus rien à manger, et il avait faim.

Père éléphant se rend donc au village des sangliers. Et ainsi de village en village, l'éléphant restait en route.

Depuis longtemps, cependant, le chef des hommes, qui souvent consultait son fétiche (une corne d'antilope avec un miroir enchâssé au bout), avait appris le voyage de l'éléphant, et pourquoi il voulait venir au village des hommes. Cela, lui ne le voulait pas. Et dans tous les sentiers qui aboutissaient à son village, depuis bien loin, bien loin, avec tous les hommes, et avec les femmes pour emporter la terre, il creuse de grandes fosses, avec des pieux pointus au fond ; trois, quatre, cinq pièges se suivaient, à une heure, deux heures, trois heures de marche. Et quand le plus éloigné fut fini, il dit à ses hommes : « Allez me couper des tiges de manioc. »

Et les hommes allèrent couper du manioc.

« Jetez les tiges pour bien recouvrir la fosse. »

Et les hommes disposèrent bien les tiges, et quelques jours après, elles repoussaient, et on ne voyait plus le bois. Et à une heure de marche de là, sur le même sentier, le chef des hommes fait creuser une autre fosse. Et il dit à ses hommes : « Allez me chercher des tiges de patate. »

Ils y allèrent, et ils revinrent avec beaucoup de tiges de patate. Et leur chef leur dit : « Disposez ces tiges sur la fosse. »

Ils les disposèrent bien, de sorte que l'on ne voyait plus rien de la fosse.

Et il fit ainsi creuser sur le sentier cinq fosses

différentes, chacune avec une plante différente. Et sur chaque sentier qui conduisait à son village, il fit ainsi creuser cinq fosses. Et ce n'est pas tout encore : il y a bien autre chose. Le chef des hommes était très malin ! Il avait pensé ainsi dans son esprit : « Si l'éléphant voit un tas de manioc dans le chemin, il se méfiera, car il est rusé ! » Et dans le sentier, loin, loin, à quatre, cinq places différentes, il fait jeter du manioc, mais, dessous, il n'y avait pas de fosse ; et puis plus loin, après la première fosse, il fait jeter du manioc encore, et puis des patates, et puis les autres plantes. Il y en avait tout le long du chemin !

Père éléphant était donc en route pour aller au village des hommes. Et voici que sur le chemin il rencontre un tas de manioc ; il le retourne avec sa trompe, le retourne encore, car il était prudent : mais il ne trouve rien de suspect. « C'est, dit-il, un cadeau de mes enfants : ils ont voulu me préparer de la nourriture dans le chemin : ils sont très bons. » Et comme il se défiait encore un peu, il mange seulement un petit morceau de manioc. Il le trouve excellent : il en mange un second, puis tout le tas ; il n'y en avait pas beaucoup, et père éléphant était très gros, bien plus gros que les éléphants de maintenant. Un peu plus loin, nouveau tas de manioc. Père éléphant s'en approche avec précaution, puis en croque un petit morceau ; rien de suspect. « Ah ! dit-il, les excellents enfants ! » Et il mange tout le tas, car père éléphant était gros, et le tas petit. Et père éléphant avait beaucoup, beaucoup marché ! Et le soir venait, quand, dans le sentier, il voit un nouveau tas de manioc ; comme il avait grand-faim, il se précipite dessus.

Kah ! C'était juste le trou de la fosse ! Et comme père éléphant courait bien vite, il tombe la tête la première, sur le pieu pointu. Et ce fut bon pour lui !

Car sans cela, le pieu lui eût percé le ventre, et il
était mort. Mais sa tête brisa le pieu. Et toute la
nuit, père éléphant demeura au fond du trou, criant
et gémissant : « Je suis mort ! » Mais au matin, le
chef des hommes, qui était tout près avec ses guerriers, vient sur le bord du trou :

« Tiens. Qu'est-ce ceci, dit-il. Comment ? c'est le
père éléphant ! Oh ! qui a pu le faire tomber ici ! »
Et, prompt, il jette de la terre et des branches dans
le trou ; mais quand il voit que la fosse est presque
comblée, et que l'éléphant est prêt de sortir, au
plus vite, il s'esquive avec tous ses hommes. Le père
éléphant cependant sort de son trou et, tout meur-
tri, tout froissé, il continue son chemin, mais la
tête lui faisait très mal, et ses yeux étaient remplis
de terre, et il avait peine à marcher ! Enfin, après
maintes aventures, père éléphant, ayant fait à la
fois appel à ses grands fétiches et à tous les autres
éléphants, renverse les obstacles et parvient au
village des hommes. Il arrive sur la grande place ;
il n'y avait plus personne ! Mais, sur son ordre,
tous les autres animaux se mettent en campagne et
sont chargés de ramener les hommes. Les singes
les poursuivent dans les arbres, les sangliers et les
léopards dans la forêt, les oiseaux dénoncent leur
retraite, les serpents les mordent dans les herbes,
il leur faut revenir se faire juger.

Les hommes étaient donc devant père éléphant,
et le chef des hommes avait grande frayeur, car il
voyait venir la mort. Il « avait froid », car qui a
vu derrière la mort ? La mort est comme la lune.
Qui a vu l'autre côté ?

Le chef des hommes avait froid ! Mais le père
éléphant dit : « Tu avoues donc ton péché ? » Et
le chef des hommes répondit : « Je l'avoue ! — Alors,
maintenant tu vois la mort ? — Oh ! père éléphant,
je suis petit et tu es fort. Pardon ! Oh ! »

Et le père éléphant répondit : « C'est vrai, je
suis fort et tu es faible, mais *Nzamé* t'a créé
chef. Je te pardonnerai donc. »

Et le chef des hommes répondit : « Merci, grâce. »
Et il sentit son cœur content.

Mais le chef des léopards s'avance furieux :
« Père éléphant, tu ne parles pas bien. Les hommes
ont tué mon frère : je veux ma vengeance. » Et
l'homme paya les cadeaux au léopard. Et l'éléphant
dit alors : « Maintenant, vous allez « faire frère »
et la dispute sera finie. » Le chef des hommes appela
son frère et lui dit : « Fais l'échange du sang avec
le léopard. » Et le chef des léopards dit à son
frère : « Fais l'échange du sang avec l'homme. »
L'homme fit l'échange du sang, et le léopard fit
l'échange du sang, et ils demeurèrent frères dans
un même village.

Mais le chef des aigles s'avança à son tour, et fit
la même palabre, et le chef des sangliers et celui des
gorilles, et beaucoup d'autres, mais ils firent l'échange
du sang, et la palabre fut terminée.

Et quand toutes les palabres furent ainsi réglées,
le chef éléphant dit à son tour : « Je veux faire
frère avec le chef des hommes. » On tua donc un
cabri, car celui-là n'avait pas fait frère : il était
esclave de l'homme ; on tua un gros *cabri* mâle,
et père éléphant et père des hommes firent frères.
Père éléphant connut les fétiches de père des hommes,
et père des hommes connut les fétiches de père éléphant. Et depuis ce temps-là, père éléphant est
devenu *ototore* des hommes, et c'est pour cela
qu'on l'honore beaucoup. Ceux qui ne le font pas, ce
sont les « sauvages ».

Amana. Ceci est la fin.

34. KHOÉDI-SEBOUFENG

Il ÿ avait une fois un chef nommé Boulané qui avait dix femmes ; sa favorite se nommait Morongoé. Boulané avait sur la poitrine l'image d'une lune en son plein ; c'est pourquoi on l'avait surnommé Khoédi-Séboufeng (*lune sur la poitrine*). Une certaine année, le chef dit à toutes ses femmes : « La reine donnera le jour à un enfant qui me ressemblera, portant l'image d'une lune en son plein ; les autres auront des enfants avec l'image des quartiers de lune ou simplement d'étoiles. Le fils de Morongoé se nommera comme moi Khoédi-Séboufeng. »

Le jour où les femmes de Khoédi-Séboufeng devaient accoucher, la seconde femme dit à la vieille qui devait accoucher Morongoé : « Si tu t'aperçois que l'enfant de Morongoé porte sur sa poitrine l'image d'une lune en son plein, tue-le et mets un petit chien à sa place. » Lorsque l'enfant de Morongoé naquit, la vieille le prit sans que sa mère s'en aperçût et le jeta au fond de la hutte, au milieu des pots. Des souris le prirent et le nourrirent.

Le chef s'informa des enfants qui lui étaient nés de ses différentes femmes. On lui répondit [*] : « L'une a donné le jour à un quartier de lune, les autres à des étoiles ; quant à Morongoé, elle a mis au monde un petit chien. » Alors le chef se détacha de sa première femme et s'attacha à la seconde. Morongoé devint sa servante.

Un jour que la seconde femme passait devant la hutte de Morongoé, elle y vit un fort bel enfant, qui avait sur la poitrine l'image très bien formée d'une lune en son plein ; des souris jouaient avec lui. Le soir elle dit à son mari : « Je suis malade ; les osselets disent que pour me guérir il faut brûler la

hutte de Morongoé, celle qui vient de mettre au
monde un petit chien, afin que toutes les souris qui
s'y trouvent périssent. » Le chef lui dit : « C'est
bien ! on la brûlera demain. »

Alors les souris menèrent l'enfant vers Thamaha,
le grand bœuf roux rayé de blanc ; elles lui dirent :
« Prends bien soin de cet enfant, parce que demain
on va nous faire mourir. » Thamaha consentit à se
charger de l'enfant de Morongoé. Le lendemain la
hutte de Morongoé fut brûlée et toutes les souris
y périrent. Un jour que la femme du chef venait
prendre dans le parc à bestiaux de la fiente fraîche,
elle vit l'enfant qui jouait avec Thamaha. Elle vint
vers son mari et lui dit : « Je suis malade, mais les
osselets disent que je guérirai si tu fais tuer Thamaha. » Le chef lui répondit : « On le tuera demain
matin. »

Alors Thamaha alla vers les crabes et leur dit :
« Prenez soin de cet enfant, car demain on va me
tuer. » Les crabes en prirent soin et le nourrirent
longtemps. Un jour la femme du chef dit aux autres
femmes : « Allons cueillir des joncs pour en tresser
des nattes. » Alors elle aperçut dans l'étang le petit
garçon déjà grandi qui jouait avec les crabes ;
l'image d'une lune en son plein se voyait toujours
sur sa poitrine. Elle dit aux autres femmes : « Je
suis malade, retournons chez nous. » Lorsqu'elle fut
de retour chez elle, elle dit à son mari : « Je suis
malade, mais les osselets disent que je guérirai si tu
fais dessécher l'étang, pour que tous les crabes
périssent et que tu fasses couper les joncs. » Le chef
lui répondit : « On fera demain ce que tu désires. »

Alors les crabes le conduisirent vers des marchands, leur disant : « Prenez-en soin, car demain
on nous fera mourir. » Le lendemain le chef fit
dessécher l'étang et couper tous les papyrus. L'enfant
grandit dans la hutte des marchands. Un jour, des

gens de chez Boulané vinrent faire des échanges dans cette hutte-là. L'un d'eux remarqua que ce jeune garçon avait sur la poitrine quelque chose qui brillait ; il retourna vers Boulané et lui dit : « J'ai vu un fort beau jeune homme, qui porte sur sa poitrine l'image d'une pleine lune. » Boulané se hâta de l'aller voir. Il lui demanda : « De qui es-tu fils ? Qui t'a amené ici ? »

Alors le jeune garçon lui raconta tout ce qui lui était arrivé ; il lui dit : « Quand ma mère m'eut mis au monde, la seconde femme de mon père m'a fait jeter au fond de la hutte au milieu des pots. Des souris m'ont recueilli et ont pris soin de moi ; quant à la seconde femme de mon père, elle a mis un petit chien à ma place et a prétendu que c'était l'enfant de ma mère. » Quand Boulané entendit cela, il regarda le jeune homme fort attentivement et se rappela que sa seconde femme lui avait dit que la première avait donné le jour à un petit chien. Alors le jeune homme continua à lui raconter tout ce qui lui était arrivé, comment les souris avaient pris soin de lui, puis Thamaha, puis les crabes, jusqu'au jour où il s'était réfugié chez les marchands.

Alors son père découvrit la poitrine du jeune homme et vit qu'elle portait, en effet, l'image d'une pleine lune ; il comprit alors que c'était bien là son fils. Il le prit avec lui et l'amena dans son village, où il le cacha dans sa hutte. Puis il convoqua en assemblée publique toute sa tribu. On prépara une grande fête, on abattit des bœufs, on fit beaucoup de *yoala*. Alors Boulané fit étendre à terre des nattes de paille devant la hutte où il avait caché son fils Khoédi-Séboufeng. Quand tout le monde fut rassemblé, il fit sortir son fils et le présenta à tout son peuple, puis il expliqua comment sa seconde femme l'avait longtemps trompé. On rétablit la mère de Khoédi-Séboufeng dans tous ses

droits, on lui fit quitter les haillons qu'elle portait
et on la revêtit de beaux habits neufs. Khoédi-
Séboufeng devint chef à la place de son père. Quant
à la femme qui l'avait persécuté et avait voulu le
faire mourir, on la chassa avec tous ses enfants et
elle dut aller se réfugier dans un pays éloigné.

35. LE GAMBADEUR-DE-LA-PLAINE

I

Un homme et une femme eurent d'abord un garçon, puis une fille. Lorsque la fille eut été achetée
en mariage, les parents dirent au fils : « Maintenant,
nous avons un troupeau à ta disposition ; c'est pour
toi le moment de prendre femme. Nous allons te
chercher une gentille épouse dont les parents soient
de braves gens. » Mais il refusa absolument. « Non !
dit-il, ne vous donnez pas cette peine. Je n'aime pas
les filles de par ici. Si je dois me marier, j'irai trouver moi-même celle que je veux. — Fais comme tu
le désires, lui dirent ses parents. Mais si, plus tard,
tu as des malheurs, ce ne sera pas notre faute. »

Il partit, quitta son pays, alla très loin, très loin,
dans une contrée inconnue. Arrivé dans un village, il
vit des jeunes filles qui pilaient le maïs, d'autres qui
le cuisaient. Il fit son choix à part soi et se dit :
« C'est celle-ci qui me convient ! » Puis il alla vers
les hommes du village : « Bonjour, mes pères, leur
dit-il. — Bonjour, jeune garçon. Que désires-tu ? — Je
suis venu voir vos filles, car je veux prendre femme.
— Bien, bien nous allons te les montrer, tu choisiras. »

Toutes furent amenées devant lui et il désigna celle
qu'il voulait. On donna son consentement, elle aussi.

« Tes parents viendront nous voir, n'est-ce pas, et

apporteront eux-mêmes le douaire ? dirent les parents
de la jeune fille. — Pas du tout, répondit-il. J'ai le
douaire avec moi. Prenez, le voici. — Alors, ajoutèrent-ils, ils viendront plus tard chercher ton épouse
pour la conduire chez eux. — Non ! non ! je crains
qu'ils ne vous insultent en exhortant la jeune fille
avec dureté. Laissez-moi la prendre tout de suite. »

Les parents de la nouvelle mariée y consentirent,
mais ils la prirent à part dans une hutte pour lui
adresser les recommandations d'usage : « Sois bonne
avec tes beaux-parents, soigne bien ton mari. » Ils
lui offrirent une fillette pour l'aider dans ses travaux
domestiques. Mais elle refusa. On lui en offrit deux,
dix, vingt pour qu'elle choisît ; on passa en revue
toutes les filles pour les lui proposer. « Non ! dit-elle,
il vous faut me donner le Buffle du pays, notre
Buffle, le Gambadeur-de-la-Plaine. C'est lui qui me
servira. — Comment donc ! dirent-ils. Tu sais que
notre vie à tous dépend de lui. Ici, il est bien nourri,
il est bien soigné. Que feras-tu de lui dans un autre
pays ? Il aura faim ; il mourra et nous mourrons tous
avec lui. — Mais non ! dit-elle. Je le soignerai bien. »

Avant de quitter ses parents, elle prit avec elle
une petite marmite contenant un paquet de racines
médicinales, puis une corne pour ventouser, un petit
couteau à incisions et une calebasse pleine de graisse.

Elle partit avec son mari. Le Buffle la suivit, mais
il n'était visible que pour elle. L'homme ne le voyait
pas. Il n'avait aucune idée que le Gambadeur-de-la-
Plaine fût l'aide qui accompagnait sa femme.

II

Quand ils furent de retour au village du mari,
toute la famille les accueillit par des exclamations de
joie : « Hoyo ! hoyo-hoyo ! Tiens, lui dirent les vieux,

tu as donc trouvé femme ! Tu n'as pas voulu de celles que nous t'avons proposées, mais peu importe ! C'est bien ! Tu en as fait à ta tête. Si tu as des ennuis, tu ne t'en plaindras pas. »

Le mari accompagna sa femme aux champs et lui montra quels étaient les siens et ceux de sa mère. Elle prit note de tout et retourna avec lui au village. Mais en route, elle dit : « J'ai laissé tomber mes perles dans le champ, je vais les rechercher. » C'était pour aller voir le Buffle.

Elle dit à celui-ci : « Tu vois la lisière des champs. Demeures-y ! Il y a aussi là une forêt dans laquelle tu peux te cacher. » Il répondit : « C'est cela ! »

Quand elle voulait aller à l'eau, elle ne faisait que traverser les champs cultivés et poser sa cruche là où se tenait le Buffle. Celui-ci courait en puiser au lac et rapportait à sa maîtresse le vase plein. Lorsqu'elle voulait du bois, il allait par la brousse, cassait des arbres avec ses cornes et en rapportait autant qu'il en fallait. Au village, les gens s'étonnaient : « Quelle force elle a, disaient-ils. Elle est tout de suite de retour du puits ! En un clin d'œil elle a ramassé son fagot de bois mort ! » Mais personne ne se doutait qu'elle était secondée par un Buffle qui lui tenait lieu de petit domestique !

Seulement, elle ne lui apportait rien à manger, car elle n'avait qu'une assiette pour elle et son mari. Or, là-bas, à la maison, on avait une assiette exprès pour le Gambadeur-de-la-Plaine, et on le nourrissait avec soin. Il eut faim. Elle apporta sa cruche et l'envoya à l'eau. Il partit, mais il sentait la douleur angoissante de la faim.

Elle lui montra un coin de brousse à labourer. Durant la nuit, le Buffle prit la pioche et fit un champ énorme. « Qu'elle est habile, disait tout le monde. Comme elle a vite labouré. »

Mais le soir, il dit à sa maîtresse : « J'ai faim ! et

tu ne me donnes rien à manger ? Je ne pourrai plus
travailler. — Hélas ! dit-elle, qu'y faire ? Il n'y a
qu'une assiette à la maison. Les gens avaient raison,
chez nous, quand ils disaient que tu devrais te
mettre à voler ! Oui ! vole seulement. Viens dans mon
champ, ici, et prends un haricot par-ci, un haricot
par là. Puis va plus loin. Ne détruis pas tout au
même endroit. Peut-être que les propriétaires ne s'en
apercevront pas trop et que leur dos ne se cassera
pas de saisissement ! »

Durant la nuit, le Buffle vint, il happa un haricot
par-ci, il happa un haricot par là. Il sauta d'un coin
à l'autre, puis s'en fut se cacher. Au matin, quand les
femmes vinrent aux champs, elles n'en crurent pas
leurs yeux : « Hé ! hé ! hééé ! qu'est-ce que cela ?
Jamais on n'a rien vu de pareil. Une bête sauvage
qui ravage nos plantations et l'on peut suivre ses
traces ! Ho ! le pays est bien malade ! » Elles s'en
furent conter l'affaire au village.

Le soir, la jeune femme alla dire au Buffle : « Ils
ont été bien étonnés, mais pas trop. Ils n'ont pas eu
le dos cassé. Va voler plus loin, cette nuit. » Ainsi
fut fait. Les propriétaires des champs ravagés poussèrent les hauts cris. Elles s'adressèrent aux hommes et
les prièrent d'aller monter la garde avec leurs fusils.

Le mari de la jeune femme était un fort bon
tireur. Il se porta dans son champ et attendit. Le
Buffle, pensant qu'on le guetterait peut-être là où il
avait volé la veille, revint manger les haricots de
sa maîtresse, là où il avait brouté le premier jour.
« Tiens, dit l'homme, c'est un buffle. Jamais on n'en
avait vu par ici. Voilà une chose étrange. » Il tira.
La balle entra près du trou de l'oreille, dans la
tempe, et sortit de l'autre côté par l'endroit correspondant. Le Gambadeur-de-la-Plaine fit un saut et
tomba mort. « J'ai fait un bon coup », s'écria le
chasseur ; et il alla l'annoncer au village.

Aussitôt, sa femme commença à geindre, à se tordre. « Aïe ! aïe ! j'ai mal au ventre ! aïe ! — Calme-toi », lui dit-on. Elle faisait semblant d'être malade, mais, en réalité, c'était pour expliquer ses pleurs et son saisissement à l'ouïe de la mort du Buffle. On lui donna de la médecine, mais elle la jeta derrière elle sans qu'on le vît.

III

Tous se levèrent, les femmes avec leurs paniers, les hommes avec leurs armes, pour aller dépecer le buffle. Elle resta seule au village. Mais bientôt elle alla les rejoindre, se tenant la ceinture, gémissant et criant. « Que fais-tu de venir ici ? lui dit son mari. Si tu es malade, reste à la maison. — Non, je ne voulais pas demeurer seule au village. » Sa belle-mère la gronda, lui dit qu'elle ne savait ce qu'elle faisait, qu'elle se tuerait en agissant ainsi.

Quand ils eurent rempli les paniers de viande, elle dit : « Laissez-moi porter la tête. — Mais non, tu es malade, c'est trop lourd pour toi ! — Non, dit-elle, laissez-moi. » Elle s'en chargea et partit.

Arrivée au village, au lieu d'aller dans sa maisonnette, elle entra dans le réduit des marmites et y déposa la tête du buffle. Elle y resta obstinément. Son mari s'en fut la chercher pour qu'elle revînt dans la hutte, disant qu'elle y serait mieux. « Ne me trouble pas ! » répondit-elle durement. Sa belle-mère vint à son tour, lui parla avec douceur. « Pourquoi m'ennuyez-vous ? répondit-elle aigrement. Vous ne voulez pas me laisser dormir un peu ? » On lui apporta de la nourriture, elle la poussa de côté. La nuit vint. Son mari se coucha, mais il ne dormait pas, il écoutait.

Elle alla chercher du feu, mit cuire de l'eau dans

sa petite marmite, y introduisit le paquet de médecine qu'elle avait apporté de chez elle. Puis elle prit
la tête du Buffle et opéra avec son rasoir des incisions devant l'oreille, à la tempe, là où la balle avait
atteint l'animal. Elle y appliqua la corne à ventouser,
aspira, aspira de toutes ses forces. Elle réussit à
extraire des caillots de sang, puis du sang liquide.
Elle exposa ensuite la place en question à la vapeur
d'eau sortant de la marmite, tout en l'oignant de la
graisse conservée dans la calebasse. Cela fait, la
blessure était allégée. Alors elle chantonna ce qui
suit :

Hé ! mon père ! Gambadeur-de-la-Plaine !
Ils me l'ont bien dit, ils me l'ont bien dit, Gambadeur-
                              [de-la-Plaine !
Ils m'ont dit : C'est toi qui vas par l'obscurité pro-
         [fonde, qui erres de tous côtés durant la nuit,
                        [Gambadeur-de-la-Plaine !
C'est toi la jeune plante de ricin qui croîs sur les
         [ruines, qui meurs avant le temps, dévorée par
                           [le ver rongeur !
Toi qui fais tomber fleurs et fruits dans ta course,
                            [Gambadeur-de-la-plaine !

Quand elle eut fini ses incantations, la tête bougea.
Les membres revinrent. Le Buffle commença à se
sentir revivre, il secoua ses oreilles et ses cornes ;
il se dressa, étendit ses membres.

Mais voilà le mari, lequel ne dormait pas dans
sa hutte, qui sort en disant : « Qu'a-t-elle donc à
pleurer si longtemps, mon épouse ? Il faut que j'aille
voir pourquoi elle pousse ces gémissements. » Il
entre dans le réduit aux marmites et l'appelle. Elle
lui répond d'un ton plein de colère : « Laisse-moi. »
Mais voilà la tête du Buffle qui retombe par terre,
morte, transpercée comme auparavant !

Le mari rentra dans sa hutte, n'y comprenant rien du tout, et n'ayant rien vu. Alors elle prit de nouveau sa marmite, cuisit la médecine, fit des incisions, appliqua la ventouse, exposa la blessure à la vapeur et chanta comme auparavant :

Hé ! mon père ! Gambadeur-de-la-Plaine !
Ils me l'ont bien dit, ils me l'ont bien dit, Gambadeur-
[de-la-Plaine !
Ils m'ont dit : C'est toi qui vas par l'obscurité pro-
[fonde, qui erres de tous côtés durant la nuit,
[Gambadeur-de-la-Plaine !
C'est toi la jeune plante de ricin qui croîs sur les
[ruines, qui meurs avant le temps, dévorée par
[le ver rongeur !
Toi qui fais tomber fleurs et fruits dans ta course,
[Gambadeur-de-la-Plaine !

Le Buffle se redressa de nouveau. Ses membres revinrent. Il commença à se sentir revivre, il secoua ses oreilles et ses cornes, il s'étira. Mais le mari revint, inquiet, pour voir ce que faisait sa femme. Elle se fâcha contre lui. Alors, il s'établit dans le réduit des marmites pour voir ce qui se passait. Elle prit son feu, sa marmite, tout le reste de ses ustensiles, alla dehors. Puis elle arracha de l'herbe pour en faire un brasier et se mit une troisième fois à ressusciter le Buffle.

L'aurore apparaissait déjà, mais sa belle-mère arriva et la tête retomba de nouveau à terre. Le jour parut, la blessure se corrompit.

Elle leur dit : « Laissez-moi aller au lac me laver toute seule. » On lui répondit : « Comment y arriveras-tu, malade comme tu es ? » Elle partit néanmoins et revint en disant : « J'ai rencontré sur le chemin quelqu'un de chez nous. Il m'a dit que ma mère est très, très malade. Je lui ai dit de venir jus-

qu'au village. Il a refusé, car, a-t-il dit, on m'offrira
de la nourriture et cela me retardera. Il est reparti
sur-le-champ, me disant d'aller en hâte de peur que
ma mère ne meure avant mon arrivée. Maintenant
adieu, je pars. » Or, tout cela, c'étaient des men-
songes. Elle avait eu l'idée d'aller au lac pour arranger toute cette histoire et afin de trouver une raison
d'aller chez les siens leur annoncer la mort de leur
Buffle.

IV

Son panier sur la tête, elle partit, chantant le long
des chemins le refrain du Gambadeur-de-la-Plaine.
Les gens s'attroupaient après elle partout où elle
passait, et ils l'accompagnèrent au village. Là elle
leur fit savoir que le Buffle n'était plus.

On envoya de toutes parts des messagers pour
rassembler tous les habitants du pays. Ils firent de
grands reproches à la jeune femme, lui disant : « Tu
vois, nous te l'avions bien dit. Tu refusais toutes les
jeunettes que nous t'offrions, et tu as absolument
voulu le Buffle. Tu nous as tous tués ! » Ils étaient
là, lorsque le mari qui avait suivi sa femme entra
dans le village. Il alla appuyer son front contre un
tronc d'arbre et s'assit. Alors tous le saluèrent en
lui disant : « Salut ! criminel ! salut ! toi qui nous
as tous tués ! » Il n'y comprenait rien et se demandait comment on pouvait l'appeler meurtrier, criminel. « J'ai bien tué un buffle, pensait-il, c'est tout.
— Oui, mais ce buffle, c'était l'aide de ta femme. Il
allait puiser l'eau pour elle ; il coupait son bois, il
labourait son champ. » Le mari tout étonné leur dit :
« Pourquoi ne me l'avez-vous pas fait savoir ? Je ne
l'aurais pas tué. — Et voilà, ajoutèrent-ils, notre vie
dépendait de lui. »

Alors tous commencèrent à se couper le cou, la jeune femme la toute première, en criant :

Hé ! mon père, Gambadeur-de-la-Plaine !...

Puis ses parents, ses frères, ses sœurs, vinrent l'un après l'autre en faire autant ; l'un dit :

C'est toi qui vas par l'obscurité...

L'autre reprit :

Toi qui te portes de tous côtés durant la nuit...

Un autre :

C'est toi qui fais tomber fleurs et fruits dans ta
                                    [course...

Ils se coupèrent à tous le cou et exécutèrent même les petits enfants que l'on portait sur le dos dans des peaux ; car, disaient-ils, à quoi bon les laisser vivre, puisqu'ils deviendraient quand même fous.

Le mari retourna chez lui et vint raconter aux siens comme quoi il s'était trouvé les avoir tous tués en tirant le Buffle. Ses parents lui dirent : « Tu vois bien. Ne t'avions-nous pas dit qu'il t'arriverait malheur ? Quand nous t'offrions de te choisir une fille convenable et sage, toi, tu as voulu en faire à ta tête. Tu as perdu ta fortune, à présent. Qui te la rendra, puisqu'ils sont tous morts, les parents de ta femme à qui tu avais donné ton argent ? »

C'est la fin.

36. HISTOIRE DE TANGALIMILINGO

Quelques garçons sortirent pour chasser du gibier. Dans la forêt, ils en trouvèrent en abondance. Ils chassèrent et en tuèrent beaucoup : à savoir des lapins, des antilopes de roseaux, des poules de Guinée, des perdrix et des antilopes de forêt.

Ils se dirent : « Allons à notre hutte et préparons-y la viande. »

Ils y arrivèrent et s'y assirent. D'autres gens vinrent aussi là où ils étaient : des chasseurs comme eux. Ils restèrent tous au même endroit, coupèrent des bâtons et allumèrent le feu.

Alors vint un léopard qui saisit l'antilope qu'ils avaient préparée.

Là-dessus, quelques hommes s'élancèrent pour donner la chasse au léopard. Pendant ce temps, arrive un élan qui mange tout le gibier. Lorsque les hommes eurent poursuivi le léopard sans succès, ils se décidèrent à revenir. En arrivant à leur lieu de halte, ils trouvèrent que tout le gibier avait disparu.

« Qui a mangé la viande ? » dirent-ils.

Ils firent des recherches avec beaucoup de soin, mais ne découvrirent personne. En arrière, il ne resta qu'un jeune homme. Il advint, tandis qu'ils cherchaient le gibier, qu'un élan descendit et mangea le jeune homme.

Les gens n'ayant pas réussi à rencontrer celui qui avait mangé le gibier, s'en retournèrent et trouvèrent que le jeune homme avait disparu. Il avait à son bras un couteau dans une gaine.

Quand ils virent qu'il avait disparu, ils se mirent à sa recherche, mais ne le trouvèrent pas. Alors ils se dirent :

« Allons à la maison, puisque ce jeune homme est perdu et que les gens ont pris notre gibier. Nous n'avons pas vu le jeune homme ni celui qui l'a enlevé. »

Alors ils partirent et s'en allèrent chez eux. Comme ils étaient près du village, ils crièrent fort, composant une chanson en disant :

> *Nous parlerons de Tangalimilingo ;*
>   *On l'a pris ;*
> *Il a été enlevé par les gens de l'eau.*
> *Coq, tu es une poule, une vraie poule !*
>   *Nous serons tués.*
> *Nous parlerons de Tangalimilingo, Tangalimi-*
>   *[lingo ;*
>
>   *On l'a pris ;*
> *Il a été pris par les gens de l'eau.*
> *Coq, tu es une poule, une vraie poule !*

Ils arrivèrent chez eux.

Mais où était Tangalimilingo ? quand il vit qu'il était dans l'estomac de l'élan, il tira son couteau et partagea l'estomac en deux.

Ainsi il échappa sans que l'élan l'eût tué : par conséquent, les gens ne tuent pas l'élan, car une fois il a été Tangalimilingo.

Alors Tangalimilingo fit une chanson en disant :

> *Croyez-vous, croyez-vous ?*
> *Celui qui a disparu a bu le lait des enfants ;*
> *Il se promène sur les sentiers,*
> *Il s'arrête à la porte.*

Alors il arriva chez lui, les femmes furent contentes et se réjouirent. Ils chantèrent des chansons et tuèrent du bétail en l'honneur de l'esprit qui avait ramené le jeune homme.

CHAPITRE X

LÉGENDES HISTORIQUES

Héros. — Conquêtes. — Migrations. — Sacrifice d'une vierge à un monstre. — Dévouement d'un homme à sa race.

37. *La Geste de Samba Guélâdio Diêgui,* conte torodo.
38. *La Légende de Ngurangurane,* conte fân.
39. *Daoura,* conte louganda.
40. *Les Bachoeng,* conte betchouana.

LÉGENDES HISTORIQUES

37. LA GESTE DE SAMBA GUÉLÂDIO DIÊGUI

Voici l'histoire de Samba Guélâdio Diêgui, prince peuhl du Fouta.

Samba Guélâdio Diêgui était fils de Guélâdio, roi du Fouta. Comme Samba arrivait à l'adolescence, son père mourut. Le frère du roi défunt, Konkobo Moussa, prit le commandement du pays. Konkobo avait huit garçons. Quand ils furent devenus grands il annonça qu'il allait leur partager le Fouta et, en effet, chacun d'eux en reçut sa part.

Samba était resté avec sa mère, son griot nommé Sêvi Malallaya et un captif qui s'appelait Doungourou.

Le griot Sêvi vint trouver Samba. Il pleurait : « Pourquoi pleures-tu ? lui demanda Samba. — Voici pourquoi, répondit le griot, ton oncle Konkobo a partagé le Fouta entre ses garçons. Et comme ton père n'est plus là, Konkobo n'a pas gardé de part pour toi. »

Samba s'est levé aussitôt. Il est allé trouver son oncle et lui a dit : « Eh bien, mon papa, où donc est ma part ?

— Je vais te donner quelque chose à toi aussi, a répondu Konkobo. Le premier cheval que tu rencontreras dans le Fouta, prends-le : il est à toi. »

Samba s'en est retourné. Il est allé à son griot et lui a dit : « Mon papa m'a donné ma part à moi aussi ! — Et que t'a-t-il donné ? — Il m'a donné la permission de prendre le premier bon cheval que je rencontrerais. »

Et le griot : « Mais ce n'est rien ce qu'il te donne ! Il agit bien mal envers toi ! »

Samba est revenu trouver son oncle Konkobo : « Mon papa, lui dit-il, je n'ai pas besoin de ton cadeau. Ce n'est pas cela qu'il me faut. Donne-moi ce qui me revient ! je ne te demande pas autre chose.

— J'ai vu, répond Konkobo, un taureau superbe dans le Fouta. J'y ai vu aussi une femme jolie. Prends l'un et l'autre. Je te les donne. »

Samba est encore allé à Sêvi, le griot : « Eh bien, lui a-t-il dit, mon papa m'a donné une jolie femme du Fouta et un bœuf. Tout cela, je puis le prendre s'il me plaît de le faire.

— Ça ne vaut rien ! a répondu le griot ; c'est comme ce qu'il t'avait donné auparavant. Si tu rencontres une jolie femme qui soit mariée et que tu la prennes son mari te tuera. Tu n'es qu'un enfant et tu ne connais rien. »

Samba est revenu une fois encore. « Eh bien, mon papa, a-t-il dit, je n'ai pas besoin de ce que tu m'offres. C'est ma part du Fouta que je veux !

— S'il te la faut, répond Konkobo, arrange-toi pour la prendre. Sinon, tant pis pour toi. »

Samba s'en est allé. Il selle sa jument Oumoullâtôma. Il s'est mis en route avec son griot Sêvi Malallaya, son captif Doungourou, sa mère et des captifs destinés à sa femme. A ce moment il n'était pas encore marié. Il a dit : « Maintenant je m'en vais du Fouta. »

Il est allé jusqu'à un village qui s'appelle Tiyabo. C'est tout près de Bakel. Il a fait appeler le roi de ce pays : « Tounka, lui dit-il, je te confie ma mère et la mère de mon griot. Il faudra que tu pourvoies à leurs besoins et à ceux de mes gens jusqu'à mon retour. Procure-leur de la nourriture et des vêtements. Loge-les bien, donne-leur de bonnes cases. Sinon, quand je reviendrai, si j'apprenais qu'ils ont manqué de vêtements et de vivres, je te couperais la tête. »

Après cela Samba et son griot ont passé le fleuve sans plus tarder. Ils se sont dirigés vers le pays dont le roi s'appelle Ellel Bildikry pour demander à ce dernier des guerriers et attaquer Konkobo Moussa, son oncle.

Ils ont marché pendant quarante-cinq jours dans la brousse avant d'atteindre le pays des Peuhls. J'ai oublié le nom du roi de ce pays. Dès qu'il a vu Samba, il a dit : « Voilà un bon garçon. Sûrement c'est un fils de roi. »

Il a fait abattre des bœufs et égorger des moutons et en a fait présent à Samba en disant : « Tout cela c'est pour toi. » Il a appelé ses filles et leur a dit : « Allez trouver Samba qui doit partir demain. Allez causer avec lui et le distraire. »

Les jeunes Peuhles sont restées près de Samba. Elles s'amusent avec lui. Puis elles l'ont quitté : « Il fait trop chaud, ont-elles dit, nous allons nous baigner. »

Quand elles ont été parties, Samba s'est étendu sur le lit pour dormir. Une des jeunes filles avait ôté son collier d'or et en partant avait oublié de le reprendre. Une autruche est entrée dans la case pendant le sommeil de Samba ; elle a avalé le collier d'or.

Les jeunes filles reviennent et réveillent Samba : « J'ai oublié mon collier d'or tout à l'heure, dit l'une d'elles, où donc est-il ? »

On le cherche et on ne trouve rien.

« Oh ! dit Samba, penses-tu que je t'aie volé ton collier ?

— Non, répond la jeune fille, mais enfin je suis partie la dernière et il n'y avait que nous deux dans cette case.

— C'est bien ! » murmure Samba.

La jeune fille est partie trouver son père :

« J'avais laissé mon collier d'or chez cet homme qui est venu ici, lui dit-elle, et maintenant plus moyen de le retrouver !

— Crois-tu que ce soit lui qui te l'a pris ? demande le roi.

— Je n'en sais rien. Il n'y avait que nous deux dans la case. »

Le roi n'a pas dit ce qu'il pensait de cela. Il a seulement invité sa fille à retourner près de Samba.

Pendant ce temps Samba avait examiné le sol. Il a aperçu l'empreinte des pattes de l'autruche. Il est alors allé trouver le roi, laissant la jeune fille dans la case : « Je te donnerai une calebasse pleine d'or, a-t-il dit, si tu veux me vendre ton autruche.

— Tu peux la prendre, répond le roi. C'est entendu. »

Samba a fait aussitôt appeler des hommes et leur a donné l'ordre de tuer l'autruche : « Quand vous l'aurez tuée, leur recommande-t-il, videz-la et apportez-moi ce que vous trouverez dans son corps. »

Les hommes ont obéi et sont venus trouver Samba en présence de la fille du roi. Dans l'estomac de l'oiseau était le collier d'or. « Tu m'as accusé du vol du collier, dit Samba à la jeune fille. Je vais te faire attacher ! » Et le roi l'a laissé libre d'agir comme il l'entendrait.

Mais Sêvi le griot intervient : « Tu as tort d'agir ainsi, Samba. Nous avons quitté notre pays pour venir dans celui-ci et nous ne sommes que cinq. Si

tu veux en faire à ta tête, il ne nous arrivera rien
de bon. Laisse la fille du roi et garde-toi bien de la
faire attacher. »

Samba a écouté le conseil de son griot. Et le lendemain ils se sont remis en route vers le royaume
d'Ellel Bildikry.

Ils ont marché quinze jours encore en pleine
brousse, et l'eau est venue à manquer. « Samba, dit
le griot, je ne peux plus avancer ! je vais mourir ! »
Samba a conduit Sêvi à l'ombre d'un arbre et lui a
dit ainsi qu'à Doungourou, son captif : « Attendez-
moi ici. » Il est parti sur Oumoullâtôma, sa jument.
Il a continué son chemin pendant deux heures et
est enfin arrivé à une mare.

Là il a aperçu un guinnârou de très haute taille
en train de se baigner.

Le guinnârou se tourne vers lui et de toutes les
parties de son corps jaillit du feu. Samba ne s'effraie
pas : il le regarde bien en face.

Alors le guinnârou se fait grand jusqu'à toucher
le ciel de sa tête. « Que fais-tu là ? lui demande
tranquillement Samba. Tu veux voir si j'aurais peur
de toi ? » Le guinnârou devient plus petit : « Jamais,
dit-il, je n'ai vu d'homme si brave que toi. Eh bien,
je vais te donner quelque chose. » Et il lui tend un
fusil : « Samba, demande-t-il, sais-tu le nom de ce
fusil-là. — Non, répond Samba, je ne le connais pas.
— Son nom est Boussalarbi, reprend le guinnârou.
Il te suffira de le sortir de son fourreau pour que
ton adversaire tombe mort. »

Samba enlève sa peau de bouc de ses épaules. Il
entre dans la mare pour puiser de l'eau et quand
l'outre est emplie, il la place sur sa jument : « Bon,
se dit-il, je vais me rendre compte si ce que m'a
dit le guinnârou est ou non la vérité. »

Il sort le fusil du fourreau et le guinnârou tombe
mort.

Ceci fait, Samba retourne à l'endroit où il a laissé ses gens, et trouve son père le griot qui chantait les louanges de Samba. Il lui fit boire de l'eau ainsi qu'à son captif. Le griot lui dit alors : « Eh bien, Samba, qu'est-ce que ce coup de fusil que j'ai entendu au loin ?

— C'est moi qui l'ai tiré », répondit Samba. Et il lui raconte l'aventure du guinnârou et ce qu'il a fait de celui-ci : « C'est mal, répond le griot, c'est très mal ce que tu as fait là ! Quelqu'un qui te fait un tel cadeau, tu vas le tuer. Tu as agi injustement.

— J'ai bien fait, répliqua Samba. Puisque je suis passé par ici, il pourrait en passer d'autres encore. Il n'y a pas que moi qui suis fils de roi, et le Fouta compte beaucoup de fils de rois, et il y en a beaucoup de braves dans le nombre. Tous sont aussi hardis que moi. Aujourd'hui le guinnârou m'a donné ce fusil et demain il aurait fait un semblable présent à quelque autre. Il a fini de faire des cadeaux désormais. Personne ne possédera un fusil semblable au mien. Je suis le seul à en avoir un si merveilleux ! »

Après cela ils se sont décidés à aller plus loin. Au bout de quelques jours ils arrivent à la capitale du pays d'Ellel Bildikry. C'est une ville plus vaste que Saint-Louis. Depuis près d'un an on n'y avait pas bu d'eau fraîche. Un grand caïman se tenait dans le fleuve et empêchait les habitants d'y puiser de l'eau. Chaque année on livrait une jeune fille bien vêtue, avec des bijoux d'or aux oreilles, des bracelets aux poignets et aux jambes, aussi parée en un mot qu'une fille de roi. Le caïman était très exigeant et s'il ne la trouvait pas assez bien vêtue, il refusait l'offrande et leur interdisait de renouveler leur provision d'eau annuelle.

Au moment de l'arrivée de Samba on était au dernier jour de l'année et les habitants se disposaient à livrer le lendemain une jeune fille au caïman Niabardi Dallo.

Samba s'arrête vers minuit devant une case de captifs qui se trouvait un peu à l'écart du village. Il appelle la captive qui était dans la case en lui disant : « Donne-moi de l'eau, car j'ai soif. » La captive rentre chez elle. Il y avait dans son canari de quoi remplir tout au plus un verre d'eau et cette eau était corrompue. Elle l'apporte néanmoins à Samba.

Celui-ci prend l'eau et la flaire et lui trouvant une mauvaise odeur, il frappe la femme qui tombe à terre quelques pas plus loin : « Comment, s'écrie-t-il, je te demande de l'eau et c'est une telle saleté que tu m'apportes !

— Oh ! mon ami, répond la femme, il n'y a plus d'eau dans le pays. Avant d'en avoir de nouvelle il nous faut sacrifier une fille de roi.

— Eh bien, va, ordonne Samba. Montre-moi le chemin du fleuve. Je vais aller abreuver ma jument sur-le-champ ! »

La captive s'effraie : « J'ai peur d'aller au fleuve, dit-elle. Demain le roi verrait la trace de mes pas sur la route et il me demanderait : « Pourquoi y « es-tu allée puisque je l'ai défendu à tous ? »

Samba se fâche : « Si tu refuses de me conduire, menace-t-il, tu vas périr de ma main ! Prends le licol, Doungourou, et passe-le au cou d'Oumoullâ-tôma. Et toi, femme, marche devant moi. »

Le captif se met en marche menant après lui la jument. La femme leur montre le chemin : « Il mène tout droit au fleuve », dit-elle. Samba, qui a pitié de sa frayeur, la remercie et la laisse s'en retourner.

Samba a marché jusqu'à ce qu'il arrive au fleuve. Il ordonne à son captif de se déshabiller et d'entrer dans le fleuve avec la jument pour la baigner. Le captif se dépouille de ses vêtements et entre dans l'eau. Et aussitôt, du milieu du fleuve, Niabardi Dallo, le caïman, les interpelle : « Qui va là ? crie-t-il. — C'est un nouvel arrivé, lui répond Samba. — Eh bien, le nouvel arrivé, que viens-tu faire ici ? — Je viens boire ! — Si tu viens pour boire, bois seul et ne fais pas boire ton cheval !

— Le nouvel arrivé va abreuver sa jument ! réplique Samba. Il va boire aussi et avec lui son captif. Rentre dans le fleuve, Doungourou ! »

Le captif obéit. La jument gratte l'eau avec son pied. Le caïman dit alors : « Eh bien, le nouvel arrivé, tu m'agaces, sache-le ! »

Niabardi se dresse au milieu du fleuve et toute l'eau brille comme du feu. « Si tu as peur de ce que tu vois, crie Samba à Doungourou, et que tu lâches ma jument, je te tue en même temps que le caïman ! » Après ces paroles le captif tient ferme la jument. Le caïman vient à lui les mâchoires grandes ouvertes, l'une en bas, l'autre en haut et de sa gueule le feu sort en abondance. Quand il est tout près, Samba tire sur lui. Le caïman est mort et le fleuve tout entier devient couleur de sang.

Maintenant que le caïman est tué, Samba puise de l'eau dans l'outre en peau de bouc. Il met l'outre sur son cheval et ils s'en retournent à la case pour s'y installer et prendre du repos. Ils donnent de l'eau à la captive chez qui ils sont descendus.

La captive s'étonne : « Comment avez-vous pu vous procurer tant d'eau ? » leur demande-t-elle. Et Samba : « Tu as la langue trop longue. Puisqu'on te donne de l'eau, tu n'as qu'à boire sans te préoccuper d'où elle vient ! »

Après avoir tué le caïman, Samba en avait découpé un lambeau et l'avait emporté avec lui. Il avait aussi laissé à l'endroit du combat ses bracelets et une de ses sandales, car il savait bien qu'il n'y aurait personne capable de chausser sa sandale ou de

s'orner les chevilles et les poignets avec ses bracelets. Samba a les pieds très petits.

Le lendemain le roi Ellel Bildikry a convoqué
tous les griots pour sortir du village et emmener
la jeune fille au caïman qui permettra aux habitants
de s'approvisionner d'eau.

On est allé chercher la jeune vierge et on l'a
placée sur un cheval. Tous les griots la suivent en
chantant : « Ah ! jeune fille, disent-ils, tu es pleine
de courage. Le caïman a mangé ta grande sœur. Il
a mangé ton autre sœur aussi et tu n'as pas peur
de lui. Nous allons avoir de l'eau. »

Les griots chantent ainsi. Ils disent les cent victimes que le caïman a dévorées. Les voici tout près
du fleuve. Ils font descendre la jeune vierge. Les
autres fois la jeune fille s'avançait assez loin dans
l'eau, puis le caïman venait la happer. Celle d'aujour-
d'hui entre dans le fleuve et va jusqu'à ce qu'elle
ait de l'eau à la hauteur de la poitrine. Elle grimpe
sur la tête du caïman et s'y tient debout. « Le caïman
est là, dit-elle, et je suis sur sa tête ! »

Et les gens ont dit : « Le caïman est irrité. Tu as
eu des relations avec un homme. Tu n'es plus
vierge ! Oh ! quel malheur ! C'est un jour maudit pour
nous que celui-ci. Tu es une fille indigne ! »

Et aussitôt ils sont allés chercher une autre jeune
fille. La première cependant se défend avec indigna-
tion : « Vous mentez, dit-elle. Depuis que je suis
née aucun homme ne m'a touchée ! Jamais je n'ai
partagé le lit d'un homme ! »

L'autre jeune fille a consenti à être sacrifiée au
caïman : « J'y vais ! » a-t-elle répondu.

Elle est venue. Elle aussi est montée à côté de
l'autre. Toutes deux maintenant elles se tiennent sur
la tête du caïman.

Et son père s'écrie : « Le caïman est mort ! »

— Que tout le monde entre dans le fleuve ! permet alors le roi. Nous allons voir si c'est vrai ou non ! »

Tout le monde est entré et on s'est rendu compte qu'il était vraiment mort.

« Eh bien, dit le roi, le premier qui dira qu'il a tué le caïman, s'il peut en donner la preuve, aura de moi tout ce qu'il demandera. »

Ils sont là un tas de menteurs qui crient : « C'est moi qui l'ai tué ! — C'est moi qui suis venu hier soir ici ! — Le caïman voulait me manger, je l'ai tué ! »

Chacun raconte son histoire pour persuader au roi qu'il est le vainqueur du caïman et gagner une récompense.

Un captif qui se trouve là a ramassé les bracelets et la sandale : « Voilà les bracelets du vainqueur, dit-il, et voilà sa sandale ! C'est celui à qui tout cela appartient qui a tué le caïman. — C'est bien, a décidé le roi, celui qui pourra mettre ces bracelets et chausser cette sandale, à qui ils ne seront ni trop grands, ni trop petits, c'est celui-là qui a tué le caïman. Ce sera lui qui recevra la récompense ! »

Chacun est venu pour tenter l'épreuve. Mais personne ne peut réussir. La captive s'est alors avancée : « Il y a un nouveau venu ici, dit-elle. Il est descendu dans ma case. A son arrivée il m'a demandé de l'eau. Je lui ai donné de l'eau corrompue, la seule que j'avais. Quand je la lui ai donnée il m'a frappée. Ensuite il est parti et est resté dehors trois heures de temps et lorsqu'il est revenu il m'a donné de la bonne eau. Il n'y a qu'à l'appeler pour voir. Pour moi, je suis sûre que c'est lui qui a tué le caïman. »

Alors le roi a envoyé des hommes chercher le nouveau venu : « Qu'on me fasse venir cet étranger, dit-il. Vous lui ferez savoir que c'est le roi qui le demande. »

Les envoyés de l'almamy vont à la case. Ils ont trouvé Samba couché. Ils lui donnent une tape pour le réveiller. Samba, furieux d'être troublé dans son sommeil, leur allonge un coup de pied.

Alors le roi envoie un autre homme pour tenter de le réveiller. « Laisse-moi dormir jusqu'à ce que j'aie fini, lui crie Samba. Si on m'envoie encore quelqu'un, je le tuerai ! »

L'envoyé revient. Il raconte la chose au roi. « C'est bien ! décide celui-ci, je vais rester jusqu'à ce qu'il ait fini son somme. »

Ils ont attendu deux heures de temps. Samba se réveille enfin. Il vient au fleuve.

Il salue le roi et le roi répond à son salut. Puis il lui offre une place près de lui et l'invite à se reposer. Puis prenant les bracelets et la sandale et les lui montrant : « Est-ce à toi, tout cela ? » lui demande-t-il. Samba sort alors de sa poche l'autre sandale et se chausse les deux pieds. « Eh bien, dit le roi, tu vas venir loger chez moi. » Et il lui donne une grande case très haute, un vrai palais.

Le roi envoie des hommes chercher les bagages de Samba, amener ses captifs et sa jument. Tous sont installés dans le carré du roi. On tue des moutons en quantité. Samba reste deux mois près de lui et tout ce temps-là Samba avait sans cesse des jeunes filles chez lui. Au bout de ce temps le roi fait appeler son hôte : « Dans quelle intention es-tu venu dans ce pays ? De quoi as-tu besoin ? »

Et Samba a répondu : « Je n'ai besoin que de guerriers ! »

Ellel Bildikry a mandé tous ses notables et leur a dit : « Le vainqueur du caïman nous demande de lui donner des guerriers. — Aller jusque dans le Fouta ! ont protesté les notables. Comment pourrions-nous le faire ?

— Cet homme, repartit le roi, est bien venu du

Fouta jusqu'ici ! Il est arrivé ici. Depuis un an nous ne pouvions renouveler notre eau. Il a tué celui qui nous empêchait de boire et pour récompense il ne nous demande que des guerriers. Il n'y a pas moyen de les lui refuser !

— Eh bien, ont déclaré les notables, voilà ce que nous allons faire. Il y a un roi qui s'appelle Birama N'Gourôri. Qu'on envoie vers lui Samba Guénâdio Diêgui pour qu'il enlève les troupeaux de ce roi et nous en fasse présent. Alors nous lui confierons des guerriers et nous irons avec lui dans son pays pour batailler. »

Ce qu'ils conseillaient n'avait pour but que de se défaire de Samba par de fausses promesses. Ils comptaient bien qu'il perdrait la vie dans sa lutte contre Birama N'Gourôri, car ce roi-là, il est très fort.

Pour parvenir tout là-bas jusqu'au pays de Birama N'Gourôri, il faut à Samba traverser au moins dix-huit marigots et entre chacun de ces marigots il y a huit jours de marche et même plus. Le troupeau de Birama est gardé par trois cents bergers vêtus les uns et les autres de boubous et de pantalons rouges, coiffés de bonnets rouges, bottés de rouge aussi et montés sur des chevaux de chef, des chevaux blancs.

Après avoir passé les marigots, Sàmba vient aux bergers. « Je vais vous prendre vos bœufs ! leur déclare-t-il. — Tu es fou, lui ont-ils répondu. Avant de prendre les bœufs, il faudrait que tu nous tues tous ! — Allons ! ordonne Samba, marchez devant moi et menez les bœufs où je vous conduirai ! »

Les bergers refusent de lui obéir. Ils tombent sur Samba, lance au poing. Ils portent des coups à Samba, mais les lances ne pénètrent pas, car il a de trop bons grigris. Et c'est lui qui les a tous tués, tous à l'exception d'un seul.

Samba a fait prisonnier celui qu'il veut épargner. Il lui coupe les oreilles, puis il lui dit : « Va-t'en trouver Birama N'Gourôri et raconte-lui que je lui ai pris ses bœufs. »

L'homme est parti. Il arrive à la grande case de Birama. Le premier à qui il demande d'aller annoncer le massacre des bergers et le rapt des bœufs lui répond nettement : « Non ! je ne veux pas y aller ! »

Ce jour-là Birama dormait encore. Une de ses femmes, qui était en train de faire arranger sa tête à la façon des Peuhles : « Comment pourrez-vous annoncer une telle nouvelle à Birama ? » a-t-elle demandé. Et les autres ont conseillé d'appeler tous les griots avec leurs r'halems.

Les femmes sont venues près de celle-ci et de sa sœur. Elles ont préparé le mafélâlo avec des feuilles d'arbres. Une fois prêt, elles sont allées le déposer doucement à côté de Birama endormi. Puis elles ont recueilli du hamond sur les arbustes. Le hamond est une gomme parfumée que les Ouolofs appellent homounguêné ou tiouraye. La fumée a retombé sur Birama et Birama s'est réveillé.

Il voit les griots, tous avec leurs violons qui font de la musique : « Qu'y a-t-il ? Qu'est-ce que cela veut dire ? » Telles sont les premières paroles à son réveil. Un homme s'avance en tremblant : « Il y a un Peuhl qui est venu à tes bergers. Il voulait prendre tes bœufs... »

Il n'a pas achevé que Birama le tue. « Allah lui-même, crie-t-il avec colère, Allah ne pourrait me les dérober ! »

Un autre homme s'est approché et raconte ce qui s'est passé. Birama le tue aussi. Il en a tué trois de cette façon. Tous se sauvent.

Alors entre la sœur de Birama apportant du lait caillé. Elle le pose devant lui en lui disant : « Voilà

ce que tu es réduit à manger désormais puisque
le Peuhl s'est emparé de tes bœufs. On ne peut plus
te donner autre chose. »

Le roi Birama a enfourché son cheval Golo,
l'alezan. Il chevauche plein de fureur et derrière le
village il a atteint Samba Guélâdio. Celui-ci fait
arrêter le troupeau et attend tranquillement Birama.

« C'est toi qui es venu voler mes bœufs ?

— Oui, c'est moi. Mais je vais t'en laisser quelques-uns si cela peut te faire plaisir. Quant au reste,
je le garde pour moi.

— Tu pourras le faire peut-être, dit Birama, mais
avant il te faudra me tuer. »

Samba a sorti sa pipe. Il bat le briquet, l'allume
et fume quelques bouffées. Ceci fait. « Eh bien,
dit-il à Birama, à ton aise. Décide comme il te
plaira. »

C'est ainsi qu'il a parlé au roi.

Le Birama pousse fermement sa lance contre
Samba. La lance se casse net en deux morceaux. Il
saisit vivement une autre lance et frappe de nouveau. Il a frappé de toutes ses lances jusqu'à ce
qu'il ne lui en reste plus une seule intacte. Alors
Samba frappe à son tour. Sa lance se brise, elle
aussi.

Alors, il a sauté sur sa jument et tous les deux
combattent à cheval, et au-dessous d'eux les chevaux s'entre-déchirent et se battent furieusement.
Enfin Samba l'emporte et Birama s'enfuit.

Les voilà au tata de Birama. Ce tata comprend
au moins huit enceintes, chacune ayant sa porte.
Quand Birama se présente à la première, ses
hommes le laissent passer et font feu sur Samba.
Tant que la fumée des coups de fusil ne s'est pas
dissipée, les hommes croient que Samba est tombé.
Mais il n'en est rien, ils le voient toujours à la
poursuite de leur roi. Et à chaque porte le même fait

se produit jusqu'à ce que Birama et Samba soient arrivés au milieu des cases.

Alors Samba a cessé la poursuite : « Si ce n'était ta sœur qui te protège, je te tuerais ! dit-il au chef, mais je suis son naoulé (congénère) et je ne puis refuser sa demande à elle qui ne m'a pas offensé. » Il retourne au troupeau, en sépare trois cents bœufs et les renvoie au roi en disant : « C'est un cadeau que je fais à Birama et à sa sœur. »

Il lui en restait encore autant comme prix de sa victoire sur Birama N'Gourôri. « Tu es un Peuhl comme moi, dit-il au roi, aussi je ne veux pas que tu sois réduit à te nourrir de lait caillé. »

Et il est parti avec ce qu'il avait gardé du troupeau.

Il arrive chez Ellel Bildikry : « Voilà les bœufs de Birama N'Gourôri, dit-il. — C'est bien », répond le roi.

Les notables sont venus trouver ce dernier. « Cet homme est venu ici, lui disent-ils, il a tué Niabardi Dallo et de plus il a réussi à s'emparer des troupeaux de Birama ! Nos grand-mères disaient que personne n'avait pu parvenir à les prendre et, lui, il a pu le faire ! Si nous partons en guerre avec lui il nous fera tous périr !

— Vous êtes forcés de me fournir des guerriers maintenant », leur dit Samba.

Et les femmes du pays se sont écriées :

« Puisque nos maris ont peur de t'accompagner, c'est nous qui irons avec toi, nous, les femmes ! »

Ellel Bildikry fait appeler Samba et lui promet des hommes pour dans quelques jours.

.. ..

Le village a quatre portes. Ellel Bildikry ordonne qu'on coupe de gros troncs d'arbres. On les emploiera comme des marches d'escalier. Quand le bois aura

été haché par les pieds des chevaux, le nombre des
cavaliers sera jugé suffisant.

De chaque estrade Samba a vu pendant plusieurs
jours défiler chevaux et cavaliers. Enfin, il se déclare
satisfait. « Aux fantassins de sortir maintenant ! »
dit-il. Et pendant quelques jours encore il assiste
à la sortie des fantassins : « Cela me suffit, dit-il.
Nous n'avons plus qu'à partir. »

Alors Samba se met en route pour le Fouta.
Quand il en est tout près il ordonne à ses colonnes
de poursuivre leur marche et de se diriger du côté
de N'Guiguilone en suivant la rive du fleuve. Samba
va voir sa mère qu'il a confiée au Tounka.

La colonne compte beaucoup de chevaux. Le jour
où Samba l'a quittée pour aller à Tiyabo, dans le
Fouta, Tounka s'est dit : « Samba s'est sûrement
perdu dans la brousse. » Et, ne le craignant plus,
il a expulsé du village la mère de Samba et les
captifs de celui-ci.

Les captifs ont pris un pagne et ont fait une sorte
de toiture comme dans les tentes des Maures et
la mère de Samba s'est placée sous ce pagne pour
s'abriter du soleil. Puis ils se sont dispersés dans
la brousse pour y chercher un peu de mil et chaque
fois qu'ils voyaient un homme emporter sa récolte
ils le suivaient pour ramasser ce qui en pourrait
tomber. Ils sont revenus avec le peu qu'ils avaient
pu trouver : ils en ont fait un mauvais couscous
et l'ont donné à la mère de leur maître pour la
nourrir après y avoir ajouté des feuilles d'arbres
cuites.

Il était à peu près deux heures. Quelques captifs
étaient restés à côté de la mère de Samba. Tout à
coup, ils entendent un griot. Il crie : « Ouldou
Guélânio Diêgui ! » ce qui signifie : « J'ai peur de
Samba, je le respecte comme mon maître. » Sa voix
est haute et claire. C'est celle de Sêvi. Sûrement

voilà Samba qui vient. Les captifs crient : « C'est un bambado qu'on entend. Sans doute Samba va arriver ! » Et la mère de Sêvi dit : « Mais oui, il me semble bien que c'est mon fils qui chante ainsi ! » Mais la mère de Samba lui répond tristement : « Le griot est fou de chanter ainsi, car mon fils est perdu. Jamais plus je ne reverrai mon garçon. » Mais aussitôt la jument de Samba est arrivée au fleuve et Samba traverse l'eau, monté sur Oumoullâtôma.

Et le Tounka dit à ses hommes : « Quand Samba va me demander, dites-lui que je suis mort depuis longtemps. »

Samba maintenant est près de sa mère. Il la trouve à l'écart du village. « Que veut dire cela ? » lui a-t-il demandé. Et sa mère lui répond : « Voilà, mon garçon, comment le Tounka nous a traités depuis ton départ. — C'est bien ! » dit seulement Samba.

Il va jusqu'à la maison du Tounka. Il demande aux gens : « Où donc est le Tounka ? Qu'on aille me le chercher ! — Le Tounka est mort depuis longtemps. — Menez-moi à sa tombe. Fût-il mort j'allumerai du feu pour le brûler ! » On l'a mené un peu plus loin : « Voilà où le Tounka est enterré ! »

Samba appelle des hommes, fait creuser à l'endroit indiqué et on ne trouve rien. « Sortez-le de sa case, ordonne-t-il. Il me le faut. »

Il a traîné le Tounka jusqu'au milieu du village. Lui était resté sur sa jument. Il prend une branche et tendant le bras : « Entassez, dit-il, les bijoux, l'or, les pendals et les pièces de guinées jusqu'à ce que le tas vienne à hauteur de ma main. »

On a commencé à mettre en tas l'or, les pendals et les pièces de guinées. Quand le tas a atteint une hauteur d'un mètre, Sêvi saute de son cheval sur le tas. Il écrase les pagnes et dit : « Ce n'est pas assez haut ! Ajoutez-en toujours ! » On en

rapporte encore et Sêvi recommence à aplatir le
monceau jusqu'à ce que Samba ait dit : « Cela suffit ! » Samba ensuite s'adresse au Tounka : « Une
autre fois, si je laisse ma mère chez toi, rappelle-
toi ce que j'ai fait ou attends-toi à ce que je recommence ! » Il prend avec lui les pagnes, les étoffes
et l'or et les donne à sa mère et à ses gens. Puis
il se met en route.

Il est allé jusqu'à Ouahouldé dans le Fouta. Il
passe et continue sa route jusqu'à ce qu'il retrouve
ses colonnes à N'Guiguilone. De là, il envoie un messager à son oncle Konkobo pour lui dire de se tenir
prêt et qu'ils vont se battre à Bilbaci. Il se porte
lui-même en avant de N'Guiguilone.

A ce moment son oncle était à Sâdel, près de
Kayaêdi. Samba va le trouver et voit que Konkobo
l'attend avec son armée. Dans ce temps-là, avant la
bataille, on faisait un grand tam-tam et le tama
de guerre qui servait aux griots s'appelait Alamari
et la danse qu'on dansait n'était permise qu'aux
bons garçons qui n'ont pas peur. On appelait aussi
la danse Alamari, et elle se dansait la lance au
poing.

Le tambour dont je parle était couvert avec la
peau d'une jeune fille. De la place où il était, Samba
entend le tumulte du tam-tam : « Eh bien, dit-il, je
veux aller aussi là-bas ! Je veux danser Alamari ! »

Son griot, qui s'appelle Sêvi Malallaya, lui
demande :

« Es-tu fou ? Tu dois rester ici jusqu'à demain. »

Et Samba lui répond : « Dis ce que tu voudras,
je m'en moque ! J'irai. »

Samba a traversé le fleuve. Il est allé jusqu'au
tam-tam et il est entré dans le cercle des assistants.
Il se couvre la tête de son pagne, s'en voile la
figure. Il vient danser la lance au poing.

Et chacun se dit : « Mais c'est Samba Guélâdio

Diêgui !ˉ» Lui ne souffle mot. Le voilà dans le tam-
tam. Il appelle ses cousins, les fils de Konkobo
Moussa et leur dit : « Venez ; entrons dans la case
de votre père. Nous allons y causer ensemble. »

Il y a là un captif du nom de Mahoundé Gâlé
qui a mal à l'œil. Son fils lui demande : « Mon
papa, comment voulez-vous combattre demain en
cet état ? — Apporte-moi un kilo de piment »,
répond le père. Il s'applique le piment sur l'œil
malade et l'y maintient avec un bandeau. Puis il
reste couché et quand il enlève le bandeau, son
œil est rouge comme le feu, et il dit : « Quand la
colonne de Samba verra un homme avec un œil
aussi rouge, elle prendra la fuite de terreur ! »

A six heures du matin, les colonnes de Samba
et celles de Konkobo ont commencé la bataille.
Samba était resté couché dans la case de Konkobo
Moussa. Il avait passé la nuit à blaguer avec ses
cousins jusqu'à ce que le soleil se lève. A ce
moment il leur dit : « Apportez-moi de l'eau, que
je me débarbouille. »

Et cela il le dit devant beaucoup de monde. Puis
il prend sa lance et sort du village. Il traverse les
colonnes de Konkobo Moussa. Et le voilà qui se
dirige vers ses colonnes ; voilà qu'il les atteint.

Il trouve sa jument où il l'a laissée attachée au
piquet. Il ordonne de la seller et son captif la
selle. Il l'enfourche et part au galop. Il pénètre
dans les colonnes de Konkobo. Il sort son fusil
Boussalarbi du fourreau et, de chaque coup, il tue
au moins cinquante guerriers.

« Comment ! se disent les soldats de Konkobo,
nous croyions que dès le début de la bataille les
colonnes de Samba allaient prendre la fuite, et pas
du tout, elles tiennent encore bon ! »

Alors, découragés, ils abandonnent leur chef. Il
faut voir comme ils décampent ! Mais Konkobo n'est

pas de ceux qui fuient. Quand son cheval est tombé mort, il a pris de la terre et il en a rempli sa seroualla (pantalon). S'il voulait se sauver, il ne le pourrait pas, car la terre est trop lourde.

Samba tue tout ce qu'il trouve devant lui. Et le voici en face de Konkobo debout près de son cheval mort : « Eh bien, mon papa, demande-t-il, qu'est-ce qu'il y a ? — Voilà, répond Konkobo, on m'a tué mon cheval ! »

Samba court après un cavalier de Konkobo. Il le tue et ramène le cheval : « Mon papa, lui dit-il, monte sur ce cheval-là et continue à combattre ! »

Konkobo s'est remis en selle. Il se précipite sur les colonnes de Samba. Son deuxième cheval s'abat et tombe mort.

Samba est de nouveau venu à lui : « Eh bien, mon papa, demande-t-il, on l'a encore tué, ton cheval ? » Il va tuer un autre cavalier de Konkobo. « Mon papa, dit-il à son oncle, voilà une nouvelle monture. »

Samba a ainsi remplacé au moins huit fois les chevaux tués sous son oncle. Il tue les garçons de Konkobo, il les massacre tous. Maintenant le voilà maître du Fouta.

Il a mené son oncle Konkobo à l'écart du village et lui a dit : « Reste là désormais. Tu y demanderas la charité. »

Lorsque Samba fut mort et qu'on l'eut mis en terre, un Peuhl en passant près de sa sépulture vit la tête de l'ancien roi du Fouta qui sortait du sol. « Ah ! dit-il, voilà une tête de cochon qui s'imagine n'être pas morte ! » Il prit sa canne et frappa sur cette tête. Le bâton se cassa et un éclat pénétra dans l'œil du Peuhl, qui en est mort.

Les bambados du Fouta ont dit : « Samba ne peut mourir ; c'est lui qui a tué le Peuhl. »

38. LA LÉGENDE DE NGURANGURANE, LE FILS DU CROCODILE

Il y avait autrefois, il y a de cela bien long-temps, bien longtemps, un grand féticheur, et c'était Ngurangurane, le fils du Crocodile.

Et voici comment il était né, c'est la première chose ; ce qu'il fit et comment il mourut, c'est la seconde. Dire toutes ses actions, c'est impossible, et d'ailleurs qui se les rappellerait ?

Voici comment il était né, c'est la première chose.

A cette époque-là, les Fân demeuraient au bord d'un grand fleuve, grand, si grand, qu'on ne pou-vait apercevoir l'autre rive ; ils pêchaient sur le bord. Mais ils n'allaient pas sur le fleuve ; nul encore ne leur avait appris à creuser des canots : celui qui le leur apprit ce fut Ngurangurane. Ngu-rangurane apprit cet art aux hommes de sa famille, et, sa famille, c'étaient les hommes, c'étaient les Fân.

Dans le fleuve vivait un énorme crocodile, le maître crocodile ; sa tête était plus longue que cette case, ses yeux plus gros qu'un cabri tout entier, ses dents coupaient un homme en deux comme je coupe une banane, crîss ! Il était couvert d'énormes écailles : un homme le frappait de ses javelots, *tô*, *tô*, mais *pfut*, le javelot retombait ; et celui qui faisait cela, ce pouvait être l'homme le plus robuste : *pfut*, le javelot retombait. C'était un animal terrible.

Or, un jour, il vint dans le village de Ngurangu-rane ; mais celui-ci n'était pas encore né. Et celui qui commandait les Fân était un grand chef, car il commandait à beaucoup d'hommes. Il commandait aux Fân et à d'autres encore. Ngan Esa vint donc un jour dans le village des Fân et il appelle le chef : « Chef, je t'appelle. »

Le chef accourt aussitôt. Et le chef crocodile dit au chef homme : « Ecoute attentivement. »

Et le chef homme répondit : « Oreilles », c'est-à-dire j'écoute bien.

« Ce que tu feras à partir d'aujourd'hui, le voici. Chaque jour j'ai faim, et je pense que la chair de l'homme me vaut mieux que la chair de poisson. Chaque jour tu attacheras un esclave et tu me l'apporteras sur les bords du fleuve, un homme un jour, une femme le lendemain et, le premier de chaque lune, une jeune fille bien peinte avec le *baza* et bien luisante de graisse. Tu feras ainsi. Si tu oses ne pas m'obéir, je mangerai tout ton village. Voilà, c'est fini. Tais-toi. »

Et le chef crocodile, sans ajouter un mot, retourna au fleuve. Et au village, on commença les lamentations funèbres. Et chacun dit : « Je suis mort. » Chacun le dit, le chef des hommes, les femmes. Le lendemain, au matin, quand le soleil se lève, le crocodile-chef était sur le bord du fleuve. Wah ! wah ! sa gueule était énorme, plus longue que cette case, ses yeux gros comme un cabri tout entier. Les crocodiles que l'on voit aujourd'hui ne sont plus des crocodiles ! Et l'on se hâta d'apporter au crocodile-chef ce qu'il avait demandé, un homme un jour, une femme le lendemain et le premier de chaque lune une jeune fille ornée de rouge et d'huile, toute luisante de graisse. L'on fit ce que le crocodile-chef avait ordonné, et nul n'osait désobéir, car il avait partout ses guerriers, les autres crocodiles.

Et le nom de ce crocodile, c'était Ombure : les eaux obéissaient à Ombure, les forêts obéissaient à Ombure, ses « hommes » étaient partout, il était le chef de la forêt, mais il était surtout chef de l'eau. Et, chaque jour, il mangeait soit un homme, soit une femme, et il était très content, et très ami avec les Fân. Mais ceux-ci avaient fini par don-

ner tous leurs esclaves, et le chef avait livré toutes
ses richesses pour en acheter. Il n'avait plus un
coffre, plus une dent d'éléphant ! Il lui fallait
fournir un homme, un homme fân ! Et le chef des
Fân réunit tous ses hommes dans la case commune ;
il leur parla longtemps, longtemps, et après lui,
les autres guerriers parlèrent aussi longtemps. Quand
la palabre fut terminée, tout le monde était d'accord
et pensait avec un seul cœur qu'on devait partir. Le
chef dit alors : « Voilà cette question de départ
réglée : nous irons loin, loin d'ici par-delà les montagnes. Quand nous serons loin, bien loin du fleuve,
par-delà les montagnes, Ombure ne pourra plus
nous atteindre, et nous serons heureux. » Et il
fut décidé que l'on ne renouvellerait plus les
semences, et qu'à la fin de la saison, toute la tribu
quitterait les bords du fleuve. Et ainsi fut fait.

Au commencement de la saison sèche, lorsque les
eaux sont basses, et qu'il fait bon voyager, la tribu
se mit en marche. Le premier jour, on alla vite,
vite, aussi vite que l'on put marcher. Chaque homme
pressait ses femmes, et les femmes, hâtant le pas,
marchaient en silence, ployant sous le faix des
provisions et des ustensiles de ménage, car on emportait tout, marmites, plats, pilons, corbeilles, sabres
et houes, tout ; chaque femme avait sa charge et
elle l'avait lourde. Elle l'avait lourde, car avec
tout cela on avait encore fait sécher du manioc
et on l'emportait. Elle l'avait lourde, car il lui fallait
encore porter les enfants, les petits qui ne savaient
pas marcher, et ceux qui ne marchaient pas longtemps.

Et il fallait demeurer silencieux : les hommes se
taisaient, les femmes se taisaient, et les enfants
pleuraient, mais les mères disaient : « Taisez-vous. »
Le grand chef était en tête : il conduisait la marche,
car c'était lui qui connaissait le mieux le pays : il

avait été souvent à la chasse, et au cou il portait un collier de dents de grand singe.

C'était en effet un grand chasseur.

Le premier jour, beaucoup regardaient derrière eux, croyant entendre le crocodile : Wah ! Wah ! et celui qui était en queue avait froid au cœur ! Mais on n'entendit rien. Et le second jour, la marche fut la même, et l'on n'entendit rien. Et le troisième jour, la marche fut la même, et l'on n'entendit rien.

Le premier jour, cependant, le crocodile-chef était sorti de l'eau, suivant son habitude, pour venir à l'endroit où l'on avait coutume de mettre l'esclave qui lui était destiné. Il vient : Wah ! Wah ! Rien. Qu'est-ce ceci ? Il prend aussitôt la route du village.

« Chef des hommes, je t'appelle. »

Rien ! Il n'entend aucun bruit ; il entre, toutes les cases sont abandonnées ; il va aux plantations, les plantations sont abandonnées : Wah ! Wah ! Il parcourt tous les villages, tous les villages sont abandonnés ; il parcourt toutes les plantations, toutes les plantations sont abandonnées.

Ombure entre alors dans une fureur épouvantable, et se replonge dans le fleuve pour consulter son fétiche, et il chante :

Vous qui commandez aux eaux, esprits des eaux,
Vous tous qui m'obéissez, c'est moi qui vous appelle,
Venez, venez à l'appel de votre chef,
Répondez sans tarder, répondez aussitôt.
J'enverrai l'éclair qui passe en fendant le ciel,
J'enverrai le tonnerre qui passe en brisant tout,
J'enverrai le vent de la tempête qui passe en arra-
                              [chant les bananiers,
J'enverrai l'orage qui tombe de la nuée et balaie tout
                              [devant lui.
Et tous répondront à la voix de leur chef.
Vous tous qui m'obéissez, indiquez-moi le chemin,

Le chemin qu'ont pris ceux qui se sont enfuis.
Esprits des eaux, répondez.

Mais à son grand étonnement les esprits des eaux
ne répondent pas, pas un seul ne répond !

Qu'était-il donc arrivé ? Ceci. Avant de quitter son
village, le chef des hommes avait offert de grands
sacrifices. Il avait offert un grand sacrifice aux esprits
des eaux, en leur demandant de rester muets, et ils
avaient promis. Ils avaient promis : « Nous ne dirons
rien. »

Ombure recommence une conjuration plus forte
encore :

Vous qui commandez aux eaux, esprits des eaux,
Vous tous qui m'obéissez, c'est moi qui vous appelle...

Et les esprits des eaux, forcés d'obéir, comparaissent devant Ombure : « Où sont les hommes, ont-ils
passé par vos chemins ? — Nous n'avons rien vu,
ils ne sont pas passés par nos chemins. » Et
Ombure dit : « Ils ne sont pas passés par les
chemins de l'eau : les esprits des eaux ne peuvent me
désobéir. »

Et il appelle les esprits des forêts :

Vous qui commandez aux forêts, esprits des forêts,
Vous tous qui m'obéissez, c'est moi qui vous appelle,
Venez, venez à l'appel de votre chef,
Répondez sans tarder, répondez aussitôt.
J'enverrai l'éclair qui passe en fendant le ciel,
J'enverrai le tonnerre qui passe en brisant tout,
J'enverrai le vent de la tempête qui passe en arra-
                              [chant les bananiers,
J'enverrai la pluie d'orage qui tombe de la nuée et
                              [balaie tout devant elle.
Tous doivent répondre à la voix de leur chef.

Vous tous qui m'obéissez, indiquez-moi le chemin,
Le chemin qu'ont pris ceux qui se sont enfuis.
Esprits des forêts, répondez.

Mais à son grand étonnement, de tous les esprits des forêts, pas un esprit ne répond, tous se taisent.

Qu'était-il donc arrivé ? Ceci. Avant de quitter son village, le chef des hommes avait offert de grands sacrifices. Il avait offert un grand sacrifice aux esprits des forêts, en leur demandant de rester muets, et ils avaient promis : « Nous ne dirons rien. »

Ombure recommence une conjuration plus forte encore :

Vous qui commandez aux forêts, esprits des forêts,
Vous tous qui m'obéissez, c'est moi qui vous appelle...

Et les esprits des forêts, forcés d'obéir, comparaissent devant Ombure. « Où sont les hommes, ont-ils passé par vos chemins ? » Et les esprits des forêts répondent : « Ils ont passé par nos chemins. »

Et successivement, Ombure appelle les esprits du jour, les esprits de la nuit, et, grâce à eux, apprend où sont passés les Fân.

Ils ont annoncé la nouvelle !

Et quand Ombure eut terminé son enchantement, il connaissait le chemin qu'avaient pris les Fân fugitifs. En vain ceux-ci avaient-ils dissimulé leurs traces. Ombure connaissait leur chemin. Qui le lúi avait appris ? L'Eclair, le Vent, la Tempête le lui avaient dit ; l'Eclair, le Vent, la Tempête le lui avaient appris.

Les Fân continuèrent leur marche longtemps, bien longtemps. Ils franchirent enfin les montagnes, et le grand chef consulta son fétiche : « Nous arrêterons-nous ici ? » Et le fétiche qui, depuis longtemps, depuis le premier jour, obéissait aux ordres d'Ombure (mais cela le chef ne le savait pas), le fétiche répondit : « Non, vous ne vous arrêterez pas ici, ce n'est pas un bon endroit. »

Ils franchirent les plaines, et lorsqu'elles furent franchies et que l'on eut retrouvé la grande forêt, la forêt qui ne finit pas, le grand chef consulta son fétiche : « Nous arrêterons-nous ici ? » Et le fétiche, une fois de plus, répondit : « Plus loin encore. »

Ils arrivèrent enfin devant une vaste plaine, devant un immense lac qui fermait tout passage, et le grand chef consulta son fétiche : « Nous arrêterons-nous ici ? » Et le fétiche, qui obéissait à Ombure, répondit : « Oui, vous vous arrêterez ici. »

Et les Fân avaient marché bien des jours et bien des lunes : les petits enfants étaient devenus adolescents, les adolescents étaient devenus jeunes guerriers et les jeunes guerriers hommes mûrs. Ils avaient marché bien des jours et bien des lunaisons. Ils s'arrêtèrent sur les bords du lac. On construisit les nouveaux villages, les plantations furent faites, et partout le maïs donna son grain nouveau. Le chef réunit alors ses hommes pour donner un nom au village, on l'appela : *Akurengan* (la délivrance du crocodile).

Or, cette nuit-là même, vers minuit, un grand bruit se fait entendre et une voix crie : « Oh ! venez, venez ici. » Et tous sortent, fort effrayés. Que voient-ils ? (Car la lune éclairait bien.) Ombure était au milieu du village ! Il était devant la case du grand chef. Que faire ! Où fuir ? Où se cacher ? Nul n'osait y songer ! Et quand le grand chef sortit de sa case pour voir ce qui se passait, yü, ce fut le premier pris ! D'un coup de dent, Ombure le cassa en deux ! Krô, krô, kwas ! « Voilà Akurengan », dit-il seulement.

Et il retourna vers le lac.

Les guerriers tremblants, élirent aussitôt un autre chef, le frère de l'ancien, suivant la loi, et le matin on prit la femme de l'ancien chef et on vint l'attacher sur les bords du lac, en offrande à Ombure. Et celui-ci vint ; la femme pleurait. Krô, krô ! il la mangea. Mais le soir, il revint au village et appela le chef :

« Chef, je t'appelle. »

Et celui-ci, tout tremblant, répondit : « J'écoute.

— Voici ce que je vous ordonne, moi, Ombure, et vous le ferez. Tous les jours, vous m'apporterez deux hommes, un homme le matin, un homme le soir, et le lendemain, vous m'apporterez deux femmes, une femme le matin, une femme le soir. Et le premier de chaque lunaison, deux jeunes filles, bien parées et ornées de rouge et luisantes d'huile. Allez, c'est moi, Ombure, le roi de la forêt, c'est moi, Ombure, le roi des eaux. »

Et, il en fut ainsi pendant de longues années. Chaque matin, chaque soir, Ombure avait son repas : deux hommes un jour, deux femmes le lendemain et deux jeunes filles le premier du mois. Il en fut ainsi longtemps. Pour payer Ombure, les Fân faisaient la guerre, loin, loin, et ils étaient partout vainqueurs, car Ombure, le chef crocodile, les protégeait, et ils devinrent grands guerriers.

Mais les années passèrent, l'une faisant tomber l'autre, et longtemps les Fân avaient renouvelé leurs plantations. Et ils étaient fatigués d'Ombure. Comment il les avait rattrapés dans leur fuite, cela, ils l'avaient oublié. Et ils étaient très fatigués d'Ombure.

Et ils avaient oublié. Et les jeunes gens disaient : « Nous sommes fatigués, partons. » Et les jeunes gens partirent en avant, les guerriers suivirent, et les femmes portaient les paquets derrière les guerriers.

Ombure vient le lendemain matin au bord du lac chercher comme d'habitude sa provende journalière.

Il regarde, il cherche. Rien. Il arrive au village. Rien. Que fait-il ? Il prend son fétiche et appelle aussitôt les esprits de la forêt. « Voici ce que vous ordonne Ombure, votre chef, leur dit-il. Mes esclaves se sont enfuis, ils sont dans votre domaine, que tout chemin se ferme devant eux. Vent de la tempête, brise les arbres devant eux ; esprit du tonnerre, esprit de l'éclair, aveuglez leurs yeux ! Allez, c'est Ombure qui vous commande. »

Et ils vont. Les chemins se ferment devant les Fân, les grands arbres tombent, l'obscurité envahit tout ! Désespérés, il leur faut revenir au lac, et sur la place, Ombure les attend. Mais Ombure est vieux, au lieu de deux hommes, il exige maintenant : « Vous me donnerez chaque jour deux jeunes filles en sacrifice. »

Et les Fân durent obéir et chaque jour amener deux jeunes filles à Ombure, deux jeunes filles peintes en rouge, reluisantes et frottées d'huile. C'est leur fête de mariage.

Elles pleurent et se lamentent, les filles des Fân ; elles pleurent et se lamentent : c'est la fête des tristes fiançailles.

Elles pleurent et se lamentent le soir ; le matin, elles ne pleurent ni se lamentent : d'elles n'entendent plus parler leurs mères : elles sont au fond du lac, dans la grotte où demeure Ombure : elles le servent, et il en fait sa nourriture.

Mais un jour, il arriva ceci : la jeune fille qui devait être exposée le soir sur le bord du fleuve, la jeune fille dont le tour était venu, c'était Aléna Kiri, l'enfant du chef. Elle était jeune et elle était belle. Et, le soir, elle fut attachée sur le bord du lac avec sa compagne. La compagne ne revint pas, mais le lendemain, lorsque reparut le jour, la fille du chef était encore là. Ombure l'avait épargnée.

Aussi on l'appela : l'Aurore a paru.

Mais neuf mois après, la fille du chef eut un enfant, un enfant mâle. En souvenir de sa naissance, ce garçon fut appelé *Ngurangurane*, le fils du crocodile.

Ngurangurane était donc fils d'Ombure, le crocodile-chef : ceci est la première histoire. Ngurangurane était né ainsi.

Voici la deuxième chose : la mort d'Ombure.

Ngurangurane était donc fils d'Ombure, le crocodile-la fille du chef, grandit, grandit, grandit chaque jour : d'enfant il devient adolescent, d'adolescent il devient jeune homme. C'est alors le chef de son peuple. C'est un chef puissant et un très savant féticheur. Dans son cœur, il avait deux désirs : venger la mort du chef de sa race, du père de sa mère, et délivrer son peuple du tribut que levait sur lui le crocodile.

Et ce qu'il fit dans ce but, le voici :

Dans la forêt, on trouve un arbre sacré, cela, vous le savez, et cet arbre, on l'appelle « palmier ». Coupez un palmier : la sève coule, coule abondante, et si vous attendez deux ou trois jours, après l'avoir enfermée dans les vases de terre, vous aurez le *dzân*, la boisson qui rend le cœur joyeux. Cela, nous le savons maintenant, mais nos pères ne le savaient pas. Celui qui le leur a appris, c'est Ngurangurane, et le premier qui a bu le *dzân*, c'est Ombure, le crocodile-chef. Qui avait fait connaître le *dzân* à Ngurangurane ? C'était *Ngonomane*, la pierre fétiche que lui avait donnée sa mère.

Or, d'après l'avis de *Ngonomane*, Ngurangurane fit ceci : « Apprêtez tous les vases de terre que vous possédez, tous, apportez-les dans ma case. » Il dit cela aux femmes : elles apportèrent donc tous les vases de terre qu'elles possédaient, et il y en avait beaucoup, beaucoup. « Allez toutes dans la forêt, leur dit-il encore, près du ruisseau de la terre à poterie et faites encore d'autres vases. » Et elles allèrent

au ruisseau de la terre à poterie et firent des
vases, beaucoup.

« Allons dans la forêt, dit-il aux hommes, allons,
et vous couperez les arbres que je vous indiquerai. »
Et ils allèrent tous ensemble avec les haches et les
couteaux, et ils coupèrent les arbres que leur montra Ngurangurane. Ces arbres, c'étaient des palmiers.
Et quand tous furent coupés, on recueillit la sève
qui coulait abondante des blessures de la hache.
Les vases furent apportés (ce furent les femmes qui
firent cela), les vieux vases et les nouveaux, et quand
tous furent là, tous on les remplit du *dzân*, et les
femmes les rapportèrent au village. Tous les jours,
Ngurangurane goûtait la liqueur : les hommes voulurent faire comme lui, mais cela il le leur interdit
par un grand éki. Un homme dit : « Puisque Ngurangurane en boit j'en boirai. » Et il en but, mais
en secret, et la tête lui tourna aussitôt. Ngurangurane vint près de lui et le tua d'un coup de fusil.
On jeta son corps sans sépulture pour avoir enfreint
la défense et méprisé l'éki.

Trois jours après, Ngurangurane réunit ses
hommes, les hommes et les femmes et leur dit :
« C'est le moment, prenez les vases et venez avec
moi au rivage, près du lac. » Ils prirent les vases
et ils allèrent avec lui. Quand on fut sur les bords
du lac, Ngurangurane ordonna ceci à ses hommes :
« Traînez sur le bord tous les vases », et ils le firent.
« Apportez l'argile que je vous ai envoyé chercher »,
dit-il encore aux femmes, et ainsi firent-elles. Et,
sur le bord du lac, avec l'argile fraîche, on construisit deux grands bassins, soigneusement battus avec
les pieds, soigneusement lissés avec la paume des
mains. Alors, dans les deux bassins, on verse tout
le *dzân* contenu dans les vases, sans en laisser une
goutte ; Ngurangurane commence un grand fétiche
et tous les vases sont ensuite brisés et jetés au lac,

les deux captives attachées près des bassins, et tout le monde se retire au village.

Ngurangurane demeure seul, caché près des bassins.

A l'heure accoutumée, le crocodile sort de l'eau. Il se dirige vers les captives tremblantes de frayeur ; mais, tout d'abord :

« Qu'est-ce ceci, dit-il en arrivant près des bassins, qu'est-ce ceci ? » Il goûte un peu du liquide. La liqueur lui paraît bonne et il s'écrie à haute voix : « Ceci est bon : dès demain j'ordonnerai aux Fân de m'en fournir chaque jour. »

Et le crocodile Ombure but le *dzân*. Il le but jusqu'à la dernière goutte, oubliant les captives. Lorsqu'il eut terminé, il chanta :

J'ai bu le dzân, la boisson qui rend le cœur content,
  J'ai bu le dzân,
J'ai bu le dzân, mon cœur se réjouit,
  J'ai bu le dzân.
Le chef auquel tous obéissent, c'est moi,
Moi, le grand chef, moi, Ombure.
C'est moi, Ngan, c'est moi le chef.
Ombure est maître des eaux,
Ombure, est maître des forêts.
C'est moi le chef auquel tous obéissent.
  C'est moi le chef.
J'ai bu le dzân, la boisson qui rend le cœur content,
  J'ai bu le dzân,
J'ai bu le dzân, mon cœur se réjouit,
  J'ai bu le dzân.

Il chante, et sur le sable, sans plus songer aux captives, il s'endort, le cœur joyeux.

Ngurangurane s'approche aussitôt d'Ombure endormi ; avec une forte corde, aidé des captives, il l'attache au poteau, puis, brandissant avec force son javelot, il frappe l'animal endormi : sur les écailles épaisses, le javelot rebondit en arrière sans entamer le crocodile et celui-ci, sans se réveiller, se secoue en disant : « Qu'est-ce ceci ? un moustique m'a piqué. »

Ngurangurane prend sa hache, sa forte hache de pierre ; d'un coup formidable, il frappe l'animal endormi : la hache rebondit sans blesser l'animal ; celui-ci commence à s'agiter : les deux captives s'enfuient épouvantées. Ngurangurane fait alors un puissant fétiche : « Tonnerre, dit-il, tonnerre, c'est toi que j'appelle, apporte-moi des flèches. »

Et le tonnerre vient en éclatant. Mais quand il apprend qu'il doit tuer Ombure : « C'est ton père, s'écrie-t-il, et c'est mon maître. » Et il s'enfuit épouvanté. Mais Aléna Kiri vient au secours de son fils, et elle apporte *Ngonomane*, la pierre fée. Et au nom de Ngonomane, Ngurangurane dit : « Eclair, je t'ordonne de frapper. »

Et l'éclair frappe, car désobéir il ne le pouvait pas. A la tête, entre les yeux, il frappe Ombure et Ombure demeure sur place, foudroyé, mort. Celui qui l'a tué, c'est Ngurangurane, mais Ngurangurane ne l'a tué que grâce au concours de Ngonomane.

Et la fin de ce récit, la voilà.

Ngurangurane retourne en hâte au village. « Vous tous, hommes du village, dit-il, venez tous, venez. » Et ils viennent tous sur les bords du lac. Ombure est là, gisant, mort, immense. « Celui qui a tué le crocodile Ombure, c'est moi, Ngurangurane ; celui qui a vengé le chef de sa race, c'est moi ; celui qui vous a délivrés, c'est moi, Ngurangurane. »

Tous se réjouirent et, autour du cadavre, on dansa le *fanki*, la grande danse des funérailles ; on dansa le *fanki* pour apaiser l'esprit d'Ombure.

Et ceci, c'est la fin d'Ombure.

39. DAOURA

Daoura eut des enfants ; quand il fut avancé en âge et devenu vieux, il leur dit :

« Je suis vieux, je ne peux plus gouverner le Bouganda, prenez-en possession, devenez maîtres de votre royauté. »

Ils lui répondirent :

« Mon père, nous sommes jeunes, comment prendrions-nous possession du Bouganda, quand tu n'es pas mort ? Comment te succéderions-nous de ton vivant ? »

Ils refusèrent.

« Puisque vous ne voulez pas vous saisir de la royauté, dit Daoura, laissez-moi. »

Il appela Seroganga le *moukopi* et lui dit :

« Viens, que je te mette au courant. »

Seroganga se présenta. Daoura lui dit :

« Me conduiras-tu chez toi et m'y cacheras-tu ?

— Seigneur, je te cacherai.

— Bien, dit le roi, retourne-t'en ; quand il fera nuit, tu viendras ; nous partirons et tu me cacheras ; la royauté m'ennuie ; je n'en veux plus. »

Il dit à un de ses esclaves et à trois de ses femmes.

« Venez, partons, cachons-nous. »

Il se leva, il marcha et alla chez le *moukopi*. Seroganga le conduisit dans la forêt, y bâtit une maison et la termina.

« Mon ami, dit le roi, ne révèle à personne que je suis dans la forêt.

— Non, seigneur, je ne te dénoncerai pas. »

Daoura resta dans la forêt. La femme qui l'avait enfanté demanda aux grands :

« Où est allé le roi ?

— Il a disparu, répondirent-ils.

— Allez consulter un sorcier », dit la reine mère.

Ils allèrent chez un sorcier. Celui-ci leur dit :

« Venez demain, de bonne heure, tous les gens de Bouganda. Celui qui s'habille le mieux, c'est lui qui a le roi. Quand vous verrez celui qui l'emporte par l'habillement, saisissez-le, et il vous révélera où est le roi. »

Seroganga dit à Daoura :

« Seigneur, je vais à un festin.

— Ne me dénonce pas.

— Non, seigneur. »

Il alla à Rousaka. La reine mère l'appela.

« Seroganga jure en disant : « Daoura, je l'ai vu « hier soir. »

Namasou lui dit :

« Seroganga ! »

Il jura encore :

« Daoura, je l'ai vu hier soir.

— Comme tu es bien habillé. »

Seroganga reprit :

« Daoura, je l'ai vu hier soir.

— Daoura a disparu depuis longtemps, mais tu l'as vu hier soir.

— Seigneur, dit Seroganga, je ne l'ai pas vu ; j'ai juré simplement. »

La reine mère dit aux grands :

« Saisissez-le et allez le tuer. »

Ils s'emparèrent de lui. Alors Seroganga dit :

« Ne me tuez pas, seigneurs, laissez-moi, je vous conduirai dans la forêt, à Hanyanya, chez le roi.

— Laissez Seroganga, dit la reine mère, qu'il vous conduise dans la forêt chez le roi. »

Il devança tous les grands et les chefs et les précéda sur le chemin ; ils arrivèrent dans la forêt.

Quand ils virent le roi, ils se mirent à genoux, Daoura dit à Seroganga :

« Je t'avais dit de ne pas me dénoncer aux hommes. Tu ne l'as pas fait. Qui les a conduits ici ?

— Seigneur, répondit-il, ils voulaient me tuer.
— Puisque tu m'as dénoncé, qu'ils te tuent. »
Daoura le tua. Ensuite il sortit de la forêt, rentra dans le Bouganda, reprit la royauté et les grands vinrent le saluer.

40. LES BACHOENG

Il y a longtemps, longtemps, les garçons et les filles étaient à jouer le soir. Ils jouaient hors de la ville ; ils n'étaient pas à l'intérieur. Tandis qu'ils étaient en train de jouer, l'un d'eux dit :
« Pouloungouane ! Pouloungouane ! » bêlant comme Pouloungouane : Ao-o-o-o-o, et les faisant fuir.
Ils étaient en nombre par-devant ; ils couraient ; ceux qui étaient derrière suivaient et le dernier de tous, celui qui faisait le pouloungouane, celui-là suivait et courait derrière eux. Ainsi ils couraient fort, ils couraient en avant, mais ils ne couraient pas en arrière.
Ils vinrent vivre à Chaengane et bâtirent une ville en face de l'Ouest, à Motlhoare. Ils devinrent très riches ; les amas de leurs détritus étaient très hauts, les tas d'ordures ressemblaient à des montagnes.
Lorsque des Batlhoaro allèrent chasser, ils les trouvèrent et leur demandèrent :
« Qui êtes-vous et d'où venez-vous ? »
Ils leur dirent :
« Nous sommes Bachoeng.
— Quand êtes-vous venus ici ?
— Quand nous étions enfants. »
Alors les Batlhoaro allèrent chez eux pour le dire aux pères des Bachoeng, mais ils en furent empêchés par le soleil ; ils ne purent pas les voir. Dans ce pays, il n'y avait pas d'eau ; ils furent empêchés par la soif d'aller les voir. Mais c'étaient les Batlhoaro

qui les avaient trouvés parce qu'ils se rafraîchissent avec le melon sauvage. Quant aux Bathlaping, ils n'emploient pas le melon sauvage ; s'ils buvaient de son suc, ils mourraient.

CHAPITRE XI

ÉVOLUTION ET CIVILISATION

Origines de certains instruments de travail ou de plaisir. — Cultures, vêtements, etc.

41. *La Conquête du Dounnou*, conte bambara.
42. *Découverte du Vin de palme*, conte tchwi.
43. *La Légende de la Plantation du Maïs*, conte yorouba.
44. *Les Quatre Jeunes Gens et la Femme*, conte bassouto.
45. *L'Origine des pagnes*, conte peuhl.

ÉVOLUTION ET CIVILISATION

41. LA CONQUÊTE DU DOUNNOU

Jadis il n'y avait de *dounnou* que chez les hyènes, et les hommes en ignoraient l'usage.

Un jour, un homme nommé Siramaka entendit un son de tam-tam qui lui fut agréable à l'oreille. Aussi résolut-il de s'approprier l'instrument qui produisait ce son.

Il se dirigea du côté où il avait entendu résonner le *dounnou* et parvint ainsi au village des hyènes.

Les fauves s'emparèrent de lui et l'attachèrent pour l'empêcher de s'échapper. Il fut décidé qu'il serait offert en sacrifice à leur *dounnou*, dont le son était si puissant qu'on l'aurait entendu résonner de Bamako alors qu'on l'aurait frappé à Bogandé.

Pendant la nuit, Siramaka réussit à user les liens qui lui immobilisaient les bras, s'empara du *dounnou* et s'enfuit, l'emportant avec lui. Avant que les hyènes se fussent aperçues du vol, il était déjà rentré dans son village et était en train de frapper le *dounnou* dont le son attira une grande affluence de curieux.

Depuis lors les hommes ont toujours possédé des *dounnou* et l'usage s'en est perpétué parmi eux.

42. DÉCOUVERTE DU VIN DE PALME

Lorsque les Fantis se dirigeaient de l'intérieur vers la côte maritime, les gens qui vivaient dans les forêts essayèrent de les arrêter et les Fantis durent se frayer leur chemin. Les éclaireurs qui ouvraient la marche étaient conduits par un célèbre chasseur nommé Ansah. Cet homme avait avec lui un chien qui l'accompagnait continuellement. Un jour qu'il était au guet, le chien le conduisit vers un palmier renversé par un éléphant qui avait percé un trou avec ses défenses pour en boire la sève. Ansah observa que celle-ci s'écoulait par le trou et, craignant d'y goûter lui-même, car cela pouvait être du poison, en donna un peu à son chien. Le lendemain, voyant que l'animal n'en éprouvait aucun mal, il en but lui-même un peu. Il trouva cette boisson si agréable qu'il en avala jusqu'à ce qu'il tombât ivre mort. Et il resta privé de connaissance pendant la journée tout entière, au grand effroi des Fantis et de leur roi qui le croyait perdu. En recouvrant ses sens, il emplit un pot de terre de cette liqueur et la présentant au roi, il lui décrivit ses effets et la manière dont il l'avait obtenue. Le roi ayant goûté du vin de palme, l'aima tellement qu'il en but au point de tomber sans connaissance. A cette vue, son peuple le croyant empoisonné, se jeta sur le malheureux chasseur et le tua sans lui laisser le temps de s'expliquer. Quand le roi s'éveilla et apprit ce qui était arrivé, il fut très attristé et fit mettre à mort immédiatement ceux qui avaient tué Ansah. En souvenir de celui-ci, il ordonna que le vin de palme fût désormais appelé ansah.

43. LA LÉGENDE DE LA PLANTATION DU MAIS

Les narrations rapportent que Kesi, Kemta, Aké sont les villes qui furent d'abord fondées dans la forêt d'Egba. Après cela, les autres villes se hâtèrent de jeter leurs fondements. Comme elles étaient toutes en paix, elles songèrent à nommer un roi parmi elles. Lorsqu'elles consultèrent le sort, celui-ci désigna un homme qui se nommait Odjoko et qui était un ami du chef des habitants de Kesi. Alors ils le firent roi. A cette époque, les moyens de se nourrir n'étaient pas nombreux dans les autres villes ; le maïs existait seulement à Kesi, car il poussait uniquement là.

Le roi Odjoko avait dit à ses gens qu'ils ne devaient pas vendre de grains aux autres Egbas si auparavant on ne l'avait trempé dans l'eau chaude. Peu après, le chef d'Aké donne sa fille Adechikou en mariage au roi Odjoko.

Par elle, les centres egbas apprirent la ruse employée contre eux. Un jour, l'Alaka demanda à sa fille de lui montrer comment il pourrait réussir à planter du bon grain dans son champ. La fille lui répondit :

« Père, tu sais bien qu'ici il est expressément défendu de livrer du bon grain, quiconque transgresse cette défense mérite la mort ; mais à cause de l'affection que je te porte, comme ton enfant, je vais faire une tentative, quand même elle devrait me coûter la vie. »

Alors elle commença à penser à la manière de s'y prendre pour arriver à son but. Il lui vint l'idée suivante. Deux jours après, elle fit dire à son père de lui envoyer trois poulets. Quand ils furent arrivés, elle les nourrit avec beaucoup de grains ; elle fit dire à son père par le messager de les tuer, de rassembler les grains qui étaient dans leurs intestins et de les planter. Le père le fit et s'étonna de voir les grains pousser ainsi dans son champ, mais il n'en dit rien à personne jusqu'à ce que le grain eût des épis et fût mûr.

Après que l'Alaka eut fait décortiquer ce maïs, il en envoya à tous les Egbas pour en planter. Ceux-ci le firent, le rassemblèrent, le mangèrent et s'étonnèrent de voir le maïs pousser dans leur champ comme il croissait à Kesi. Ils tinrent une assemblée et, dans leur colère, ils décidèrent de faire la guerre à Idjoko où habitait alors Odjoko ; ils détruisirent la ville et tuèrent beaucoup d'habitants pour se venger à cause du grain.

44. LES QUATRE JEUNES GENS ET LA FEMME

On raconte que jadis il y avait quatre jeunes gens. Il y avait aussi une femme. Cette femme demeurait sur le versant d'une petite colline. Les quatre jeunes gens demeuraient sur une autre colline. Les jeunes gens s'occupaient à chasser des animaux sauvages. La femme ne savait pas chasser, elle restait assise à ne rien faire, n'ayant rien à manger. Les jeunes gens chassaient les bêtes sauvages et se nourrissaient de leur chair.

Un d'eux dit : « Cet être là-bas qui nous ressemble, qui est-ce qui chasse pour lui, puisqu'il reste assis toute la journée ? »

Un autre répondit : « Non, il ne nous ressemble pas ; cet être ne peut, comme nous, chasser les animaux. »

Le premier répliqua : « Il a comme nous des mains, des pieds et une tête ; pourquoi ne pourrait-il aller comme nous à la chasse ? »

Un autre dit : « Je vais aller vers lui, pour voir quelle espèce de personne c'est. » Il la trouva toujour assise ; il lui demanda : « Comment es-tu,

toi ? » Elle répondit : « Je ne mange rien ; je me
nourris d'eau. — Vrai ? — Oui. »

Il retourna vers ses compagnons et leur dit :
« Cet être n'est pas de notre espèce ; il est d'une
tout autre espèce ; c'est un être qui ne saurait aller
à la chasse. »

Ils lui demandèrent : « Comment est-il fait ? — Il
a comme nous des mains, des pieds et une tête ;
autrement il ne nous ressemble pas. — Et du feu,
en fait-il ? — Non, il vit sans feu. — Que mange-t-il ?
— Il boit de l'eau ; il ne mange absolument rien. »
Les autres jeunes gens furent très étonnés : ils se
couchèrent et s'endormirent.

Le lendemain, ils allèrent à la chasse et revinrent
avec le gibier qu'ils avaient tué. Alors un des jeunes
gens dit : « Camarades, je veux donner un morceau
de viande à cette personne là-bas, pour voir si elle
le mangera. » Ils y consentirent. Il coupa un morceau de viande, prit du feu, rassembla des crottes
sèches et vint vers la femme ; il fit du feu et y fit
cuire sa viande, puis il lui en donna, en disant :
« Prends et mange. » Elle prit la viande et la mangea. Le jeune homme la vit manger et fut tout étonné.
Alors il lui donna un autre morceau de viande, en
lui disant : « Prends et fais-le cuire toi-même. » Puis
il retourna vers ses camarades et leur dit : « Cette
personne a mangé ma viande, elle mange comme
nous ; mais elle n'est pas de la même espèce que
nous, car elle ne peut pas tuer de gibier. »

Cette femme était nue, les jeunes gens l'étaient
aussi ; mais ils se couvraient des peaux des animaux
tués par eux quand elles étaient encore fraîches ; ils
ne savaient pas les tanner ni les conserver. Ils portaient leurs flèches fixées dans leur chevelure. Le
lendemain, le jeune homme retourna vers la femme
et lui porta de la viande. Les autres lui dirent : « Si
c'est toujours pour cette personne-là que tu tues du

gibier, tu n'auras plus part à notre chasse. » Quand
la femme se fut rassasiée de viande, elle eut soif ;
alors elle prit de l'argile et en forma un petit vase ;
elle le déposa au soleil pour qu'il séchât, ensuite elle
alla puiser de l'eau dans ce vase ; mais il se fendit.
Elle s'en étonna ; puis elle alla boire comme toujours
en se penchant sur l'eau.

Elle recommença à faire un vase d'argile, puis un
autre, les fit sécher au soleil, rassembla des crottes
sèches et fit un feu pour cuire ses vases ; quand ils
furent finis, elle alla puiser de l'eau et vit que, cette
fois, l'eau ne les gâtait plus. Dans l'un, elle mit de
l'eau et de la viande et plaça le tout sur le feu.
Quand la viande fut cuite, elle la sortit du vase et
la déposa sur une pierre plate, puis elle la mangea ;
mais elle laissa un morceau dans le vase.

L'homme arriva et lui apporta le gibier qu'il venait
de tuer ; elle lui dit : « Mange un peu de ceci, tu
verras comme c'est bon. » Il mangea de sa viande,
but du bouillon et en fut tout étonné. Puis il
retourna vers ses camarades et leur dit : « Camarades, cette personne-là a façonné de l'argile ; dans
un de ses vases elle puise de l'eau, dans un autre
elle cuit de la viande ; goûtez donc la viande qu'elle
fait cuire ; certainement, cette personne-là n'est pas
de la même espèce que nous. » Ils s'étonnèrent.

Un autre alla vers elle, la regarda, mangea de sa
viande, but de son bouillon et fut fort étonné de
voir les pots d'argile qu'elle avait façonnés. Il
retourna vers ses camarades et leur dit : « C'est un
être d'une autre espèce que nous. » Alors, le jeune
homme qui, le premier, s'était occupé d'elle, resta
avec cette femme et lui apporta chaque jour le
gibier qu'il tuait ; elle, à son tour, le lui préparait le
mieux qu'elle pouvait. Les trois autres jeunes gens
partirent et laissèrent leur camarade avec cette
femme ; ils vécurent ainsi tous les deux ensemble.

45. L'ORIGINE DES PAGNES

Un jeune homme avait une sœur. Un jour, celle-ci lui demande de l'accompagner à un marigot où elle voulait aller laver ses effets. Elle avait peur d'y aller seule. « Accompagne ta sœur, dit la mère au jeune homme. — Bien ! » répond celui-ci. Et il partit avec la jeune fille.

Quand ils furent au marigot, le frère s'assit à quelque distance pendant que sa sœur faisait la lessive. Comme elle s'était dépouillée de ses vêtements, il ressentit le désir de coucher avec elle et ce désir le remplit de honte.

Ils revinrent à la maison et le jeune homme tomba malade par suite de la contrainte qu'il s'imposait pour résister à son désir. Il fut sur le point de mourir.

Son père s'enquit de la cause de son mal. « C'est au ventre que je souffre, dit-il, le jour où je suis allé accompagner ma sœur au marigot, j'ai eu envie d'elle et j'en ai grande honte.

— N'est-ce que cela ? s'écria le père. En ce cas, c'est peu de chose. » Il appelle sa fille. « Ton frère, lui dit-il, est malade du désir de coucher avec toi. »

La jeune fille objecta la honte qu'elle ressentait de ce désir de son frère.

« S'il ne couche pas avec toi, lui dit son père, il mourra sûrement.

— C'est bon ! répond-elle. Je consens. »

On ferme la porte de la case. Le frère possède sa sœur et guérit.

Voilà pourquoi une femme ne doit pas se laisser voir nue à un homme. Celui qui la verrait éprouverait le désir de coucher avec elle. C'est pour éviter cela que tout le monde porte des vêtements.

CHAPITRE XII

SCIENCE FANTAISISTE

Particularités physiques, mœurs et origines de certains animaux.

46. *Pourquoi le crocodile ne mange pas la poule,* conte tjort.
47. *Pourquoi le rhinocéros disperse ses laisses,* conte ouahéhé.
48. *Pourquoi les singes habitent dans les arbres,* conte ewhé.
49. *Le Léopard et le Chien,* conte ounioro.
50. *Le Coq et l'Eléphant,* conte dinca.
51. *L'Eléphant et la Musaraigne,* conte sandeh.
52. *La Caille et le Crabe,* conte atakpame.
53. *La Légende des Singes,* conte fân.
54. *Le Cultivateur,* conte gourmantié.

SCIENCE FANTAISISTE

46. POURQUOI LE CROCODILE
NE MANGE PAS LA POULE

Il y avait une certaine poule qui avait l'habitude de descendre chaque jour sur le bord de la rivière pour y ramasser des débris de nourriture. Un jour, le crocodile vient près d'elle et menace de la manger. Alors elle crie : « O frère, ne le faites pas ! »

Le crocodile fut si surpris et si troublé par son cri qu'il s'en alla, croyant qu'il pouvait bien être son frère. Il revint un jour sur la rive, bien déterminé à faire son repas de la poule. Celle-ci crie encore : « O frère, ne le faites pas !

— Maudite soit la poule ! grogne le crocodile qui la voit s'en aller encore. Comment puis-je être son frère ? elle vit sur terre, et moi je vis dans l'eau. »

Alors, le crocodile résolut de voir Nzambé pour l'interroger et régler la question. Il se met en route. Il n'était pas encore bien loin, quand il rencontra son ami le lézard.

« Mbambi, dit-il, je suis très troublé. Tous les jours, une jolie poule bien grasse vient au fleuve pour manger ; chaque jour, quand je veux la saisir, l'emporter chez moi et me nourrir d'elle, elle m'effraie en m'appelant frère. Je ne peux pas rester ainsi plus longtemps et je vais trouver Nzambé pour tenir une palabre avec lui.

— Sot, idiot, dit Mbambi, n'en fais rien, tu y perdrais et tu montrerais ton ignorance. Ne sais-tu pas que les canards vivent dans l'eau et pondent des œufs et que les tortues font de même ? Moi aussi je ponds des œufs. La poule en fait autant et vous aussi, mon stupide ami. Nous sommes donc tous frères en ce sens. »

C'est pour cette raison que le crocodile ne mange pas la poule.

47. POURQUOI LE RHINOCÉROS
DISPERSE SES LAISSES

On raconte qu'une guerre violente eut lieu, près de Tanganyika, sur les collines de Fipa, entre les rhinocéros et les éléphants. Les premiers furent vaincus, mais ils obtinrent grâce de la vie, à condition qu'ils ne viendraient plus salir les sentiers des éléphants et disperseraient leurs laisses.

48. POURQUOI LES SINGES
HABITENT DANS LES ARBRES

Ecoutez l'histoire du chat sauvage.

Une fois, le chat sauvage passe toute la journée à la chasse sans rien prendre. Il est fatigué. Il va s'asseoir et se reposer, mais les puces ne le laissent pas tranquille.

Il voit un singe qui passe ; il l'appelle : « Singe, viens, je te prie, et cherche mes puces. »

Le singe y consent et, tandis qu'il cherche les puces,

s'endort. Alors le singe prend la queue
ȝe, l'attache à un arbre et se sauve.
uvage s'éveille : il veut s'en aller, mais
trouve que sa queue est attachée à un arbre.
Il se donne beaucoup de mal pour se délivrer ; mais
il n'y arrive pas. Il reste là, haletant.

Une tortue passe par là.

« Je vous prie de délier ma queue, crie le chat
sauvage quand il la voit. — Vous ne me tuerez pas
si je vous délivre ? demande la tortue. — Non, je ne
vous ferai rien », répond le chat sauvage.

La tortue le délivre. Le chat sauvage rentre chez
lui. Il dit à tous les animaux : « Dans cinq jours,
annoncez que je suis mort et que vous viendrez
m'enterrer. »

Le cinquième jour, le chat sauvage se couche sur
le dos, feignant d'être mort. Tous les animaux arrivent et dansent autour de lui. Tout à coup, il s'élance
et bondit après le singe. Mais celui-ci saute sur un
arbre et s'enfuit.

C'est pourquoi le singe vit dans les arbres et ne descend pas sur le sol. Il a trop peur du chat sauvage.

49. LE LÉOPARD ET LE CHIEN

Un jour, le léopard confie ses trois petits au chien,
lui promettant en revanche de lui fournir une telle
quantité de viande que le chien n'eût plus à ronger
les os. Les choses vont bien pendant quelque temps.
Mais le chien cède une fois à la tentation et un éclat
de l'os qu'il broyait tue l'un des petits. Il n'a pas de
peine à tromper la mère, il lui donne les deux autres
à allaiter tour à tour, un, deux, trois. La même
mésaventure lui arrive une seconde fois. Alors, le
chien prend la fuite et s'en va demander aide et
protection à l'homme. L'homme y consent à la condi-

tion que le chien n'abandonne jamais sa case. Le
chien accepte le marché ; mais peu de temps après,
il aperçoit un tas d'os à quelque distance du logis
et y court malgré la parole donnée. Le léopard, qui
le cherchait partout pour venger la mort de ses
petits, bondit sur lui et le dévore. C'est depuis lors
que le léopard ne cesse de faire la guerre aux chiens
et de les manger.

50. LE COQ ET L'ÉLÉPHANT

Un jour, le coq et l'éléphant engagent un pari,
pour savoir lequel des deux se montrerait le plus
grand mangeur. Le lendemain, à l'aube, les deux
adversaires se trouvent au rendez-vous fixé. Vers
midi, l'éléphant rassasié s'endort ; lorsqu'il se réveille
au bout de quelques heures, il est fort surpris de voir
le coq manger toujours. Il se remet à paître, mais
ne tarde pas à se sentir repu ; il se retire, laissant
son antagoniste occupé à picorer mieux que jamais
dans les herbes. Comme le soleil allait se coucher,
le coq court se percher sur le dos de l'éléphant, qui
sommeillait déjà. L'éléphant s'éveille, agacé par des
picotements qui le tourmentent sans cesse. « Que
fais-tu là ? demande-t-il au coq. — Rien, répond le coq,
je mange les insectes que je trouve sur ta peau. »
L'éléphant, terrifié d'une telle voracité, prend la fuite.

C'est ce qu'il fait encore aujourd'hui chaque fois
qu'il entend le coq chanter.

51. L'ÉLÉPHANT ET LA MUSARAIGNE

Un jour, l'éléphant rencontre la musaraigne sur
son chemin. « Gare-toi, crie celle-ci. — Je suis le plus
grand et c'est à toi de te garer, réplique le colosse.

— Maudit sois-tu, reprend la musaraigne avec fureur, que les hautes herbes te prennent aux jambes ! — Et toi, puisses-tu trouver la mort quand tu passeras sur un chemin ! » réplique l'autre en l'écrasant sous son large pied. Mais les deux malédictions se sont accomplies. Depuis ce jour l'éléphant se blesse quand il court dans les hautes herbes et la musaraigne trouve la mort dès qu'elle traverse les chemins.

52. LA CAILLE ET LE CRABE

La caille était propriétaire de la terre ferme ; le crabe était maître de l'eau.

Un jour, la caille, mourant de soif, va trouver le crabe et lui dit : « Donne-moi de l'eau à boire. »

Il lui en donne et elle boit. Puis elle dit au crabe de lui envoyer ses enfants chercher de la nourriture. Il les lui envoie et elle leur recommande de l'appeler *bonne fermière* avant que d'arriver, et qu'alors ils auraient sa réponse. Ils y vont et l'appellent : « Bonne fermière Angbala ! »

Elle demande : « Qui appelle : bonne fermière Angbala ? — C'est moi, le fils du crabe. — Que veux-tu ? — Une ancienne parole pour aller à Angbala. — Si tu y vas, dis à ton père : « Angbala, bras « brûlé, infirme ! pied brûlé, infirme ! Angbala, une « grande bosse sur le dos ! L'œil est-il à gauche « de la main ? »

Les enfants du crabe reviennent à la maison et disent à leur père : « Père, elle t'injurie. »

Au lever du jour, la caille revient boire de l'eau. Le crabe lui demande : « Hier, tu m'as injurié ? — Tu mens, dit-elle, je ne t'ai pas insulté. »

Et elle ajoute : « Viens, apporte de l'eau. »

Après qu'elle a bu, elle lui dit qu'il devait lui envoyer ses enfants chercher de la nourriture chez elle. Les enfants y vont : le crabe se cache et leur dit d'appeler la caille. Ils l'appellent et elle insulte leur père. Alors les crabes retournent chez eux. Le lendemain matin, la caille revient et dit qu'elle veut boire.

« Quelle eau bois-tu ?

— Je bois de l'eau claire. »

Le crabe lui dit de venir boire. Elle y va, mais il la saisit. Les enfants de la caille chantent :

« Mère, vomis son eau, rends-la-lui, que nous rentrions chez nous ! »

D'un autre côté, les enfants du crabe chantent :

« Père, tiens-la bien ! tiens-la bien, tiens-la bien ! »

Les enfants de la caille reprennent :

« Mère, vomis leur eau, rends-la-leur, que nous rentrions chez nous !

— Lâchez le cou, saisissez la queue, dit la caille : la queue est ma mort, le cou est ma vie. »

Alors le crabe lâche le cou et saisit les plumes de la queue qui lui restent dans la main.

C'est pourquoi la caille n'a pas de plumes à la queue. Depuis elle ne boit plus au fleuve.

53. LA LÉGENDE DES SINGES

Il y a longtemps de cela, tout à fait longtemps, les singes habitaient au village des hommes, parlaient comme eux, mais n'étaient pas leurs serviteurs, et voici ce qui arriva.

Un jour, les hommes avaient fait grande fête ; on avait joué le tam-tam un jour tout entier, puis une nuit encore, dansé tout autant, et bu beaucoup. Le vin de palme était abondant, le chef du village des hommes en avait fait mettre dans cent jarres, et même plus, au milieu du village, et tout le monde en avait bu, mais lui, comme il convient à un chef,

avait bu plus que tous les autres. Aussi, le matin, au
soleil levant, ses jambes tremblaient comme deux
jeunes palmiers, ses yeux voyaient « en dedans » et
tout son cœur riait. Ses femmes le conduisirent à
sa case, mais lui ne voulait pas y aller et il arriva au
village des singes. Et ce fut grande joie alors ! Autour
de lui, tous se pressaient, riant et gambadant à qui
mieux mieux : l'un tirait son pagne et l'autre son
bonnet, celui-ci lui montrait la langue, celui-là le dos
et tous riaient bien fort. Et le vieux chef s'en alla
très irrité : il porta aussitôt plainte au Créateur,
Nzamé, et celui-ci fit comparaître le chef des singes :
« Viens, dit-il, pourquoi tes gens ont-ils insulté ton
père ? »

Et le chef ne sut que répondre.

« A partir de ce jour, tu serviras les hommes, toi
et tes fils, et tu seras puni par eux. Va, je te donne
à eux. » Et ils allèrent. Mais le chef des singes,
lorsque le vieux chef lui eut dit : « Viens travailler »,
répondit : « Pour moi, non ! » car il craignait d'être
battu. Et il avait bien raison.

De retour dans son village, et après avoir bien
dormi, voici ce que fit le vieux chef pour se venger
des singes. A la fête suivante, il fit placer encore au
milieu de son village de nombreuses jarres de vin
de palme, mais, dedans, il avait fait infuser l'herbe
qui fait dormir, et ayant bien recommandé aux siens
de ne boire que dans les jarres où il avait fait un
signe, il invita les singes à venir et à boire. Ceux-ci
ne pouvaient refuser un tel honneur, ils vinrent donc
et ils burent ; mais, dès qu'ils avaient bu, tous voulaient dormir ! Ah mais ! ce fut une autre affaire !
Le vieux chef d'abord les fit tous attacher, mâles,
femelles, enfants, tous. Et le fouet entra alors en
danse. Et hip, et hop, et houp ! Comme les singes ne
dormaient plus, et comme ils avaient retrouvé des
jambes !

Et le plus joli le voilà : quand ce fut fini, les singes *cherchaient leur poil par terre!* Et le vieux chef les fit encore prendre un à un, et pour leur apprendre à ne plus se moquer de lui, il les fit marquer au fer rouge et les contraignit ensuite aux plus durs travaux. Les singes obéirent d'abord ! il le fallait bien ! Mais un jour, fatigués, les voilà qui viennent tous réclamer au vieux chef ! « Ah ! ah ! » dit celui-ci. Et il les fit prendre par ses guerriers et fouetter encore, puis après cela, à tous, il fit couper la langue. « Voilà, dit-il, comme cela plus de réclamations, et maintenant au travail ! » Et les singes faisaient seulement : « Bvou, bvou ».

Mais deux jours après, au village des singes, plus de singes ! Tous s'étaient sauvés dans la forêt !

Et, depuis ce temps-là, la langue des singes a bien repoussé, mais, de peur d'être repris, jamais les singes n'ont plus parlé, jamais les singes n'ont plus travaillé !

54. LE CULTIVATEUR

Un cultivateur avait un *lougan* dont le mil était déjà mûr. Tous les jours, deux petits oiseaux venaient lui manger son grain.

Avec des crins de cheval, il fabriqua de petits pièges à nœuds coulants et les attacha aux épis de mil. L'un des petits oiseaux — le mâle — s'y laissa prendre.

L'homme lui arracha les plumes extrêmes des ailes pour l'empêcher de voler, puis il le donna à ses enfants en leur disant de lui couper la gorge.

Les enfants prirent un couteau. Mais avant qu'ils eussent exécuté l'ordre de leur père, la femelle du prisonnier survint et, voletant au-dessus d'eux, leur cria : « Pourquoi voulez-vous couper la gorge à mon mari ? »

Les enfants ne lui répondirent pas. Son mâle lui-même lui criait : « Mon amie, laisse-les faire ! »

Ils commencèrent à plumer l'oiseau. La femelle revint alors et leur demanda : « Pourquoi plumez-vous mon mari ? — Laisse-les faire ! » dit encore le mâle.

On entreprit alors de le flamber : « Pourquoi le flamber ? demanda la femelle. — Mon amie, laisse-les faire ! »

Quand on le dépeça, quand on le mit à cuire, quand on le mangea, chaque fois la femelle demanda pour-quoi on agissait ainsi. Et chaque fois le mâle lui conseillait de laisser faire et de se résigner.

Quand l'oiselet fut mangé, tous les enfants se virent transformer en oiselets de même espèce. Ce sont ceux-là que nous voyons encore. Auparavant il n'y avait sur terre que les deux dont je viens de raconter l'histoire.

CHAPITRE XIII

CONTES DU MERVEILLEUX

Personnages fabuleux. — Cannibales. — Nains.
— Ogres. — Femmes-autruches. — Enfants précoces.
Enfant de guinné.

55. *Amaavoukoutou,* conte zoulou.
56. *Nouahoungoukouri,* conte ronga.
57. *Longoloka, le père envieux,* conte ronga.
58. *Sikouloumé,* conte ronga.
59. *L'Histoire de l'Oiseau merveilleux du Cannibale,* conte xosa.
60. *Séètételané,* conte bassouto.
61. *Au bout du monde,* conte haoussa.

CONTES DU MERVEILLEUX

55. AMAAVOUKOUTOU

Il arriva au commencement, à la première apparition de la source de la vie, que quelques pigeons de rochers vinrent à une maison. Ils y trouvèrent une femme qui était assise dehors. Ils entrèrent et dispersèrent les cendres dans sa maison. Elle crie. C'était une femme mariée, elle n'avait pas d'enfants. Elle dit : « Ils sont venus se moquer de moi ; ils ont vu que je n'avais pas d'enfants. Ils ont éparpillé les cendres. »

Alors six pigeons viennent. L'un dit : « Voukoutou. » L'autre demande : « Pourquoi dites-vous Voukoutou ? » Le premier répète : « Voukoutou. » L'autre dit encore : « Pourquoi dites-vous : Voukoutou ? »

Cela se passait en présence de la femme.

Alors le premier répond : « Prenez une épine et égratignez-vous vous-même. » L'autre dit encore : « Voukoutou. » Le second reprend : « Prenez une épine, égratignez-vous vous-même. Retirez un grumeau de sang, placez-le dans un pot. Fermez le pot par en bas, mettez-le de côté pendant huit mois. Fermez-le par en bas et le huitième mois, dit le pigeon, découvrez-le. »

La femme découvre le pot et trouve un enfant. Dans le pot, le grumeau avait un enfant à côté de lui.

Le pigeon dit à la femme : « Prenez-le maintenant, mettez-le dans un sac et donnez-lui à manger. » Un autre vient et dit : « Enveloppez-le dans ses couvertures et mettez-le sur le derrière de la maison ; couchez-le, que les autres femmes ne le voient pas ; donnez-lui de la nourriture en abondance de manière qu'il grandisse immédiatement. »

Alors l'enfant grandit immédiatement.

Le mari arrive le soir. La femme allume un très grand feu. Le mari ne savait rien de l'enfant : l'enfant était seulement l'enfant du grumeau. La femme va le chercher derrière la maison, elle passe devant avec lui, s'assoit et le met devant elle. Elle prend la nourriture de l'enfant, la place devant lui et lui dit : « Mange un peu, voici ta nourriture, mon enfant. »

Le mari, étonné, demande : « Où avez-vous eu cet enfant ? Qu'est-ce que cet enfant ? »

Elle répond : « C'est mon enfant, l'enfant d'un grumeau de mon sang, l'enfant des pigeons qui m'ont enseigné la sagesse. Ils m'ont dit de m'égratigner et de me couper moi-même, de prendre un grumeau, de le mettre dans un pot, qu'il deviendrait enfant. »

Alors le mari se réjouit, la remercie et lui dit : « Je suis heureux et content aujourd'hui. Vous avez maintenant un enfant. C'est très bien. »

56. NOUAHOUNGOUKOURI

Un homme du nom de Nouahoungoukouri prend femme ; mais il n'a pas construit de hutte avec les autres gens. Il la conduit chez lui, à part. Or, c'était un mangeur d'hommes.

Un beau jour il la tue. Il mange une partie de sa chair et met la jambe de côté ; puis il se met en route et dit : « Je vais aller chez les parents de ma femme. »

Tandis qu'il était encore en route, un oiseau se met à chanter :

Toho-hi ! toho-hi ! Hélas ! ma mère !
Nouahoungoukouri a ensorcelé le ciel...
Tu l'as bien vu, ô ciel ! Tu l'as bien vu, oiseau !
Il a tué sa femme et a coupé sa chair en morceaux,
　　　　　　　　　　　　　　　　　　　　[ô ciel !
Il dit que c'est de la viande d'élan !
Tu l'as bien vu, ô ciel ! Tu l'as bien vu, oiseau !

Lorsque Nouahoungoukouri l'entend, il poursuit l'oiseau ; puis il l'attrape et le tue. Mais l'oiseau ressuscite. L'homme continue sa route ; l'oiseau va avec lui et chante, chante toujours, jusqu'au moment où il arrive au village de la femme.

Lorsque l'homme arrive, les gens se disent : « Venez. Aujourd'hui, nous nous régalerons de viande ! » On le fait entrer dans la hutte, et ils y prennent place. L'oiseau se perche sur la couronne de paille, au sommet de la hutte, et recommence à chanter :

Toho-hi ! toho-hi ! Hélas ! ma mère !
Nouahoungoukouri a ensorcelé le ciel...
Tu l'as bien vu, ô ciel ! Tu l'as bien vu, oiseau !
Il a tué sa femme et a coupé sa chair en morceaux,
　　　　　　　　　　　　　　　　　　　　[ô ciel !
Il dit que c'est de la viande d'élan !
Tu l'as bien vu, ô ciel ! Tu l'as bien vu, oiseau !

Les beaux-parents se disent les uns aux autres : « Ecoutez ! écoutez ce qu'on entend là dehors ! »

Nouahoungoukouri n'a pas honte ; il sort, chasse
l'oiseau et le tue de nouveau. Mais l'oiseau ressuscite
une seconde fois et recommence à chanter.

Ses beaux-parents se mettent alors à penser, ils
se disent : « Notre fille n'est plus là ! C'est qu'elle
a été tuée par Nouahoungoukouri. » Ils l'enferment
dans la hutte, mais il sort quand même, s'enfuit en
courant et les laisse bien loin. Ils le poursuivent,
mais ne le retrouvent plus.

Voilà la fin.

57. LONGOLOKA, LE PÈRE ENVIEUX

Eh bien, oui. Il arriva que Longoloka épousa une
femme. Elle devint enceinte. Or Longoloka se lavait
tous les jours et se contemplait dans un miroir ; il
demandait à ses sujets qui étaient assis sur la place :
« Lequel est le plus beau, est-ce moi ou l'enfant qui
est encore dans le sein de sa mère ? » Ses sujets lui
répondaient : « Toi, notre chef, tu es laid. Tu n'es
pas à comparer avec l'enfant qui est dans le sein de
sa mère ; celui-ci est très beau, car il a une étoile
sur le front ! » Il répondait : « C'est bien. » Et il
se taisait.

La femme accouche d'un garçon. Longoloka se lave
de nouveau, se regarde dans le miroir et demande à
ses sujets : « Lequel est le plus beau, est-ce moi ou
l'enfant ? » Ils répondent : « C'est l'enfant, car il
a une étoile sur le front. » Longoloka se tait et attend
que l'enfant soit devenu grand.

Un beau jour, il dit à sa femme : « Prépare-moi de
la bière, car j'ai envie d'aller à la chasse. » Sa femme
lui prépare de la bière. Longoloka part et convie
tous ses gens à l'accompagner à la chasse. Comme ils
se mettaient en route, Longoloka appelle son fils. Il
lui donne une calebasse de bière à porter. Sa mère

lui met de beaux habits et lui donne du tabac à priser, car cet enfant aimait à priser du tabac.

Lorsqu'ils sont arrivés dans la brousse, Longoloka dit à ses serviteurs : « Je n'entendais pas que nous irions à la chasse tuer des bêtes sauvages ; j'entendais une chasse qui consiste à tuer mon fils que voici, car il est plus beau que moi, son père. » Alors ses gens saisirent l'enfant et le tuèrent.

Ils s'en retournent à la maison. Lorsqu'ils y arrivent, la mère du jeune garçon demande à son mari : « Qu'est devenu l'enfant ? » Longoloka répond : « Il est resté chez ses oncles maternels. » La mère l'attend jusqu'au coucher du soleil : l'enfant ne revient pas. Le lendemain matin elle va le chercher chez ses oncles maternels qui lui répondent : « Il n'est pas ici. » Alors elle rentre chez elle.

Le frère de Longoloka dit à sa belle-sœur : « Ton fils, ils l'ont tué. Mais ce que je te dis, ne va pas le rapporter à mon frère, car si tu lui en parles, il pourrait me tuer ! » Cette femme, en effet, se tait et garde l'affaire pour elle, dans son cœur.

Or, une autre fois, elle redevient encore enceinte. Longoloka recommence à se laver et à se regarder dans son miroir et il demande aux gens : « Quel est le plus beau, moi ou mon enfant qui est encore dans le sein de sa mère ? » On lui répond : « C'est l'enfant. » Longoloka se tait. Tous les jours il se lavait et se regardait dans le miroir et il demandait à ses serviteurs : « Qui est le plus beau, moi ou l'enfant qui est encore dans le sein de sa mère ? » Ses sujets lui disaient : « C'est l'enfant. »

La femme met au monde un garçon. Longoloka interroge de nouveau ses serviteurs, leur disant : « Quel est le plus beau, moi ou mon fils ? » Ils lui disent : « C'est l'enfant. » Il se tait, il attend que le bébé soit devenu grand.

Un certain jour, il dit à sa femme : « Prépare-moi

de la bière, car je veux aller à la chasse. » En effet,
son épouse lui en prépare, mais elle dit en même
temps à son fils : « Mon enfant, ils te tueront à la
chasse ! Celui qui te tuera, c'est ton père ! » L'enfant
demande à sa mère : « Maman, est-ce que tu avais
déjà mis au monde un autre enfant que l'on a tué ? »
Sa mère lui répond : « Oui ! Jadis j'ai mis au monde
ton aîné et ton père a été le tuer ! » L'enfant ajoute :
« Peu importe ! La chose principale c'est que ce soit
notre père qui nous tue et non un autre. »

Longoloka s'en va rassembler les gens pour une
partie de chasse. Ils se mettent en route. Longoloka
donne à son fils une calebasse de bière à porter. En
route, le jeune garçon s'arrête avec le frère de son
père ; tous les autres passent plus avant. Alors le
frère de son père lui dit : « Fuis ! pars, car ton père
veut te tuer ; va-t'en bien loin et ne reviens point sur
tes pas. » L'enfant prend la fuite ; il part, laissant
la calebasse de bière à son oncle. Son oncle resté
seul s'en va avec sa gourde retrouver les chasseurs.
Lorsqu'il arrive, Longoloka lui demande : « Où mon
fils est-il resté ? — Je n'en sais rien, répond-il. Il est
peut-être en arrière. » Longoloka reprend : « Qu'est-
ce que cette calebasse ? Où était-il lorsque tu l'as
prise ? » Il dit : « Oh ! Je la portais pour lui tout
simplement ; peut-être qu'il va arriver. Je ne sais où
il est. » On envoie des gens le chercher le long de
la route. Ils ne le trouvent pas et reviennent en
disant : « Mon seigneur nous ne le voyons pas ! »
Ils s'en retournent à la maison. A leur retour, le
frère de Longoloka dit à la mère de l'enfant : « Ne
t'inquiète pas de ton fils, il vit. Je lui ai dit de s'enfuir. » La mère répond : « C'est bien. »

Or, lorsque le jeune garçon fut parti, il s'arrêta
dans un endroit où il s'assit pour enlever les épines
qui s'étaient plantées dans ses chairs. Le soleil était
sur le point de se coucher. Ayant fini de s'enlever les

épines, il repart et voit une hutte dans laquelle il n'y avait personne. Il arrive auprès de cette hutte et s'assoit sur la place du village. Alors voilà : soudain le personnage qui était dans la hutte l'appelle par son nom. Il répond : « Oui, mon père. » Le jeune garçon se lève et entre dans la hutte. Il s'assied, mais ne voit personne. Puis cet être caché commence à lui poser des questions : « Est-ce que c'est en fuyant que tu arrives de l'endroit d'où tu viens ? — Oui, mon père ! je suis arrivé en fuyant. — Est-ce que vraiment ton père voulait te tuer ? — Oui, mon père, il voulait me tuer. — Et alors tu as été sauvé par ton oncle ? Oui, mon père ! c'est lui qui m'a sauvé. »

Alors ce personnage ajoute : « Mon garçon, ton cœur est bon, car tu as eu le courage d'arriver jusqu'à cette maison et d'y entrer tandis que personne n'y entre. » Il répond : « Oh ! mon père ! mon cœur n'est pas meilleur que celui d'un autre ! » Le personnage reprend : « Je dis qu'il est bon parce que tu as eu le courage d'entrer et de t'asseoir dans cette maison et de parler avec moi bien que tu ne me voies pas. » Il lui dit encore : « Sors. » L'enfant sort. Il lui apporte de la nourriture et lui dit de nouveau : « Mon garçon ! — Mon père ? répond-il. — Prends de la nourriture. »

Et le jeune homme mange dans la hutte.

Lorsqu'il a fini de manger, la voix lui dit : « Sors. » Il sort. Lorsqu'il est dehors, cet être prépare des couvertures et l'appelle. L'enfant répond : « Oui, mon père ! » Il rentre dans la hutte et va dormir, car le soleil s'était couché.

Au matin, le jeune garçon se hâte de sortir. Quand le soleil est chaud, le personnage l'appelle et veut lui donner une commission. « Va, dit-il, dans la campagne et rejoins-y les bergers et les chèvres ; une fois arrivé, tu prendras une chèvre et tu la ramèneras. » Il s'en va prendre une chèvre et la ramène, puis, arrivé au village, il la lâche sur la place. Voyant qu'il était de retour, le personnage l'appelle pour venir manger. Il répond : « Oui, mon père. » Et il va manger.

Quand il a mangé, il dit : « Mon père, j'ai mangé. — C'est bien, mon garçon, dit l'autre, sors. » Et lorsque le jeune homme est sorti, l'autre remet les ustensiles en place. Il l'appelle de nouveau. « Oui, mon père »,. répond le garçon qui va dans la hutte auprès du personnage, y arrive et s'assoit. L'être lui demande alors pourquoi son père veut le tuer. « Il veut me tuer parce qu'il dit que je suis plus beau que lui. »

Le lendemain matin, il lui donne cet ordre : « Va chercher au village un bœuf qui est à moi. Tu y trouveras des gens au village et, en arrivant, tu leur diras : « Il m'a envoyé chercher un bœuf. » Le jeune garçon part, arrive et parle ainsi. On prend un bœuf, on le lui donne, il s'en retourne en le conduisant et va l'attacher sur la place. Le soir, l'invisible l'appelle pour manger. Il répond : « Oui, mon père. » Et il entre et mange. Puis, ayant fini de manger, il dit : « Mon père, j'ai mangé. — C'est bon, mon garçon ; sors », répond l'autre qui prend les ustensiles, les remet en place, prépare la couchette et l'appelle. L'enfant vient dormir.

Le lendemain, le jeune garçon sort. Le personnage l'appelle. Il répond : « Oui, mon père ! » Alors il lui donne cet ordre : « Va au village où tu es allé hier et prends-y deux jeunes filles. A ton arrivée, dis aux gens du village de rassembler de nombreuses filles et tu les choisiras selon ton goût. » Arrivé au village, il exécute la commission dont il est chargé. Eux firent comme on lui avait ordonné ; ils lui amenèrent beaucoup de jeunes filles. Il en choisit deux et s'en retourne avec elles. Puis il arrive à la hutte et s'assoit

dehors avec elles. L'autre l'appelle, disant : « Mon
garçon ! » Il répond : « Oui, mon père. — Tu es
de retour ? — Oui ! » Or, l'une de ces jeunes filles
a peur et dit : « Je n'ai pas l'habitude de demeurer
chez un être invisible. » L'autre a le courage de
rester... Le personnage appelle les jeunes filles pour
aller manger. Lorsqu'elles ont fini, le jeune garçon
dit : « Mon père, nous avons mangé. — Bien, sortez. » La jeune fille craintive discute avec sa sœur
et lui dit : « Moi, je ne veux pas rester. » Le personnage invisible l'entend et il dit au jeune garçon :
« Raccompagne-la chez elle et va en prendre une
autre. » Il la raccompagne, en prend une autre et
revient avec elle. Le maître de la hutte lui donne des
couvertures et lui dit : « Donne-les à tes épouses. »
Il demeure là et l'autre ne l'envoie plus nulle part.

Enfin il donne au jeune homme à choisir. Il lui
dit : « Choisis ce que tu aimes le mieux, si tu veux
que je te donne une armée pour aller tuer ton père
et tous les habitants du pays, quitte à n'épargner que
ton oncle et ta mère. » Il répond : « Je veux bien
aller tuer tous les gens et aussi mon père, quitte à
n'épargner que ma mère et mon oncle qui m'a
sauvé. » Le personnage invisible lui procure une
armée ; il part et va tuer tous les gens, y compris
son père. Il ne reste que sa mère et l'oncle qui l'avait
sauvé. Il revient avec eux. Lorsqu'il fut de retour avec
eux, le maître de la hutte lui donna un village où il
demeura avec son oncle et sa mère. Quant au jeune
homme, il est resté au village de cet être-là.

Voilà la fin.

58. SIKOULOUMÉ

Or donc, il arriva que Macinga s'en alla épouser
des femmes ; toutes eurent des enfants, mais la prin-

cipale n'en eut point et alors elle fut tournée en
ridicule par les autres femmes ; même son mari se
moquait d'elle et n'avait aucune considération pour
elle.

Elle s'en alla dans la campagne et fit la rencontre
d'une colombe ; elle pleurait. La colombe lui
demande : « Pourquoi pleures-tu, ma mère ? — Je
pleure parce que je suis persécutée ; on se moque
de moi parce que je n'ai pas d'enfants ; tous les
jours on rit de moi ; on dit que je ne suis pas
une femme ! comme si quelqu'un pouvait s'empêcher d'avoir des enfants ! Or, personne ne le peut.
Ce n'est donc point ma faute si je n'en ai point. »
La colombe lui dit : « Est-ce que tu désires avoir
un enfant ? — Oui, répond-elle. — Retourne donc à la
maison. »

L'oiseau lui donne des haricots, du maïs et des
pois. Il lui donne encore un petit paquet d'épines
et lui dit : « Quand tu seras arrivée chez toi, tu
cuiras tout cela ; quand ce sera à point, tu le ver-
seras dans ton panier rond, puis tu perceras les
grains avec une épine et tu les mangeras un à un.
Quand tu auras fini, tu iras retourner la marmite
au pied du mur de la hutte et tu verras ce qui se
passera. »

Quand elle est rentrée chez elle, la femme fait
comme il lui a été commandé. Elle voit alors qu'elle
est enceinte. Or, il lui avait été dit aussi que, lorsqu'elle serait enceinte, elle devrait dire tous les
jours : « Toi, l'enfant qui es en moi, ne parle pas. »
L'enfant ne devant se mettre à parler que lorsque
le temps serait venu. Et même lorsqu'il serait né, elle
devait continuer à parler ainsi. Aussi tous les jours
elle disait : « Toi, enfant qui es ici en moi, ne
parle pas. » Et lorsqu'il fut né, elle continua à
lui dire : « Toi, enfant qui marches, ne parle
pas ! »

Lorsqu'il fut devenu grand, il allait avec son père au travail ; il y allait aussi avec le domestique qu'on lui avait donné, car on s'était dit : « Bien qu'il soit muet, nous allons lui donner un serviteur. » Or, ce serviteur lui était fort soumis.

Un certain jour, le jeune garçon suivit les gens qui allaient labourer. Tandis qu'ils piochaient, il vint à passer des oiseaux qui volaient. Alors le père Macinga dit à ses fils : « Quant à moi, quand j'étais jeune, j'aurais poursuivi ces oiseaux. » Ils retournèrent à la maison et le lendemain ils allèrent aux labours. Des oiseaux passèrent de nouveau. Macinga dit : « Quant à moi, quand j'étais jeune, j'aurais poursuivi ces oiseaux ! » Ils retournèrent à la maison ; et, quand ils y furent arrivés, ils dirent à leurs mères : « Préparez-nous des provisions de route. » Quand elles en eurent préparé, Sikouloumé toucha sa mère et lui montra les provisions, les pains, et lui demanda de lui brasser de la bière et de lui préparer un pain. Sa mère lui en brassa et lui fit un pain. Alors son père lui dit : « Eh ! quoi ! Crois-tu peut-être que tu sois devenu un grand garçon capable de voyager ! »

Or, le garçon qu'on avait donné aux jeunes gens pour être leur chef, Mahoumana, dit à ses frères de se mettre en route. Ils partirent et Sikouloumé et son serviteur les suivirent. Ses frères, fâchés, revinrent en arrière et frappèrent sa calebasse pleine de bière ; elle se fendit ; il marchait, mais la bière coulait.

Lorsqu'ils arrivèrent, ils entrèrent dans les roseaux et tuèrent les oiseaux ; le soir, ils en sortirent et les plumèrent. Mais le tonnerre se mit à gronder avec force.

Alors Sikouloumé parla à son serviteur et lui dit : « Nous allons voir ce qu'ils feront ! » Son serviteur se mit à se réjouir quand il entendit que son maître

commençait à parler... Sikouloumé lui dit : « Tais-
toi ! ne me fais pas tuer, car ils vont te dire : « Pourquoi danses-tu de joie ? »

Une forte averse tomba. Les serviteurs de Mahoumana allèrent se mettre sous un arbre. Sikouloumé
dit : « Où est-ce qu'ils se tiendront, puisque leur
chef ne leur construit pas même une maison ? »
Son serviteur se mit à sauter et à danser de joie.
Sikouloumé lui dit : « Reste tranquille ! » Alors les
autres vinrent vers Sikouloumé car, là où il était, il
ne pleuvait pas et ils interrogeaient son serviteur,
lui disant : « Hé ! l'ami, pourquoi danses-tu ainsi ? »
Or, il s'était transpercé le pied avec une épine et,
quand ils le questionnèrent, il répondit : « Eh !
pourquoi est-ce que je danse ? mes amis ! C'est
parce que je me suis planté une épine dans le
pied : la voici ! Vous feriez bien mieux de venir me
l'enlever ! » Ils lui ôtèrent l'épine.

Alors Sikouloumé alla vers son frère Mahoumana
et lui demanda : « Où ces gens dormiront-ils ? Les
oiseaux ont été plumés ; mais de feu je n'en vois
point. » Alors un des serviteurs s'écria : « Je suis
l'homme de Sikouloumé, tueur de passereaux. » Et
un second dit aussi : « Je suis l'homme de Sikouloumé, tueur de passereaux. » Tous dirent de même ;
ils quittèrent le chef avec lequel ils étaient venus
et dans lequel ils avaient eu confiance.

Mais Sikouloumé dit : « Je n'ai pas besoin de serviteurs, j'en ai un, il me suffit. » Il ne put néanmoins
les empêcher de s'attacher à lui.

Alors il se mit à bâtir une hutte. Il prit un roseau,
le lança, et ce roseau fit une palissade. Il prit un
lien, le lança et ce lien devint un toit. Il prit une
boulette d'argile, la jeta dans la hutte, et elle alla
crépir toute la muraille. Il prit un jonc, le jeta, et ce
jonc devint des nattes en quantité. Il prit un charbon,
le jeta dans la hutte : voilà qu'un feu s'allume.

Ils entrèrent et se chauffèrent et continuèrent à plumer leurs oiseaux.

Sikouloumé leur dit : « Coupez les têtes des oiseaux
et laissez-les ici. » Ils firent ainsi. Quand ils furent
endormis, Sikouloumé prit ces têtes d'oiseaux et les
disposa autour de la hutte.

Durant la nuit, un ogre apporta de la nourriture
en chantant :

L'homme à une jambe ! Va toujours !
La chair humaine s'en ira bientôt... Va toujours !
Allons la chercher... Va toujours !

Quand il arriva à la hutte, il mangea les têtes
d'oiseaux en faisant : « Pfotlo ! Je mange une tête...
Crac ! je mange un oiseau... » Lorsqu'il eut fini de les
avaler, il dit : « Ouf ! je puis m'en retourner ! Ouf !
je puis m'en retourner ; quand j'aurai mangé Mahoumana ! quand j'aurai mangé de plus Sikouloumé, le
tueur de passereaux, j'engraisserai, j'engraisserai jusqu'aux orteils ! »

Lorsque l'ogre fut parti, Sikouloumé interrogea ses
serviteurs et leur dit : « Qui vous a donné la nourriture que vous mangez ? » Ils répondirent : « C'est
toi ! — Pas du tout ! où l'aurais-je trouvée ? Ce n'est
pas moi qui vous l'ai donnée, c'est l'ogre qui vous
nourrit. » Ils refusèrent de le croire et il leur dit :
« C'est bien ! Vous le verrez vous-mêmes. »

Le lendemain soir, lorsque Sikouloumé vit que
l'ogre arrivait — or, il leur avait attaché une ficelle
aux doigts de pied — il tira la ficelle. Eux se
réveillèrent et entendirent l'ogre chanter les mêmes
paroles que la veille : « Quand j'aurai mangé Mahoumana et quand j'aurai mangé de plus Sikouloumé,
le tueur de passereaux, j'engraisserai, j'engraisserai
jusqu'aux orteils ! »

Alors ils commencèrent à avoir peur et dirent :

« Retournons chez nous ! » Il leur dit : « Pourquoi
craignez-vous ? N'ayez aucune peur. Restez seulement et finissez l'ouvrage que vous êtes venus faire
ici. » A l'aube, ils retournèrent à la chasse des
oiseaux et revinrent. Puis, lorsqu'ils se furent fabriqué
les aigrettes de plumes pour lesquelles ils étaient
venus, durant la nuit, Sikouloumé leur dit : « Préparez-vous à fuir, retournons à la maison. » Ils partirent
donc de grand matin.

Or Sikouloumé avait laissé son aigrette de plumes
à la porte de la hutte. Il l'avait oubliée exprès, au
moment de partir, Sikouloumé dit à ses serviteurs : « J'ai laissé mon aigrette ; avec lequel
d'entre vous retournerai-je la chercher ? » Tous de
s'écrier : « Nous avons peur d'y aller ! » L'un d'eux
dit : « J'ai un bœuf, je te le donnerai à la maison ! »
Un autre : « J'ai une sœur, je te la donnerai à la
maison. » Un autre : « Tu n'auras qu'à prendre
ma femme chez moi. » Un autre : « J'ai des chèvres,
je te les donnerai à la maison. » Alors il leur dit :
« Puisque vous avez refusé de venir avec moi, écoutez ! Quand vous vous mettrez en route, prenez le
chemin de gauche, ne prenez pas celui de droite. Si
vous prenez le chemin de droite, vous verrez que
vous trouverez un grand village. »

Ils partirent donc, et quand ils eurent quelque
peu marché, ils prirent celui de droite et arrivèrent
en vue d'un grand village. Alors ils craignirent et
dirent : « C'est bien ce que Sikouloumé nous a dit...
Rebroussons chemin. » Ils retournèrent en arrière
jusqu'à l'endroit où ils s'étaient séparés de Siku-
loumé.

Or, Sikouloumé demanda à son serviteur : « Est-ce
que tu viendras avec moi ou est-ce que tu as peur ? »
Son serviteur lui répondit : « Est-ce que j'aurais le
front de te quitter ici, dans la brousse, moi qui,
à la maison, ai toujours été ton serviteur. Depuis

ta naissance, je fus ton serviteur ! J'irai certainement avec toi. »

Lorsqu'ils arrivèrent, Sikouloumé trouva des ogres en grand nombre dans la hutte, car ils avaient été convoqués par celui qui avait donné de la nourriture aux jeunes gens. Il y avait entre autres une vieille ogresse qui était assise au pied de la paroi de la hutte. Les ogres étaient en train de se passer les uns aux autres l'aigrette oubliée en disant :

Toutchi ! Toutchi ! Donne-la-moi !

Il y en avait des petits qui disaient (d'une voix enfantine) :

Toutchi ! Toutchi ! Donne-la-moi !

et d'autres (des vieux) disaient (d'une voix cassée) :

Toutchi ! Toutchi ! Donne-la-moi !

La vieille aussi disait :

Toutchi ! Toutchi ! Donnez-la-moi !

Les uns dirent : « Ne la lui donnez pas » ; les autres : « Donnez-la-lui. » Ils finirent par la lui donner.

Sikouloumé s'était caché derrière la muraille. Il l'arracha des mains de l'ogresse sans qu'elle s'en aperçût, parce qu'elle était si vieille, et il s'enfuit. Alors les autres demandèrent à celle qui était si âgée : « Où est l'aigrette ? » Elle répondit : « On a fait *zut !* » Ils l'interrogèrent de nouveau : « On a fait *zut !* » dit-elle. « Elle prétend qu'on la lui a enlevée, dirent-ils ; courons après notre petit morceau de viande ! »

Or, Sikouloumé arriva auprès de ses camarades et leur dit : « Pourquoi avez-vous quitté la route que je vous avais recommandé de prendre ? Qu'avez-vous trouvé ? — Nous n'avons rien vu », dirent-ils.

Les ogres le poursuivaient en chantant :

Notre viande est partie ! Allons toujours !
Allez, nous la rattraperons ! Allons toujours !

En effet, ils rattrapèrent Sikouloumé. Celui-ci leur
dit : « Eh bien, mettez-vous en ligne. » Ils se mirent
en ligne. Alors il commença de chanter le chant
que voici :

Oh ! dans ce pays-ci, dans ce pays-ci, nous n'avons pas
[coutume de manger les gens !

Les ogres aussi chantaient :

Oh ! dans ce pays-ci, dans ce pays-ci, nous n'avons pas
[coutume de manger les gens !

Les uns pourtant s'écrièrent : « Est-ce que nous
allons laisser notre petit morceau de viande retourner à la maison ! » D'autres leur répondirent :
« Laissons-le aller, puisque nous avons appris ce
chant ; cela suffit, car nous le chanterons désormais
en mangeant. »

Lorsque les ogres furent partis, les jeunes gens
aussi s'en allèrent et arrivèrent au grand village.
Les gens de l'endroit vinrent tous les saluer. Eux
ne répondirent rien. Alors une vieille femme leur
dit : « Salut, messeigneurs ! » Ils répondirent :
« Ji-ji ! » Les autres de s'écrier : « Tiens ! ils
répondent seulement quand c'est une vieille qui les
salue ! » Ils essayèrent de nouveau de leur souhaiter
le bonjour. Eux se turent. Les gens du village dirent
à la vieille : « Recommence, grand-mère ! » Elle
recommença et leur dit : « Salut, messeigneurs ! »
Ils firent : « Ji-ji ! »

Lorsque le soleil se fut couché, on leur montra
une grande hutte pour y dormir ; ils refusèrent d'y
entrer ; on alla les conduire dans celle de la vieille
femme. Ils consentirent à y pénétrer.

Le soir, les gens se concertèrent pour leur apporter de la nourriture. Sikouloumé prit un peu de tout
et l'offrit à son chien qui l'accompagnait ; il refusa
d'en manger. Alors ils répandirent sur le sol cette
nourriture. La vieille leur moulut du millet, cuisit
la pâte et la leur donna. Sikouloumé en prit, en offrit
au chien qui en mangea. Alors eux aussi mangèrent.

Quand la nuit fut venue, les gens du village dirent
à leurs filles :

« Allez vous amuser avec vos prétendants qui sont
arrivés. » Elles y allèrent et dormirent dans la
hutte avec eux. Alors Sikouloumé prit la couverture
d'une jeune fille et s'en couvrit. Lorsque les gens
du village voulurent aller tuer les jeunes gens durant
la nuit et qu'ils cherchèrent Sikouloumé pour le tuer,
voilà qu'ils occirent leur propre fille, mais ils ne
s'en aperçurent pas.

Cependant, le chef du village avait convoqué ses
gens pour le lendemain afin qu'ils labourassent son
champ. Tandis que tout le monde était aux labours,
Sikouloumé dit à la vieille : « Désires-tu du gâteau ? »
La vieille répondit :

« Oui ! » Alors ils moulurent de la farine et la
mélangèrent avec du tabac, du chanvre et d'autres
drogues et la lui donnèrent. Tout en mangeant, elle
dit : « En voici une portion. » Elle la donna à son
fils : « En voici encore. » Elle la donna à son petit-
fils. Elle ajouta : « Les voilà qui mangent, qui se
régalent et ils ne m'en laissent point !... » Ils lui
répondirent : « Manges-en seulement, grand-mère ! »
Quand elle en eut mangé, elle perdit la tête.

Alors Sikouloumé dit à ses serviteurs : « Prenons
tous les bœufs et partons ! » En effet, ils réunirent
tous les troupeaux du pays et partirent.

Or, tandis que les gens du village labouraient aux
champs, le domestique du chef lui dit : « On dirait
que l'on voit une poussière soulevée par des bœufs,

là-bas. » Les gens lui répondirent : « Ce n'est pas une poussière de bœufs ! C'est une poussière produite par les laboureurs ! » Il recommença à dire : « On dirait que c'est une poussière de bœufs, là-bas ! » On lui répondit : « Mais non ! les bœufs sont au village avec les gens pour lesquels nous sommes ici en train de labourer ! » Cependant comme il continuait à soutenir la même chose, le chef dit à ce domestique : « Va donc regarder, et que c'en soit fini ; tu es là qui nous ennuies tandis que nous labourons. » Il alla regarder en effet et, en route, il rencontra la vieille ; il l'interrogea, disant « Où vas-tu ? » Celle-ci ne put rien lui répondre. Elle ramassa un peu de terre et la jeta en l'air ; elle s'était tout écorché les genoux.

Lorsque le domestique arriva au village, il ne vit plus les bœufs ; alors il alla le dire à ses gens et ceux-ci revinrent.

Alors leur chef leur dit : « Gens de Monombéla, notre petit morceau de viande est parti ! Au petit panier ! au petit couteau ! au petit panier ! au petit couteau ! » Ils se mirent à la poursuivre. Or, ce chef, Monombéla, fit éclater un orage pour les arrêter. Sikouloumé dit à ses serviteurs : « Couchez-vous sous les bœufs ! » Ils recommencèrent à fuir. Quand les gens de Monombéla arrivèrent sur les lieux, ils trouvèrent que Sikouloumé et ses serviteurs avaient décampé. Ils dirent : « Ah ! c'est ici qu'ils étaient. » Ils se mirent à leur courir après. Sikouloumé fit paraître une rivière et la passa avec ses serviteurs et avec les bœufs. Quand les poursuivants arrivèrent, ils crièrent aux fugitifs : « Comment avez-vous traversé ? » Sikouloumé répondit : « Par ici ! par le moyen de cette corde. » Il leur lança la corde, eux la saisirent. Quand il vit qu'ils étaient au milieu du courant, il lâcha la corde et ils furent emportés par la rivière. Une seconde fois il fit ainsi. Ils se dirent alors : « Nous sommes bientôt tous morts ! Retournons en arrière ! » Mais Monombéla cria à Sikouloumé : « Si tu ne veux pas devenir un éléphant, ni un buffle, ni une autre bête, transforme-toi en zèbre ! » Sikouloumé devint un zèbre en effet et partit en galopant : « Houa-houa-houa-houa ! »

De retour chez eux, les gens de Monombéla trouvèrent leur fille morte et la mangèrent.

Quant à Sikouloumé, lorsqu'il se fut transformé en zèbre, son serviteur s'entoura de sa queue et le zèbre partit à la course et arriva sur la place du village. Le serviteur dit à sa mère : « Mets cuire de l'eau, qu'elle soit bouillante. » Il la versa sur l'animal qui redevint un homme. Sikouloumé prit les bœufs et s'en alla avec son troupeau chez son oncle maternel.

Alors ses frères vinrent dire à leur père : « Pour nous, actuellement, c'est Sikouloumé qui nous a sauvés. » Les serviteurs lui dirent : « Nous t'avions dit que nous te payerions à notre retour. » Mais il leur répondit : « Ne me donnez rien ; c'est tout naturel que je vous aie sauvés, vous les enfants de mon père. » Sikouloumé prit donc ses bœufs et alla demeurer chez ses oncles maternels.

Son père voulut le suivre, mais Sikouloumé lui dit : « N'est-ce pas toi qui disais que tu n'avais pas engendré un fils convenable, mais seulement un imbécile. Je ne veux pas demeurer avec toi. » Cependant lorsqu'ils lui eurent fait leurs excuses et que son père lui eut dit : « Je ne savais pas que tu fusses un enfant comme les autres », Sikouloumé consentit à demeurer avec lui.

A leur arrivée, on donna à Sikouloumé la royauté sur la contrée. Son serviteur aussi reçut un coin de pays. Son père ne discutait plus les affaires ; elles étaient discutées par Sikouloumé qui allait en infor-

mer son père lorsqu'il les avait réglées. Ses frères
partirent et on les établit chefs de petits pays ; il
en fut de même de Mahoumana, celui dont on avait
dit : « C'est lui le chef. » Il fut mis à la tête d'un
petit pays.

Voilà la fin.

59. HISTOIRE DE L'OISEAU MERVEILLEUX
DU CANNIBALE

Une fois, plusieurs jeunes filles s'en allèrent de
bon matin de chez elles, dans le but de recueillir de
l'argile rouge. Parmi elles était l'enfant d'un chef :
une très jolie fille. Après qu'elles eurent recueilli de
l'argile, elles songeaient à revenir chez elles, quand
l'une d'elles leur proposa de se baigner dans un
vaste étang qui était là. Cela leur plut à toutes : elles
entrèrent dans l'eau et y jouèrent longtemps. A la
fin, elles se rhabillèrent et partirent à la maison.

Mais comme elles avaient déjà parcouru une certaine distance, la fille du chef remarqua qu'elle avait
oublié un de ses ornements qu'elle avait ôté en se
baignant. Alors elle demanda à sa cousine de retourner avec elle le chercher. Celle-ci refusa. Elle
s'adressa alors à une autre jeune fille, puis à une
autre ; mais toutes refusèrent de revenir sur leurs
pas. Elle fut obligée de s'en retourner seule à l'étang,
tandis que les autres allaient à la maison.

Quand elle arriva à l'étang, un gigantesque et
effroyable cannibale qui n'avait qu'un seul pied vint
à elle, la saisit et la mit dans son sac. Elle fut si
effrayée qu'elle se tint tranquille. Alors le cannibale
lui fit faire le tour de différents villages et la fit
chanter pour lui. Il l'appela son oiseau. Quand il arrivait à un village, il demandait de la nourriture et,
quand on la lui avait donnée, il disait : « Chante,

mon oiseau. » Mais il ne voulait jamais ouvrir le sac pour qu'on ne pût voir quelle espèce d'oiseau il avait.

Quand les jeunes filles furent arrivées à la maison, elles dirent au chef que sa fille avait atteint l'âge de puberté ; et, alors, comme elles choisissaient l'une d'elles pour l'emmener dans une hutte, le chef crut à cette histoire. Il tua un grand bœuf et dit au peuple qu'il fallait le manger. Ce jour-là, les gens mangèrent du bœuf gras et furent très joyeux. Les garçons prirent de la viande et sortirent du village pour la manger.

Le cannibale, qui ne savait pas que le père de la jeune fille était chef en cet endroit, y vint juste à ce moment. Il dit aux garçons que s'ils voulaient lui donner à manger, il ferait chanter son oiseau pour eux. Ils lui donnèrent sa nourriture et il dit : « Chante, mon oiseau. »

Le frère de la jeune fille était parmi ces garçons et pensa que l'oiseau chantait comme sa sœur, mais il eut peur de demander au cannibale de le lui montrer. Il l'avertit d'aller dans le village où étaient les gens et lui dit qu'il y avait ce jour-là abondance de viande.

Alors le cannibale alla au village et fit chanter son oiseau. Le chef désira beaucoup le voir, mais le cannibale refusa d'ouvrir son sac. Le chef lui offrit un bœuf pour l'oiseau, mais le cannibale refusa cette offre. Alors le chef fit un plan. Il demanda au cannibale d'aller lui chercher un peu d'eau et lui dit qu'il lui donnerait beaucoup de bœufs quand il reviendrait. Le cannibale dit qu'il irait si on lui promettait de ne pas ouvrir le sac quand il serait parti. Tous lui promirent de ne pas y toucher. On lui donna un pot qui fuyait pour y rapporter de l'eau, de façon qu'il fût longtemps absent. Dès qu'il fut hors de vue, le chef ouvrit le sac et en fit sortir sa fille. D'abord, il ne put croire que c'était elle, car il croyait qu'elle observait la réclusion imposée aux filles qui atteignent l'âge de puberté. Mais quand il sut que les autres filles l'avaient trompé, il déclara qu'elles devaient toutes mourir et elles furent tuées. Alors on mit des serpents et des crapauds dans le sac et on le referma.

Quand le cannibale revint, il se plaignit du pot troué ; on lui donna beaucoup de viande pour le satisfaire. Il reprit son sac et s'en alla. Il ne savait pas ce qui s'était passé tandis qu'il était absent. Quand il s'approcha de sa propre maison, il cria à sa femme : « Dépêche-toi de faire cuire ceci. »

Il envoya chercher les autres cannibales pour venir au festin et ils arrivèrent espérant trouver quelque chose d'agréable. Il les fit attendre un peu pour qu'ils eussent bien faim. Alors il ouvrit le sac, pensant en tirer la jeune fille, mais il n'y trouva que des serpents et des crapauds. Les autres cannibales furent si furieux en voyant cela qu'ils le tuèrent et se régalèrent de lui.

60. SÉÈTÉTÉLANÉ

Il y avait un homme extrêmement pauvre, nommé Séètétélané. Il n'avait pas même une femme. Il se nourrissait uniquement de souris sauvages. Son manteau était fait de peaux de souris sauvages ainsi que son caleçon. Un jour qu'il était allé à la chasse des souris sauvages, il trouve un œuf d'autruche et dit : « Cet œuf, je le mangerai lorsque le vent viendra de là-bas. » Il le serra au fond de sa hutte.

Le lendemain, il alla, comme d'habitude, à la chasse des souris sauvages. A son retour, il trouva du pain qu'on venait de cuire, du *yoala* qu'on venait de préparer. Il en fut ainsi pendant plusieurs jours

de suite. Il disait : « Séètétélané, est-ce que réellement tu n'aurais pas de femme ? Qui, si ce n'est ta
femme, aurait pu te cuire ce pain ou te préparer le
yoala ? »

Enfin, un jour, une jeune femme sortit de cet
œuf et lui dit : « Séètétélané, quand bien même tu
serais ivre de *yoala*, ne m'appelle jamais fille d'un
œuf d'autruche. »

A partir de ce moment, cette femme devint la
femme de Séètétélané. Un jour elle lui dit : « Est-ce
que tu aimerais avoir des gens à toi ? » Il répondit :
« Oui, je l'aimerais. »

Alors sa femme sortit et se mit à frapper avec un
bâton à l'endroit où l'on jetait des cendres. Le lendemain, à son réveil, Séètétélané entendit un grand
bruit, comme celui d'une foule d'hommes. Il était
maintenant devenu un chef et était vêtu de belles
fourrures de chacal. Les gens vinrent à lui avec
empressement ; de toutes parts on lui criait : « Salut,
notre chef ! salut, notre chef ! »

Tout le monde le saluait ainsi avec respect. Même
les chiens se mettaient de la partie. Partout on
entendait les beuglements des bestiaux ; Séètétélané
était chef d'un village immense. Il dédaignait maintenant ses peaux de souris sauvages ; il n'était plus
vêtu que de fourrures de chacal et, la nuit, il dormait
sur de belles nattes.

Un jour, comme il était ivre de *yoala* au point
de ne pouvoir bouger, il cria à sa femme : « Fille
d'un œuf d'autruche ! »

Sa femme lui demanda : « Est-ce bien toi, Séètétélané, qui m'appelles fille d'un œuf d'autruche ? —
Oui, je te le dis ; tu es la fille d'un œuf d'autruche. »

Le soir, il se coucha bien au chaud dans des
fourrures de chacal et s'endormit profondément. Au
milieu de la nuit, il se réveilla et, tâtonnant avec

ses mains, il s'aperçut qu'il était couché sur le sol nu
et qu'il était couvert de ses anciennes peaux de souris sauvages qui arrivaient à peine jusqu'à ses
genoux ; il était affreusement transi. Il s'aperçut
aussi que sa femme n'était plus là et que tout son
village avait disparu. Alors, il se rappela tout et
s'écria : « Hélas ! Que vais-je faire ? Pourquoi
ai-je dit à ma femme : « Tu es la fille d'un œuf
« d'autruche ? »

Il était redevenu un homme extrêmement pauvre,
sans femme, ni enfant. Il vieillit ainsi, ayant toujours pour seule nourriture la chair des souris
sauvages et se vêtant de leurs peaux jusqu'à sa
mort.

61. AU BOUT DU MONDE

Les gens d'Asbon amenèrent un cheval, le fils
d'Asbon. Ils désirent le vendre, il vaut très cher.
La vente est difficile, car le propriétaire du cheval
dit : « Mon cheval, je ne le vends pas pour de l'argent, je le vends pour des mamelles de femme. »
Des gens viennent. Ils demandent le propriétaire du
cheval. Ils lui disent : « Combien pour ton cheval ? »
Il leur dit : « Je ne veux pas d'argent pour mon
cheval ; donnez-moi seulement des mamelles de
femme, et il est vendu. » Les gens disent : « Ton
cheval est d'un prix difficile. Qui peut l'acheter ? »

Un garçon vient, il demande à voir le propriétaire du cheval. Il dit : « Combien d'argent ? » Le
propriétaire du cheval lui dit : « Pour des mamelles
de femme, il est vendu. » Le garçon dit : « Bien,
je ne peux acheter ton cheval. » Le garçon s'en va.

Vient un camarade de ce garçon. Il savait que,
quoi qu'il désirât, sa mère le lui accorderait. Il
vient, il demande le propriétaire du cheval. Il lui

dit : « Combien d'argent de ton cheval ? » Le propriétaire lui dit : « Si tu peux me couper les
mamelles de ta mère, apporte-les-moi et prends le
cheval. » Le garçon dit : « Bien. »

Le garçon s'en va. Il appelle sa mère et il lui
dit : « Ma mère, achète-moi ce cheval pour tes
mamelles. » Elle lui dit : « Bien. » Elle lui dit
encore : « Viens, apporte un couteau, coupe. » Le
garçon y va, il apporte un couteau, il coupe les
mamelles de sa mère. Il va les donner au propriétaire du cheval ; celui-ci lui donne le cheval. Le garçon
revient. Il a acheté le cheval.

Après trois jours, il dit à sa mère : « Je m'en
vais, je veux voir le bout du monde, là où la terre
finit. » Sa mère dit : « Bien. » Et son père et
tous, ils disent : « Bien ! Va, que Dieu te ramène ! »

Le garçon dit au cheval : « Cheval, regarde-moi,
je t'ai acheté pour les mamelles de ma mère. Porte-
moi au bout du monde. » Le garçon se prépare, il
attache la selle. Il part. Il voyage.

Il rencontre un jour une araignée. L'araignée lui
dit : « Hé ! garçon, où vas-tu ? » Il lui dit : « Je
vais, je vais au bout du monde. » L'araignée lui dit :
« Je te suivrai. » Il dit : « Suis-moi. »

L'araignée fit sa selle d'une feuille d'arbre. Ils
voyagent, ils voyagent jusqu'à ce qu'ils arrivent à
l'endroit qui est sans sol. Ils voient là une femme,
ils la voient de loin, mais elle ne les voit pas venir.
Elle fait une chose qui n'est pas décente. C'est une
sorcière.

Le garçon et l'araignée arrivent là, ils la saluent,
elle leur répond. Elle dit : « Vous allez bien, mes
enfants ? » Ils répondent : « Oui, bien. » Elle leur
dit : « Venez, allons à la maison. » Ils disent :
« Bien. »

Ils voyagent alors sans terre, sans arbre, seulement sur du vent, seulement sur de l'eau, seulement

dans un lieu obscur. Ils arrivent à la maison de la sorcière. Il fait soir. Elle va chercher un coq, elle le tue. Le coq court, il se cache dans l'herbe, elle le cherche, elle le cherche, elle ne le trouve pas.

Elle cuit de la nourriture, elle l'apporte au garçon et à l'araignée. Elle leur dit : « Tenez, voici de la nourriture, mangez. » Ils disent : « Bien. » Le garçon dit : « Je ne veux pas manger cette nourriture. » L'araignée dit : « Il n'y a rien, mangeons. » Ils s'assoient, ils mangent de cette nourriture. L'araignée, elle, a un bâton de fer. Quand ils ont mangé ils vont dormir. Au milieu de la nuit la sorcière prend un couteau qu'elle aiguise.

Le coq crie. Il dit : « Attention, elle vient, préparez-vous ! » Et le garçon comprend l'appel du coq.

La sorcière dit : « Où est ce coq, toute la journée je l'ai cherché et je ne l'ai pas trouvé. » Elle regarde sous le lit, elle y met la main, tâtonne, elle ne le trouve pas. Elle s'assoit.

De nouveau elle prend le couteau qu'elle aiguise. Elle dit : « Mange, viande ! Mange, viande ! » De nouveau le coq crie, il dit : « Regardez-la, elle vient ! » La femme-sorcière entend les paroles du coq. Le coq cria trois fois jusqu'à l'aube.

Alors la vieille vient les saluer. Elle leur dit : « Avez-vous bien dormi ? Avez-vous bien dormi ? » Elle leur demande et dit : « Hier, vous m'avez vue, je faisais chose pas propre. » L'araignée lui dit : « Je vous ai vue. » La sorcière eut honte. Elle s'en va, elle cherche le coq. Elle dit : « Si je ne tue pas ce garçon et cette araignée, ils porteront cette nouvelle dans leur pays. »

Elle cherche le coq, elle le prend, elle le tue, elle le fait cuire. La nuit, elle l'apporte à l'araignée et au garçon. Ils en mangent. Ils vont dormir. L'araignée dit au garçon : « Fais attention cette nuit. » Le garçon dit : « Bien. » L'araignée prend son bâton

de fer et le met près d'elle. Quand le garçon dort,
elle se lève, prend son bâton et va s'asseoir près de
l'ouverture de la porte. La nuit, la femme se prépare,
elle veut tuer le garçon et l'araignée et les manger.
Elle aiguise son couteau. Elle dit : « Mange, viande !
Mange, viande ! » L'araignée se prépare, elle dit :
« Regarde-la, elle vient. » Elle prend son bâton de
fer et s'assoit près de l'ouverture de la porte.
La sorcière vient tout doucement. L'araignée prend
son bâton de fer. Quand la vieille passe sa tête
dans la chambre, l'araignée écrase cette tête avec son
bâton de fer.

La vieille retourne dans sa hutte, elle lèche le sang
tout le long de son corps. Elle attend un peu. Elle
dit : « Maintenant ils dorment. » Elle aiguise son
couteau, elle vient tout doucement. L'araignée
l'attend : dès qu'elle met sa tête dans la chambre,
elle lui casse la tête avec son bâton de fer.

La vieille retourne dans sa hutte, elle lèche le sang
tout le long de son corps.

Elles se battent ainsi trois fois, elle et l'araignée,
toute la nuit, jusqu'à l'aube. L'araignée dit à son
ami : « Regarde, cette femme est venue cette nuit,
je lui ai écrasé la tête. »

Le garçon dit : « Vraiment ! » Elle dit : « Oui, c'est
vrai. » Il dit : « Préparons-nous ce matin, nous irons
dans notre pays. » L'araignée dit : « C'est bien. »

La femme vient chez eux. Elle dit : « Avez-vous
bien dormi ? Avez-vous bien dormi, l'araignée ? »
L'araignée dit : « Très bien. » Ils la saluent, ils lui
disent : « Aujourd'hui nous allons voyager, nous ren-
trons dans notre pays. » Elle dit : « C'est bien. »

Le garçon prend des rasoirs. Il les attache à la
queue de son cheval, la queue du cheval est pleine
de rasoirs. Le garçon attache sa selle, il se prépare,
il monte à cheval. L'araignée, elle, monte sur la feuille
d'arbre qui est sa monture. Ils partent. La femme se

transforme en sorcière. Elle veut prendre le garçon.
Elle saisit la queue du cheval. Les rasoirs lui coupent
la main. Elle s'arrête, elle lèche son sang.

De nouveau elle arrive comme le vent. Elle dit :
« Arrêtez-vous, si je vous prends je vous mangerai
dans une bouche de feu. » Le garçon et l'araignée
courent. Ils arrivent au bord d'une eau chaude qui
bout. Le garçon dit à son cheval : « Délivre-moi de
l'eau chaude, c'est pour la mamelle de ma mère
que je t'ai acheté. » Le cheval saute, il franchit le
lac d'eau bouillante. L'araignée monte et tombe dans
l'eau chaude, elle et sa monture. Le garçon s'en
retourne vite et la retire. La sorcière arrive près
de l'eau chaude. Elle vient, elle la passe, elle saisit
la queue du cheval. Les rasoirs lui coupent la main.
Elle lâche la queue et s'arrête, elle lèche son sang.

Le garçon et l'araignée courent. Ils arrivent à un
feu qui coule comme un fleuve. La sorcière leur dit :
« Arrêtez-vous là ! je vous joindrai, je vous mangerai. » Le garçon dit à son cheval : « Délivre-moi de
ce feu, c'est pour la mamelle de ma mère que je
t'ai acheté. » Le garçon bat son cheval avec son
fouet. Le cheval galope, il saute, il franchit le feu.
Il emporte l'araignée avec lui.

Ils franchissent le lac. La sorcière arrive comme
le vent. Elle passe le fleuve de feu. Elle rejoint le
garçon et l'araignée. Elle saisit de nouveau la queue
du cheval. De nouveau les rasoirs lui coupent la
main. Elle s'arrête, elle lèche son sang.

Le garçon et l'araignée galopent, ils arrivent près
d'un grand lac d'eau froide. Le garçon dit à son
cheval : « Délivre-moi de cette eau froide », et il
bat son cheval et il prend l'araignée et ils franchissent le lac.

La sorcière dit : « Je me dérange ainsi pour rien.
Je vais rentrer à la maison. Ils vont trop vite. Je
ne les attraperai jamais. »

Elle retourne dans son village. Le garçon et l'araignée franchissent encore, un, deux, trois obstacles et ils arrivent à la place où la terre commence. Ils marchent enfin sur de la terre.

L'araignée a vu l'endroit qu'elle désirait voir. Le garçon aussi. Quand il revint à sa ville, il va droit à la maison de sa mère. Et sa mère et son père et ses frères et sœurs le voient et ils se réjouissent beaucoup. Leur fils revenait du bout du monde.

Ici finit l'histoire du cheval fils d'Asbon. Et du garçon et de l'araignée et de la sorcière aussi. C'est fini.

CHAPITRE XIV

CONTES ANECDOTIQUES ROMANESQUES ET D'AVENTURES

62. *Remarques d'un Fils à son Père*, conte môssi.
63. *Tyaratyondyorondyondyo*, conte herrera.
64. *La Femme et l'Hyène*, conte bari.
65. *Les Échanges*, conte waissou-kouma.

CONTES ANECDOTIQUES
ROMANESQUES
ET D'AVENTURES

62. REMARQUES D'UN FILS A SON PÈRE

Un homme avait un fils ; celui-ci dit à son père qu'il allait lui faire quelques remarques. Et l'enfant pria le père de l'accompagner dans la brousse. Se suivant l'un derrière l'autre, ils s'en allèrent voir une termitière où bourdonnaient des abeilles. « Viens voir, dit le père à son fils, les abeilles qui sont dans ce trou. — Mon père, répliqua l'enfant, ne vous ai-je pas dit que je vous ferais des remarques ? Ce ne sont pas des abeilles, mais des bêtes qui voltigent. » Et l'enfant apercevant une biche pria son père de venir voir quelque chose de bien mieux. Mais le père déclara que c'était une biche. « Non, dit l'enfant, c'est quelque chose de mieux. » Et continuant leur route, ils se trouvèrent au bord de l'eau, l'enfant invita son père à boire, mais celui-ci fit remarquer à son fils qu'il n'y avait pas assez d'eau pour deux, et qu'il boive seul. L'enfant voulut que ce fût son père qui bût, et le père y consentit. Puis le fils fit remarquer à son père qu'un homme qui ne

voudrait pas manger, mais se contenterait de pleurer, ne ferait pas ce qu'il doit. Et s'en allant, ils
rencontrèrent une femme qui essayait de porter des
branchages, mais en étant incapable, les laissait sans
cesse tomber et en ramassait d'autres qu'elle liait.
Le père dit au fils de regarder cette femme qui portait du bois plus qu'elle ne pouvait, le laissait retom-
ber, puis en ramassait d'autre qu'elle réunissait. Mais
le fils fit remarquer à son père que celle-ci ressemblait à une femme qui, bien qu'enceinte, court encore
après les hommes. Et l'enfant partit, rencontra un
coba crevé, et appela son père pour le voir. Le père
déclara que c'était un coba.

« Mais non, dit le fils, c'est un mort. Et c'est tout. »

63. TYARATYONDYORONDYONDYO

Il y avait une fois une femme qui avait une fille
d'une beauté extraordinaire. Tous les regards se
posaient sur elle, elle était dorlotée par tout le
monde. Aussi était-elle très fière. Le village dans
lequel elle vivait était grand et il y avait beaucoup
de jeunes filles qui étaient belles aussi.

Elles allaient ensemble faire paître les brebis
et tous ceux qui voyaient la jeune fille disaient :
« Qui est cette belle fille ? » Les passants brûlaient
du désir de la connaître et de s'attirer sa faveur.

Un jour, toutes les jeunes filles du village s'étaient
réunies, et parmi elles, Tyaratyondyorondyondyo, la
belle jeune fille. Elles allèrent ensemble vers les
bergers et leur demandèrent : « Nous savons bien
que nous sommes toutes belles, mais quelle est la
plus belle d'entre nous ? » Ils répondirent : « Certainement, vous êtes toutes belles, mais la beauté de
Tyaratyondyorondyondyo surpasse la vôtre, comme
le doigt du milieu les autres doigts. »

Alors elles allèrent toutes chez les bouviers et leur dirent : « Nous savons bien que nous sommes toutes belles, mais quelle est la plus belle d'entre nous ? » Ceux-ci répondirent : « Certainement, vous êtes toutes belles, mais Tyaratyondyorondyondyo est plus belle que Mbazouwa et Routagaraoudna. »

Les jeunes filles posèrent encore la même question aux ramasseurs de baies qu'elles rencontrèrent et en reçurent la même réponse.

Tyaratyondyorondyondyo en devint de plus en plus fière. Les jeunes filles se firent secrètement des signes et dirent : « Laissez-la jusqu'à ce qu'on soit à demain matin. »

Tyaratyondyorondyondyo remarqua bien qu'elles avaient quelque dessein secret. Le lendemain, elles se rassemblèrent de nouveau, allèrent la trouver, l'appelèrent et lui dirent : « Viens, allons jouer. » Elle leur répondit : « Excusez-moi, je ne peux pas venir ; j'ai mal à la tête. »

Elles reprirent : « Nous t'en prions, laisse-nous jouer avec toi, nous voulons jouer à cache-cache. » Sa mère qui entendait cela dit : « N'entends-tu pas ce que disent tes amies ? Cela ne te fera pas de mal si tu te lèves. »

Alors elle s'en alla avec elles. Elles descendirent au fleuve et se dirent : « Jouons à cache-cache. »

Tyaratyondyorondyondyo avait une sœur plus jeune et une amie, mais la plus jeune sœur était au travail et Tyaratyondyorondyondyo avait sa servante avec elle. Alors les jeunes filles lui dirent : « Cache-toi. »

Elle se coucha sur la terre ; alors une jeune fille lui monta sur le creux de l'estomac. « Tu me tues », cria-t-elle. L'autre n'écouta pas. Son amie et sa servante criaient : « Qu'y a-t-il ? N'entendez-vous pas ? Le faites-vous exprès ? » L'autre demeura ainsi sur son corps et lui pressa tellement le cœur qu'elle en mourut. La servante et son amie la portèrent en terre et pleurèrent. Les autres les menaçaient et leur dirent : « Gardez-vous de le faire savoir. »

Quand elles arrivèrent au village, les gens demandèrent après Tyaratyondyorondyondyo. Elles répondirent : « Voilà longtemps qu'elle est rentrée, car elle disait qu'elle avait mal à la tête. — Elle n'est pas venue ici », dirent les gens. Ils la cherchèrent sans la trouver et interrogèrent la servante : celle-ci ne dit rien.

Un jour, ils interrogèrent des voyageurs : « N'avez-vous pas vu un cadavre ? — Oui, près du fleuve, nous avons vu le cadavre d'une très belle jeune fille. » On y alla ; sa mère pleura tout le long du chemin jusqu'à ce qu'on trouvât la morte. Elle l'enleva, l'emporta en pleurant à la maison et l'enterra.

64. LA FEMME ET L'HYÈNE

Un homme avait deux femmes, l'une douce et prévenante, l'autre si bavarde qu'il en éprouvait souvent de la colère. Ni les remontrances, ni les coups ne la corrigeaient, et finalement il prit le parti de la reléguer dans un bois parmi les hyènes. Elle s'y bâtit une petite cabane, dans laquelle une hyène vint bravement s'installer en maîtresse. La femme essaya de protester, mais l'hyène, non contente de boire et de manger tout ce que la femme préparait, la força encore à garder ses petits. Or, un jour que l'hyène avait ordonné à la femme de faire bouillir de l'eau en l'attendant, la femme eut l'idée malheureuse de prendre les petits et de les jeter dans l'eau bouillante ; puis elle courut toute tremblante se réfugier chez son mari qu'elle trouva tranquillement assis sur le seuil de la case, la lance à la main. Elle se jeta aux pieds de son époux pour lui demander aide et protection, et, lorsque l'hyène arriva, écumante de rage, le mari l'étendit morte à terre d'un coup de lance. La leçon ne fut pas perdue pour la femme, car à partir de ce jour elle fut la joie et le contentement des siens.

65. LES ÉCHANGES

Un jeune homme avait du miel. Il le donne à sa grand-mère. Celle-ci le mange. A son retour, il le réclame. Elle l'avait mangé. Elle dut lui donner du grain. Il l'emporte. Des poulets viennent, le trouvent et le mettent en tas. Il leur dit : « Vous, dites : « Nous sommes de grands mangeurs. »

Il leur donne le grain. Ils le mangent entièrement. Il le leur réclame et ils lui donnent un œuf en échange.

Il s'en va et rencontre des bergers qui jouaient à la balle. Il leur dit : « Donnez-moi votre balle, je voudrais la regarder. »

Ils la lui donnent. Il leur dit : « Vous jouez mal. »

Il leur remet l'œuf en disant : « Frappez bien ma balle ; jetez les vôtres. »

Ils frappent l'œuf et le brisent.

Il leur dit : « Donnez-moi mon œuf ; je veux m'en aller. — Il est brisé. — Alors, payez-le-moi. »

Ils lui donnent des bâtons.

Il s'en va, rencontre des éléphants et leur dit : « Vous, dites : « Nous sommes forts » ? — Oui, répondent-ils. — Alors, brisez les bâtons que voici. »

Les bâtons brisés.

« Payez-moi mes bâtons, leur dit-il. — C'est toi qui as raillé notre force. »

Et ils lui donnent un couteau.

Il s'en va et rencontre des gens qui écorchaient

un bœuf ; ils se servaient d'éclats de roseaux. Il leur dit : « C'est mauvais, jetez cela. »

Il leur donne son couteau ; ils écorchent leur bœuf et mettent le couteau à côté de la peau. Il le cache et leur dit : « Rendez-moi mon couteau. »

Ils regardent après la viande. Il leur dit : « Payez-le-moi. » Ils lui donnent la queue du bœuf et il s'en va.

Il arrive au bord d'un marécage, il y plante la queue et crie au secours. Les gens arrivent et le trouvent là. Il leur dit : « Retirez mon bétail ; il s'est enfoncé dans la boue. »

Ils tirent, tirent et ils ne sortent que la queue. Il leur dit : « Vous avez mis mon bétail en pièces, payez-le-moi. »

Ils lui donnent des bestiaux. Les gens étaient au nombre de cent ; tous payèrent : il eut cent bœufs et devint un petit chef.

CHAPITRE XV

CONTES MORAUX

66. *Pourquoi la femme est soumise à l'homme,* conte tavéta.
67. *Ingratitude,* conte haoussa.
68. *Le Caïman, l'Homme et le Chacal,* conte haoussa.
69. *L'Araignée,* conte veï.

CONTES MORAUX

66. POURQUOI LA FEMME EST SOUMISE
A L'HOMME

Au commencement Dieu voulut essayer le cœur de l'homme et celui de la femme. Il prit donc l'homme à part, lui remit un couteau et lui dit : « Ecoute, cette nuit, quand elle dormira, tu couperas le cou à ta femme. »

Et il prit aussi la femme à part, lui remit un couteau et lui dit : « Ecoute, cette nuit, quand il dormira, tu couperas le cou à ton homme.

— C'est bien. »

Alors l'homme s'en va tout triste, en pensant : « Couper le cou à ma femme ! à ma sœur ! C'est impossible : je ne le ferai jamais. » Et il jette le couteau dans la rivière, se réservant de dire qu'il l'a perdu.

Et la femme, aussi, s'en va. Puis, la nuit venue, elle prend le couteau et va tuer l'homme qui dormait, lorsque Dieu reparaît : « Misérable ! fit-il, puisque tu as le cœur si méchant, tu ne toucheras plus le fer de ta vie ! Ta place est au champ et au foyer. Et toi, dit-il à l'homme, puisque tu es bon, tu as mérité d'être le maître et de manier les armes. »

67. INGRATITUDE

Un serpent ayant mordu quelqu'un, les gens de ce dernier cherchèrent ce serpent pour le tuer ; mais lui se met en quête d'une cachette.

En s'enfuyant, il rencontre un homme qui défrichait son champ et lui dit : « Je viens à toi ; cache-moi ! — Bien, dit l'homme, va à cet arbre, entre dedans et cache-toi. — Dans l'arbre ! s'écria le serpent, mais je n'y serai pas caché ! — Alors, dit l'homme, réfugie-toi dans cette grande termitière. »

Mais le serpent : « Là encore, je ne serai pas caché ! — Alors, dit l'homme, où te mettre ? — Ouvre ta bouche, dit le serpent ! j'y rentrerai et ainsi je serai bien caché. — Non ! non ! non ! s'écrie l'homme, car, pour le bien que je te ferais ainsi, tu ne me rendrais en échange que du mal. — Non ! non ! je ne te ferai pas le moindre mal. — Alors, soit ! dit le paysan ; entre dans ma bouche et cache-toi. »

Il ouvre la bouche et le serpent entre. Comme il venait de disparaître, ceux qui le cherchaient arrivèrent et fouillèrent partout, mais ils ne le virent point et s'en retournèrent chez eux. « Eh bien, lui dit alors l'homme, tu peux sortir, car ils sont partis. — Moi, sortir ! répond le serpent. N'es-tu pas fou, bonhomme ! Eh quoi ! je sortirais alors que pour ton plaisir tu continuerais à manger du cous-cous et boire de l'eau ! Par reconnaissance pour le bien que tu m'as fait, je consens à ne pas toucher à ton cœur ni à tes intestins, mais, certes, je mangerai le couscous que tu mangeras et je boirai l'eau que tu boiras. Cela me suffira. » Et il ajoute : « Non, je ne sortirai pas ! »

Quand il a entendu cela, l'homme se met à se

lamenter et son ventre commence à gonfler. Il retourne chez lui en pleurant ; ses femmes et ses filles se réunissent autour de lui et lui demandent : « Que t'est-il arrivé ? » Il leur répond : « J'ai un serpent dans le ventre : je lui ai fait du bien et il me rend le mal. »

Alors toutes se mettent à se lamenter.

Pendant qu'elles pleuraient, un héron, venant à passer, entend leurs cris, descend près d'eux et leur demande : « Pourquoi pleurez-vous ? » Les femmes répondent : « Nous pleurons parce que notre mari a un serpent dans le ventre.

— N'est-ce que cela ? dit le héron ; le remède est facile. Mais, ajoute-t-il, la reconnaissance est lourde à porter, et je prévois que si je vous rends service, vous me paierez d'ingratitude. — Non ! non ! dit l'homme, je ne serai certes pas ingrat comme ce serpent qui s'est coulé dans mon ventre ! — Eh bien, dit le héron, ouvre ta bouche. » Il l'ouvre et le héron y introduit sa patte.

Or, le serpent, sentant remuer quelque chose, pense : « C'est sans doute du couscous. » Et il ouvre sa bouche ; mais c'est la patte du héron qui y entre. Le héron tire doucement, tout en s'élevant dans les airs ; quand il est assez haut, il laisse tomber le serpent, qui est tué sur le coup.

Alors le héron redescend et dit à l'homme : « Fais-moi l'aumône de deux poulets. » L'homme dit : « En voici déjà un ! » Et il s'empare du héron, en ajoutant : « Il n'en reste plus qu'un à trouver. » Le héron dit : « C'est bien ce que j'avais prévu ! — Que m'importe ! répond l'homme. » Et il ouvre son poulailler, le met dedans et referme la porte en disant : « Je vais dehors chercher le second poulet, et, quand je vous aurai réunis tous les deux, je vous égorgerai. » Et il sort.

La femme dit alors : « Ceci est une ingratitude que

je ne puis admettre. » Elle se lève, ouvre la porte
du poulailler et dit à l'oiseau : « Envole-toi ! »

Le héron sort du poulailler ; mais, avant de partir,
il crève les yeux de la femme et s'envole. Du serpent,
de l'homme et du héron, quel est des trois le plus
ingrat ? Tous les trois ont également contribué au
malheur de la femme.

C'est fini.

68. LE CAÏMAN, L'HOMME ET LE CHACAL

Un caïman étant venu chercher à manger dans un
village entend les gens qui disaient : « Demain nous
irons à la rivière chasser le caïman. »

Ayant entendu cela, il ne veut pas retourner à
l'eau et, trouvant une natte roulée, il y entre, s'y
couche et s'y cache.

Le lendemain matin, les gens vont à la chasse au
caïman, puis reviennent chez eux. Lorsqu'ils sont
revenus, un homme sort du village pour chercher
du bois et des herbes sèches pour allumer son feu
et faire cuire sa part du produit de la chasse.

Il voit le caïman qui lui dit : « Garde-moi le
secret. » L'homme dit au caïman : « Pourquoi es-tu
là ? »

Celui-ci répond : « Je suis venu chercher à manger
cette nuit, j'ai entendu les gens dire qu'ils devaient
chasser le caïman le lendemain, je me suis caché et
ne suis pas revenu à l'eau. Ramène-moi chez moi
dans l'eau. »

L'homme dit : « Bien ! » Il s'en va et revient avec
un sac où il met le caïman ; puis, ayant recousu
l'ouverture, il le prend, le porte chez lui, où il le
dépose. Lorsque le jour est tombé, il reprend le sac
et va à l'eau ; puis il le dépose tout au bord.

Mais le caïman lui dit : « Mets-moi donc dans

l'eau ! » Il le prend et le porte dans l'eau, où il entre jusqu'aux genoux.

Le caïman lui dit : « Porte-moi plus loin. » Et l'homme entre dans l'eau jusqu'à la ceinture.

Le caïman ajoute : « Avance encore un peu ! Entre dans l'eau jusqu'à la poitrine. » Ainsi fait l'homme.

Le caïman dit : « Dépose-moi ici et sors-moi du sac. » Il le sort du sac ; mais, quand il l'a sorti, le caïman lui saisit la jambe. l'homme s'écrie : « Ah ! qu'est-ce que cela ? »

Le caïman répond : « Oui ! quoi donc ? — Lâche-moi, dit l'homme. — Je ne te lâcherai pas », dit le caïman.

L'homme était là debout, lorsque arrivent des animaux sauvages qui venaient s'abreuver. Ils disent : « Mais c'est un homme qui est là, debout dans l'eau. » Il leur dit : « Oui, je suis un homme : j'ai fait du bien à un caïman et il me rend le mal. » Ces animaux sauvages disent : « Vous, fils de l'homme, c'est ainsi que vous traitez quiconque vous fait du bien. Toi, caïman, tiens bon, ce qui t'appartient, ne le lâche pas. »

L'homme commence à pleurer. Le chacal arrive à son tour se désaltérer. Il voit l'homme dans l'eau qui se lamente, et il lui demande : « Pourquoi pleures-tu, là, dans l'eau ? »

Il répond : « J'ai fait du bien à un caïman, et celui-ci me rend le mal. » Le chacal dit : « Caïman, est-ce vrai ? » Celui-ci répond : « Oui ! »

Le chacal leur dit : « Sortez tous les deux, je vais juger votre cas, car je suis un marabout. »

Le caïman répond : « Bien ! Quelqu'un peut-il désobéir à la loi ? Nul ne le peut. »

Il lâche l'homme. Ils sortent pour venir près du chacal et s'assoient devant lui. Le chacal dit : « Caïman, comment cet homme a-t-il agi à ton égard ? — J'allais être tué, dit le caïman, il m'a rapporté dans mon élément : il m'a fait du bien et en retour je lui fais du mal. » Le chacal dit : « Caïman, tu as raison, et cet homme a tort. »

Il dit à l'homme : « Comment l'as-tu apporté ici ? » L'homme répond : « Je l'ai mis dans ce sac pour le porter ici. » Le chacal dit : « Homme, tu mens ; comment l'aurais-tu porté dans ce sac ? »

Le caïman dit : « Il dit la vérité, il ne ment pas ; c'est bien dans ce sac qu'il m'a porté. » Le chacal dit : « Entre dedans, que je m'en rende compte. »

Le caïman entre dans le sac et le chacal dit à l'homme : « Recouds ce sac, que je voie ! »

L'homme ayant recousu le sac, le chacal lui dit : « Comment l'as-tu porté ? — Sur ma tête, répond l'homme. — Lève-toi, dit le chacal, et prends-le sur la tête, que je voie ! »

Lorsque l'homme va mettre le sac sur la tête, le chacal lui demande : « Mange-t-on, chez toi, la chair de caïman ? — On la mange, répondit-il. — Alors, dit le chacal, rentre chez toi et mangez ce qui vous appartient. »

Alors, l'homme dit au chacal : « Tu viens de me rendre un service ; allons ensemble à la maison, je veux te donner quatre poulets en récompense de ce service. » Ils partent ensemble.

En arrivant au village, l'homme dit : « Chacal, reste ici ; je vais à la maison et je te rapporte les poulets. »

En entrant chez lui, il trouve sa femme malade, couchée, souffrant du ventre, et on lui dit que seule une peau de chacal la guérirait, qu'il fallait se hâter d'en chercher une. Il dit : « Ne faites pas de bruit ; nous avons un chacal sous la main : où sont les enfants, où sont les chiens ? Enfants, prenez des bâtons, sortez avec les chiens ; nous allons tuer un chacal et l'apporter ici. »

Mais, de prime abord, le chacal n'avait pas eu

confiance et n'était pas resté à l'endroit où l'homme
lui avait dit : Attends là qu'on t'apporte les poulets.
On l'avait laissé à l'ouest du village et il était allé
à l'est, d'où, plein de méfiance, il guettait l'endroit
qu'il avait quitté, et il le vit bientôt entouré par les
chiens et les gens ; en même temps, il entendit
l'homme qui disait : « C'est ici que je l'ai laissé ;
entourez la place afin qu'il ne puisse s'échapper ;
frappez-le et tuez-le ! »

Cependant, à l'est, le chacal disait : « Hé, je les
connais bien, les hommes ! Aussi, je m'enfuis ! Vous,
fils de l'homme, vous n'êtes pas digne de confiance ! »
C'est fini.

69. L'ARAIGNÉE

Il était une araignée, et une grande famine vint
dans le pays, de sorte qu'il n'y avait ni riz, ni cassave, ni bananes, ni chou palmiste, ni viande, ni
nourriture. Une grande famine était venue dans le
pays. Pendant longtemps, l'araignée et sa femme
avaient eu des enfants, des centaines d'enfants. Il
n'y avait pas dans le pays de nourriture à leur
donner. L'araignée fit semblant d'être malade et dit
à sa femme : « Je vais mourir. — Ne meurs pas,
dit la femme, nous travaillerons. — Non, dit l'araignée, je vais mourir. »

Et elle ajoute : « Lorsque je serai morte, ne me
mets pas ici, mais dépose-moi dans un trou, place-
moi sur des planches sur lesquelles tu entasseras de
la terre. »

La femme y consentit. L'araignée mourut. La
femme dit à ses enfants : « Creusez un trou. »

Ils creusèrent un trou et y mirent l'araignée ; ils
ne la laissèrent pas là, mais ils la mirent dans le trou
et ils couvrirent le trou avec des planches. Quand

le soir arrive, l'araignée sort du trou et s'en va au loin dans le pays. Elle était encore vivante, elle n'était pas morte. Elle marche et trouve une femme considérable ; une femme-chef. La femme possédait beaucoup de riz ; il y avait beaucoup de riz dans sa ferme ; il y en avait beaucoup dans son magasin et il y avait beaucoup de cassave dans la ferme. La femme était stérile ; elle n'avait pas d'enfants. L'araignée lui demande :

« Ma mère, où sont tes enfants ? — Je n'en ai pas, répondit-elle. — J'ai une médecine, dit l'araignée, je te la donnerai, tu la boiras, de sorte que tu pourras devenir enceinte et enfanter. — Donne-moi la médecine, dit la femme : si j'enfante et si j'ai un fils, je te donnerai un hangar plein de riz, deux plantations de cassave et une grande quantité de bananes. »

L'araignée accepte, vu la famine. Elle s'en va chercher la médecine et s'en revient à la ville. La femme avait tué un bouc et cuit du riz pour l'araignée, elle lui dit : « Araignée, voici du riz pour toi. »

L'araignée mange et est complètement satisfaite. Alors elle met la médecine dans un pot, y verse de l'eau et y mêle la médecine. Elle dit à la femme : « Apporte une bande d'étoffe. »

Elle attache avec cela les yeux de la femme et dit : « Attention ! bois la médecine. Quand tu l'auras bue, tu ne me verras plus ; je m'en irai loin. Dans six mois, tu donneras naissance à un enfant mâle et je viendrai de façon que tu puisses me donner du riz et tous mes vivres. »

La femme y consent ; elle prend le pot et boit la médecine. L'araignée saute dans le pot et la femme l'avale. L'araignée est dans le ventre de la femme. La femme donne naissance à un enfant ; c'était l'araignée. La femme lui donne de l'eau à boire, elle fait cuire d'excellent riz et le lui donne à manger. L'araignée en profite, elle engraisse, l'araignée. Celle-ci avait été dans le ventre de la femme, c'était elle l'enfant. La femme ne le savait pas.

Il y a dans la forêt un animal qu'on appelle le daim ; il est rusé. Il dit : « Je vais aller voir l'enfant de la femme ; pendant six mois, il a mangé le riz de la femme. »

Le daim arrive et dit :

« Mère, je suis venu pour voir ton enfant. »

La femme le lui passe. Il le regarde et voit que c'est l'araignée. Il le remet à la femme. Celle-ci le prend et lui met des vêtements. Le daim s'en va à la ville, prend une baguette, s'en revient, enlève les vêtements à l'enfant et le fouette fort. L'enfant se sauve et s'en va. Le daim dit à la femme : « C'était l'araignée ; ce n'était pas un enfant : l'araignée est un imposteur ! »

L'araignée va retrouver sa première femme ; tout le riz de sa femme avait mûri ; elle avait beaucoup de poules. Elle pilait du riz et ses enfants tuaient du bétail. La femme faisait cuire le riz, elle faisait cuire la viande, elle mettait le riz dans un plat et la viande dans le riz.

L'araignée vient un soir et trouve sa femme qui mangeait du riz. Il lui pousse la main, passe et s'arrête. La femme met sa main dans le riz. L'araignée recommence à lui tirer le bras et lui dit : « Je suis morte depuis longtemps ; je suis revenue. »

La femme ne répond pas. Son fils dit : « Ma mère, c'est mon père. — Non, répondit-elle, ton père est mort depuis longtemps. »

L'araignée revient à l'autre femme et dit : « Je suis l'araignée. — L'araignée est morte depuis longtemps. L'araignée est un imposteur. »

C'est fini.

CHAPITRE XVI

CONTES D'AMOUR

Grivoiseries. — Scatologie. — Le bengala. *— Adultère.
— Le mari jaloux. — Epreuve de la paternité. —
Mésaventures des amants surpris en posture « déshon-
nête ». — Epreuves bizarres pour se faire agréer. —
Noueurs d'aiguillettes. — Incongruités formidables.*

70. *Histoire de deux jeunes hommes et de quatre
    jeunes filles,* conte haoussa.
71. *Lanséni et Maryama,* conte môssi.
72. *Polo et Khoahlakhoubedou,* conte bassouto.
73. *Masilo èt Thakané,* conte bassouto.
74. *Hammat et Mandiaye,* conte ouolof.

CONTES D'AMOUR

70. HISTOIRE DE DEUX JEUNES HOMMES ET DE QUATRE JEUNES FILLES

Ils s'aimaient et passaient leurs soirées à se divertir.

Une nuit, comme ils parlaient d'un rezzou qui cherchait à surprendre leur village au jour naissant, le jeune homme dit : « Si, comme le bruit court, ce rezzou vient demain, je tuerai son chef. »

Sa fiancée lui répondit : « Je ne te crois pas, mais si ton ami disait cela, je le croirais. » Cet ami dit à son tour : « Demain, je ne monterai pas à cheval pour combattre ce rezzou. — Alors, dit l'autre, prête-moi ta lance ! — Oh ! répondit l'ami, c'est peu de chose qu'une lance : je te la donne. »

Pendant qu'ils dormaient, le rezzou vint ; le jeune homme partit avec la lance de son ami : il culbuta les gens et transperça leur chef, qui s'enfuit avec la lance au travers du corps. Les guerriers arrivèrent, rentrant chez eux ; alors, en l'honneur du jeune homme, on battit le tam-tam en frappant sur les tambours et soufflant dans les trompettes, et il rentra chez lui.

Et les habitants du village dirent au chef : « Que comptes-tu faire en faveur de ce jeune guerrier, en récompense de son brillant courage ? » Le roi répondit : « Je sais bien ce que je vais faire. » Il fit porter des boubous et lui en mit sur les épaules jusque par-dessus le cou. Il fit porter un million de cauris et lui en fit présent. Il fit amener cent bœufs et les lui donna.

Alors son camarade, devenu jaloux, lui demanda : « Où est ma lance ? — Ta lance, elle est dans le corps du chef qui s'est enfui. — Là là là ! dit l'ami, je veux que tu me rendes ma lance. — Je te donnerai 100 000 cauris, dit le jeune homme. — Que m'importent tes 100 000 cauris, répondit l'autre, c'est ma lance que je veux ! — Eh bien, on va partager mes bœufs et je t'en donnerai la moitié ! — Mais je n'envie pas tes richesses, ce n'est que ma lance que je te demande ! »

Alors le jeune homme dit à sa fiancée : « Demain, avec l'aide de Dieu, je lui rapporterai sa lance. » La jeune fille lui répondit : « Nous partirons ensemble ; puisque, pour une lance quelqu'un cherche à ternir ta réputation, je veux que nous partions ensemble. »

Lorsque le jour parut, il était déjà parti de très grand matin, pour que sa fiancée ne le suivît pas. Mais elle l'avait aperçu et suivi, et elle s'écria : « Arrête ! Prends-moi en croupe pour que j'aille avec toi, car si tu dois mourir je veux que nous mourions ensemble. » Et ainsi ils allèrent tous les deux jusqu'au village ennemi.

Tout auprès du village, ils rencontrèrent de nombreuses jeunes filles qui se baignaient dans un étang, et ces jeunes filles étaient les filles du chef. L'aînée d'entre elles, qui était particulièrement chérie de son père, dit : « Jeune homme, d'où es-tu ? » Il lui répondit : « Et toi, de qui es-tu la fille ? — Je suis la fille du roi. » Le jeune homme dit : « Tu ne me connais pas ? C'est moi qui ai transpercé ton père et je reviens chercher ma lance. » Elle lui dit : « Suis-moi, je vais te donner ta lance. »

Alors le jeune homme déposa l'autre jeune fille — celle avec laquelle il était venu — et la laissa en dehors du village ; puis il suivit la fille du chef, et ils marchèrent tous deux jusqu'à ce qu'ils fussent arrivés à la porte de la maison du roi. Les courtisans dirent : « Cet étranger, d'où vient-il ? »

Il ne leur répondit pas ; elle ne leur parla pas, mais entra dans la maison, où elle prit beaucoup de lances, et lui dit : « Regarde parmi elles si tu trouves la lance avec laquelle tu transperças mon père. » Il lui répondit : « Elle n'y est pas. »

Elle les remporta et en rapporta d'autres, et encore jusqu'à trois fois.

A la troisième fois, il vit sa lance et dit : « La voici ! » Il la prit.

Elle lui dit alors : « Attends que je replace celles-là et je reviens. »

Et lorsqu'elle fut revenue, elle lui dit : « Je t'aime ; prends-moi avec toi et nous partirons ensemble ; mais si tu me prends je me mettrai à crier : « Ihou ! Ihou ! » et je dirai : « Voilà celui « qui a transpercé mon père, qui maintenant vient « pour m'enlever ! Vite, vite, montez à cheval ! »

Il la prit en croupe, et elle se mit à crier : « Ihou ! Ihou ! Voilà celui qui a transpercé mon père ! Il m'emmène en croupe ! Il m'emmène en croupe ! »

Il sortit du village et reprit sa jeune fille, celle avec laquelle il était venu, et la plaça devant lui.

Alors les gens du village montèrent à cheval, le poursuivirent et l'atteignirent. Il les repoussa. Ils revinrent : il les repoussa de nouveau. Ils revinrent encore, pour le prendre au bord du fleuve.

Il dit alors au passeur : « Vite, vite, fais-moi

échapper ; vite, vite, fais-moi échapper ! » Et le
passeur lui répondit : « Je ne te ferai passer que si
tu me donnes l'une de ces deux jeunes filles. »

Mais la fille du passeur tua son père et fit passer
le jeune homme et les deux jeunes filles ; puis elle
dit : « Je t'aime, et c'est pour te sauver que j'ai
tué mon père ; je t'aime. » Elle ajouta : « Partons,
emmène-moi ! »

Ensuite le jeune homme alla sous un gros arbre
et se coucha ; les trois jeunes filles l'avaient mis
ainsi ; le sommeil le prit et il mourut.

Les jeunes filles se mirent à pleurer sur lui.

Alors une jeune fée apparut et dit : « Qu'avez-vous
donc à pleurer ? » Elles répondirent : « Vois ! notre
mari est mort ! » Elle leur dit : « Et s'il ressuscite,
sera-t-il à nous, à nous toutes les quatre ensemble ? »

Elles répondirent : « Nous acceptons que notre
mari soit pour nous toutes les quatre ! »

Alors elle l'humecta de sa salive, et il se leva.

« Voici : parmi ces quatre femmes, laquelle choi-
sirais-tu comme première femme, comme favorite ? »

Là-bas, depuis ce temps, ils discutent sur ce sujet,
et jusqu'à maintenant on n'a pu savoir laquelle doit
être la favorite.

Voilà !

71. LANSENI ET MARYAMA

Il y a bien longtemps, dans le village de Biriko
vivait, au pays foullah, un chef puissant et riche
nommé Bakary. Il possédait d'immenses troupeaux,
des champs bien cultivés et de nombreux esclaves ;
enfin, marque plus évidente encore de sa fortune, il
avait un sérail composé de vingt et une femmes.
Très jaloux, il tenait — comme du reste tout le
monde à cette époque — ses femmes enfermées dans

un haut tata dont l'entrée était interdite, sous peine de mort, à tout homme.

Près du tata des femmes de Bakary vivait une vieille femme, Naïma, et son fils Lanseni. Naïma connaissait les herbes de la brousse, soignait les malades et prédisait l'avenir sur le sable avec les kolas. Elle jouissait par là d'une haute considération, qui favorisait son entrée dans le sérail de Bakary. Lanseni était un beau garçon, fort et adroit, qui se livrait avec passion à la chasse.

Un jour qu'il passait devant la porte d'entrée du tata, il vit, pilant du maïs, une des femmes de Bakary, nommée Maryama. C'était une toucouleur au torse fin, aux traits réguliers. Pour piler plus à son aise, elle avait ôté son pagne et n'était vêtue que de sa ceinture.

Lanseni, à cette vue, se sentit frappé au fond du cœur. Rentré chez lui, il déclara à sa mère que si celle-ci ne trouvait pas, le jour même, le moyen de faciliter son entrée dans le tata, il se tuerait. La vieille Naïma, effrayée, se rendit aussitôt auprès de Maryama et, après un long entretien avec elle, revint toute souriante.

Elle fit fabriquer au forgeron du village une immense malle creusée dans le tronc d'un gros fromager. Elle y fit entrer son fils, la referma soigneusement, puis, allant trouver Bakary, lui dit : « Salut, homme vénérable. Mon fils vient de partir pour un long voyage vers N'Dara et m'a laissé une malle pleine d'effets. Comme je ne suis qu'une pauvre vieille femme sans force et que cette caisse pourrait n'être pas en sûreté dans ma case souvent déserte, je viens te demander l'autorisation de la déposer dans le tata des femmes. Maryama m'a promis de la garder dans sa case jusqu'au retour de mon fils. »

Bakary, naturellement obligeant, accorda sans difficulté cette permission.

Le soir même, à l'heure où les contes s'interrompent et où l'hyène commence à hurler dans la brousse, Maryama ouvrit la caisse et put avec Lanseni goûter les douceurs de leurs amours audacieuses.

Au bout de neuf mois, Maryama devint mère. Bakary, en l'honneur de celui qu'il croyait être son fils et qu'il avait nommé du nom de Moriba, donna de grandes fêtes, où furent conviés tous les chefs de case du village. Il fit immoler un bœuf et trois moutons et pendant deux jours les calebasses ne désemplirent pas de riz fumant, ni les outres, de bière et de vin de palme.

Cependant Lanseni était toujours dans sa cachette, dormant le jour, vivant la nuit, et, pendant trois ans, ni lui, ni Maryama, ne se lassèrent l'un de l'autre.

Une nuit, pourtant, leur secret fut surpris par une autre femme, Satama, qui ne sut se taire, et bientôt le bruit en parvint aux oreilles de Bakary. Mais la vieille Naïma, avertie à temps, réussit à faire évader son fils. Lorsque, accompagné de deux notables, Bakary se rendit chez Maryama pour faire ouvrir la malle, il n'y trouva que des boubous, des pagnes et des samaras. Sur ces entrefaites, Naïma vint lui annoncer le retour de son fils et lui réclamer la malle confiée.

Bakary, quoique n'ayant découvert aucun indice, ne se tint pas pour battu. Après avoir pris l'avis des sages de l'endroit, il fit à coups de trompe et de tambour, convoquer tous les hommes valides du pays. Dès que tous furent arrivés, Bakary les fit ranger en demi-cercle autour de lui. En face, il fit placer ses vingt et une femmes avec chacune, dans ses bras, son enfant. A un moment donné, il commanda aux mères : « Dites à tous vos enfants de venir embrasser leur père ! »

Les mères répétèrent la phrase et vingt bambins se dirigèrent droit sur Bakary. Seul Moriba, après avoir fait quelques pas, retourna vers sa mère en pleurant. Alors les vieux du village dirent à Bakary : « Vraiment, celui-là n'est pas ton fils. » Maryama redit alors à Moriba : « Va, mon enfant, va embrasser ton père ! » Moriba repartit et, après quelques minutes d'hésitation, se dirigea vers Lanseni, perdu dans la foule.

Celui-ci, se voyant démasqué, n'hésita plus : il saisit son fils, l'embrassa et, s'adressant à Bakary : « Oui, chef du village, cet enfant est mien. Malgré tes ordres, malgré tes précautions, je suis entré dans ton tata, j'y ai vécu trois ans, et ce fut là mon voyage à N'Dara. J'ai agi ainsi parce que j'aimais Maryama et que si je n'eusse pu l'approcher, je me serais tué. Aujourd'hui tu sais tout, tu es libre de me punir ; à présent je n'ai pas peur de la mort ! »

Il était si noble en parlant ainsi que Bakary touché répondit : « Non, Lanseni, il ne te sera fait aucun mal. Cet enfant est tien, garde-le. Cette femme que tu as fait tienne par un si grand sacrifice, garde-la. De plus, je te donne une vache pleine et trois moutons, car tu es un garçon courageux et fier ! »

Puis se tournant vers les notables, il ajouta : « Quant à nous, il est désormais inutile de renfermer nos femmes. Les plus grandes précautions et les plus épais tatas ne sauraient les empêcher de nous tromper si elles y sont décidées. »

C'est depuis ce jour-là que les femmes noires ne sont plus jalousement enfermées dans les sérails.

72. POLO ET KHOAHLAKHOUBEDOU

Il y avait une fois un chef qui avait deux femmes, l'une d'elles tuait toujours les enfants de l'autre. Enfin celle-ci alla accoucher chez ses parents et donna le jour à une jeune fille qu'elle appela Polo, parce que, dès sa naissance, on la revêtit de la peau d'un serpent d'eau. Quand Polo fut devenue grande, on la revêtit d'une autre peau un peu plus grande. Alors sa mère retourna chez son mari, laissant sa fille Polo aux soins de ses grands-parents ; c'est là aussi qu'on la fit passer par les rites de la nubilité. L'autre femme du chef avait aussi une fille qu'on appela Khoahlakhoubedou.

Un jour, Masilo arriva chez le père de Khoahla-khoubedou et lui dit : « Je viens chercher des femmes, je veux me marier. » Le chef ordonna de rassembler toutes ses filles pour que Masilo pût choisir celle qu'il préférait. Le lendemain, Mapolo fit chercher sa fille ; Polo vint, suivie de ses compagnes, qui ne formaient qu'une toute petite troupe. Quand il fallut aller chez Masilo, Khoahlakhoubedou et ses compagnes refusèrent de marcher avec Polo et ses compagnes en disant : « Pour nous, nous ne marchons pas en compagnie d'un serpent. » Les deux troupes des jeunes filles marchaient ainsi à distance l'une de l'autre. Masilo était monté sur une colline pour les voir arriver. Quand les jeunes filles arrivèrent à une petite rivière elles s'écrièrent : « Descendons à la rivière, déshabillons-nous et baignons-nous. » Khoahlakhoubedou et ses compagnes se baignèrent d'un côté ; Polo et ses compagnes se baignèrent d'un autre côté. Elles sortirent de l'eau et continuèrent leur route, toujours observées par Masilo. Enfin elles arrivèrent auprès d'un ruisseau, qui coulait précisément au pied de la colline où se tenait Masilo.

Masilo se disait : « Là-bas, au milieu de la plus petite des troupes, il y a une jeune fille qui paraît toute noire ; je voudrais bien savoir quel est l'étrange vêtement dont elle est revêtue. » Les jeunes filles se dépouillèrent de nouveau de leurs vêtements pour se baigner. Quand Polo se fut dépouillée de sa peau de serpent, Masilo s'écria : « Quelle belle fille ! c'est elle qui sera ma femme ; je vois combien elle est belle, quand elle a dépouillé sa peau de serpent. » Quand il vit ses compagnes la recouvrir de sa vilaine peau, il s'écria : « Hélas ! combien ma femme devient laide, quand ils la recouvrent de cette vilaine peau ! »

Les jeunes filles continuèrent leur route et arrivèrent chez Masilo. On leur dit : « Bonjour, les belles filles ! » Les deux troupes de jeunes filles s'assirent chacune à part ; d'un côté la troupe de Khoahlakhoubedou, de l'autre celle de Polo. Masilo arriva et les salua toutes ; elles lui rendirent son salut. Puis il vint s'asseoir auprès des compagnes de Khoahlakhoubedou, et dit à celle-ci : « Khoahlakhoubedou, donne-moi à priser. » La jeune fille prit sa tabatière et versa du tabac dans sa main ; Masilo en prit et prisa. Puis il alla vers la troupe des compagnes de Polo. Les compagnes de Khoahlakhoubedou dirent : « Ouais ! il va vers la troupe du serpent ! Rions ! » Elles se mirent à rire. Masilo s'assit et dit : « Polo, donne-moi une prise. » Elle lui donna du tabac, et il prisa. Les compagnes de Khoahlakhoubedou s'écrièrent : « Ouais ! il a pris du tabac dans la main du serpent. » Mais Masilo leur dit : « C'est une fille de chef, elle aussi, tout comme Khoahlakhoubedou. »

Alors il se leva et alla chez sa mère ; il lui dit : « Prends un grand pot de bouillie et porte-le à la troupe du serpent ; prends-en un plus petit et porte-le à celle de Khoahlakhoubedou. » Sa mère fit ainsi. Masilo sortit, ayant attaché à son habit une petite cuiller de fer. Il s'assit auprès de Khoahlakhoubedou, prit avec ses mains un peu de bouillie et en mangea. Puis il se leva et alla vers la troupe de Polo. Khoahlakhoubedou et ses compagnes s'écrièrent : « Ouais ! il mange avec un serpent ! Rions ! » Elles rirent.

Ensuite Masilo retourna vers sa mère et lui dit : « Prends un pot de *yoala* et porte-le à Khoahlakhou-

bedou. » Quand ce fut fait, il lui dit : « Prends-en
un plus grand et porte-le à Polo. » Sa mère fit ainsi.
Alors il alla vers ses serviteurs et leur dit : « Prenez
un grand mouton bien gras, tuez-le et portez-le à
Polo. » Ils firent ainsi. Les compagnes de Khoahlakhoubedou s'écrièrent : « Oho ! on donne au serpent
un beau mouton bien gras ! » Masilo leur répondit :
« C'est une fille de chef ; je lui donne à manger. »
Puis il dit à ses serviteurs : « Prenez une brebis,
tuez-la et portez-la à Khoahlakhoubedou. » C'est
Khoahlakhoubedou qui était la fille de la première
femme, bien que Masilo ne lui donnât qu'une brebis
maigre ; Polo n'était que la servante de Khoahlakhoubedou, et cependant ce fut elle qui reçut un
beau mouton gras.

Quand le soleil fut couché, Masilo dit : « Khoahlakhoubedou et ses compagnes passeront la nuit dans
la mienne. » Il entra dans la hutte où était Khoahlakhoubedou et y resta un petit moment, puis il sortit
et alla vers Polo et ses compagnes. Il leur dit :
« Dépouillez donc Polo de cette vilaine peau. » Elles
répondirent : « Ce n'est pas une peau qu'elle a
revêtue, c'est son corps ; elle est ainsi. » Il répéta :
« Je vous en prie, dépouillez-l'en. » Il continua à les
supplier longtemps de faire ce qu'il demandait. Enfin
elles lui dirent : « Essaie, si tu le veux, de l'en
dépouiller ; mais c'est inutile, puisque c'est là la
peau dans laquelle elle est venue au monde. » Il
continua de les supplier ; enfin elles cédèrent à ses
instances et enlevèrent la peau de serpent qui recou-
vrait Polo. Alors il s'écria : « Quelle belle jeune
fille ! c'est elle qui sera ma femme ; c'est elle que
j'épouserai. » Quand les compagnes de Polo voulurent
la recouvrir de sa peau de serpent, Masilo prit celle-ci,
la déchira et la jeta au feu. Il resta là à causer avec
elles, toute la nuit, jusqu'au matin.

Alors il sortit et alla vers sa mère ; il lui dit :

« Mère, prends des nattes et étends-les sur le sol, de ta hutte jusqu'à la mienne. » Puis il fit abattre des bœufs et préparer une grande fête. Sa mère prit des nattes et les étendit sur tout l'espace qui séparait sa hutte de celle de son fils. Khoahlakhoubedou était bien triste de voir tout cela. Les gens se demandaient : « Qu'allons-nous donc voir paraître ? » Masilo commanda alors à tous ses jeunes gens de prendre leurs boucliers et d'y fixer leurs panaches de plumes d'autruches. Ensuite il les fit placer sur deux rangs, en face l'un de l'autre, de telle sorte qu'en élevant leurs boucliers au-dessus de leurs têtes ils fissent comme une route couverte, qui allât de la hutte de Masilo à celle de sa mère. Quand tout fut prêt, Masilo cria : « Polo, sors maintenant. » Polo sortit. Au moment où elle mettait le pied hors de la hutte, le soleil s'obscurcit ; on jeta à terre un large collier de cuivre, et le soleil se remit à briller. Polo s'avança à l'ombre des boucliers, que les jeunes gens tenaient élevés au-dessus de sa tête pour que le soleil ne lui fît pas de mal ; elle arriva ainsi à la hutte de la mère de Masilo. Tout le monde s'écriait : « Venez donc voir la femme de Masilo ! Qu'elle est belle ! » Khoahlakhoubedou pleurait de colère et ne cessait de sangloter. Masilo lui dit : « Ne pleure pas ainsi ! toi aussi tu seras ma femme. » Jusqu'alors personne n'avait vu combien Polo était belle ; Khoahlakhoubedou n'en avait jamais rien su. On fit une grande fête ; on se réjouit, on mangea et on but jusqu'à la nuit.

Le lendemain, Masilo choisit le bétail avec lequel il devait épouser ses deux femmes, et le fit conduire chez Rakhoahlakhoubedou. Puis il se mit en route avec ses deux femmes. Il dit à ses jeunes gens : « Que le soleil ne fasse pas de mal à Polo ! faites-lui un abri de vos boucliers. » Les jeunes gens élevèrent, comme la veille, leurs boucliers au-dessus de leurs têtes, et Polo marcha au milieu d'eux, protégée contre les rayons du soleil. Quand ils arrivèrent ainsi nombreux en vue du village de Rakhoahlakhoubedou, la mère de Polo s'écria : « Hélas ! mon pauvre serpent, on l'a sans doute tué ; je ne le verrai plus, mon pauvre serpent. » Masilo et ses gens entrèrent dans le village et se rendirent au *khotla* auprès de Rakhoahlakhoubedou ; Masilo lui présenta le bétail qu'il avait apporté pour épouser Polo et Khoahlakhoubedou. C'est alors seulement que les gens du village apprirent que Mapolo avait un enfant ; jusqu'alors ils n'en avaient rien su. On tua des bœufs et célébra le mariage, puis Masilo retourna chez lui avec ses deux femmes. Polo devint sa femme principale et Khoahlakhoubedou fut la servante de Polo.

73. MASILO ET THAKANÉ

Masilo désirait épouser sa sœur Thakané ; mais celle-ci refusait en lui disant : « Je suis ta sœur ; comment pourrais-tu m'épouser ? » Mais elle avait beau refuser, Masilo revenait toujours à la charge en disant : « Dans le monde entier il n'y a pas une autre jeune fille aussi belle que toi. »

Un certain jour, lors d'une fête, comme les garçons étaient aux champs avec le bétail, les jeunes filles du village sortirent ensemble pour chercher du bois. Alors Masilo dit à sa sœur : « Viens avec moi ; je vais te conduire dans un endroit où tu trouveras du très beau bois, digne de la fille d'un chef. » Thakané suivit seule son frère, qui défendit aux autres jeunes filles de les accompagner.

Masilo conduisit sa sœur dans un endroit écarté où se trouvait entre deux rochers une crevasse étroite et profonde. Une fois là, Masilo dit à Thakané : « Est-ce que c'est pour de bon que tu as refusé de

m'épouser ? » Sa sœur lui répondit : « Certainement !
je ne consentirai jamais à épouser mon frère.
— Oses-tu le dire encore maintenant ? Ne vois-tu pas
que tu es seule avec moi et que je puis te tuer si
je le veux ? » Thakané lui répondit : « Quand bien
même tu me tuerais, je ne consentirai jamais à
t'épouser. » Alors Masilo se jeta sur elle et lui lia
les mains et les pieds, puis il lui dit : « Ne comprends-
tu pas que si tu refuses toujours il ne te reste plus
qu'à mourir ? » Thakané lui répondit encore : « Quand
bien même je devrais mourir à l'instant même, je
ne consentirai pas à t'épouser, toi qui es mon
frère. » Alors Masilo se saisit d'elle et la précipita
au fond de la crevasse, puis il s'en alla, livrant ainsi
sa sœur à une mort certaine.

Le soir, quand le bétail fut rentré au village et
qu'on vit que Thakané ne revenait pas, on la chercha
partout ; on interrogea ses compagnes ; mais celles-
ci avaient peur de dire tout ce qu'elles savaient ; elles
se disaient les unes aux autres : « Si nous n'avions
pas peur de Masilo, nous raconterions que Masilo l'a
appelée et l'a conduite dans les taillis, en nous défen-
dant de la suivre et que depuis nous ne savons plus
ce qu'elle est devenue ; lorsque Masilo est revenu
vers son bétail, Thakané n'était plus avec lui. »

On chercha longtemps Thakané, on parcourut vainement tous les villages environnants ; on alla même
jusqu'à celui qu'habitait sa grand-mère, mais en vain ;
nulle part on ne l'avait vue, personne ne pouvait dire
où elle était allée.

Quant à Masilo, il continuait à garder ses bestiaux, comme si rien ne s'était passé ; mais chaque
jour, il disait à ses compagnons : « Restez ici avec
les bestiaux ; il y a là-bas un oiseau que je veux
essayer d'attraper. » Et il les quittait pour le reste
de la journée. Il se rendait ainsi à la crevasse au
fond de laquelle il avait précipité Thakané ; il s'as-

seyait en haut près de l'ouverture, prenait un gros
quartier de basalte et en frappait violemment le
rocher en chantant :

Thakané, fille de Madi-a-Khomo, parle, parle que je
                                            [t'entende.

Alors Thakané lui répondait :

Puisqu'il faut parler, je parlerai, mais que me faut-il
                                              [dire ?
Masilo, mon frère, a voulu m'épouser, mais je l'ai
                                            [refusé.

Ce qu'entendant, Masilo s'en allait tout joyeux.
Comme Masilo quittait ainsi chaque jour ses bestiaux, son frère cadet se dit : « Je voudrais bien
savoir quel est cet oiseau qui ne se laisse pas
prendre. » Un jour, alors que Masilo venait de dire
comme d'habitude : « Restez ici avec les bestiaux,
il y a là-bas un oiseau que je vais essayer d'attraper », le frère cadet s'échappa sans être remarqué
et le suivit à la dérobée. Quand Masilo fut arrivé à
la crevasse de rochers, le petit garçon se cacha
derrière un buisson. Masilo déposa à terre son bouclier, saisit un gros quartier de basalte et en frappa
violemment le rocher en chantant :

Thakané, fille de Madi-a-Khomo, parle, parle que je
                                            [t'entende.

Thakané lui répondit comme d'habitude, mais sa
voix était devenue si faible qu'on pouvait à peine
l'entendre ; cependant le frère cadet réussit à comprendre ce qu'elle disait. Il se dit : « Ouais ! Masilo
prétend chasser des oiseaux et en réalité il a tué ma

sœur. » Puis il s'en alla sans être vu et, retournant vers son troupeau, il s'assit en pleurant. Quand Masilo fut revenu lui aussi, les autres garçons lui dirent : « Voilà ton frère qui ne fait que pleurer ; nous ne savons ce qu'il a. » Masilo lui demanda : « Qu'as-tu, petit frère ? — J'ai mal au ventre. — Vrai ? — Oui ! »

Alors Masilo dit à deux de ses compagnons de reconduire chez lui le petit garçon. Quand il arriva au village, toujours en pleurant et les yeux rouges, sa mère fut saisie de douleur et se mit à pleurer elle aussi. Elle lui demanda : « Qu'as-tu, mon enfant ? pourquoi pleurer ? Moi aussi, je ne cesse de verser des larmes sur la perte de ta sœur Thakané. » Le petit lui répondit : « Appelle mon père. » La mère lui demanda : « Pourquoi l'appeler ? » Le petit dit : « J'ai de violents maux d'entrailles. »

Lorsque le père fut là, le petit dit : « Mon père, ma mère, entrons dans la hutte. » Il y entra toujours pleurant ; ses parents l'y suivirent pleurant eux aussi. Ils lui demandèrent : « Tu souffres donc beaucoup ? » Il répondit : « Mon père, ma mère, Thakané a été tuée par Masilo. » Ils demandèrent : « De quelle manière l'a-t-il tuée ? Comment le sais-tu ? » Le petit garçon répondit : « Thakané a été tuée par Masilo, n'en doutez pas ; je puis vous mener à l'endroit où elle se trouve. » A la nuit noire, le père et la mère se mirent en route, conduits par leur fils cadet.

Lorsqu'ils furent arrivés, le petit dit : « Mon père, prends cette grosse pierre, trop lourde pour que je puisse moi-même la soulever et frappes-en violemment le rocher en haut de la crevasse en chantant :

Thakané, fille de Madi-a-Khomo, parle, parle que je [t'entende. »

Le père prit la pierre et fit ainsi qu'on le lui avait indiqué ; il faisait si sombre qu'on ne pouvait rien voir. Il entendit la voix de sa fille, mais si faible, si faible qu'on pouvait à peine comprendre ce qu'elle disait. Alors il se coucha à terre, se pencha sur le rebord de la crevasse et cria : « Thakané ! Thakané ! » Thakané répondit : « Mon père ? — Comment se fait-il que tu te trouves là, ma pauvre enfant ? — C'est Masilo qui m'y a précipitée. » Le père tout ému se demandait : « Que faut-il faire ? Comment l'en sortir ? » Il avait beau chercher, il ne trouvait aucun moyen pour la tirer de là ; enfin, il dit à sa femme : « Aurais-tu peur de rester seule ici, pendant que je vais au village chercher du secours ? » La femme répondit : « Non ! tu peux y aller, je n'ai aucune crainte ; à ton retour tu me retrouveras ici même ; dis aux gens de notre village que la crevasse est très profonde et qu'ils doivent venir munis de lanières de cuir et de graisse de bœuf. »

Au bout d'un certain temps, le mari revint avec vingt hommes de son village ; il se pencha de nouveau sur le bord de la crevasse et cria à sa fille : « Est-ce que tu peux lier à tes pieds et à tes bras, sous les aisselles, les lanières que nous te tendrons ? » Thakané répondit : « Oui, je puis le faire, mais la crevasse est si petite que j'ai peine à me servir de mes mains. » Alors on lui tendit les lanières de cuir, elle les lia à ses pieds et se les passa sous les aisselles, puis elle dit : « Maintenant, c'est fait. » Son père lui dit : « Lorsque nous essaierons de te soulever, ne reste pas couchée, mais tâche de te tenir debout. » Thakané répondit : « Il m'est impossible de me tenir debout. » Alors les gens se dirent : « Puisqu'elle ne peut pas se tenir debout, il faut faire fondre de la graisse et la faire couler le long des parois de la crevasse pour qu'elles deviennent lisses et glissantes. » Ainsi fut fait. Lorsque son père et les gens tirèrent sur les courroies pour la sortir de la crevasse, comme la graisse en avait rendu les parois lisses et glissantes et adouci leurs aspérités, elle n'eut pas même une égratignure, et arriva en haut en bon état, mais excessivement amaigrie. On la laissa se reposer un instant, puis on la transporta dans la hutte de ses parents, où on lui fit avaler une grande quantité de graisse fondue pour humecter et distendre son gosier.

Le lendemain, Masilo alla, comme de coutume, faire paître son bétail, sans se douter de ce qui s'était passé. Parmi les jeunes gens qui l'accompagnaient, se trouvait un de ceux qui avaient, la nuit précédente, retiré Thakané de la crevasse où Masilo l'avait précipitée ; il se dit en lui-même : « Il faut que je sache si c'est bien réellement Masilo qui a voulu tuer sa sœur. » Il se rendit en secret près de la crevasse et s'y cacha derrière un buisson ; un instant après, il vit arriver Masilo. Celui-ci déposa à terre son bouclier, prit le quartier de basalte et le jeta violemment à terre : *thou !* en chantant :

Thakané, fille de Madi-a-Khomo, parle, parle que je
                                        [t'entende.

Pas de réponse. Il reprit : « Tu boudes donc aujourd'hui ? » Puis il frappa une seconde fois le rocher plus violemment encore qu'auparavant, en chantant :

Thakané, fille de Madi-a-Khomo, parle, parle que je
                                        [t'entende.

Toujours pas de réponse ; aucun son ne se faisait entendre. Alors Masilo brandit son bouclier et sauta de joie en criant : « Ah ! tu es morte maintenant, tu

vas pourrir, toi qui n'as pas voulu de moi. » Puis il
retourna vers son troupeau, tout joyeux, et jouant
gaiement de sa flûte, et disant : « Aujourd'hui elle
est morte ! » Lorsqu'il arriva vers ses compagnons,
ceux-ci se dirent les uns aux autres : « Masilo est un
mauvais frère ; voyez comme il est joyeux, bien que
sa sœur soit morte ! »

Ce jour-là son père avait tué un mouton pour faire
du bouillon pour Thakané. Le soir, quand il fut de
retour avec son bétail, Masilo attendit longtemps ;
mais personne ne lui apportait de la viande. Enfin
il demanda : « Où est la tête du mouton ? pourquoi
ne me l'apporte-t-on pas ? » Puis il envoya dire à son
père : « Envoie-moi la tête du mouton, que je la
mange. » Le père répondit : « Dites-lui que je l'ai
déjà mangée moi-même. » C'est ainsi que Masilo dut
se passer de viande.

Il continua pendant plusieurs jours à garder son
bétail, sans se douter que l'on avait retrouvé Thakané. Tout le monde était étonné et honteux de la
joie qu'il montrait ; on disait : « Comment peut-il
être si joyeux quand sa sœur Thakané est morte ? »
Pendant ce temps les parents continuaient chaque
jour à laver Thakané avec de l'eau chaude et à
l'oindre de graisse. Au bout d'un certain temps elle
put enfin se lever en s'appuyant contre les murs de
la hutte ; alors ses muscles longtemps contractés se
détendirent avec bruit. Alors aussi elle put com-
mencer à parler et raconta à ses parents comment
Masilo l'avait traitée. On continua encore quelques
jours à lui apprêter des mets succulents, on lui tuait
des moutons, on en arrangeait les peaux pour elle.
De nuit elle sortait avec sa mère pour se promener.

Elle redevint bien vite aussi grasse et bien portante
qu'auparavant. Alors son père et sa mère coupèrent
leurs cheveux qu'ils avaient, pendant leur deuil, laissé
croître démesurément ; ils recommencèrent à s'oindre

de graisse et reprirent l'apparence de gens bien portants. Les gens disaient : « Ils ont pleuré, maintenant ils sont consolés ; les voilà qui quittent leur deuil. » Alors le père envoya un de ses serviteurs vers ses beaux-parents pour leur dire : « Hâtez-vous de venir, car j'ai préparé une fête ; surtout que mon beau-père soit là. » On tua nombre de bœufs, on prépara un repas colossal.

Lorsque l'on fut réuni pour la fête et que l'on commença à distribuer la nourriture aux invités, le père de Masilo dit à ses beaux-parents : « J'ai longtemps pleuré, aujourd'hui je suis consolé ! » Puis il ordonna d'étendre sur le sol, au milieu du village, des nattes de jonc. Pendant ce temps la foule était assise à terre, mangeant et buvant. Alors le père, la mère et la grand-mère de Thakané lui crièrent : « Maintenant, sors de la hutte. » Elle sortit de sa hutte ; à peine était-elle dehors que le soleil s'obscurcit. Le peuple tout entier s'écria : « Comment ! c'est Thakané ! Elle vit encore ! » Ce fut une joie générale. Quant à Masilo, il s'enfuit au plus vite et se réfugia dans un pays éloigné.

74. HAMMAT ET MANDIAYE

Un chef de village diolof avait deux femmes dont chacune lui avait donné un garçon. L'un des enfants s'appelait Hammat et l'autre avait nom Mandiaye.

Comme Hammat atteignait l'âge d'adolescent, sa mère mourut. Un peu de temps s'écoula, puis ce fut au tour de son père de mourir. Avant sa mort, le chef avait désigné Mandiaye comme son successeur dans le commandement du village et il avait déclaré ne vouloir rien laisser à Hammat.

Ce dernier est allé trouver un vieillard âgé de cent

ans pour le moins et il lui a demandé ce qu'il devait
faire. Le vieillard lui conseille de gagner la brousse
et de ne jamais retourner au village.

Hammat se met en route et voici qu'il rencontre
un petit guinné. Il saisit le petit par le bras. L'enfant
crie et sa mère accourt.

« C'est toi qui te nommes Hammat ? » demanda-
t-elle.

Hammat répond que oui.

« Je sais ce qu'il y a dans ton cœur, dit la guinné.
Viens avec moi ; tu resteras près de nous. »

Hammat est resté trois mois chez la guinné. Au
bout de ce temps, celle-ci l'a appelé. Elle lui apporte
du couscous à manger, puis elle lui fait présent d'une
petite canne. « Tu vas partir, dit-elle. Prends cette
route-là et marche pendant deux mois. Il y a une
guinné qui commande à notre race. Tâche de parvenir jusqu'à elle sans faire de sottises et reste bien
sérieux jusqu'à ce que tu l'aies rencontrée. »

Hammat s'est mis en route. Voici un mois et vingt-
trois jours qu'il chemine. La guinné lui a prescrit
de ne rien dire quoi qu'il rencontre sur son chemin.
Il trouve une marmite où cuit du riz. Le riz cuit,
la marmite se renverse d'elle-même, puis se remet
sur le feu, pleine de nouveau riz à cuire.

Hammat regarde, mais il ne souffle mot.

La marmite lui demande alors : « Si tu rencontres
quelqu'un sur ta route, que lui diras-tu que tu as
vu ?

— Je lui dirai, répond Hammat, que j'ai rencontré
ma mère qui faisait cuire du riz et qu'elle m'en a
donné à manger. »

La marmite alors lui donne du riz et il le mange ;
puis elle lui dit : « C'est bien, mon garçon ! Pars
et fais un bon voyage ! »

Hammat reprend sa route. Au bout d'une heure, il
aperçoit un homme qui, brandissant son *bengala*

comme un bâton, en frappe un baobab qu'il jette
bas du coup.

Hammat reste là assez longtemps. L'homme lui
demande : « Si tu rencontres quelqu'un, que lui
diras-tu ?

— Je lui dirai, répond Hammat, que j'ai trouvé
mon père qui abattait des pains-de-singe (fruit du
baobab), et qu'il m'en a donné.

— C'est bien ! » approuve l'homme. Et il lui donne
des pains-de-singe que Hammat mange. Quand il a
fini de manger, l'homme le congédie en lui souhaitant
bon voyage.

Hammat marche six jours encore. Il ne s'en faut
que d'un jour pour qu'il arrive chez la reine des
guinnés. A ce moment il rencontre une femme à côté
d'un puits.

Hammat a grand soif. Il demande de l'eau à la
femme. Celle-ci se sert de sa *calebasse* en guise de
récipient, pour lui offrir à boire. Hammat boit sans
hésiter dans ce vase d'un nouveau genre et la femme
lui demande : « Si tu rencontres quelqu'un, que lui
diras-tu ?

— Que j'ai vu une femme, une brave femme ! Je
lui ai demandé de l'eau et elle m'en a donné sans
faire de manières.

— C'est bien ! Alors bon voyage ! »

Hammat a encore rencontré un homme qui menait
avec lui cent ânes. Il a chargé son *bengala* sur les
cent animaux. Quand il entre en érection, les ânes
tombent sur le sol. Quand c'est passé, ils se relèvent.

« Que diras-tu, demanda-t-il à Hammat, si tu viens
à rencontrer quelqu'un ?

— Je lui dirai que j'ai vu un homme qui menait
cent ânes qu'il avait chargés d'une seule charge et
que cet homme m'a donné à manger. »

L'homme alors a donné à manger à Hammat.
« Bon ! dit-il, ça va bien ! Bon voyage ! »

Hammat continue son chemin et rencontre encore une femme qui était étendue sur le sol. Depuis un an elle n'avait pas forniqué. Près d'elle se tenaient cent fillettes, munies de calebasses, qui recueillaient l'eau qui sortait de son sexe pour l'y reverser de nouveau.

La femme lui demande ce qu'il dira s'il rencontre quelqu'un sur sa route. Hammat répond qu'il dira avoir trouvé une brave femme qui lui a donné d'abord à manger et, ensuite, de l'eau à boire.

La femme lui donne à boire et à manger, puis elle lui dit : « Je sais ce qu'il y a dans ton cœur. Tu vas rendre visite à la reine des guinnés. Tu arriveras chez elle aujourd'hui. Elle a, pour premier fils, l'éléphant ; pour second fils, le lion ; pour troisième et quatrième, la panthère et l'hyène, et, pour cinquième, le serpent. Tu ne les trouveras pas chez elle, car ils seront partis dans la brousse. »

Hammat arrive près d'un village et il y rencontre la reine des guinnés. Elle n'a qu'une jambe, qu'un bras, qu'une oreille, qu'un œil et qu'une narine. Son dos est tranchant comme un rasoir. Au moment où Hammat se présente devant elle, elle a puisé de l'eau pour se laver le corps.

Hammat lui souhaite le bonjour. La guinné lui répond : « C'est toi qui t'appelles Hammat ? — Oui ! — Bon ! Viens un peu me laver le dos. »

Hammat commence à frotter le dos tranchant de la guinné et s'entaille les mains profondément. Il n'en continue pas moins son travail. Quand il a terminé, la guinné lui lèche les mains qui redeviennent intactes comme auparavant.

« De mon dos ou de celui de ta mère, lui demanda-t-elle, quel est le meilleur ?

— C'est le tien ! » affirma Hammat.

Alors la guinné lui ordonne de la suivre et ils se rendent ensemble à la case de la reine. « C'est toi

qui vas préparer le manger aujourd'hui », lui dit-elle.
Elle sort un vieil os dégarni de sa viande et aussi
sec que s'il y avait trois ans qu'on l'aurait épluché :
« Mets ça dans la marmite avec de l'eau ! »

Hammat obéit. Il ajoute ce qu'il faut pour le couscous, car le mil était déjà pilé. Avant que le couscous
fût prêt, l'os s'était garni de viande, au point d'em-
plir entièrement la marmite.

Quand tout est prêt, Hammat apporte le couscous
et la viande à la reine des guinnés et ils se mettent
à manger.

Ensuite la guinné donne à Hammat une aiguille.
« Mes cinq fils, lui dit-elle, sont partis dans la
brousse et ils ne sont pas encore rentrés. Tu vas
coucher avec moi dans la case. Voici pourquoi je
te remets cette aiguille : tu t'étendras sous le lit.
Si l'hyène commence à uriner, tu la piqueras légèrement. »

L'hyène et les autres enfants de la guinné sont
revenus. L'hyène flaire partout et demande : « Qu'est-
ce qui sent ainsi ? Cela sent l'homme ici !

— Tu es folle ! réplique la guinné. Que viendrait
chercher un homme chez nous ? »

Tout le monde se couche, et bientôt l'hyène commence à uriner. Alors Hammat la pique légèrement.
« Oh ! dit la bête, il y a quelque chose qui me
pique ! » A deux ou trois reprises elle appelle ses
frères : « Nous allons sortir, dit-elle, car aujourd'hui
il y a sur le lit quelque chose qui me pique. »

L'hyène, l'éléphant, le serpent, le lion et la panthère, tous s'en vont. Après leur départ, Hammat
raconte à la reine guinné tout ce que son frère lui
a fait.

Le lendemain matin la guinné lui donne deux
petites calebasses sphériques comme celles où l'on
met le tabac et lui dit de casser la première après
un mois de marche. Pour la seconde il ne devra

la briser qu'arrivé à proximité de son village.

Lorsque Hammat est à moitié route, il casse la première calebasse. Il en voit sortir des bœufs, des chevaux et des guerriers en quantité. Tout cela l'accompagne ; tout lui appartient.

Il continue son chemin jusqu'à ce qu'il arrive en vue de son village. Alors il brise la seconde calebasse, mais de celle-ci ne sortent que des animaux mangeurs d'hommes : des éléphants, des lions, des hyènes...

Déjà les soldats qui accompagnent Hammat ont tué toutes ces bêtes-là.

Hammat entre dans le village. Il demande aux gens des provinces voisines de se réunir. Il leur parle, et on tombe d'accord pour mettre Hammat, comme chef, à la place de Mandiaye. Alors la mère de ce dernier dit à son fils : « Hammat a su s'y prendre de manière à avoir tout ! C'est lui le chef maintenant et c'est lui qui nous commande ! Pourquoi ne pars-tu pas, toi aussi ? »

Mandiaye va trouver Hammat. Il lui demande comment il s'y est pris pour acquérir tout ce qu'il possède. Hammat le renseigne. Alors Mandiaye se met en route.

D'abord il rencontre le petit guinné que Hammat avait trouvé en premier lieu sur son chemin. Il lui donne une gifle, le saisit et l'attache. La mère du petit accourt : « Ah ! dit-elle, c'est ainsi que tu agis ? Tu n'auras pas la chance de Hammat ! » Elle lui donne cependant les mêmes conseils qu'à son frère auparavant.

Mandiaye poursuit sa route. Bientôt il trouve la marmite merveilleuse : « Que diras-tu de moi si tu rencontres quelqu'un ? lui demande-t-elle.

— Je dirai que j'ai vu une marmite qui faisait cuire du riz, puis se renversait, recommençait à cuire d'autre riz, pour se renverser de nouveau.

— Bien ! Tu peux partir, mais tu n'auras pas un aussi bon voyage que Hammat ! »

Mandiaye rencontre ensuite l'homme qui abat les baobabs avec son *bengala*. « Que diras-tu de moi à ceux que tu rencontreras ?

— Je dirai que j'ai vu un homme renverser des baobabs avec son membre !

— C'est bon ! Passe ton chemin ! Tu n'auras pas un heureux voyage ! »

Mandiaye passe près de la femme qui puise de l'eau avec son *tiaper*. « Tiens ! dit-il, c'est ainsi que tu puises de l'eau ? — Oui ! — Eh bien, je ne veux pas d'eau puisée dans le sexe d'une femme !

— Va-t'en ! Ton voyage ne sera pas heureux comme celui de Hammat ! »

Il rencontre ensuite l'homme qui charge cent ânes de son seul *bengala*. « Voilà, s'exclame-t-il, quelque chose que je n'ai jamais vu !

— Et que diras-tu à ceux que tu rencontreras ?

— Que c'est la première fois que j'ai vu un homme à qui il faut cent ânes pour porter son membre !

— Continue ta route ! Tu ne feras pas un aussi bon voyage que Hammat ! »

Mandiaye va plus loin et trouve la femme à qui on fait rentrer dans le corps l'eau qui découle de son sexe. Il s'écrie encore que jamais il n'a rien vu de pareil : « Toi, dit-il à la femme, tu es bonne pour épouser l'homme au gros *bengala* que j'ai rencontré sur la route et qui a besoin de cent ânes pour porter son membre viril ! Tu es en rut comme lui !

— Où as-tu rencontré cet homme ? demande la femme avec une avide curiosité.

— Sur la route, là-bas !

— Eh bien, à ton retour je t'accompagnerai et tu me montreras cet homme-là ! »

Mandiaye arrive enfin chez la reine guinné. Il s'aperçoit immédiatement qu'elle n'a qu'une jambe, qu'un bras et qu'une oreille. « Ah ! dit-il, c'est toi qui commandes aux guinnés ? Jusqu'à présent je n'ai jamais vu personne d'aussi laid que toi ! »

— Il faut que tu me frottes le dos comme Hammat l'a fait », dit la reine guinné.

Mais Mandiaye qui lui voit le dos en lame de rasoir. « Non ! s'écrie-t-il, jamais je ne toucherai à cela ! »

La reine guinné lui remet alors l'os et le mil pilé en farine, en lui disant : « C'est à toi de nous faire à manger aujourd'hui.

— Comment cet os-là va-t-il se garnir de viande ? demande Mandiaye.

— Ça ne te regarde pas ! Mets-le dans la marmite et prépare le couscous ! »

Mandiaye prépare le manger. Quand tout est prêt, il l'apporte à la guinné. Celle-ci lui dit alors : « Mes enfants vont rentrer, mais fais attention ! car s'ils te voient, ils vont te dévorer ! »

Elle donne à Mandiaye une aiguille, comme elle l'avait fait pour Hammat, et lui dit de se placer sous le lit : « Si l'hyène commence à uriner, lui prescrit-elle, tu la piqueras légèrement... pas trop fort ! »

Les bêtes arrivent. Elles se couchent. L'hyène commence à uriner. Mandiaye alors la pique fortement. « Je veux voir ce qui m'a piqué ! déclare l'animal, et je vais apporter du feu pour mieux voir.

— Non ! » proteste la guinné, qui fait sortir toutes les bêtes et leur ordonne de s'éloigner.

La guinné a remis à Mandiaye deux calebasses exactement semblables à celles dont elle avait fait présent à Hammat. Elle lui en désigne une en disant : « C'est celle-là, et non pas l'autre, que tu devras briser la première. »

Ensuite elle le laisse partir.

Mandiaye, à son retour, reprend au passage la femme à qui il avait promis de la mener jusqu'à l'homme au gros *bengala*. Sitôt que l'homme a aperçu celle-ci, il s'est excité et est entré dans la *calebasse* de la femme, lui et ses cent ânes.

« Peuh ! a déclaré la femme, cela ne me suffit pas ! »

Au milieu de sa route, Mandiaye a cassé tout d'abord la seconde calebasse, celle-là même que la guinné lui avait recommandé expressément de ne casser qu'en dernier lieu. Toutes les bêtes en sont sorties ; elles se sont jetées sur lui et l'ont dévoré.

C'est fini.

CHAPITRE XVII

CONTES HUMORISTIQUES

Satires. — Joyeux. — Sacripants.

75. *La Fille rusée*, conte bornou.
76. *Le Village des Fous*, conte khassonké.
77. *Les Méfaits de Fountinndouha*, conte gour-
    mantié.
78. *Hâbleurs bambara*, conte peuhl.
79. *Les Incongrus*, conte ouolof.
80. *Le Coq et l'Ane*, conte soninké.

CONTES HUMORISTIQUES

75. LA FILLE RUSÉE

Il était un homme qui avait une belle fille et il voyait que tous les garçons étaient amoureux d'elle en raison de sa beauté.

Deux garçons, qui étaient rivaux, se présentent un jour, vont trouver la jeune fille et lui disent : « Nous sommes venus à toi. »

Elle leur demande : « Que désirez-vous de moi ? » Ils lui répondent : « Nous t'aimons, c'est pourquoi nous sommes venus à toi. »

La jeune fille se lève, va trouver son père et lui dit : « Vois, deux garçons sont venus à moi. »

Le père se lève, sort, va trouver les garçons et leur demande : « Que désirez-vous, mes fils, pour être venus à moi ? »

Ils lui répondent : « Nous sommes rivaux et nous sommes venus trouver ta fille parce que nous la voulons pour femme. »

Le père écoute ces paroles et reprend : « Allez dormir chez vous cette nuit et revenez demain ; vous verrez qui doit avoir ma fille pour femme. »

Les garçons obéissent à ces paroles et s'en retournent dormir chez eux. Mais dès qu'il fait jour, le

lendemain, ils se lèvent, reviennent chez le père de
la jeune fille et lui disent : « Eh bien, nous voici,
comme tu nous l'as dit hier ; nous sommes venus
te trouver. »

Le père les écoute et leur dit : « Restez et atten-
dez-moi, car je vais acheter une pièce d'étoffe au
marché ; quand je l'aurai apportée, vous entendrez
ce que je dirai. »

Les jeunes gens obéissent aux paroles du père et
attendent tandis qu'il se levait, prenait l'argent et
allait au marché. Il arrive à l'endroit où on vendait
des étoffes, en achète une pièce et s'en retourne là
où étaient les jeunes gens. Quand il est de retour
il appelle sa fille et, quand elle est là, il dit aux
jeunes gens : « Mes fils, vous êtes deux et il n'y a
qu'une fille ; auquel de vous dois-je la donner ? Et
auquel de vous dois-je la refuser ? Voici une pièce
d'étoffe ; je vais la déchirer en deux et en donner
un morceau à chacun de vous. Celui qui aura fini
le premier d'en faire un vêtement sera le mari de ma
fille. »

Les jeunes gens taillent chacun leur vêtement
et s'empressent de le coudre tandis que le père de
la jeune fille les regarde faire. Alors il appelle sa
fille à l'endroit où étaient les prétendants et, quand
elle est arrivée, il prend du fil et le lui donne en
disant : « Voici du fil, noue-le et donne-le à ces
gens. »

Elle obéit à son père, prend le fil et s'assoit à
côté d'eux.

Mais elle était rusée, et ni son père ni les jeunes
gens ne le savaient. Elle connaissait déjà celui
qu'elle aimait. Le père s'en va, rentre dans sa maison
et attend que les jeunes gens aient cousu les vêtements, en disant : « Celui qui aura fini le premier
sera le mari de ma fille. »

La fille commence à nouer le fil et les prétendants

prennent leur aiguille et se mettent à coudre. Mais la jeune fille était rusée. Elle noue des fils très courts pour celui qu'elle aimait et pour celui qu'elle n'aimait pas, des fils longs. Ils cousent et elle noue le fil. Pourtant, à midi, elle voit qu'ils n'ont pas fini de coudre ; elle continue, elle noue le fil et eux travaillent. A trois heures de l'après-midi, le jeune homme qui avait les fils courts avait fini de coudre ; mais celui qui avait les fils longs n'avait pas encore fini.

Quand le père de la jeune fille se lève et vient trouver les jeunes gens, il leur dit : « Vous avez cousu jusqu'à présent et le vêtement n'est pas encore fini ! »

L'un d'eux se lève, prend le vêtement et dit au père : « Mon père, voici : ma tâche est achevée. »

Celle de l'autre n'était pas terminée. Le père les regarde et ils le regardent. A la fin, il leur dit : « Mes fils, quand vous êtes venus tous les deux me demander ma fille unique, je n'avais pas de préférence pour l'un de vous : c'est pourquoi j'ai apporté une pièce d'étoffe, je l'ai déchirée en deux, je vous l'ai donnée et j'ai appelé ma fille pour nouer le fil pour vous, en disant : « Faites ces « vêtements. » Vous avez commencé à travailler et je vous ai dit : « Celui qui aura fini le premier le « vêtement sera le mari de ma fille. » Avez-vous compris ? »

Les jeunes gens répondent : « Père, nous comprenons ce que vous nous dites. Voici : l'homme qui a terminé le vêtement doit être le mari de ta fille et celui qui ne l'a pas terminé ne sera pas son mari. »

Ce fut la jeune fille rusée qui décida dans le débat des deux jeunes gens. Le père ne savait pas que sa fille, quand elle nouait le fil, en faisait de courts pour l'homme qu'elle aimait, ni qu'elle en faisait de longs pour celui qu'elle n'aimait pas. Il ne savait pas que c'était sa fille qui avait choisi son mari. Le père avait raisonné de la sorte : si l'homme qui a fini de coudre prend ma fille, il travaillera ferme et la nourrira ; mais celui qui n'aura pas fini de coudre travaillera-t-il ferme et la nourrira-t-il s'il l'épouse ?

Alors les deux jeunes gens se lèvent et s'en vont dans leur ville ; mais celui qui avait fini le vêtement prend la fille pour femme.

Maintenant l'histoire de la fille rusée que j'ai entendu raconter est finie.

76. LE VILLAGE DES FOUS

Il existait un village dont tous les habitants étaient fous.

Un jour, un pâtre et son troupeau s'égarèrent dans le voisinage de ce village et, le soir venu, comme une chèvre manquait, le pâtre fit des recherches dans les alentours.

Il rencontra un cultivateur, qui travaillait à son champ, et lui demanda : « N'as-tu pas vu, dans ton champ, une chèvre égarée ? — Mon champ commence devant moi et finit derrière moi, dit l'homme, cherche et tu trouveras. »

Voyant qu'il n'en obtiendrait rien, le berger s'éloigna. Quand il eut retrouvé sa chèvre, il réunit son troupeau bêlant pour passer la nuit à la belle étoile, car il ignorait s'il y avait un village dans les environs. Soudain, vint à passer le cultivateur avec lequel il s'était déjà entretenu, il s'en approcha et, pour se ménager ses bonnes grâces, lui dit :

« J'ai retrouvé ma chèvre qui s'était égarée, la voici ; je te la donne bien volontiers, si tu veux m'accorder l'hospitalité.

— Ah ! par exemple, s'écria le cultivateur, en voilà

une histoire ? Comment ! tu m'accuses d'avoir volé ta chèvre ? Nous allons régler cette affaire chez le chef du village. »

Quand ils furent en présence du chef du village, celui-ci s'écria, dès que le berger voulut parler : « Allons ! encore une histoire de femme ! vraiment ça ne peut durer, je vais quitter le village. » Et s'adressant à sa femme, il lui dit : « Viens, partons ! »

La femme confia à l'une de ses servantes placée à côté d'elle : « Non, je ne puis continuer à vivre avec un homme qui parle toujours de divorcer. »

La servante était occupée à décortiquer des arachides et, au moment où sa maîtresse lui parlait, un mendiant se présenta pour demander l'aumône. La servante dit au mendiant : « Peux-tu croire, pauvre homme, que depuis ce matin je suis occupée à cet ouvrage et que je n'ai pas encore mangé. » Et, sans plus, elle mit les arachides dans le boubou que tendait le mendiant, qui s'en alla en disant : « Bien merci ! Dieu soit loué ! »

77. LES MÉFAITS DE FOUNTINNDOUHA

Un homme très jaloux de sa femme s'était retiré à l'écart du village pour la mettre dans l'impossibilité de le tromper.

Un autre homme, nommé Fountinndouha, c'est-à-dire « réveille-moi que je fornique », résolut de coucher avec cette femme. Il choisit dans son troupeau un mouton gros et gras et se rendit chez le mari précautionneux. Celui-ci l'interrogea sur le but de son voyage : « Je vais vendre mon mouton au roi Outênou, lui répondit Fountinndouha, je veux voir si j'en retirerai quinze cauris.

— C'est quinze mille cauris que tu veux dire ?

s'exclama le mari. Ou ne serait-ce vraiment que quinze cauris ?

— C'est bien quinze cauris seulement que je demande. »

Le mari s'empressa d'offrir à Fountinndouha les quinze cauris et reçut en retour le mouton qu'il égorgea. Le vendeur l'aida à l'écorcher.

La nuit arriva avant qu'ils eussent terminé le dépeçage de la bête. La femme fit cuire de la viande en quantité et y mit de la graisse à profusion. Fountinndouha mangea avec eux mais, de peur de se donner la diarrhée, il se garda soigneusement de toucher à la graisse.

Le mari, au contraire, en mangea immodérément. Aussi fut-il pris d'une diarrhée très violente.

Au moment d'aller se coucher, il dit à Fountinndouha : « Comme il n'y a qu'une case ici, tu vas coucher près de la porte. Ma femme dormira au fond de la case et moi entre vous deux. Mais ne va pas tenter de la besogner pendant que je dormirai. »

A peine étaient-ils étendus sur les nattes que le mari entendit des gargouillements dans son ventre. Il sortit pour courir aux feuillées. Avant qu'il fût de retour, Fountinndouha avait déjà besogné la femme.

Le mari revint mais, le cours de ventre le reprenant, il se vit contraint de sortir de nouveau et ainsi de suite jusqu'à sept fois dans le courant de la nuit. A chacune de ces sorties, Fountinndouha rejoignait la femme de son hôte et employait consciencieusement son temps.

Au matin, il partit, remerciant le mari et déclarant qu'il se rendait chez le roi Outênou.

Il arriva chez un forgeron à qui il remit un morceau de fer pour lui fondre une bague.

Pendant ce temps, la femme racontait à son mari ce qui s'était passé et lui avouait que Fountinndouha avait couché avec elle. Furieux, le mari, avec sa femme, se lance à la poursuite de Fountinndouha dans le ferme dessein de se venger de lui.

Quand le forgeron eut achevé la bague, il pouvait être six heures du soir. Il tendit l'anneau à Fountinndouha : « Donne-le à ta femme, dit celui-ci, je passerai le prendre demain matin. »

La nuit même il vint chez le forgeron qui était absent. Il entra dans la case et dit à la femme : « Ton mari t'a donnée à moi. La preuve en est qu'il t'a remis ma bague pour la garder. » Il besogna la femme, reprit sa bague et s'en alla.

Le lendemain matin, le premier mari trompé se présenta chez le forgeron et s'informa s'il n'avait pas vu un étranger : « Fountinndouha, répondit l'artisan, vient de passer ici. C'est un homme de haute taille. Il a couché ici cette nuit.

— C'est exact ! confirma la femme du forgeron, et même il a couché avec moi ! »

Les deux cocus se précipitèrent sur les traces de Fountinndouha.

Celui-ci était arrivé chez un cultivateur qui le reçut de son mieux et lui donna à manger une pleine calebasse de riz. A l'heure du coucher, Fountinndouha demanda à son hôte à quelle heure il pouvait partir sans déranger personne.

« Tu n'as qu'à te lever au premier chant du coq » (littéralement *prendre le cou du coq*), répondit le cultivateur.

Quand tout le monde fut endormi, Fountinndouha, prenant le conseil à la lettre, pénétra dans le poulailler et y tordit le cou à toutes les volailles.

Cela fait, il se remit en route.

Le lendemain matin, le cultivateur trouva toutes ses poules mortes. En même temps les deux cocus venaient lui demander s'il n'avait pas vu Fountinndouha.

« Allons à sa recherche tous les trois ! dit le cultivateur. Il a tué toutes mes poules.

— Et pour nous, disent les deux cocus, c'est bien
pis ! Il a besogné nos femmes ! »

Tous trois s'élancèrent à la poursuite du sacripant.
Celui-ci avait marché toute la nuit et toute la journée. Au soir il se trouva au bord d'un marigot à un
endroit où campaient des griots trempés par la
pluie. Ces griots avaient allumé un grand feu pour
s'y sécher et s'y réchauffer. Fountinndouha s'étendit
au milieu d'eux.

Quand il les vit tous endormis, il prit leurs petits
et leurs grands tam-tams et jeta tout cela dans le
feu. Ensuite il s'enfuit.

Le lendemain les trois hommes qui le poursuivaient arrivèrent près des griots et ceux-ci se joi-
gnirent à eux pour courir après le mauvais plaisant.

Dans sa fuite, Fountinndouha atteignit un village
où une vieille femme lui demanda ce qu'il avait à
courir de la sorte : « Outênou, lui jeta-t-il en hâte,
m'envoie en messager pour ordonner qu'avant le
coucher du soleil il n'y ait plus de pucelles dans
aucun village. »

La vieille, épouvantée pour ses filles, lui dit alors :
« Mon fils n'est pas ici ! Viens, je t'en supplie, faire
le nécessaire pour que mes filles satisfassent aux
volontés d'Outênou ! »

Fountinndouha alla dépuceler toutes les filles de la
vieille. Quand il eut terminé : « Il y a longtemps
que moi-même je n'en ai tâté, lui confia la vieille,
viens donc un peu rafraîchir mes souvenirs là-
dessus. »

Fountinndouha ne voulut pas lui refuser ce petit
service. Il la besogna consciencieusement. La corvée
finie, la vieille désira savoir son nom : « Mon nom,
répondit-il, est *Dinndinnma sârbiâri*, c'est-à-dire j'ai
commencé par le meilleur et fini par le pire. »

Il poursuivit ensuite son chemin.

Le fils de la vieille revint et elle lui raconta l'affaire. Il se fâcha et, comme les autres victimes du sacripant s'étaient présentées pour avoir des renseignements, il se joignit à elles pour poursuivre Fountinndouha.

Enfin celui-ci parvint chez Outênou-Bado :

« Roi des rois ! lui annonça-t-il, des gens vont venir porter plainte contre moi. Donne-leur tort et je te promets trois idiots en cadeau. »

Outênou promit de l'absoudre.

Alors arrivèrent les deux cocus, le cultivateur, les griots et le frère des ci-devant pucelles. Outênou débouta d'abord le jaloux en le traitant de voleur. Comment ! il avait eu l'impudence de ne payer que quinze cauris pour un mouton gras !

Il renvoya aussi le forgeron qui avait remis la bague à sa femme après l'avoir montrée à Fountinndouha.

Il apostropha vertement le cultivateur pour avoir dit au prévenu de *prendre le cou du coq,* ainsi que les griots qui n'avaient pas su apprécier les bonnes intentions de Fountinndouha. Qu'avait voulu celui-ci en jetant au feu leurs tam-tams de bois ? Entretenir le feu ! Que venaient-ils réclamer alors ?

Quant aux filles de la vieille, celle-ci était mal venue à se plaindre d'un traitement qu'elle avait sollicité, non seulement pour elles, mais encore pour son propre plaisir.

Outênou envoya ainsi les plaignants des fins de leurs plaintes.

« A présent, lui dit Fountinndouha, je vais t'aller chercher les trois idiots que je t'ai promis ! »

Il sortit et rencontra un palefrenier qui se disposait à charger sur sa tête une botte de fourrage qu'il venait de lier. La botte était trop pesante pour lui. Et à chaque tentative qu'il venait d'entreprendre, il dénouait les liens et ajoutait de nouveau fourrage à sa charge.

Fountinndouha lui conseilla d'en diminuer le volume. Puis il l'invita à le suivre ainsi chargé. Le palefrenier obéit.

Ils arrivèrent à un baobab dans les branches duquel un homme jetait son bâton pour en faire tomber des pains-de-singe. A chaque coup le bâton s'accrochait à une des branches et restait dans le feuillage. L'homme alors grimpait à l'arbre, décrochait son bâton, puis redescendait sans avoir l'idée — pourtant bien simple — de cueillir le fruit auquel le bâton s'était accroché.

Au moment où ce nigaud était dans l'arbre, en train de décrocher son bâton, Fountinndouha lui cria : « Mais cueille donc le fruit, cette fois ! » L'homme écouta le conseil et fit tomber le pain-de-singe en même temps que le bâton. Il redescendit ensuite, ramassa le fruit et suivit Fountinndouha sur l'invitation de celui-ci.

Tous trois arrivèrent chez un roi. Dans la cour, au milieu des cases, flambait un grand feu de paille. Les messagers se tenaient du côté d'où venait le vent, de façon à ne pas recevoir la fumée dans la figure, tandis que le roi s'était placé de l'autre côté, de telle sorte qu'il était enfumé comme de la viande qu'on a mise à boucaner. Les larmes lui en sortaient des yeux et la morve du nez.

Fountinndouha prit un messager par la main et le fit asseoir à la place du roi ; après quoi il mena ce dernier à la place devenue libre.

Alors jugeant que le roi était tout indiqué pour compléter son trio d'imbéciles, il l'emmena avec les deux autres chez le roi Outênou à qui il en fit don après lui avoir exposé quelles raisons il avait de les tenir tous les trois pour des idiots accomplis.

Cela fait, il s'en revint dans son village.

78. HABLEURS BAMBARA

Il y avait trois camarades. Le premier s'appelait Samba Bimbiri Bambara ; le deuxième, Samba Kourlankâna, et le troisième, Samba Doungouonôtou.

Ils sont partis pour faire un voyage.

Ils rencontrent un puits. Samba Doungouonôtou saisit le puits comme il ferait d'un simple canari et en verse l'eau pour que chacun de ses compagnons puisse boire. Samba Bimbiri charge ensuite le puits sur son épaule.

Ils vont dans la brousse chasser l'éléphant. Chacun d'eux en tue sa douzaine et ils mangent le produit de leur chasse dans la journée même.

Samba Kourlankâna a rencontré une femme guinnârou. Il lui dit : « Je t'aime ! » Et il se marie avec elle. Il quitte alors ses camarades pour rester avec la guinnârou. Celle-ci s'appelle Koumba Guinné. Elle est très jolie et pas plus grande qu'une femme ordinaire.

Toujours, Samba Kourlankâna se vante devant sa femme d'être plus fort que personne au monde. Un jour ils se sont disputés à ce propos et Koumba dit à son mari : « Il ne faut pas te prétendre plus fort que qui que ce soit ! Viens avec moi chez mes parents et tu verras !

— Ainsi vais-je faire ! » répond Samba.

Ils se sont mis en route à six heures du matin et ils ont marché jusqu'à deux heures. Et loin, bien loin, ils ont aperçu le père de Koumba qui s'était couché par terre. L'une de ses jambes était relevée : on aurait dit une montagne ! « Qu'est-ce que j'aperçois là-bas ? demanda Samba à sa femme. Serait-ce une montagne ?

— Oh ! répond Koumba, ne parle pas si légèrement de mon père ! C'est sa jambe que tu vois. »

Ils ont marché quatre heures encore avant d'arriver au village où le père de Koumba était couché. En voyant son beau-père si grand, Samba a été pris de peur...

Les trois frères de Koumba : Hammadi, Samba et Dêlo, étaient à la chasse à ce moment-là. Samba Kourlankâna s'informe du côté où il pourra les trouver. « C'est par ici ! lui dit-on. — Eh bien, répond-il, je m'en vais au-devant d'eux. »

D'abord il rencontre Hammadi. Celui-ci a tué cinq cents éléphants. Il les a attachés en un paquet qu'il porte à son côté.

« Donne-les-moi que je t'en débarrasse, propose Samba.

— Tu ne pourrais pas les porter ! Continue ton chemin, tu rencontreras mon frère. »

Samba Kourlankâna rencontre Samba, le guinnârou frère de Hammadi. Comme ce dernier, Samba avait tué cinq cents éléphants et les portait. « Va trouver mon petit frère, dit-il en réponse à l'offre que Samba Kourlankâna lui faisait de l'aider, peut-être pourras-tu le débarrasser de sa charge. »

Enfin Samba se trouve en présence de Dêlo. Celui-ci n'avait tué que quatre cents éléphants. Au moment où il croise le mari de sa sœur, la courroie de sa sandale se casse : « Tu ne pourrais porter mes éléphants, lui répond-il, mais prends ma sandale et porte-la-moi jusqu'au village. »

Il jette sa sandale sur Samba Kourlankâna qui le recouvre tout entier si bien que celui-ci ne peut se retirer de dessous.

Dêlo rejoint ses autres frères au village. Leur père les apostrophe, leur reprochant d'avoir fait si mauvaise chasse ce jour-là. « Comment ! s'écrie-t-il, un étranger est venu ici, le mari de ma fille, et c'est tout ce que vous me rapportez de viande pour mettre dans le couscous ! »

Il regarde autour de lui : « Où est mon gendre ? demande-t-il.

— Je l'ai rencontré, déclare Hammadi, mais je l'ai renvoyé à Samba. »

Et Samba : « Je lui ai dit d'aller trouver Dêlo. »

Dêlo, interrogé à son tour, répond qu'il lui a donné à porter sa sandale dont la courroie s'était cassée.

« Peut-être sera-t-il resté sous la sandale, songe Koumba; je vais aller voir ! »

Elle s'est mise sur-le-champ à la recherche de son mari, et, en soulevant la sandale, elle l'a trouvé dessous. Ensemble ils rentrent au village, Koumba portant la sandale, trop pesante pour la force de Samba Kourlankâna.

Le repas une fois préparé, on appelle Samba pour manger avec les autres ; mais la calebasse est beaucoup trop haute pour qu'il puisse y prendre du couscous. Dêlo, voyant son embarras, le soulève et le place sur son genou, mais Samba tombe dans la calebasse et Dêlo, le prenant pour de la viande, l'enrobe dans une boulette de couscous et le met dans sa bouche.

Le lendemain, Hammadi demande : « Où donc est passé Samba Kourlankâna ? Hier soir nous avons mangé ensemble... Qu'a-t-il bien pu devenir ? »

Samba était resté dans une dent creuse de Dêlo. « Je sens quelque chose qui s'agite dans ma dent, déclara celui-ci, et je ne sais ce que cela peut être ! »

— Regarde ce que c'est », lui conseillent ses frères.

Il tâte avec son doigt et saisit Samba Kourlankâna. Il l'extrait de sa dent et le pose à terre.

Koumba Guinné est venue, et, comme il s'agit de son mari, elle prend de l'eau et le débarbouille. « Tu vois, lui fait-elle observer, que tu as tort de te croire plus que les autres ! Mais ce n'est rien encore ! Tu vas voir plus fort que ça. »

Parmi les captifs des guinâryi, il y a une femme,
nommée Syra. Elle aussi est une guinnârou et si
elle commence à pisser le lundi, elle ne s'arrête
pas avant le lundi de la semaine suivante. On lui a
commandé d'allumer du feu dans la case où Koumba
va coucher avec son mari. Elle se baisse pour enflam-
mer le bois. Son pagne est troué par-derrière. En
voulant entrer dans la case, Samba Kourlankâna
pénètre dans le derrière de la captive, le prenant
pour la porte. Il étend sa natte dans le ventre
de Syra pour se coucher dessus. « Bissimilaye ! »
s'écrie-t-il. Syra l'entend. « Il faut sortir d'ici, lui
dit-elle, c'est dans mon ventre que te voilà et non
dans une case. »

Samba se hâte de sortir.

Sa femme venue, il lui raconte l'aventure. « J'ai
eu grand-peur, avoue-t-il. Aussi partirons-nous demain
dès le matin. »

Le lendemain, de bonne heure, Koumba lui dit :
« C'est ce matin que Syra va se mettre à pisser.
Dépêchons-nous car, si l'urine nous atteint sur la
route, tu ne pourras pas te sauver. Quant à moi,
je n'aurai pas de peine à me tirer d'affaire. »

Ils se sont mis en route sans tarder. Jusqu'à dix
heures ils marchent, mais tout à coup ils entendent
un tumulte semblable à celui d'une cascade tombant
de la montagne : « Qu'est-ce que c'est ? demande
Samba. — Ça, répond Koumba, c'est Syra qui se
met à lâcher de l'eau. »

L'eau arrive rapidement. Koumba alors se fait
grande, grande, et porte Samba comme un petit
enfant. Elle va ainsi jusqu'à ce qu'ils aient distancé
l'inondation. A ce moment Koumba reprend la taille
humaine. Elle dépose à terre son mari.

« Koumba, lui dit alors celui-ci, je te remercie ;
mais laisse-moi ! Je veux m'en aller seul. »

Et Koumba lui répond : « Depuis que tu m'as

épousée, tu disais toujours que personne n'était plus fort que toi !

— Maintenant je vois que je me trompais. Séparons-nous. J'ai trop grand-peur de ta race et je ne veux plus d'aventures de ce genre. Retourne avec qui te ressemble ! »

Et ils se sont séparés pour toujours.

Pendant que se passaient ces événements, les deux autres compagnons se chamaillaient ensemble, chacun soutenant que personne n'était plus fort que lui.

En se disputant ils sont arrivés jusque tout près d'un fleuve.

« Je suis le maître des eaux ! proclame Samba Doungouonôtou.

— Et moi je commande à la brousse ! » déclare fièrement Samba Bimbiri Bambara.

Samba Doungouonôtou s'est placé à califourchon sur le fleuve, un pied sur chaque rive. Il se baisse et plonge sa main dans l'eau. Tout ce qui passe à sa portée : poissons, hippopotames, caïmans, tout cela il l'enlève à bout de bras, le fait cuire à la chaleur du soleil et le mange.

Samba Bimbiri est entré dans la brousse, et tout ce qu'il rencontre sur son passage, il l'attrape, et, comme son camarade, le fait griller au soleil à bras tendu, fût-ce même un éléphant. Et il s'en nourrit.

Il est arrivé au bord du fleuve. Il veut plonger la main dans l'eau pour voler les poissons de Samba Doungouonôtou. Celui-ci le voit, l'empoigne et ils commencent à se battre, pénétrant toujours plus avant dans la brousse.

Ils arrivent, en se battant toujours, jusqu'auprès d'un guinnârou aveugle occupé à garder son lougan. Ce guinnârou a une fronde avec laquelle il lance des cailloux aux petits oiseaux pour les empêcher de manger son mil. Il met la main sur les deux Bambara qui, tombés à terre, continuaient à lutter. Il croit tenir un caillou. Les voilà dans sa fronde. Il les lance au loin.

Les deux adversaires s'en vont tomber dans la calebasse où une guinnârou préparait son couscous. Celle-ci les saisit entre deux doigts et les jette de côté. Ils sont ainsi projetés dans l'œil d'une petite guinnârou qui était en train de téter.

La petite porte un doigt à son œil en pleurant. Elle crie qu'elle a quelque chose dans l'œil. Sa mère l'appelle : « Viens ici que je voie ! » Mais avant qu'elle soit arrivée jusqu'à sa mère, déjà l'œil a absorbé les deux Bambara.

« C'est fini ! » dit-elle à la mère Guinnârou.

Personne n'a le droit de dire qu'il n'en est pas de plus fort que lui, puisque ces trois hommes-là ont trouvé leurs maîtres.

79. LES INCONGRUS

A N'Dougoumane, près de Kahone, dans le Saloum, il y avait une Ouolove qu'on appelait Koumba N'Daô.

A la même époque vivait dans le Diolof, au village de Sagata, un Ouolof nommé Mademba Dieng.

Lorsque Koumba pétait, tout ce que son souffle rencontrait sur son passage était brisé comme un fétu. Aussi l'expulsa-t-on de son village, car son canon naturel avait estropié quantité de gens.

Mademba avait dû déguerpir de Sagata pour le même motif.

Tous deux se rencontrèrent dans la brousse. « Pourquoi te trouves-tu ici ? » interrogea Mademba.

Koumba répondit : « On m'a forcée à quitter mon village parce que chaque fois que je pétais je tuais quantité de gens.

— Tiens ! s'est exclamé Mademba, c'est justement pour cela qu'on m'a chassé du mien ! »

Ils se sont mariés et ont vécu ensemble près d'une année. Un jour ils se querellent : Koumba pète et atteint Mademba à la jambe. Voilà une jambe cassée. Alors, redoutant la fureur de son mari, Koumba a pris la fuite.

Mademba est resté à pleurer dans sa case. Quelqu'un passe qui lui demande : « Qu'as-tu donc à pleurer ? — Ah ! gémit l'autre, c'est que ma femme m'a cassé la jambe en pétant dessus : je voudrais qu'on me braque le derrière dans la direction qu'elle a prise en s'enfuyant pour qu'à mon tour je pète et lui casse une jambe aussi. »

Le passant lui rend le service demandé. Mademba tonne alors dans la direction de Koumba.

Déjà celle-ci avait atteint un village. On entend arriver le pet de Mademba avec un fracas de tonnerre.

« Qu'y a-t-il ? Mais qu'y a-t-il donc ? se demandent les villageois épouvantés.

— C'est mon mari qui pète de la sorte », leur explique Koumba.

Le pet fait irruption dans le village. Koumba, la première, tombe morte et, avec elle, tous ceux qui se trouvaient dans son voisinage. Le village prend feu.

Pendant sept ans, le pet a tourbillonné au-dessus des ruines comme l'air sur le passage d'un guinné. Puis il est remonté dans le ciel et tout a été fini.

80. LE COQ ET L'ANE

Un âne et un coq se prirent de querelle. « Ah ! dit le coq, ne me fais pas ainsi toujours parler, car tu le vois je suis chaque fois obligé de me battre les flancs et ça me fatigue. — Oh ! dit l'âne, moi ça me fait le plus grand bien, car, avant de braire, je pète et ça me soulage. »

CHAPITRE XVIII

CONTES A COMBLES
CHARADES ET PROVERBES

Exagérations. — Drôleries. — Excès.

81. *L'Hyène et la Lune,* conte zoulou.
82. *Les trois Frères et les trois Grigris,* conte môssi.
83. *Concours matrimonial,* conte gourmantié.
84. *Quelques Proverbes haoussas.*
85. *Quelques Proverbes môssi.*
86. *Quelques Proverbes sessouto.*
87. *Quelques Proverbes fân.*
88. *Quelques Proverbes engouda.*
89. *Devinette soninké.*

CONTES A COMBLES
CHARADES ET PROVERBES

81. L'HYÈNE ET LA LUNE

Il arriva qu'une fois une hyène trouva un os ; elle le prend et l'emporte dans sa gueule.

Comme alors la lune brillait d'une belle lumière, l'eau était calme ; l'hyène jette l'os quand elle voit la lune dans l'eau et veut la saisir pensant que c'est de la viande bien grasse. Elle enfonce sa tête au-dessus des oreilles dans l'eau et ne trouve rien. L'eau était troublée. L'hyène retourne sur le bord et reste immobile. L'eau redevient claire. L'hyène fait un bond et essaie de saisir ferme, elle pense tenir la lune qu'elle croit être de la viande parce qu'elle la voit briller dans l'eau ; elle ne saisit que l'eau, qui coule de sa gueule et redevient boueuse. L'hyène se retire sur le bord.

Une autre hyène arrive, prend l'os et laisse l'autre tranquillement derrière. A la fin, le matin paraît et la lune s'affaiblit devant la lumière du jour. L'hyène échoue.

Elle revient un autre jour jusqu'à ce que l'endroit où elle ne peut rien trouver soit tout piétiné.

Alors on rit beaucoup de l'hyène en la voyant courir continuellement dans l'eau, mordre l'eau, et l'eau couler de sa gueule, tandis qu'elle revient toujours sans rien prendre. Alors, quand on rit d'un homme, on dit : « Vous êtes comme l'hyène qui jeta son os et n'obtint rien parce qu'elle voyait la lune dans l'eau. »

82. LES TROIS FRÈRES ET LES TROIS GRIGRIS

Un homme laisse trois fils en mourant. Ceux-ci héritent de la fortune de leur père et se partagent trente mille cauris. Et marchant les uns derrière les autres, ils arrivèrent au croisement de trois routes. Ils s'assoient à ce carrefour. Puis l'aîné prend un chemin, le cadet le second, et le plus jeune le troisième. Ils avaient décidé entre eux de se retrouver dans trois ans. Les trois ans écoulés, ils sont de retour en effet et s'assoient au carrefour. Puis, se levant, ils se dirigent vers un grand marigot, mais ils ne peuvent le franchir. L'aîné prend alors une bande de toile qu'il jette sur l'eau et, s'en faisant un chemin, il passe ; le cadet réunit des flèches de chasseur et s'en sert pour passer ; le plus jeune se chausse d'une paire de souliers, et franchit le marigot.

Lequel des trois avait le meilleur grigris ?

83. CONCOURS MATRIMONIAL

Une très jolie fille avait trois amants nommés : Sâga, Maridia et Badannti. Elle les aimait tous trois également.

Un jour elle dit à son père : « Je voudrais me débarrasser de deux de mes prétendants et je choisirai pour cela comme mari celui des trois qui se montrera le plus fort !

— Je vais les appeler pour venir battre mon tas de mil, lui répondit le père. Tu prendras pour mari celui qui aura accompli la meilleure besogne. »

Sâga fut celui qui se présenta le premier. D'un seul coup de son *bengala*, il battit si durement le mil que tous les grains jaillirent des épis.

Maridia s'avança à son tour. Il s'assit sur le tas de mil battu et péta dessus. Il péta si puissamment que tout le son de mil s'envola et disparut dans l'air.

A ce moment, Badannti tira sur la peau de ses testicules et l'allongea tellement qu'il enveloppa tout le grain battu et vanné par ses deux rivaux.

Lequel des trois auriez-vous choisi pour mari ?

84. QUELQUES PROVERBES HAOUSSAS

L'homme est haï à cause de ses richesses.

Le rat s'impose à la famille comme le sourcil s'impose à l'œil.

Avec du rhumatisme dans les genoux, on fait la danse du démon.

Qui va doucement va loin.

Si tu trouves une route sûre, suis-la longtemps.

Un après-midi de bonheur vaut mieux qu'une année de misère.

Il est plus profitable de fréquenter les riches que les pauvres.

L'homme patient ferait cuire une pierre jusqu'à ce qu'il en boive le bouillon.

On n'est trahi que par les siens.

Voir l'œil n'empêche pas de manger la tête.

Quand le cœur est pris, le corps est esclave.

On est esclave de ses passions.

Va à la maison et mange ; c'est avec l'eau du corps qu'on tire celle du puits.

Le mensonge donne des fleurs, mais pas des fruits.

Le mensonge peut courir un an ; la vérité le rattrape en un jour.

Si le singe gâte quelque chose, il s'enfuit avant que le maître du champ ne l'ait vu.

Que l'homme sincère achète un bon cheval pour fuir lorsqu'il a dit la vérité.

Il est plus facile de manger un lièvre qu'un éléphant.

Fais tes affaires toi-même, tu ne seras pas trahi.

Le messager laisse reposer ses pieds, mais pas son cœur.

Le silence, c'est le salut.

Si tu lâches la langue du lion, il te dévore.

Vous croyiez à la sécheresse, Dieu a fait pleuvoir ; qui veut mentir n'a qu'à parler du temps.

Le pou mange l'homme, mais ne mange pas la pierre.

Les femmes trouveront quatre-vingt-dix-neuf histoires, mais se trahiront par la centième.

85. QUELQUES PROVERBES MOSSI

Celui qui ne cherche pas de quoi vivre, mourra sans maladie.

La panse pleine de ton couscous, l'étranger court chez une femme, et toi, tu n'as qu'un morceau de bois à ronger et tu traînes ta marmite derrière toi.

Celui qui n'a rien va brasser sa bière, là où grattent les pintades, sur le fumier.

86. QUELQUES PROVERBES SESSOUTO

La sagesse n'habite pas dans une seule maison.

La ruse mange son maître.

Celui qui veut battre son chien trouve toujours un bâton.

Dans la maison de l'homme courageux il y a des pleurs, dans celle du lâche on ne pleure pas.

Il n'est pas de médecin qui jamais ne s'absente.

Celui qui a fait du mal oublie, celui à qui on en fait n'oublie pas.

L'accident qui tue ne s'annonce pas.

La mort est dans les plis de notre manteau.

La mort est toujours une chose nouvelle.

La langue n'a pas de liens.

Le piège prend celui qui l'a tendu.

Le voleur est un chien ; il paie avec sa tête.

Le voleur c'est celui qu'on saisit.

Les sourires se rendent.

Deux coqs ne s'entraident pas à gratter la terre.

La sueur du chien ne fait que mouiller ses poils.

L'homme vaillant combat au milieu de sa troupe, il ne se risque pas seul.

Le feu qui te brûlera, c'est celui auquel tu te chauffes.

Un homme tombe avec son ombre.

Un village est beau, vu du dehors ; vu du dedans, c'est un tas d'ordures.

Le léopard meurt avec ses couleurs.

Les affaires d'un mort ne vont jamais bien.

La guerre est une vache qu'on trait au milieu des épines.

Quand un chef a promis un bœuf, on peut bâtir un *kraal*.

Le chacal qui reste en arrière, c'est celui-là que les chiens aperçoivent.

L'hyène qui boite ne le montre pas.

Le gibier n'est pas tué par celui qui l'a fait lever.

Le potier cuit sa nourriture dans un vieux pot cassé.

Une source éloignée laisse mourir de soif.

Notre abcès ne nous fait pas souffrir quand c'est nous qui le grattons.

Les lions du même taillis se connaissent tous.

La nourriture pour laquelle on remercie, c'est celle qui est déjà dans le ventre.

Le singe ne voit pas la bosse qu'il a sur le front.

87. QUELQUES PROVERBES FAN

Un jour de plus ne fait pas pourrir l'éléphant.

L'habit de demain est tout pareil à celui d'aujourd'hui.

Demain et aujourd'hui ont même soleil et même lune.

Travail assidu fatigue la femme, mais nuit à l'homme.

Si tu veux la paix, ouvre l'oreille aux propos de tes femmes.

88. QUELQUES PROVERBES ENGOUDA

Quand le vent souffle, on a froid.

La vieillesse n'a pas de remède.

Un vieux garçon fait lui-même sa cuisine.

Si oublieux que l'on soit, on n'oublie pas la bouche.

L'œuf deviendra coq.

Si l'on coupe du bois dans la forêt, l'écho le répète.

Chaque étoffe de couleur a son nom.

Si l'on ne peut tout d'abord construire une maison, qu'on s'établisse dans une hutte.

Les petits oiseaux ne peuvent point voler ; ils ont pourtant des plumes.

Celui qui épouse une belle, épouse les tourments.

Un chien qui n'a pas d'oreille n'est pas chasseur.

Le domestique, en face il aime, il méprise derrière.

Une nouvelle est intéressante dans la bouche de celui qui la porte.

Le vide n'est pas propre à appuyer.

La mouche ne se préoccupe pas de la mort : elle ne songe qu'à manger.

Le boucher ne connaît pas la qualité de la bête.

Ce que vous ne voulez pas, mettez-le en réserve.

L'accumulation fait un grand tas d'ordures.

A la vue de l'épervier on n'expose pas ses poules sur le rocher.

La paume de la main ne trompe pas quelqu'un.

L'indiscret ne garde secret que ce qu'il ignore.

L'homme astucieux marche tortueusement.

Un petit lit ne reçoit pas deux personnes.

On voit toujours Vénus à côté de la lune, et l'on s'imagine qu'elle est son chien : Vénus n'est point le chien de la lune.

Vous trouvez une poule à la foire, vous vous pressez de l'acheter ; si elle était bonne, le maître ne la vendrait pas.

Ce n'est pas sans raison que l'on court au milieu des épines : si vous ne chassez pas le serpent, c'est donc le serpent qui vous chasse.

Celui qui ne peut prendre une fourmi et qui s'acharne contre l'éléphant ne peut que se perdre.

La rivière n'est pas pleine au point de cacher les poissons aux regards.

Quand l'escargot rampe, il entraîne avec lui sa coquille.

Serait-on fort comme le buffle, on n'a pas de cornes.

La force qui ne connaît pas de but est le père de la paresse.

Celui qui n'a que son œil pour tout arc ne peut tirer et tuer la bête.

89. DEVINETTE SONINKÉ

Mahdi-Kama demande :

Quel est l'homme qui tue ses enfants ?

Quel est l'homme qui vend ses enfants ?

Quel est l'homme qui donne ses enfants ?

Quand tous les assistants se sont vainement épuisés à répondre, Mahdi-Kama dit :

Celui qui épouse une femme de quarante ans, voilà celui qui tue ses enfants.

Celui qui fait l'amour avec une captive, celui-là vend ses enfants.

Celui qui fait l'amour avec la femme d'autrui, celui-là donne ses enfants.

CHAPITRE XIX

FABLES

*Le Lièvre. — La Rainette. — La Tortue. — L'Arai-
gnée. — L'Eléphant. — Le Lion. — Le Serpent. —
Le Singe. — La Poule. — L'Hyène, etc.*

90. *Le Cycle de la Rainette*, conte ba-ronga.
91. *Le Renard et l'Hyène*, conte haoussa.
92. *Le Lièvre et la Terre*, conte lour.
93. *La Gélinotte et la Tortue*, conte ounioro.
94. *Le Lièvre, l'Eléphant et l'Hippopotame*, conte
môssi.

FABLES

90. LE CYCLE DE LA RAINETTE

I. Parfaitement ! La gazelle prépare un beau jour
de la bière et appelle ses amis pour lui aider à
labourer son champ. Ils vont labourer sur la colline,
ils labourent tout le champ. Alors la gazelle dit à
la rainette : « Si nous jouions à la course, en retournant à la maison ? Le premier qui arrivera, celui qui
dépassera l'autre, reviendra à la rencontre de celui
qui sera resté en arrière et lui donnera un pot de
bière. » Elles jouèrent à la course. La rainette ram-
pait sur le sol, la gazelle sautait en l'air et elle
arriva en un instant à sa hutte. Elle revient avec
une cruche de bière, arrête la rainette en chemin
et lui dit : « Tiens ! bois ! je t'ai dépassée. — C'est
bien, dit l'autre, oui, tu m'as dépassée. »

Alors elles se mettent à boire de la bière.

II. Quand elles ont à peu près fini, la rainette
dit à sa compagne : « Puisque tu dis que tu as couru
plus vite que moi, jouons de nouveau à la course. »
La gazelle dit alors : « Eh bien, où irons-nous jouer
à la course ? » L'autre reprit : « Je vais te montrer
où nous irons jouer à la course. » La rainette entre
dans la hutte ; puis la gazelle fait un rempart tout

autour et bouche l'entrée, la rainette lui dit :
« Prends du feu et incendie la hutte, puisque tu m'as
dépassée à la course. » Et, en effet, la gazelle met
le feu à la hutte. Alors la rainette lui crie : « Hé !
gazelle, où faut-il me réfugier ? » Elle répond :
« Entre dans la grande marmite. — Dans la grande
marmite, il y en a d'autres qui y sont déjà ! Où
irais-je me réfugier ? — Entre dans le grand panier ! »
Elle répond : « Dans le grand panier, il y en a
d'autres qui y sont déjà ! » Alors la gazelle lui
dit : « Eh bien, meurs ! brûle en même temps que
ta maison et deviens comme un petit charbon
consumé. »

Or, la rainette entra dans la terre ; elle se fit un
creux et s'y cacha. Quant à la hutte, elle brûla
complètement, elle disparut.

La pluie vint à tomber... La rainette sortit en
même temps que ses frères, ses femmes et ses
enfants. Son village grandit beaucoup et forme un
grand cercle. La gazelle lui dit : « Oh ! m'amie !
Tu as couru plus fort que moi ! Tu m'as dépassée ! »
Elle alla dormir ailleurs, plus loin, car elle craignait le voisinage de ce grand village. Et ce fut la
rainette qui donna à manger à l'antilope, elle devint
la supérieure.

La gazelle lui dit alors : « Eh bien, ça y est !
Moi aussi, je vais entrer dans la hutte ; mets-y le
feu ! » La rainette lui dit : « Pas du tout ! parce
que toi tu es une sauteuse, tandis que moi je suis
une habitante de la terre. » Mais la gazelle insista
et dit : « Mais non ! c'est moi qui le veux ! et si je
brûle avec la hutte, peu importe ! » La rainette
répondit : « Si vraiment c'est là ton désir, c'est
bien ! Moi, j'avais pitié de toi ! » La gazelle entra donc
dans la hutte, ses cornes aussi. La rainette entoure
la hutte d'épines et la ferme bien. Elle prend du
feu et l'incendie. La gazelle dit : « Ma mère rai-

nette ! je brûle ! où irais-je me réfugier ? » La
rainette dit : « Entre dans la grande marmite. »
Elle dit : « Dans la grande marmite, il y en a déjà
qui y sont entrés ! — Entre dans le grand panier !
— Dans le grand panier, il y en a déjà qui y sont ! »
La rainette lui dit : « Eh bien, fricasse et deviens
comme un petit charbon consumé ; qu'il n'y reste
rien ! Disparais et tes cornes aussi ! » L'autre regarda
le sol, elle essaya de le creuser avec ses cornes, le feu
arrive sur elle et la brûle !... elle reste sur le dos ;
les jambes tendues... et ses cornes bouillirent et se
consumèrent !

III. Alors la rainette commença par les couper ;
puis elle met la gazelle à l'ombre, sur la place de
son village et la dépèce ; elle coupe ses quatre
jambes, celles de devant et de derrière, et fait une
trompette avec les os. Puis elle s'en alla très loin,
sur le chemin, et quitta son village.

Elle se fit un petit tas avec des feuilles, grimpe
dessus et s'y installe. Alors elle sent la pluie qui
tombe et se met à chanter :

Bvembvelékou-bvékou.
Toi l'antilope, tu m'as dit : jouons à la course !
Est-ce que je n'ai pas couru plus fort que toi, ma
[vieille ?

IV. Le lièvre vint à passer, il dit : « Ce bruit
de trompette que l'on entend, d'où part-il donc,
mon amie ? » Elle lui dit : « Oh ! il part de là-bas,
très loin, d'auprès de ce figuier. Vas-y. » Quand il
s'y fut rendu, voilà que le bruit retentit de nouveau derrière lui. Il arrive une gazelle, puis une
autre ; la rainette leur dit : « Allez chercher là-bas,
vers ce grand arbre, là !... » Le lion vient aussi ;
elle lui dit : « Va chercher là-bas !... Ecoute ces
trompettes... c'est là-bas qu'on en joue. » L'éléphant

passe aussi et dit : « D'où vient donc ce bruit, ma
commère, fille du crocodile. » Elle lui répond encore
de même...

V. Or, l'hippopotame vint à passer. Il reste debout
tout près, il ne va pas là-bas ; il se cache et dit :
« Cette fille-là nous trompe ! le bruit part d'ici, tout
près de sa bouche même... Ce tas qu'elle a fabriqué,
pourquoi l'a-t-elle installé ? Elle l'a fabriqué pour y
jouer de la trompette ! Je verrai bien ! » Voilà tout
à coup le bruit qui retentit derrière lui. Il revient au
grand galop... Il arrive et lui dit : « Ah ! c'est
ainsi que tu trompes ces grands personnages ; alors
que le bruit se fait entendre là, près de toi, rainette ! »

VI. Il prend la trompette et se met à en jouer.
Mais il n'en était pas capable ; il fait : *pff !* Aucun
son ne sortait. La rainette reprit la trompette et le
son en était parfait. L'hippopotame lui dit : « Alors !
ces trompettes ! avec quoi les as-tu faites, dis-moi,
rainette ? » Elle répond : « Avec les os de l'antilope ; nous avons joué à la course... je l'ai dépassée... alors j'ai fait des entailles à ses os et je
joue de la trompette. Essaie, toi ! » Il n'y peut arriver
et lui dit : « Prête-la-moi, j'irai trompetter à la
maison. »

La rainette refusa en disant : « Non point ! car
comment est-ce que je jouerai, moi ? Tu as envie
de me fâcher ! — Et pourquoi donc te fâcherai-je ?
Tu es bien vive ! Crois-tu, parce que tu t'es procuré une trompette, que tu sois devenue chef, hein ? »
La rainette répond : « Je ne suis pas chef, mais je
résiste, car tu dis que tu veux retourner chez toi
avec ma trompette. »

VII. Or, l'hippopotame enleva la trompette et fit
paraître un large fleuve. Il passa sur l'autre rive
et partit avec l'instrument. La rainette fit : Ou !
Ou ! Elle frappe sur ses lèvres et dit : « Nous

nous reverrons encore, ma trompette et moi ! Quant
à cette eau-là, elle ne me fait rien du tout. » Alors
elle s'enfle, elle se fait toute grosse, se gonfle sur
l'eau jusqu'à ce qu'elle arrive sur l'autre bord. Elle
prend note des traces de l'hippopotame et les suit.
Alors l'hippopotame produisit une grande chaleur.
La rainette passa outre en se cachant dans le sable.
Elle avança sans rien craindre. Au coucher du
soleil, elle sortit malgré les guêpes et abeilles que
l'hippopotame avait envoyées contre elle pour lui
jouer un tour, afin qu'elle fût piquée et s'en retour-
nât en arrière. La rainette sécréta son liquide gluant
tout autour de son corps et les guêpes s'envolèrent.
Elle alla de l'avant. Mais il mit un marais sur sa
route. La rainette passa le marais. Il créa alors de
nouveau un fleuve. La rainette s'arrêta au gué, bâtit
un village ; elle le bâtit avec soin. Puis elle prit une
feuille, elle entra dedans avec ses assagaies, elle
passa l'eau et alla surprendre l'hippopotame. Celui-ci
était couché sur le dos, les jambes en l'air, sur le
sable, il se chauffait au soleil.

VIII. La rainette sortit de sa feuille, arriva tout
près de lui ; mais, au moment où elle allait le tuer
avec son assagaie, un oiseau passa à tire-d'aile et
dit : « Saute dans l'eau, hippopotame aux jambes
trapues, tu vas être tué ! » L'hippopotame se précipite dans l'eau en faisant *bô-ô-ô* ! Il entre dans le
fleuve avec la trompette. La rainette a peur de
repasser le fleuve et reste là.

Le lendemain matin, la rainette va guetter l'oiseau
et le tue. Elle le plume, elle allume du feu avec
des morceaux de bois, elle y met l'oiseau qui brûle
et se consume. Elle fait un creux, enterre ses os et
les recouvre de sable.

Au matin, elle trouva l'hippopotame qui était étendu
sur le dos, incapable de jouer. Mais au moment où
la rainette allait le transpercer, les plumes de l'oiseau

ressuscitèrent et lui dirent : « Sauve-toi, hippopotame aux jambes trapues, on te tue ! » L'hippopotame fit *bô-ô-ô* dans l'eau ; il s'y jeta. Au matin, la
rainette revint, brûla l'herbe de la campagne et les
plumes furent consumées.

Le lendemain, elle retrouve l'hippopotame étendu.
Elle jette son assagaie. Mais voici qu'une plume
s'élève, sort d'un arbre creux où elle était tombée et
dit : « Sauve-toi, hippopotame aux jambes trapues,
on te tue ! » L'hippopotame fait *bô-ô-ô* dans l'eau et
y disparaît.

La rainette alla dormir trois jours durant. L'hippopotame se dit : « C'est sûr ! la voilà fatiguée
maintenant ! je vais garder sa trompette. » Il sort
de l'eau pour aller apprendre tout seul à jouer de
la trompette. Mais la rainette le guettait. Le matin,
elle le trouve couché sur le dos, les jambes en l'air,
qui jouait de la trompette.

Elle le transperce de trois assagaies. Il lui dit :
« Laisse-moi ! ma chère amie ! je t'en supplie !
reprends ta trompette ! » La rainette lui dit : « Pas
du tout ! je voudrais entailler tes os à toi et m'en
faire une autre ! » Elle le tue, prend sa trompette,
la jette à l'eau, puis elle saisit son couteau et commence la boucherie. Voilà que le couteau se brise !
Elle prend une hache et l'aiguise ; comme elle voulait couper la viande, voilà la hache qui se fait une
entaille.

IX. Or, le caméléon vint à passer et lui dit : « Hé !
l'amie ! voilà des provisions ! Bon courage ! Moi aussi
je suis un passant sur le chemin, mais je ferais bien
bombance avec toi et je me remplirais volontiers
l'estomac en ta compagnie. » La rainette lui répondit :
« Hélas ! comment faire bombance ? Regarde ! je
n'ai rien du tout pour dépecer la bête ; mes petits
couteaux et mes haches sont en morceaux. »

Le caméléon reprit : « Ho ! peu importe ? Quelle

affaire ? Si nous essayions de cet instrument-ci ? »
Il exhiba de sa besace, qu'il portait sur le côté, des
esquilles de roseaux. « Faut-il essayer ? — Hé ! dit
la rainette, tu n'y parviendras pas. Il est dur, cet
hippopotame ! »

Le caméléon prit la jambe, la souleva et dit :
« Tiens ! je fais *zut !*... comme c'est tranchant cette
esquille ! je te détache cette jambe à merveille ! »
En effet, il dépeça toute la bête, d'un bout à l'autre,
jusqu'à la fine fin.

Il dit alors : « Moi ! je reste ici, je ne bouge plus.
Je suis ton fils, m'amie ; en voilà de la viande ! » La
rainette accepte l'arrangement et dit : « C'est bon ! »
Ils mangèrent de la viande tout leur soûl, ils l'achevèrent. Ils bâtirent même un village en cet endroit.

X. Alors la rainette dit à son compagnon : « Il
faut que je parte. Puisque tu es mon fils, demeure
ici et prends soin de mon village et de mes femmes. »
Elle ramasse une botte de tabac et la lui donne.

Elle va chercher une pipe et lui en fait cadeau.
Elle prend aussi des pincettes et les lui remet, elle
prend une trompette et la lui donne. Puis elle va
pondre ses œufs sur le chemin et dit au caméléon :
« Tu vois ces œufs. Que le passant passe son chemin. S'il les écrase, qu'il les écrase ; s'il les laisse,
qu'il les laisse ! »

Elle part, elle s'en va dans la montagne forger
des assagaies pour son ami le caméléon, car il
n'était qu'un simple particulier et n'avait point
d'armes.

XI. La gazelle vint à passer : « Salut, mon vieux
caméléon ! » Il répond : « Salut ! — Ces œufs-là, à
qui sont-ils ? demande-t-elle. — Ils sont à la rainette,
fille du crocodile » ; elle a dit : « Que le passant passe
son chemin, s'il les écrase, qu'il les écrase ; s'il les
laisse, qu'il les laisse ! » Alors la gazelle dit : « Je
n'ai aucune envie de les écraser ! j'ai trop peur...

car elle a déjà tué un de mes parents. » Et elle part en courant.

Le lièvre vint à passer et dit : « Salut, caméléon ! Ces œufs, à qui appartiennent-ils ? — Ce sont ceux de la rainette, fille du crocodile ; elle a dit : « Que le « passant passe son chemin, s'il les écrase, qu'il « les écrase ; s'il les laisse, qu'il les laisse ! » Alors le lièvre s'enfuit à grands sauts, à grands sauts. Le voilà là-bas, tout là-bas. Il s'enfuit par les bois.

La grande antilope arrive au galop : « hiri, hiri, hiri », jusque tout près des œufs ; elle s'arrête net, les sabots en avant, tout près, saute en arrière et demande au caméléon ce qui en était. Quand elle l'eut appris, elle s'éloigna en disant : « Un peu plus je les écrasais ! » Elle s'en va par le côté, faisant un grand détour, bien loin.

XII. Mais voici que l'éléphant vint à passer. Il dit : « Salut, mon ami ! » Le caméléon répond d'une voix toute grêle et craintive : « Bonjour ! » Il arrive tout près, voit les œufs et dit : « A qui sont ces œufs ? » Le caméléon répond tremblant de peur : « Ce sont ceux... de la rainette... elle a dit : « Que « le passant... passe son chemin..., s'il les écrase... « qu'il les écrase... s'il les laisse... qu'il les laisse ! » Parvenu à portée du caméléon, l'éléphant lui dit : « Passe-moi ta pipe. » Il la lui donne. L'éléphant met du tabac dans la pipe, ramasse un charbon avec les pincettes, allume, et se met à fumer de toutes ses forces en faisant de gros nuages de fumée. Le tabac est bientôt entièrement consumé. Quand ce fut fait, l'éléphant verse les cendres dans sa main, les broie et les lance dans les yeux du caméléon. Puis il l'empoigne et lui arrache les membres, les jette bien loin à tous les vents. Puis il va briser les œufs ! il les écrase, les réduit en omelette sous ses pieds et part.

XIII. Or, le vent du sud se lève. Voici que la

tête du caméléon revient, puis une jambe de devant,
puis l'autre. Elles se recollent à son corps comme
autrefois, sa queue revient aussi, se remet en place.
Il commence à revivre un peu, il se met à marcher
et va regarder les œufs... il les contemple. Puis il va
prendre sa trompette qu'il retrouve dans un creux
d'arbre, dans son village ; il se met à suivre les
traces de la rainette et chante :

> *Pchiyo-yo ! rainette, fille du crocodile...*
> > *Pchiyo-yo !*
> *On a écrasé tes œufs !*
> *C'est l'éléphant qui les a écrasés...*
> *L'éléphant au lourd postérieur !*
> > *Pchiyo-yo !*

Il marcha, chantant jour et nuit, jusqu'à ce qu'il
arrivât là où se trouvait la rainette.

Celle-ci l'entendit de loin. Elle fit taire les forge-
rons, autour de leurs soufflets, leur disant : « Silence !
J'entends quelqu'un qui vient. » Elle lui cria :
« Viens jusqu'ici. »

Elle écoute, elle écoute le chant, sans rien dire.
Quand il est arrivé elle lui demande tous les détails
et ajoute : « C'est bien ! Dépêchez-vous de forger. »
Ils forgèrent toutes les assagaies voulues. Elle leur
en donna. Elle les distribua. Elle aussi prit la sienne :
« Je ne prends pas congé de vous, dit-elle, je pars. »

XIV. Ils se mirent en route... les voilà qui marchent
même durant la nuit. A l'aube, ils marchent encore ;
ils marchent jour et nuit, jusqu'à ce qu'ils arrivent à
leur village. Ils prennent la piste de l'éléphant, le
suivent là où il s'était dirigé, arrivent à un village
où ils demandent : « Est-ce que l'éléphant a passé
par ici ? » On leur répond : « Oui, il a traversé le
pays l'an passé, durant l'hiver. » Ils s'en vont, ils
marchent, suivant toujours la piste. Ils arrivent chez

d'autres gens, les interrogent. Ceux-ci répondent :
« Il a passé par ici il y a quelque temps. Il s'est
écoulé à peine une lune, allez seulement. » Ils suivent de nouveau les traces et vont s'informer dans
un autre village. « Il vient de passer, leur dit-on.
Vous ne tarderez pas à le trouver. » Ils continuent
leur chemin et vont questionner ailleurs. On leur
dit : « Il était ici il y a un moment, nous buvions
de la bière avec lui ici même. » Ils dépassent ce
village-là et le trouvent. Lui se retourne, regarde en
arrière et les voit : « Hé ! l'ami, lui crient-ils, arrête-
toi, attends-nous. » Il ne veut rien entendre, il va de
l'avant.

XV. Alors le caméléon dépasse la rainette, arrive
auprès de l'éléphant et lui dit : « N'est-ce pas toi
qui as passé près de moi et qui m'as tué là-bas, sous
l'arbre à fruits, dans mon village ? » La rainette
arrive et le transperce d'une assagaie. Le caméléon
en fait autant. L'éléphant va casser une branche
sèche et la leur lance. Le caméléon l'attrape avec
sa queue, l'y enroule et la jette loin. La rainette le
transperce de nouveau et le caméléon en fait autant.
L'éléphant commence à s'enfuir. Les autres le poursuivent, l'atteignent, le percent, le percent encore.
L'éléphant, vaincu, meurt.

XVI. Lorsqu'il fut mort, ils commencèrent à bâtir
là un village et ils dépecèrent sa carcasse.

Le premier qui vint faire sa soumission fut le lièvre.
Il les aida à faire leur boucherie.

Cependant la rainette dit au caméléon : « Il faudra
que je m'enfonce dans la terre, car il ne pleut pas
et je souffre du chaud. » Le caméléon dit : « C'est
bien. » Il prépara un grand tambour. Avant d'entrer
sous terre, elle leur donna cet ordre : « Faites une
barrière d'épines tout autour du village ; qu'il ne
reste que deux portes, et toi, le lièvre, tu les ferme-
ras quand le soleil sera couché, de peur que les

voleurs ne viennent manger nos provisions de viande que voici suspendues aux arbres. » Puis, cela dit, elle s'enfonça dans le sol.

XVII. Alors le caméléon prit son tambour et alla en battre partout en dehors de la barrière ; il fit une grande tournée en chantant :

> Plan ! Plan ! pata ! plan !
> Bêtes de la campagne ! Venez voir la rainette, la
> [rainette qui est morte !

Elles arrivèrent toutes, elles entrèrent toutes en dedans de la barrière. C'étaient l'éléphant, l'antilope, le grand lézard, la tortue, la panthère et bien d'autres !... Elles vinrent avec empressement, car la rainette les avait bien tourmentées avec ses œufs en leur tendant un piège pour pouvoir les tuer.

Alors le caméléon alla clore la porte durant la nuit. Il ferma toutes les ouvertures, puis il vint réveiller la rainette par ces mots : « Rainette ! je te le dis ! réveille-toi ! viens voir ce qu'il y a là, dehors ! » Lorsqu'elle fut revenue à elle, elle prit son assagaie, au matin, et commença à transpercer toutes les bêtes. Celles-ci s'enfuirent, d'autres restèrent. Le lièvre montra à ses camarades les lièvres un petit trou dans la barrière par lequel il avait l'habitude de sortir. Plusieurs se glissèrent dehors par là et se sauvèrent ; il resta les morts ! Quelques bêtes furent réduites en esclavage et le lièvre aussi devint l'esclave de la rainette.

XVIII. Ils dépecèrent toutes les bêtes tuées et ils donnaient les tripes au lièvre en lui disant : « Va les laver à la rivière. » Au commencement, il revint avec les tripes. Mais, un beau jour, il rencontra sa mère, alors qu'il était chargé de viande. Il la lui donna.

Puis il s'égratigna lui-même avec des branches sèches, il regarda où il y avait des épines et s'y élança. Les oreilles pendaient piteusement lorsqu'il arriva au village. Il dit : « Chef, j'ai été pris par un aigle qui m'a enlevé les tripes. » On lui répondit : « Ça ne fait rien ! c'est un malheur, quoi ! »

On lui en donna d'autres. Il partit et revint en les rapportant.

Il s'en alla une autre fois, mais les donna à sa mère et il revint disant : « C'est un épervier qui me les a volées. »

Alors on envoya l'éléphant et on lui dit : « Va laver les tripes, nous verrons si elles seront enlevées par un épervier ! » Comme il était en chemin pour aller les nettoyer, la mère lièvre arriva, celle qui était restée chez elle. Elle eut peur de l'éléphant et se dit : « Tiens ! aujourd'hui c'en est un autre qui vient laver les tripes ; ce n'est plus mon fils, celui qui fait ce travail tous les jours. » L'éléphant revint au village avec la viande. On fit cette réflexion : « Eh bien, est-ce que ne voilà pas les tripes qu'il rapporte ? Aujourd'hui, il n'y a donc pas d'épervier ? »

L'éléphant dit : « Je n'ai vu aucun épervier. Ce que j'ai vu, c'est tout bonnement un lièvre. »

La rainette dit à ses gens : « Allez lui faire la chasse et tuez-le. » En effet, ils allèrent tuer la mère lièvre.

XIX. On donna de nouveau au lièvre des tripes en lui disant : « Va les nettoyer. » Il s'en fut chercher sa mère, mais il ne la trouva plus. Il revint donc avec son chargement. Alors la rainette demanda à ses gens : « Est-ce qu'il a rapporté ses tripes ? » Et le lièvre entendit raconter alors qu'on avait tué sa mère. Il alla s'asseoir au milieu de la fumée et commença à pleurer sa mère. On lui demanda : « Pourquoi pleures-tu ? — C'est, dit-il, que je suis assis au milieu de la fumée. Elle me fait monter les larmes aux yeux ! »

XX. Ils achevèrent de manger les tripes ; puis ils firent leurs paquets, attachèrent des charges de viande et ils retournèrent tous chez la rainette, dans son village, là où elle avait joué à la course avec la gazelle.

En chemin, elle dit au caméléon : « Je désire retourner dans mon village d'origine. Peut-être voudras-tu aller de ton côté ? » Il répondit : « Je ne me séparerai pas de toi ; nous irons ensemble. » Elle dit à tous ses sujets : « Prononcez-vous aussi ; celui qui désire se séparer de moi, qu'il me le dise. » Ils répondirent : « Nous irons tous avec toi, notre chef, nous ne nous séparerons point de toi. »

Alors ils portèrent ses paquets et partirent avec elle...

91. LE RENARD ET L'HYÈNE

Voilà une histoire ; mais je ne la sais pas toute, j'en sais une partie.

Le renard va dans l'eau, il prend beaucoup de poissons. Il les sort, il mange, il est très satisfait. Il laisse le reste, en disant : « Qui m'aide à manger ce poisson ? » Il dit : « Qui me donne un grand ventre ? » Il attend un peu. L'hyène vient. Il voit l'hyène, il dit : « Viens ici, hyène. » L'hyène vient. Il dit : « Tiens, voici beaucoup de viande, si tu veux la manger, mange-la. » L'hyène mange tout le poisson. Le renard est en colère contre l'hyène. Vient une poule, elle s'assoit sur un arbre, elle crie. L'hyène voit la poule, son beau corps avec des dessins ; l'hyène dit : « Qui me donnera d'aussi beaux dessins que ceux de la poule ? » Le renard lui dit : « C'est moi qui fais ces beaux dessins. » L'hyène dit : « Ne veux-tu pas me faire d'aussi beaux dessins ? » Il lui répond : « Si tu veux des dessins, apporte-moi un

couteau et de la terre blanche. » L'hyène est sans
malice. Elle va, elle apporte un couteau et de la
terre blanche. Elle ne savait pas que le renard était
en colère parce qu'elle lui avait mangé tout son
poisson. Le renard prend le couteau, l'hyène s'assoit.
Il lui fait des incisions sur le dos et chante :

> *Tu as avalé mon poisson,*
> *Je me venge sur ton dos.*

Il la déchire avec son couteau, il lui fait de belles
incisions. L'hyène s'en va, elle se sent malade. Et le
renard rit d'avoir si bien déchiré le corps de l'hyène.

92. LE LIÈVRE ET LA TERRE

Le lièvre dit un jour à la Terre : « Tu ne bouges
donc jamais ? Tu restes donc toujours à la même
place ? — Tu te trompes, réplique la Terre, car je
marche plus que toi. — C'est ce que nous allons
voir », reprend le lièvre qui se met à courir. Lorsqu'il
s'arrêta après avoir fourni une longue course, avec
la certitude d'être le vainqueur, il constata qu'il
avait encore la terre sous ses pieds. Il recommença
si bien qu'il tomba épuisé et mourut.

93. LA GÉLINOTTE ET LA TORTUE

Un jour la gélinotte dit à la tortue : « Je suis
mieux douée que toi, puisque je puis non seulement
marcher vite, mais encore voler. — Que tu es
heureuse ! s'écria la tortue ; moi, c'est en me traînant que je vaque tant bien que mal à mes affaires. »
Or il arriva que l'homme, pour chasser, mit le feu
aux herbes de la plaine ; le feu resserra son cercle

autour des deux animaux exposés à un péril certain.
La tortue se cacha dans le trou laissé par le pied
de l'éléphant et échappa au danger, mais la gélinotte,
qui avait voulu prendre son vol, tomba étouffée par
la fumée et mourut.

Qui trop se vante succombe à l'épreuve.

94. LE LIÈVRE, L'ÉLÉPHANT
ET L'HIPPOPOTAME

Un lièvre avait mangé le prêt-à-crédit de l'éléphant
et il avait mangé le prêt-à-crédit de l'hippopotame.
Il dit à l'hippopotame : « Dans sept jours, je paierai
un bœuf. » Et il dit à l'éléphant : « Dans sept jours,
je paierai un bœuf. » Les sept jours révolus, il
emmène l'éléphant au bord du marigot, il donne à
l'éléphant une corde, puis, à l'hippopotame qui était
dans le marigot, l'autre bout de la corde. Il dit à
l'éléphant de tirer sur la corde, que c'était un bœuf,
et il dit à l'hippopotame de tirer sur la corde, que
c'était un bœuf. L'éléphant tire et l'hippopotame tire.
Or l'hippopotame sort de l'eau, il voit l'éléphant, et
l'éléphant voit aussi l'hippopotame. L'éléphant
demande à l'hippopotame et l'hippopotame demande
à l'éléphant : « Pourquoi donc tires-tu, toi ? » Et
l'hippopotame dit à l'éléphant qu'un lièvre lui a
mangé le prêt-à-crédit, en lui promettant un bœuf.
L'éléphant dit à l'hippopotame qu'un lièvre lui a
mangé le prêt-à-crédit et qu'il lui a promis un bœuf.
L'hippopotame dit à l'éléphant : « Va chercher le
lièvre dans la brousse. » L'éléphant dit à l'hippopotame : « Va chercher le lièvre dans le marigot. »
Et l'éléphant cherche le lièvre, voit le lièvre, dit au
lièvre : « Je cherche un lièvre. » Et le lièvre dit :
« A la vérité, un lièvre ayant pris son crachat cracha

sur moi. » Le lièvre ayant trouvé une biche qui était pourrie s'en était habillé. Et le lièvre va au marigot. Alors l'hippopotame lui dit : « Etant sorti de l'eau, je vois un lièvre. » Et le lièvre dit à l'hippopotame qu'un lièvre à qui il réclamait le prêt-à-crédit avait craché sur lui de sorte qu'il était tout pourri. Puis le lièvre s'en alla pour cacher la peau de la biche en pourriture. Or, l'éléphant revint, le lièvre étant revenu, il lui demanda ses cauris ; mais le lièvre lui dit : « Je vais cracher sur toi. » Et l'éléphant a peur et s'enfuit.

CHAPITRE XX

POÉSIES, CHANSONS
ET DANSE

95. *Le Vent,* bushmen.
96. *L'Oiseau fantôme,* chinyanfa.
97. *Mort de Baragouand,* môssi.
98. *Tam-tam funèbre,* môssi.
99. *Chant des Elifam,* môssi.
100. *Chant du fusil,* môssi.
101. *Chant du Crocodile,* môssi.
102. *Chant des Pygmées,* pygmée.
103. *La Danse des Animaux,* pygmée.

POÉSIES, CHANSONS
ET DANSE

95. LE VENT

Le vent était autrefois une personne. Il devint un
être à plumes et il vola, car il ne pouvait plus
marcher comme auparavant ; en effet, il vola et il
habita dans la montagne. Aussi, il vola. Il était autrefois une personne : c'est pourquoi autrefois il roulait
une balle ; il la tirait, parce qu'il sentait qu'il était
une personne. Il devint un être à plumes, et alors il
vola, il habita dans une grotte de la montagne. Il en
sort, il vole et il retourne chez lui. Il y vient pour
dormir, il s'éveille de bonne heure et en sort ; il vole
loin ; de nouveau, il vole loin. Il retourne de nouveau
à la maison parce qu'il sent qu'il a à chercher de la
nourriture. Il mange encore, encore, encore ; il
retourne à la maison ; de nouveau, il y vient pour
dormir.

96. L'OISEAU FANTOME

Il y avait un homme qui tua un grand oiseau, lui
enleva la peau et la mit à sécher sur le toit. Puis le

propriétaire de la peau alla au jardin. Cette peau se
changea en un même oiseau, se fit un tambour,
appela les poulets et dansa le *Chelecheteche*.

> *A na ngo tu ng'ande.*
> *Chelecheteche*
> *Che, che, che.*
> *Chelecheteche.*
> *Che, che, che.*
> *A ne ngo ku tu ng'ande.*

Quand ce fut fini, il saisit un poulet pour le
manger. Le lendemain les propriétaires de cette peau
d'oiseau allèrent dans le jardin. Cette peau se changea de nouveau en un même oiseau : il appela les
poulets ; il dansa le *Chelecheteche*. Les gens s'étaient
cachés pour voir comment il réussissait à manger
tous les poulets ; ils virent ce grand oiseau, le métamorphosé, et ils le tuèrent.

J'ai broyé de la bouillie de fèves, à genoux, devant
la porte et j'y entre. Retire les patates du feu, elles
brûlent !

97. MORT DE BARAGOUAND

J'étais venu me reposer, quand je rencontrai un
enfant qui venait m'apprendre la mort de mon cher
Baragouand, Baragouand qui était mon compagnon
et que le trépas m'arrachait. L'enfant s'étant levé
pénétra chez moi et, y prenant ma sacoche et mon
carquois, sortit pour que je partisse aux funérailles
de Baragouand. Je me mets en route et je vois devant
moi une fosse creusée dans le sol. « Est-ce là le
tombeau de Baragouand ? » dis-je. On me répondit
de continuer ma route en avant. J'aperçois une termitière. « Est-ce là, dis-je, le tombeau de ce cher

Baragouand ? » Et l'on me dit encore de marcher
devant moi. La plaine apparut à nos yeux. « C'est ici
la tombe, me dit-on. — Oh ! mon père ! m'écriai-je,
je veux pouvoir saluer vos enfants dans le deuil et
la désolation ! — Ils sont partis, me répond-on, au
marché de Samba. » J'allai les trouver, mais ils
s'étaient rendus à Dodouoko, et c'est là que je les
vis. Ils achetèrent alors pour moi des beignets.
« Mais, leur fis-je observer, je ne veux pas de fiente
d'âne. » Et ils achetèrent une galette. « Ni de fiente
de bœuf », répliquai-je. Ils me remirent alors une
aiguille. « Eh quoi ! m'écriai-je, elle est trop vieille. »
Et alors ils m'achetèrent un poulet. « Ce poulet,
dis-je encore, est trop vieux. Femme, demandai-je,
prends du mil et donne-le-moi. » Et je lui remis mon
poulet, puis je fis donner du mil à mon poulet. Mais
il arriva qu'un épervier ravit le poulet, qu'une flèche
de paille tua l'épervier, que le feu consuma la flèche,
que l'eau éteignit le feu, qu'un éléphant but l'eau,
qu'un chasseur abattit l'éléphant, qu'un scorpion
mordit au pied le chasseur, qu'une pierre écrasa le
scorpion, que la pierre roule, roule toujours, et le
pauvre Baragouand repose dans son tombeau.

98. TAM-TAM FUNÈBRE

Kum da kûme la lagh da mhûme !
La ! la ! Ye ! silîgha dikke m dwelle, bâse mam !
La ! la ! kô pàôngho !
M dwelle kum dikke m !
M dwelle n tûrhde kô lebûgho !

La mort a tué et le fossoyeur a enterré !
Ha ! ha ! hélas ! l'épervier a pris mon ami, a laissé
[moi !
Ha ! ha ! sans possession !

Mon ami la mort a pris moi !
Mon ami s'en va sans retour !

Laghda kyéda, hyéda di bili, kyèda dàosea mâssâ
Khum kô kûm dwelle, ti m bé m tore
La ! la ! ye ! silîgha dikke m dwelle n zwettâ !
La ! la ! kô pàôngho !
Le lagda coupe, coupe les morceaux de bois, coupe les
                                         [bois frais verts.
La mort n'a pas tué mon ami, puisque je vis moi-
                                         [même.
Ha ! ha ! Hélas ! l'épervier a pris mon ami et est en
                                         [train de se sauver.

Ha ! ha ! sans accueil !

99. CHANT DES ELIFAM

LE CHŒUR : *O hommes, ô hommes, chantez, hé !*
voici le père Fam, oh ! oui, vous autres Elifam.

LE CHEF : *O père, ô fam, oh ! Elifam, oh ! chantez,*
oh ! chantez !

LE CHŒUR : *Venez, venez ici, oh ! Venez, venez ici,*
oh ! oh !

LE CHEF : *Oh ! père fam, père, viens, viens ici, oh !*
protecteur, oh !

LE CHŒUR : *Venez, venez ici, oh ! Venez, venez ici,*
oh ! oh !

LE CHEF : *Oh ! le fam a quitté l'intérieur des bois,*
venez, venez ici, oh !

LE CHŒUR : *Venez, venez ici, oh ! Venez, venez ici,*
oh ! oh !

LE CHEF : *Le fam est demeuré le protecteur, il est*
le soutien de la nation, oh ! oui.

LE CHŒUR : *Venez, oh ! venez, oh ! venez, venez ici,*
oh !

Le chef : *Il est le chef des hommes pour chasser les soucis, oh! hommes, oh!*

Le chœur : *Venez, venez ici, oh! Venez, venez ici, oh! oh!*

Le chef : *Celui-ci est le père de notre race, et celui-là le fondateur des fils de fam, oh!*

Le chœur : *Venez, venez ici, oh! venez ici, oh! oh!*

100. CHANT DU FUSIL

Invitatoire :

Oh! vous tous, écoutez, écoutez le chant, le chant
                                    [du fusil.

Chœur :

Oh! nous tous, écoutons, écoutons le chant, le
                                    [chant du fusil.

Chant :

Pour toi seul, ô fusil pour toi seul,
Au loin dans les bois,
Loin, loin, j'ai longtemps marché dans la forêt,
Sans plus entendre les chiens criards ;
Sans plus les entendre,
Non plus que les coqs amoureux du bruit,
Non plus que les coqs.
M'éloignant des mégères,
M'éloignant de leurs cases sombres.

Reprise :

Oui, pour toi seul, ô mon fusil,
Pour toi seul, dans les bois,

Dans les bois, je suis allé.
Oh ! mon fusil, pour toi seul.

INVITATOIRE :

Vous tous, venez, écoutez tous le chant du fétiche,
Chant aimé du fusil.

CHŒUR :

Nous tous, venons, écoutons tous le chant du
                                                [fusil,
Chant aimé de l'esprit,
Oui, pour toi seul, ô mon fusil,
Pour toi seul, dans les bois,
Dans les bois, je suis allé.
Oh ! mon fusil, pour toi seul.

INVITATOIRE :

Venez, venez tous, écoutez bien, et sans bruit
                                                [écoutez !
CHŒUR :

Et sans bruit écoutons, attentifs.

CHANT :

Pour toi seul, ô fusil pour toi seul,
Avant dans les bois,
M'éloignant toujours du village,
J'ai pris le grand couteau des hommes,
Sans que nul ne me vît.
Couteau pendu au crochet du pilier,
J'ai pris le couteau,
L'attachai à mon côté,
Le pendant au baudrier
Sans que nul ne me vît,

Dans les bois, je suis allé.
Oh ! mon fusil, pour toi seul.

INVITATOIRE :

Vous tous, venez, écoutez tous le chant du fétiche,
Chant aimé du fusil.

CHŒUR :

Nous tous venons, écoutons tous.
Il a pris le couteau,
Sans que nul ne le vît.

CHANT :

Pour toi seul, ô fusil pour toi seul,
Aux chemins de chasse,
J'ai blessé mon pied dans le chemin,
J'ai franchi les monts, les collines,
J'ai passé les ruisseaux,
Peinant tout un jour, tout un jour entier,
J'ai cherché l'esoir,
L'esoir, l'evin et le vyo ;
Puis mettant leur chair à nu,
Ravi leur vêtement,
Leur habit au sang rouge.
Là vit l'esprit des forêts.

INVITATOIRE :

Vous tous, venez, mêlez l'esoir l'evin et le vyo,
Enchantez le fusil.

CHŒUR :

Nous tous venons, mêlons l'esoir, l'evin et le vyo.

Enchantons le fusil,
Dépouillant leur chair à nu,
Pilons leur vêtement,
Leur habit au sang rouge,
Pour en vêtir cette arme.
Enchantons le fusil.

101. CHANT DU CROCODILE

L'éléphant a glissé, a glissé avec un refus.
Cet arbre penche :
Relevez-le en haut,
Il penche encore ici,
Poussez-le à gauche,
Il penche encore là,
Poussez-le à droite.
Que ta force ne demeure point silencieuse, inerte.

Tournons ici, tournons à reculons.
Cette terre est dure.

Protecteur de nos pères, ne ferme pas tes oreilles,
Sois le protecteur de tes enfants.

Tournons ici et tournons là,
Le piège est apprêté.
Nous t'avons préparé des aliments,
La pierre du foyer est repoussée.
Ne fais pas attendre ton secours, ô père crocodile.
Je veux rester au bord du rivage.
Nos ancêtres ont eu la victoire.
Les fêtes d'initiation ont eu lieu pour leurs suc-
                                    [cesseurs !

102. CHANT DES PYGMÉES

La forêt est grande, le vent est bon :
En avant les Bé-kü, l'arc au bras !

Par ici, puis par là, par là et par ici.
Un cochon ! — Qui tue, le cochon ?
C'est le Nkü. — Mais qui le mange ? — Pauvre
          [Nkü !
Dépèce-le toujours : tu te régaleras des tripes...

Pan ! un éléphant par terre !
— Qui t'a tué ? — C'est le Nkü !
— Qui aura ses belles dents ? — Pauvre Nkü !
Abats-le toujours : ils te laisseront la queue...

Sans maison, comme les singes.
Qui ramasse le miel ? — C'est le Nkü.
— Et qui le lèche à s'en faire un ventre ? —
         [pauvre Nkü !
Descends-le toujours ; ils te laisseront la cire !...

Les Blancs sont là, des bons Blancs !
— Qui est-ce qui danse ? — C'est le Nkü !
— Mais qui fumera son tabac ? — Pauvre Nkü !
Assieds-toi quand même, et tends la main !

103. LA DANSE DES ANIMAUX

MBA-SOLÉ
 Le poisson fait...

TOUS
 Hip !

MBA-SOLÉ
L'oiseau fait...

TOUS
Viss !

MBA-SOLÉ
Le marmot fait...

TOUS
Gnân !

MBA-SOLÉ
Je me jette à gauche,
Je me tourne à droite,
Je fais le poisson
Qui file à l'eau, qui file,
Qui se tortille, qui bondit !

Tout vit, tout danse, et tout chante...

TOUS
Le poisson : Hip !
L'oiseau : Viss !
Le marmot : Gnân !

MBA-SOLÉ
L'oiseau s'envole
Vole, vole, vole,
Va, revient, passe,
Monte, plane et s'abat.
Je fais l'oiseau !

Tout vit, tout danse, et tout chante...

TOUS
Le poisson : Hip !
L'oiseau : Viss !
Le marmot : Gnân !

MBA-SOLÉ
> *Le singe, de branche en branche,*
> *Court, bondit et saute,*
> *Avec sa femme, avec son mioche,*
> *La bouche pleine, la queue en l'air.*
> *Voilà le singe ! Voilà le singe !*
>
> *Tout vit, tout danse, et tout chante...*

TOUS
> *Le poisson : Hip !*
> *L'oiseau : Viss !*
> *Le marmot : Gnân !*
> *Andang : Mwing !*
> *Ngoug : Viss !*
> *Môn : Nyâ !*

CHAPITRE XXI

CONTES MODERNES

104. *Grosse-Tête*, conte ronga.
105. *Le Dévouement de Yamadou Hâvé*, conte khassonké.
106. *Le Spahi et la Guinné*, conte ouolof.
107. *Le Diable jaloux*, conte bambara.
108. *La Mounou de la Falémé*, conte torodo.

CONTES MODERNES

104. GROSSE-TÊTE

Une femme mit au monde des enfants, elle les éleva. Ils moururent tous. Puis elle devint vieille et incapable de labourer son champ. Alors, pour sa nourriture, elle allait se tenir auprès des portes des Blancs pour en demander. Elle mendiait aux Blancs. Ceux-ci en eurent assez et lui donnèrent un pois. Elle alla le cuire et le mangea. Le lendemain elle était toute gonflée à cause de ce pois. Lorsqu'elle eut dormi deux nuits encore, cette femme vit qu'elle était en état de grossesse. Or, elle était toute vieille (elle ressemblait à Mémounouayana). Lorsque sa grossesse fut avancée, elle ne put plus aller mendier de la nourriture. Puis, lorsque vinrent les douleurs et qu'elle enfanta, il se trouva, quand elle eut enfanté, que son enfant n'avait point de jambes. Il n'avait qu'une tête, une poitrine et des mains. Son nom fut Grosse-Tête. Avant même qu'on eût coupé le cordon, il dit : « Hé ! ma mère ! qu'est-ce à dire que tu n'étendes pas une natte par terre pour moi, tandis que les autres femmes font cela pour leurs enfants, quand elles les mettent au monde ? — Mais, mon fils, dit-elle, je ne possède point de natte ! » Grosse-

Tête répondit : « Ma mère, va me chercher un papier afin que j'écrive quelque chose, je te le donnerai et tu partiras avec. » Sa mère s'en alla ramasser un papier dans les rues et le lui donna. Or, tout ce qu'il faut pour écrire était sorti avec lui du sein de sa mère ; l'encrier aussi était sorti avec lui du sein de sa mère.

Grosse-Tête écrivit au gouverneur et lui demanda un drap pour le couvrir, une pièce d'étoffe pour coudre un vêtement à sa mère, une vache pour qu'on pût lui traire du lait, un jeune domestique, un sac de riz, d'arachides, de pois, de millet, de sorgho, enfin une chèvre. Lorsqu'il eut fini d'écrire, il donna la lettre à sa mère afin qu'elle allât la porter au gouverneur. Sa mère partit avec le papier et trouva un garde à la porte. La mère de Grosse-Tête demanda la permission d'entrer. On l'autorisa ; elle entra et remit la lettre au gouverneur. Celui-ci la lut, comprit ce qu'elle signifiait et donna à Grosse-Tête tout ce qu'il avait demandé. Il appela des porteurs pour transporter tous ces objets. Puis le gouverneur écrivit une lettre pour appeler Grosse-Tête à venir le lendemain.

La mère de Grosse-Tête partit en avant. Quand les porteurs furent arrivés, ils déposèrent leurs charges. Elle leur dit : « Dépecez la chèvre, pour que je mange à la façon des nourrices. » Les porteurs la dépecèrent, prirent un peu de viande à chaque membre et mangèrent. Puis ils partirent ; lorsqu'ils furent partis, au matin, elle chauffa de l'eau, se lava et baigna l'enfant. Ils se mirent en route et allèrent auprès du gouverneur. Quand ils furent arrivés, le gouverneur dit à la mère : « Donne-moi l'enfant que je le voie. » Il commença à être tout heureux, le gouverneur, et il appela sa fille Minina.

Lorsque Minina eut pris le bébé, elle fut toute joyeuse et refusa de le rendre à sa mère. Son père se mit alors en colère ; il enleva l'enfant de force et le donna à sa mère. Celle-ci s'en retourna alors à la maison. Désormais, Minina ne mangea plus rien. Elle voulut même se suicider ; elle dormit trois jours sans prendre aucune nourriture. Son père se fâcha et lui dit : « Comment donc ! Tu as refusé de beaux partis qui étaient venus te demander en mariage et même des seigneurs blancs et tu aimes Grosse-Tête ? Cela me fait honte à moi ! »

Il écrivit alors aux autorités des Blancs et les convoqua pour discuter cette affaire afin que Minina fût emprisonnée et mise à mort. Ils se rassemblèrent et le père de la jeune fille leur dit : « Je ne veux pas la tuer, car si je la tuais elle ne souffrirait plus. Il faut qu'on fasse jouer la fanfare et qu'on la conduise pour qu'elle aille retrouver Grosse-Tête. Qu'elle ne prenne aucun vêtement de rechange, elle ira avec celui qu'elle a mis sur son corps. »

Ils décidèrent ainsi.

Lorsqu'ils l'eurent ainsi chassée, elle partit toute joyeuse, disant : « Le gouverneur m'a rendu vraiment service, vraiment ! On m'envoie chez Grosse-Tête ! mon cœur est heureux ! »

Minina eut pour lui un grand amour. Elle travaillait tout en le portant sur ses épaules. Sa mère lui disait : « Donne-le-moi, que je te soulage un peu. » Minina refusait, disant : « Laisse-le-moi, mère ! je le porterai bien, moi ! » Ils ne possédaient pas une maison convenable. C'était une toute petite hutte. Pour dormir, ils prenaient leurs jambes et les étendaient dehors : il n'y avait que les têtes qui entrassent dans la hutte.

Or, Grosse-Tête, ayant vu qu'ils n'avaient pas de hutte convenable, sortit durant la nuit et dit : « Mon anneau ! mon anneau ! anneau de mon père ; qu'il paraisse une maison où je dormirai, moi. » Il s'en retourna dormir. Il sortit alors deux maisons euro-

péennes de Blancs, l'une fut celle de sa mère, l'autre
la sienne et celle de sa femme. Il parut aussi des
malles pleines d'habits pour lui et sa femme. Il
sortit aussi des serviteurs et des servantes. Au
matin, avant de se lever, la mère dit à Minina :
« J'ai fait un rêve : cherche les clefs auxquelles
j'ai rêvé ; elles sont là près de nos têtes. Va ouvrir
et va regarder les chambres et ce qu'il y a dans les
malles ; peut-être que mes rêves sont une réalité ! »

Lorsque Minina eut ouvert, elle regarda et vit de
belles robes telles qu'on n'en avait encore jamais
vu ! Elle interrogea Grosse-Tête et lui dit : « D'où
toutes ces choses viennent-elles ? » Elle commença
à être pleine de joie, elle écrivit une lettre pour le
faire savoir à sa mère et à son père leur disant :
« Bien que vous m'ayez chassée, pour moi, depuis
que je suis venue ici, il n'est pas une chose dont
j'aie manqué. » Mais ses parents ne lui écrivirent
pas de lettres, car ils étaient fâchés de ce qu'ils
n'avaient pas mis au monde une fille convenable. Ils
avaient une fille qui refusait les beaux partis et qui
aimait un être privé de jambes !

Or, une nuit, alors qu'ils étaient tous endormis,
Grosse-Tête voyant que Minina était ennuyée de le
porter toujours, chercha à sortir de sa propre tête.
Lorsqu'il fut sorti, il alla ouvrir sa malle et se
revêtit de ses habits, de ses galons, de son sabre, de
son casque de chef ; il alla s'asseoir à la table et
mangea toute la nourriture qu'on avait laissée pour
le déjeuner du lendemain. Ayant bien mangé, il fuma
un cigare. L'ayant fumé, il jeta au loin ce qui restait ;
puis il prit un morceau de papier et écrivit. Il relut
ce qu'il avait écrit à voix basse, craignant de parler
haut, pour ne pas réveiller Minina. Ayant terminé la
lecture de sa lettre, il enleva ses habits, rentra dans
sa tête et dormit de nouveau.

Lorsque le jour commença à poindre, il appela

Minina et lui dit : « Lève-toi et chauffe-moi de la nourriture, afin que je mange. » Or, il n'avait jamais fait cela. Minina se leva, alla chercher de la nourriture et trouva qu'il n'y en avait plus ; elle dit : « Mère, la nourriture n'y est plus. Qu'est-ce qui peut bien l'avoir mangée ? » Grosse-Tête lui dit : « Elle n'a pas été mangée ! C'est toi qui veux m'en priver : tu ne veux pas me donner à déjeuner et tu régales tes amants ! Je te chasserai, je te punirai, je te ferai ce que tes parents t'ont déjà fait ! » Minina fut très attristée et pleura, disant : « Je souffre de ce que tu prétends que je donne à manger à mes amants, tandis que je ne recherche nullement d'autres hommes. J'aime mieux que tu m'insultes tout simplement, ou même que tu me battes, que de me dire des choses pareilles ! »

Minina dit alors à sa jeune domestique qui était de la grandeur de Domengo : « J'enverrai des gens pour te tuer, car c'est toi qui manges la nourriture et qui fais qu'on m'insulte. » Elle gronda cette fillette et dit : « Je t'ai fait grâce aujourd'hui, mais, si tu recommences à manger ce que j'ai laissé de reste ce soir, demain j'enverrai des gens pour te tuer. » Ces menaces de mort effrayèrent cette enfant, alors que ce n'était pas elle qui avait mangé cette nourriture. Elle fit un trou à sa couverture, et le fit assez grand pour regarder à travers, avec ses yeux, afin de voir qui mangeait la nourriture dans leur maison. Lorsque le soleil fut couché et qu'elle eut été se coucher, la fillette regarda par le trou qu'elle avait fait tandis que tous les autres dormaient. Grosse-Tête commença à sortir de sa tête et se transforma en un homme pourvu de jambes. Il fit ce qu'il avait fait la veille. Lorsqu'il mangea, la fillette le vit et se dit : « On prétend me tuer et c'est lui qui mange la nourriture ! » Lorsque le jour fut proche, Grosse-Tête se hâta de réveiller Minina et lui dit :

« Donne-moi de la nourriture. » Quand elle alla en
chercher, elle n'en trouva point et Grosse-Tête,
comme la veille, s'emporta contre elle. Minina s'irrita
contre l'enfant et voulut aller la tuer.

Mais celle-ci lui dit : « Ma mère, ne me tue
pas, laisse-moi, tu me tueras demain. » Elle ajouta :
« Celui qui mange la nourriture, c'est Grosse-Tête !
nous n'avons jamais vu un Blanc aussi beau que lui
lorsqu'il est sorti de sa tête ; moi je l'ai vu par le
trou que j'ai fait à ma couverture. Aujourd'hui, je te
donnerai une ficelle. Quand le soleil sera couché tu
te l'attacheras à la jambe. Lorsqu'il sera sorti, je te
tirerai par la ficelle, je te réveillerai et tu le verras ;
mais ne te hâte pas d'aller de-ci de-là... Tu le précé-
deras lorsqu'il ira dans sa chambre déposer ses
habits ; saisis-le à ce moment-là. »

Lorsqu'ils furent allés se coucher, Grosse-Tête
commença à sortir de sa tête et revêtit ses habits ;
il prit de la nourriture, mangea et fit comme les
autres nuits. La jeune fille éveilla Minina au moyen
de la ficelle et celle-ci vit tout en réalité ! Alors,
lorsque Grosse-Tête voulut aller déposer ses habits
pour retourner dans sa propre tête, Minina le précéda
et le saisit. Grosse-Tête dit : « Laisse-moi, Minina,
pour que je retourne dans ma propre tête, rien
qu'aujourd'hui, car j'en ai fort envie. » Minina
répondit : « Non point ! Je ne te lâcherai pas, car
tu abuses de moi, toi qui en réalité es un homme
magnifique. »

Au matin, Minina écrivit à ses parents pour leur
faire savoir qu'elle avait un mari splendide. Si elle
avait refusé d'autres hommes, c'est que le Ciel lui
réservait celui-là. Lorsque la femme eut écrit, le mari
écrivit lui aussi et leur dit que s'ils désiraient venir,
ils ne vinssent pas le jour même, mais le lendemain ;
car nous nous marierons ce jour-là, ajoutai-t-il.

Lorsque le gouverneur apprit cela, il écrivit aux

principaux des Blancs et leur annonça ceci : « Ma fille, sur laquelle j'ai pleuré, on dit qu'elle est maintenant une femme comme il faut. Demain, c'est le jour où elle se mariera. Préparez-vous, nous irons la voir demain. »

Lorsque le soleil fut couché, Grosse-Tête dit : « Mon anneau, mon anneau, anneau de mon père... qu'il paraisse de la monnaie rouge et de la monnaie blanche et qu'elle remplisse toute la cour de ma maison ici ! Qu'il paraisse des tonneaux d'eau-de-vie et de vin et de genièvre et de tout ce qu'on boit... jusqu'à ce que le tout atteigne la porte de mon père, afin que l'on voie clairement que j'épouse la fille du gouverneur. »

Les beaux-parents arrivèrent. Ils commencèrent à se réjouir et à saluer leur gendre. Il vint des Banyans, des Musulmans, des Ba-Koua et d'autres gens qui, tout en mangeant la nourriture du festin, ramassaient aussi des pièces d'argent. Lorsqu'ils eurent fini de manger, le père de Grosse-Tête, son beau-père, commença à exprimer ses remerciements : « Vraiment, mon fils, dit-il, le Ciel est avec toi ! Moi je l'ai bien vu quand il est né, il est né sans jambes... mais il est venu au monde sachant déjà écrire. Or, je dis que cela, c'est l'œuvre du Ciel. » Le beau-père dit encore : « C'est bien, mon fils. Je suis heureux à cause de ce qui me mettait de mauvaise humeur autrefois. Je disais : « Lorsque quelqu'un épousera « ma fille, c'est lui qui gouvernera le pays et moi « je redeviendrai un enfant. » Retournons donc ensemble à la ville. » Grosse-Tête refusa et dit : « Non ! je resterai ici et m'en retournerai seul à la maison. »

Lorsqu'ils furent partis, il ne restait plus que les gens ivres d'eau-de-vie et d'autres boissons qu'ils avaient bues. Au moment d'aller dormir, Grosse-Tête sortit et dit : « Mon anneau, mon anneau,

anneau de mon père... Que cette belle maison dispa-
raisse. » Elle disparut avec les objets qui y étaient.
Il ne resta que sa femme et sa mère. Ils partirent et
arrivèrent à la ville. Arrivés là, Grosse-Tête dit :
« Mon anneau, mon anneau, anneau de mon père,
qu'il sorte une grande maison avec de nombreuses
chambres à l'étage et qu'elle soit toute crépie de
pièces d'or... Que ce soit ma maison, et que, d'un
autre côté, paraisse une maison crépie de pièces
d'argent ; que ce soit celle de ma mère. » En effet,
ces maisons-là parurent.

Au matin, quand les gens sortirent pour aller au
travail, ils regardèrent et virent des maisons qui
faisaient peur à cause de leur splendeur. Ils s'éloi-
gnèrent à force de craindre. Alors les patrons qui
les avaient envoyés au travail se rassemblèrent et
dirent : « Les ouvriers sont partis. Ils ont peur de
la splendeur des maisons qui sont là. N'allons-nous
pas mourir de faim actuellement ? » Mais son beau-
père, qui connaissait les miracles accomplis par son
gendre, leur dit : « Ne craignez pas ! c'est le gouverneur qui doit régir ce pays qui est arrivé. » Alors
Grosse-Tête et Minina, sa femme, vécurent dans les
honneurs de la royauté.

Telle est la fin de ce conte.

105. LE DÉVOUEMENT DE YAMADOU HAVÉ

Il y a 400 ans environ, des Peuhls descendant de
Diâdié fondèrent un village du nom de Bambéro, qui
tire ce nom d'une montagne voisine. Le village peu
à peu prit de l'importance et ne tarda pas à compter
333 flèches ou guerriers. Les Tomaranké virent d'un
mauvais œil la prospérité rapide de ces nouveaux
venus et, poussés par la jalousie et la cupidité, leur
déclarèrent la guerre.

Les Peuhls étaient bien peu nombreux encore pour résister à tant d'ennemis mais, malgré cela, ils se résolurent à la résistance la plus acharnée. Un marabout de Souyama-Toran, qui devait plus tard fonder le royaume de Boundou et qui, à ce moment, voyageait dans le Haut-Sénégal pour s'instruire, vint alors à Bambéro. Il se nommait Malick Sy. Il proposa aux Peuhls de leur préparer un grigri qui leur assurerait la victoire malgré leur grande infériorité numérique : « Mais, ajouta-t-il, il vous faudra souscrire à la condition que je vais vous poser...

— Parle ! dirent les Peuhls.

— Voici ma condition : vous fixerez ce grigri à la pointe d'une flèche. Au début du combat, l'un de vous que je sais, un membre de la famille de Diâdié, un de ceux que vous aimez le plus de vos concitoyens, décochera la flèche au milieu des ennemis. Il sera tué dans le combat mais, à ce prix, je vous garantis la victoire. »

Chacun alors de s'offrir pour ce mortel honneur, mais Malick Sy resta inébranlable jusqu'à ce qu'un jeune homme du nom de Mamadou ou Yamadou Hâvé se fût proposé.

Alors le marabout déclara : « Celui-ci est l'homme que j'attendais !

— Voilà qui est bien, dit Yamadou aux Peuhls, mais, puisque je m'offre pour votre salut, je vous demande de consentir à votre tour à mes demandes ! »

Il y avait là quatre tribus peuhles : les Diallo, les Diakhité, les Sidibé, les Sankaré. Toutes donnèrent leur consentement.

« Le marabout, reprit Yamadou, a dit que, par la vertu du talisman, je mourrai demain pour le salut de ma race. Je suis prêt ; mais j'ai trois enfants : deux garçons et une fille ; le premier est Ségo Dohi, le second Mamadou Dohi, et la troisième Sané Dohi.

Chers Peuhls, je vous les confie, eux et leurs enfants !
Je demande que leurs descendants commandent aux
Peuhls du Khasso. Je désire qu'ils puissent épouser
les femmes de votre race. Bien entendu, je ne parle
que de celles qui seraient libres et à qui ils pour-
raient se marier sans enfreindre les prescriptions
d'Allah. »

Les Peuhls ont, à l'unanimité, déclaré qu'il en serait
selon son désir.

C'est à la mare de Tombi-Fara que s'est produit le
choc entre les Malinké et les Peuhls.

Dès le début de l'action, Yamadou Hâvé s'est précipité, sa flèche en main, jusqu'au milieu des ennemis
et les en a frappés. Il s'est battu vaillamment et
n'est tombé qu'au moment où les Malinké prenaient
la fuite. Et la prédiction du marabout s'est entièrement réalisée. La victoire resta aux Peuhls. Leurs
adversaires avaient perdu leur roi et leur armée fut
anéantie.

La paix était assurée pour de longues années, et les
Peuhls s'acquittèrent de leur dette envers les enfants
du héros. Ils les élevèrent avec considération. S'ils
empoisonnèrent Mamadou Dohi à cause de son
intolérable arrogance, ils firent de Ségo Dohi leur
roi, dès sa majorité, et maintinrent le pouvoir
suprême à ses descendants.

C'est de Ségo Dohi que descendent : Mojacé Sambala, chef de Médine ; Diourha Sambala, un des
défenseurs de cette ville avec Paul Holl ; Kinty
Sambala, allié de la France et l'interprète Alfa
Séga.

Hava Demba aussi en descend, lui qui fut l'allié de
l'émir Abdoul Rhady dans la guerre du Diolof du
temps de Napoléon Ier.

106. LE SPAHI ET LA GUINNÉ

On tient cette histoire d'Amadou Diop.

Il y a un spahi du nom de Mandoye N'Gom, un spahi de 2ᵉ classe qui couchait à N'Dar Touti avec sa femme. Une nuit qu'il était dans sa case, la lune l'a trompé. Il s'est réveillé à deux heures du matin et s'imaginant voir le jour à cause de la grande clarté du clair de lune, il a réveillé sa femme en lui disant : « Allons ! lève-toi pour faire mon café.

— Ah ! Mandoye N'Gom, a répondu celle-ci, il est encore trop bonne heure.

— Ça ne te regarde pas ! Allons ! lève-toi ! »

La femme n'a pas voulu. Elle a refusé carrément.

Alors Mandoye a préparé son café lui-même. Il l'a bu, puis, prenant sa cravache, il est sorti, déclarant qu'il allait certainement manquer l'appel.

Il a couru jusqu'à la hauteur de la prison civile. Là, il s'est remis au pas. Il a pris une chique de tabac pour bourrer sa pipe et a ainsi atteint la mosquée de N'Dar.

Et tout à coup une demoiselle s'est dressée devant lui, lui barrant le passage. Elle s'est dressée toute nue devant lui, n'ayant qu'une ceinture de verroterie : « Mon cher ami, a-t-elle dit, donnez-moi donc une chique de tabac. — Je n'ai pas le temps, répond Mandoye. Je le ferais de bon cœur, mais je suis trop pressé. Si je m'arrête, je vais manquer l'appel. »

La demoiselle l'empêche de passer : « Tu ne passeras pas, dit-elle. Il me faut ma chique de tabac. » Et elle commence à faire des bêtises. Elle voulait embrasser le spahi...

« Comment, se dit Mandoye, le jour est à peine levé et voilà qu'elle me demande du tabac ! »

La demoiselle ne voulait pas le laisser. Il lui envoie un bon coup de cravache par la figure. La jeune fille se met à pleurer. Elle crie : « Hoû !... oû ! » comme la sirène d'un bateau. Elle s'enfuit. « Ah ! dit Mandoye, elle vient m'ennuyer, celle-là ! Sûrement ce n'est pas une femme, mais une guinné ! »

Il pousse jusqu'à la caserne. Le voilà dans la cour, criant lui aussi : « Hoû !... oû ! » Le sous-officier de semaine vient à lui : « Mandoye, est-ce que tu deviens fou ? A deux heures du matin, tu viens hurler dans la caserne comme un chacal ! Tu auras quatre jours de salle de police demain matin. Tu peux y compter. »

Mais Mandoye ne pouvait plus parler. Il était devenu fou. Le sous-officier et le brigadier de semaine l'empoignent, ils lui font monter l'escalier. Il dit alors qu'il a vu quelque chose de fantastique. On le fait coucher et quelqu'un reste à le veiller.

Le lendemain, dès huit heures du matin, on le transporta à l'hôpital. Il y a passé huit jours et il commençait à se trouver mieux et à parler, car sa femme lui portait des grigris et des médicaments de noirs qu'elle cachait sous ses vêtements pour les faire entrer dans l'hôpital. Pendant ces huit jours on l'a soigné de cette façon et il s'est guéri.

Les médecins ne savaient pas comment on s'y était pris. Ils vinrent, lui tâtèrent le bras et déclarèrent qu'il était mieux.

Les marabouts, qui sont savants, ont dit : « Ça, c'est une guinné qui l'a fait. »

107. LE DIABLE JALOUX

Dans le pays des Bambaras il y a une région qu'on nomme Baninko à cause de la rivière Baninko qui la traverse avant d'aller se jeter dans le Dioliba (Niger), pas bien loin de Bamako, à environ trois jours de marche de cette ville.

Dans ce pays de Baninko se trouve un village du nom de Tiendougou. C'est un village plus grand que Faranah et qui est tout près de la rivière Baninko. Un homme de ce village, qui s'appelait Bandiougou Kouloubaly, allait un jour à son lougan. Sur sa route il rencontra une femme de diable qui, de l'arbre où elle se tenait cachée, l'avait vu venir et le trouvait à son goût. Elle pensait bien qu'il ne ferait pas le difficile car, comme toutes les femmes de diables, elle était très jolie, et d'ailleurs les hommes n'ont guère l'habitude de se faire prier.

Elle alla donc à sa rencontre et sans plus de façons : « Où donc vas-tu ? lui demanda-t-elle. — Je vais à mon lougan ! répondit Bandiougou. — Eh bien, je veux te prendre comme bon ami ! » Et le garçon : « Je ne demande pas mieux, car tu es très jolie ! »

Bandiougou pose son fusil par terre, car il le portait toujours avec soi pour le cas où il rencontrerait une biche. Il commence à « faire des blagues ». Lui et la femme de diable faisaient ce qu'on fait toujours en ce cas-là et la conversation tirait à sa fin quand, tout à coup, le diable arrive. Devant ce spectacle, il se fâche et assène à l'homme un grand coup de bâton. Tu penses que la femme du diable n'était pas contente. Elle commence à injurier son mari et à se disputer avec lui. Bandiougou en profite pour se sauver à toutes jambes, laissant là son fusil. Le diable l'a ramassé pour lui.

Mais depuis ce jour-là le diable en question est devenu furieux et comme fou. Il ne peut plus voir quelqu'un du village sans le frapper comme un forcené. Il a même tué une petite femme, car il était trop en colère pour se venger d'une autre façon.

Tu me demandes comment ces diables-là sont faits. Je n'en ai jamais vu, mais ceux qui en ont vu disent qu'ils ont de longs cheveux, si longs qu'ils les ramas-

sent en coussin pour s'asseoir dessus. Les uns sont
grands ; les autres petits, mais tous ont quatre yeux :
deux à la place ordinaire et deux sur le front. Voilà
tout ce que j'en sais. N'oublie pas mon bounia.

108. LA MOUNOU DE LA FALÉMÉ

C'est Amady Si, interprète du poste de Koyah, qui
a fait ce récit.

Il y a dans le Boundou un village qui s'appelle
Dêbou. Près de ce village passe la rivière Falémé.
On y rencontre une fosse d'un kilomètre de long.
Aucun bateau ne peut passer à cet endroit, même
les petites pirogues, car les guinnârou les brisent
toutes. Quant à y puiser de l'eau, il n'y faut pas
songer non plus.

Les guinnârou de l'eau qui guettent les gens au
passage sont désignés sous le nom de « mounou ».
Ils ont, à peu de chose près, l'aspect des êtres
humains. Ils sont de différentes couleurs : noirs
comme nous, rouges comme vous ou bien encore
jaunes ou verts. Hommes et femmes portent des
cheveux longs comme en ont les femmes des trai-
tants syriens. Aux mains ils n'ont pas de pouces.
Une fois, l'on s'est emparé d'un de ces êtres-là, on
l'a porté jusqu'à Bakel. Le commandant du poste,
qui s'appelait Pinel, a gardé ce guinnârou pendant un
mois et demi et beaucoup de personnes l'ont vu,
mais au bout de ce temps le guinnârou est mort.

A côté de la fosse dont j'ai parlé se trouvait un
lougan appartenant à Oumar Fâno, un indigène de
Dêbou. Toutes les nuits les guinnârou y venaient
voler du mil. Le maître du lougan se dit : « Demain
il faudra que je voie par moi-même qui me vole
ainsi mon mil la nuit. »

Il creusa dans la terre un trou de cinquante cen-

timètres de profondeur et d'une longueur un peu
plus grande que celle de son corps et au-dessus il
éleva une petite toiture en paille de façon à ce qu'on
ne pût le voir. Le soir venu il alla s'étendre dans
cette cachette. Vers minuit, les mounous sortirent
en quantité de l'eau et commencèrent à récolter le
mil. Quand Oumar eut vu que les pillards ressemblaient à des êtres humains, il mit son fusil de côté,
résolu à ne pas tirer sur eux. Mais profitant de ce
qu'une des jeunes filles de la bande passait à portée
de sa main, il l'empoigna par le pied et la retint
malgré ses cris. Les autres mounous s'enfuirent et
sautèrent dans l'eau précipitamment. Après avoir
ligoté sa capture, Oumar l'emmena chez lui et elle
le suivit sans grande résistance.

Oumar la garda dans sa case comme femme. Elle
travaillait avec courage et faisait tout ce qu'il
lui commandait. Mais elle ne parlait à personne, pas
même à son mari. A la maison elle ne mangeait ni
ne buvait. Elle conçut un enfant de son mari.

Vers ce temps-là, un voisin s'en vint trouver Oumar
Fâno : « Comment ! lui dit-il, tu gardes près de toi
une femme qui ne parle, ne boit, ni ne mange. A
ta place je la ramènerais où je l'ai trouvée. — Ainsi
ferai-je dès demain ! » déclara Oumar.

Le lendemain soir, en effet, il la mena au bord de
la Falémé : « De quel endroit de la rivière es-tu
sortie ? Montre-le-moi. » Elle lui désigna du doigt
une place dans le fleuve. Alors Oumar lui prit la
main : ils entrèrent ensemble dans l'eau et dès qu'il
en eut jusqu'aux genoux : « Retourne-t'en à l'endroit
d'où tu viens ! » lui dit-il.

La mounou continua d'avancer lentement jusqu'à
ce que l'eau lui vînt à la poitrine. Alors se tournant
vers Oumar : « Tu n'as pas de chance ! lui dit-elle.
— Pourquoi cela ? — Tu m'as gardée deux ans
chez toi et pendant ce temps je t'ai servi de femme.

Et puis tu t'es fâché contre moi. Tu dois cependant bien penser que si tu m'as fait rester près de toi c'est parce que cela ne me déplaisait pas. Maintenant j'ai un enfant de toi et voici que tu m'abandonnes. Si tu m'avais gardée jusqu'à la naissance de cet enfant, alors j'aurais commencé à parler avec toi et je t'aurais appris beaucoup de choses. A présent tout est fini par ton impatience. Adieu ! »

Elle disparut, et lui rentra dans sa case. Jamais plus il ne la revit. Jamais il ne la reverra.

BIBLIOGRAPHIE

A

ADAM (G.). — *Légendes historiques du pays de Nioro* ;
Paris, 1904, in-8°.

ANONYMES. — *Abhandlungen d. Hamburgischen Kolo-
nialinstitutes.* Hamburg, 1910-14, 19 vol. in-8°.

— *Anthologie de l'Afrique du Nord* ; Alger, 1914, in-8°.

— *Anthropos, Rev. int. d'Ethnologie et de Linguistique* ; Münster, Paris et Londres, 1912-14, 6 vol.
in-8°.

— *Bibliographical List of Books of Africa* ; London,
1892, in-16.

— *En Afrique* ; Paris, 1897, in-8°.

— *Essai de grammaire malinké* ; Saint-Michel-en-
Préziac, 1896, in-8°.

— *Folklore Journal of the S.-Africa* ; Capetown, 1880,
6 vol. in-8°.

— *List of grammar of the languages of Africa* ; New
York, 1909, in-4°.

— *Miscellaneous Papers* (1672-1865) ; Richmond, 1887,
in-8°.

— *Mitteilungen d. Seminars für Orientalische Sprachen* ; Berlin, 1898-1902, 6 vol. in-8°.

— *The African World* ; London, 1903-05, 11 vol. in-4°.

— *Zeitschrift. f. Afrikanische Sprachen ;* Berlin, 1887, in-8°.

ARBOUSSET et DAUMAS. — *Voyage au N.-E. de la Colonie du Cap ;* Paris, 1842, in-8°.

B

BARLOW (A.-R.). — *Tentative Studies in Kikuyu ;* Edimburg, 1914, in-8°.

BAROT (Dr). — *L'Ame soudanaise ;* Paris, 1902, in-8°.

— *Récits soudanais ;* Angers, 1905, in-8°.

BARRIÈRE (M.). — *Le Monde noir ;* Paris, 1909, in-18.

BARRINGUE. — *Catalogue de l'Hist. d'Afrique ;* Paris, 1895, in-4° (manuscrit).

BASSET (René). — *Contes populaires d'Afrique ;* Paris, 1903, in-16.

BASTIAN (A.). — *Vorgeschichtliche Schœpfungslieder ;* Berlin, 1893, in-8°.

— *Zur Mythologie u. Psyche d. Nigriten in Guinea ;* Berlin, 1894, in-8°.

BAZIN (H.). — *Dictionnaire bambara-français ;* Paris, 1906, in-8°.

BERDROW (W.). — *Afrikas Herrscher u. Volkshelden ;* Berlin, 1908, in-8°.

BÉRENGER-FÉRAUD. — *Contes de Sénégambie ;* Paris, s. d., in-16.

BLECK. — *Reinecke Fuchs in Afrika ;* Weimar, 1870, in-8°.

BOISSON. — *Anthologie des Baisers* (Afrique) ; Paris, 1912, in-8°.

BOUBOURS (F). — *Les Trois Visages noirs de l'Afrique équatoriale ;* Paris, 1891, in-12.

BOUCHE (Pierre). — *Les Noirs peints par eux-mêmes ;* Paris, 1833, in-8°.

BRINCKES. — *Woerterbuch d'Otji-Herero ;* Leipzig, 1886, in-8°.

Bruel. — *Bibliographie de l'Afrique équatoriale française ;* Paris, 1914, in-8°.

Buettner. — *Zeitschrift für afr. Sprachen ;* Berlin, 1889-1892, 6 vol. in-8°.

— *Anthologie aus d. Suaheli-Literatur ;* Berlin, 1894, in-8°.

C

Carvalho (H. de). — *Lingueda Lunda ;* Lisbonne, 1890, in-4°.

Casalis. — *Les Bassoutos ;* Paris, 1860, in-16.

Casati (G.). — *Dix années en Equatoria ;* Paris, 1892, in-8°.

Chapiseau (F.). — *Au pays de l'esclavage ;* Paris, s. d., in-16.

Chatelain. — *Grammaire élémentaire de Rimbundi ;* Genève, 1888, in-4°.

Chatelain (H.). — *Folkstales of Angola ;* Boston, 1894, in-8°.

— *Some causes of the Retardation of african Progress ;* Boston, 1895, in-8°.

Cherbonneau (J.-A.). — *Essais sur la littérature arabe au Soudan ;* Constantine, 1866, in-8°.

Chevrier. — *Note relative aux coutumes de la Société secrète des Scymas ;* Paris, 1906, in-8°.

Clozel. — *Bibliographie des ouvrages relatifs à la Sénégambie et au Soudan occidental ;* Leipzig, 1892, in-8°.

Clozel et William. — *Les Coutumes indigènes de la Côte d'Ivoire ;* Paris, 1902, in-8°.

Cobrat de Monrozier (B.). — *Deux ans chez les Anthropophages,* Paris, 1902, in-16.

Collaway. — *Nursery tales of Zulus ;* Natal, 1868, in-8°.

Collomb (Dr). — *Ethnologie et Anthropométrie des races du Haut-Niger ;* Lyon, 1885, in-8°.

COLOMBAROLI (A.). — *Premiers éléments de la langue A-sandeh* (Niam-Niam) ; Le Caire, 1895, in-8°.

COMPIÈGNE (Marquis DE). — *L'Afrique équatoriale ;* Paris, 1875, 2 vol. in-18.

CORBIE (A.). — *L'Epopée africaine ;* Paris, 1908, in-16.

CORTAMBERT (R.). — *Mœurs et caractères des peuples d'Afrique ;* Paris, 1884, in-8°.

COUTOUBY (F. DE). — *Le Mariage et ses coutumes chez les Foulah du Kiin ;* Paris, 1911, in-8°.

CULTUR (P.). — *Histoire du Sénégal du XVᵉ siècle à 1870 ;* Paris, 1910, in-8°.

CUST (R.). — *Langues modernes de l'Afrique ;* Genève, 1884, in-8°.

— *Les Langues de l'Afrique ;* Paris, 1885, in-16.

D

DELAFOSSE (M.). — *Vocabulaire comparatif de plus de 60 langues de la Côte d'Ivoire ;* Paris, 1903, in-8°.

— *Coutumes Agni ;* Paris, 1904, in-18.

— *Manuel de la langue mandé ;* Paris, s. d., in-8°.

— *Les langues voltaïques ;* Paris, 1911, in-8°.

— *Le Haut-Sénégal-Niger ;* Paris, 1912, 3 vol. in-8°.

— *Esquisses générales des langues de l'Afrique ;* Paris, 1914, in-8°.

DEMETT. — *Folklore of the Tjort ;* London, 1898, in-8°.

DESPLAGNES (Lt). — *Le Plateau central nigérien ;* Paris, 1907, in-8°.

DIRR (A.). — *Nativa Literature in the haussa ;* London, 1885, in-8°.

— *Manuel prat. de la langue haoussa ;* Paris, 1896, in-8°.

DORMIER (P.). — *Ames soudanaises ;* Paris, 1906, in-16.

DUBOIS-FONTENNELLES. — *Anecdotes africaines ;* Paris, 1775, in-12.

Du Chaillu. — *Woerterbuch f. Duala-Spr.* ; Hamburg, 1914, in-4°.

Dupuis-Yacouba. — *Les Gow ou Chasseurs du Niger* ; Paris, 1911, in-8°.

E

Ellis (A.-B.). — *The Tshwi-speaking Peoples* ; London, 1887, in-8°.

— *The Ewe-speaking Peoples* ; London, 1890, in-8°.

Equilbecq (F.-V.). — *Contes indigènes de l'Ouest Africain franç.* ; Paris, 1913, 3 vol. in-12.

Escayrac de l'Anture (d'). — *Le Désert et le Soudan* ; Paris, 1854, in-8°.

— *Mémoires sur le Soudan* ; Paris, 1855-56, 5 vol., in-8°.

Eudermann. — *Versuch einer Gramm. d. Sotho (expedi)* ; Berlin, 1876, in-8°.

Eyriès (J.-B.). — *Voyages pittoresques* ; Paris, 1839, 2 vol. in-8°.

F

Finley, Churchille. — *The Gubanu* ; Washington, 1913, in-4°.

Frazer (M. J.-G.). — *Le Totémisme* ; Paris, 1898, in-16.

Freimarck (H.). — *Das Sexualleben d. Afrikaner* ; Leipzig, 1911, in-8°.

Frobenius. — *Die Masken Afrikas* ; Halle, 1898, in-4°.

— *Das Schwarze Dekameron* ; Berlin, 1910, in-8°.

— *Und Afrika Sprach* ; Berlin, 1912, 2 vol. in-4°.

Froger (F.). — *Etudes sur la langue des Môssi* ; Paris, 1910, in-8°.

G

GAY (Jean). — *Bibliographie des ouvrages relatifs à l'Afrique et à l'Asie ;* San Remo, 1875, in-8°.

GIRARD (V.). — *Les Lacs de l'Afrique équatoriale ;* Paris, 1840, in-8°.

GOLDIC (H.). — *Principes of Efik grammar ;* Edimburg, 1888, in-8°.

GRÉGOIRE (H.). — *De la Littérature des Nègres ;* Paris, 1808, in-8°.

GRIFFIN (H.-W.). — *Chitouga vocab. ;* Oxford, 1915, in-16.

GRIMM (H.). — *Sud-Afrik. Novellen ;* Frankfurt, 1913, in-16.

GROOS (K.). — *Les Jeux des Animaux ;* Paris, 1902, in-8°.

GUIRAUDON (DE). — *Manuel de langue foule ;* Paris, 1894, in-8°.

H

HACQUART et DUPUIS. — *Manuel de la langue sougay ;* Paris, 1897, in-12.

HAHN. — *Tsuni-Goam ;* London, 1864, in-8°.

HARTIG (O.). — *Aeltere Entdeckungsgeschichten ;* Wien, 1905, in-8°.

HENRY (J.). — *Le Bambara ;* Paris, 1910, in-8°.

HINDE (H.). — *Vocab. of the Kamba and Kikuyn lang. ;* Cambridge, 1904, 2 vol. in-16.

HOVELACQUE (A.). — *Les Nègres de l'Afrique ;* Paris, 1889, in-8°.

J

JACOTTET (F.). — *Contes pop. des Bassoutos ;* Paris, 1895, in-12.
— *Etudes sur les langues du Haut-Zambèze ;* Paris, 1899, 2 vol. in-8°.
JEANNERET (Ch.). — *Quatre années au Congo ;* Paris, 1883, in-16.
JEPHSON. — *Stories told in an African Forest ;* London, 1893, in-8°.
JOUCLA (E.). — *Bibliographie de l'Afrique occidentale française ;* Paris, 1912, in-8°.
JUNOD (H.-A.). — *Les Chants et les Contes des Barongas ;* Lausanne, 1897, 2 vol. in-16.
— *Nouveaux Contes rongas ;* Neuchâtel, 1898, in-8°.

K

KOELLE. — *Outlines of a grammar of the Vei-language ;* s. l. n. d., in-8°.
— *African native Literature ;* London, 1854, in-8°.
KAYSER (G.). — *Bibliographie des ouvrages ayant trait à l'Afrique,* depuis le commencement de l'imprimerie jusqu'en 1887 ; Bruxelles, 1887, in-8°.
KRAPF (J.-J.). — *Vocabulary of 6 East-Afr. languages ;* Tubingen, 1850, in-f°.
KRUEGER. — *Steps in the se-suto lang. ;* Moria, 1884, in-8°.

L

LA COMBE. — *Premier Voyage* (1685) ; Paris, 1913, in-8°.
LANDEROIN et J. TILHO. — *Grammaire et contes haoussas ;* Paris, 1909, in-16.

LE HÉRISSÉ. — *Légendes de la Sénégambie ;* Paris,
1908, in-12.

LÉON, JEAN (l'Africain). — *Description de l'Afrique ;*
Paris, 1896-98, 3 vol. in-8°.

LE ROY. — *Les Pygmées ;* Tours, 1905, in-8°.

— *Au Kilimandjaro ;* Paris, s. d., in-8°.

M

MANNIER (X.). — *Contes populaires diff. pays ;* Paris,
1880, in-8°.

MARC (L.). — *Le Pays môssi ;* Paris, 1909, in-8°.

MARCHE (A.). — *Trois voyages en Afrique occidentale ;* Paris, 1882, in-8°.

MARTINO (F. DE). — *Anthologie de l'amour arabe ;*
Paris, 1902, in-8°.

MEINECKE. — *Kolonial-Jahrbuch ;* Berlin, 1892, in-8°.

MEINHOF (C.). — *Kolonial-Jahrbuch ;* Hamburg, 1910-
1913, 4 vol. in-4°.

— *Die Dichtung d. Afrikaner ;* Berlin, 1911, in-16.

MIGEOD (F.-W.-H.). — *The language of West-Africa ;*
London, 1911-1913, 2 vol. in-8°.

MONTEIL (C.). — *Contes soudanais ;* Paris, 1905, in-12.

MOULIN (A.). — *L'Afrique à travers les âges ;* Paris,
1914, in-8°.

MOHAMED et TOUNSI. — *Voyage au Ouaday ;* Paris,
1851, in-8°.

N

NASSAU (R.-H.). — *Fetischism in W. Africa ;* London,
1904, in-8°.

NAVILLE (F.). — *Origine africaine de la civilisation
égyptienne ;* Paris, 1913, in-8°.

NEKES (P.-H.). — *Die Sprache d. Janude ;* Berlin, 1913, in-16.

P

PARSON (A.-C.). — *A Haussa Phrase-book ;* Oxford, 1915, in-16.

PAULITIELKE (P.). — *Afrika-Literatur ;* Wien, 1882, in-8°.

PÈRES BLANCS (Les). — *Manuel de langue luganda ;* Einsiedeln, 1894, in-12.

PÉRIER (G.-D.). — *Moukanda ;* Bruxelles, 1914, in-8°.

PICROCHOLLE. — *Le Sénégal drôlatique ;* Paris, 1896, in-16.

PRÉVILLE (A. DE). — *Les Sociétés africaines ;* Paris, 1894, in-8°.

PINGSTELL (H.). — *Neuestes f. Forderung d. Sprachkunde in Nord-Africa ;* Wien, 1852, in-8°.

Q

QUATREFAGES (A. DE). — *Les Pygmées ;* Paris, s. d., in-8°.

R

RANDEAU. — *Autour des feux ;* Paris, 1912, in-8°.

ROEHL (K.). — *Grammatik d. Schambala ;* Hamburg, 1911, in-8°.

ROGER (Baron). — *Kélédor ;* Paris, 1829, 2 vol. in-12.

S

SARRAZIN (H.). — *Les Races humaines du Soudan ;* Chambéry, 1902, in-8°.

SCHLEICHER. — *Somali-texte;* Wien u. Leipzig, 1900, in-8°.

SCHNEIDER. — *Religion u. Naturvoelker;* Stuttgart, 1862, in-8°.

SCHWEINFURTH (G.). — *Linguistische Ergebnisse einer Reise nach Zentral Afrika;* Berlin, 1873, in-8°.

SEIDEL (A.). — *Zeitschrift f. Afrikanische Sprachen;* Berlin, 1895-98, 5 vol. in-4° ; Berlin, 1900-02, 2 vol. in-4°.
— *Geschichten u. Lieder d. Afrikaner;* Berlin, 1896, in-16.

SEKERE (Azariel). — *Buka ea pokello ea meklia la Ba-Sotho;* Moira, 1893, in-8° (recueil en sessouto).

SIBREL (J.). — *Some Betsinisonaka Folks-tales;* London, 1898, in-8°.

SOLEILLET (P.). — *Voyage à Ségon;* Paris, 1887, in-8°.

STANLEY. — *My dark compagnions and their stranges stories;* London, 1892, in-8°.

STEERE. — *Swahili Tales of Zanzibar;* London, 1889, in-8°.

T

TAUTAIN. — *Légendes de Soninké;* Paris, 1895, in-8°.

TAYLOR (W.-F.). — *African Aphorism;* London, 1891, in-16.

TENSAUX COMPANS. — *Bibliographie asiatique et africaine,* depuis la découverte de l'imprimerie jusqu'en 1700 ; Paris, 1841, in-8°.

THEAL (G.-M.-C.). — *Catalogue of Books relating to Africa;* Capetown, 1912, in-8°.
— *Records of S.-E.-Africa;* London, 1895-99, 3 vol. in-8°.

THOMANN (G.). — *Essais de manuel de langue néouolé;* Paris, 1905, in-8°.

TORREND-XOSA. — *Kaffir Grammar ;* Grahamstown, 1887, in-8°.

— *A Comparative gram. of S.-Afr. Bantis-lang. ;* London, 1891, in-8°.

TRAVALLÉ (Moussa). — *Petit dictionnaire français-bambara ;* 1913, s. l. in-8°.

TRILLES (R.-G.). — *Contes et Légendes fân ;* Neuchâtel, 1898, in-8°.

— *Le Totémisme ;* Münster, 1912, in-8°.

— *Chez les Fang ;* Lille, 1913, in-4°.

V

VAN GENNEP. — *Un système nègre de classification ;* Paris, 1906, in-8°.

— *Religion, Mœurs et Légendes ;* Paris, 1909, 11 vol. in-8°.

— *Publ. nouv. sur le totémisme ;* Paris, 1912, in-8°.

VELDEN (F. v. d.). — *Die Zugelosigkeit d. Bantusprachen zur Ursprache d. alten Welt ;* Boon, 1914, in-8°.

VERRIER. — *Essai sur la linguistique ;* Paris, 1902, in-8°.

VIGNÉ D'OCTON. — *Au pays des Fétiches ;* Paris, 1891, in-8°.

W

WASSENBORN. — *Tierkult ;* Leiden, 1904, in-f°.

WESTENMAN. — *Handbuch d. Fula Sprache ;* Berlin, 1909, in-8°.

WOLF (K.). — *Studien d. Malala ;* Munchen, 1912, in-8°.

Z

Zeltner (F. de). — *Contes du Sénégal et du Niger ;*
    Paris, 1913, in-12.
Zimmermann. — *Grammatical Sketch of the Gà-lan-
    guage ;* Stuttgart, 1898, in-8°.

TABLE

CHAPITRE I. — *Légendes cosmogoniques.*
1. La Légende de la Création 9
2. La Légende des Origines 9
3. La Légende de la Séparation 16
4. La Légende de Bingo 29

CHAPITRE II. — *Fétichisme : Personnifications panthéistiques.*
5. Pourquoi le monde fut peuplé 37
6. L'Origine de la Mort 38
7. Le Mort et la Lune 38
8. Le Genre humain 39
9. Le Ciel, l'Araignée et la Mort 39

CHAPITRE III. — *Fétichisme : Les Guinnés, divinités primitives.*
10. Boulané et Senképeng 45
11. Arondo-Jénu 50
12. La Saison humide et la Saison sèche .. 51
13. Les Esprits dans le trou de rat 52

CHAPITRE IV. — *Fétichisme : Animaux guinnés.*
14. Kammapa et Litaolané 59
15. Murkwé-Léza 61
16. Séédimwé 63
17. Mosélantja 66
18. Histoire de l'Oiseau qui fait du lait 77

CHAPITRE V. — *Fétichisme : Hommes guinnés.*
19. L'Ancêtre des Griots 85
20. Kaskapaléza 86
21. Marandénboné 88

CHAPITRE VI. — *Fétichisme : Végétaux et minéraux guinnés.*
22. Koumongoé 97
23. La Courge qui parle 108
24. L'Hyène et sa Femme 109

CHAPITRE VII. — *Fétichisme : Grigris.*
25. Takisé 117
26. Ntotoatsana 122
27. Œuf 126
28. Le Miroir merveilleux 133
29. La Queue d'Yboumbouni............ 136
30. Un Plein Cabas d'enfants 139

CHAPITRE VIII. — *Fétichisme : Abstractions.*
31. Le Mensonge et la Mort 143
32. Le Mensonge et la Vérité 145

CHAPITRE IX. — *Le Totémisme.*
33. La Légende de l'Éléphant 151
34. Khoédi-Séboufeng 157
35. Le Gambadeur de la Plaine 160
36. Histoire de Tangalimilingo 168

CHAPITRE X. — *Légendes historiques.*
37. La Geste de Samba Guélâdio Diêgui .. 173
38. La Légende de Ngurangurane 193
39. Daoura 206
40. Les Bachoeng 208

CHAPITRE XI. — *Evolution et Civilisation.*
41. La Conquête du Dounnou 213
42. Découverte du Vin de palme 214
43. La Légende de la Plantation du Maïs .. 215
44. Les Quatre Jeunes Gens et la Femme 216
45. L'Origine des Pagnes 219

TABLE · 413

CHAPITRE XII. — *Science fantaisiste.*

46. Pourquoi le crocodile ne mange pas la poule 223
47. Pourquoi le rhinocéros disperse ses laisses 224
48. Pourquoi les singes habitent dans les arbres 224
49. Le Léopard et le Chien 225
50. Le Coq et l'Éléphant 226
51. L'Éléphant et la Musaraigne 226
52. La Caille et le Crabe 227
53. La Légende des Singes 228
54. Le Cultivateur 230

CHAPITRE XIII. — *Contes du Merveilleux.*

55. Amaavoukoutou 235
56. Nouahoungoukouri 236
57. Longoloka, le père envieux 238
58. Sikouloumé 243
59. Histoire de l'Oiseau merveilleux du Cannibale 254
60. Séètétélané 256
61. Au bout du monde 258

CHAPITRE XIV. — *Contes anecdotiques, roma-nesques et d'aventures.*

62. Remarques d'un Fils à son Père 267
63. Tyaratyondyorondyondyo 268
64. La Femme et l'Hyène 270
65. Les Echanges 271

CHAPITRE XV. — *Contes moraux.*

66. Pourquoi la femme est soumise à l'homme 275
67. Ingratitude 276
68. Le Caïman, l'Homme et le Chacal 278
69. L'Araignée 281

Chapitre XVI. — *Contes d'amour.*
  70. Histoire de deux jeunes hommes et de quatre jeunes filles 287
  71. Lenseni et Maryama 290
  72. Polo et Khoahlakhoubedou 293
  73. Masilo et Thakané 298
  74. Hammat et Mandiaye 305

Chapitre XVII. — *Contes humoristiques.*
  75. La Fille rusée 317
  76. Le Village des Fous 320
  77. Les Méfaits de Fountinndouha 321
  78. Hâbleurs bambara 327
  79. Les Incongrus 332
  80. Le Coq et l'Ane 333

Chapitre XVIII. — *Contes à combles, Charades et Proverbes.*
  81. L'Hyène et la Lune 337
  82. Les Trois Frères et les trois Grigris .. 338
  83. Concours matrimonial 338
  84. Quelques Proverbes haoussas 339
  85. Quelques Proverbes môssi 340
  86. Quelques Proverbes sessouto 341
  87. Quelques Proverbes fân 342
  88. Quelques Proverbes engouda 342
  89. Devinette soninké 344

Chapitre XIX. — *Fables.*
  90. Le Cycle de la Rainette 347
  91. Le Renard et l'Hyène 359
  92. Le Lièvre et la Terre 360
  93. La Gélinotte et la Tortue 360
  94. Le Lièvre, l'"Éléphant et l'Hippopotame 361

Chapitre XX. — *Poésies, Chansons et Danse.*
  95. Le Vent 365

TABLE 415

96. L'Oiseau fantôme 365
97. Mort de Baragouand 366
98. Tam-tam funèbre 367
99. Chant des Elifam 368
100. Chant du fusil 369
101. Chant du Crocodile 372
102. Chant des Pygmées 373
103. La Danse des Animaux 373

CHAPITRE XXI. — *Contes modernes.*
104. Grosse-Tête 379
105. Le Dévouement de Yamadou Hâvé 386
106. Le Spahi et la Guinné 389
107. Le Diable jaloux 390
108. La Mounou de la Falémé 392

BIBLIOGRAPHIE 397

IMPRIMÉ EN FRANCE PAR BRODARD ET TAUPIN
7, bd Romain-Rolland - Montrouge - Usine de La Flèche.
LE LIVRE DE POCHE -

ISBN : 2 - 253 - 02671 - 9   30/3370/1